麦然 麦然

恐龙人与我走出的秋季

甲午十月莫言题

麦然 著

南方出版传媒
花城出版社
中国·广州

图书在版编目（ＣＩＰ）数据

恐龙人与我走出的秋季：插图本 / 麦然著. -- 广州：花城出版社，2016.6
ISBN 978-7-5360-7926-7

Ⅰ．①恐… Ⅱ．①麦… Ⅲ．①科学幻想小说－中国－当代 Ⅳ．①I247.5

中国版本图书馆CIP数据核字(2016)第088173号

出 版 人：詹秀敏
策划编辑：张 瑛
责任编辑：张 瑛
插 图：小 羊
技术编辑：凌春梅
装帧设计：杨亚丽

书 名 恐龙人与我走出的秋季（插图本）
　　　 KONGLONG REN YU WO ZOU CHU DE QIUJI（CHA TU BEN）
出版发行 花城出版社
　　　 （广州市环市东路水荫路11号）
经 销 全国新华书店
印 刷 佛山市浩文彩色印刷有限公司
　　　 （广东省佛山市南海区狮山科技工业园A区）
开 本 787 毫米×1092 毫米 16 开
印 张 16.25 1插页
字 数 300,000 字
版 次 2016 年 6 月第 1 版 2016 年 6 月第 1 次印刷
印 数 1－10,000 册
定 价 32.00 元

如发现印装质量问题，请直接与印刷厂联系调换。
购书热线：020－37604658 37602954
花城出版社网站：http://www.fcph.com.cn

目录 CONTENTS

目录
CONTENTS

陈小东

恐龙人幼体

恐龙人青年体

恐龙人成年体（市民）

恐龙人成年体（士兵）

恐龙人国王

恐龙人大智胜者

恐龙人噬龙者大师

恐龙人艾塔

霸王龙骑兵坐骑

强壮种恐龙人

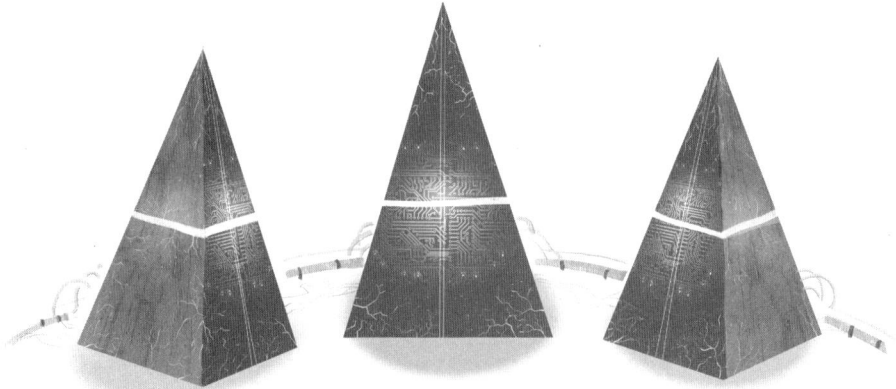

"迷雾"人工智能体系统

"迷雾"人工智能体空天战舰

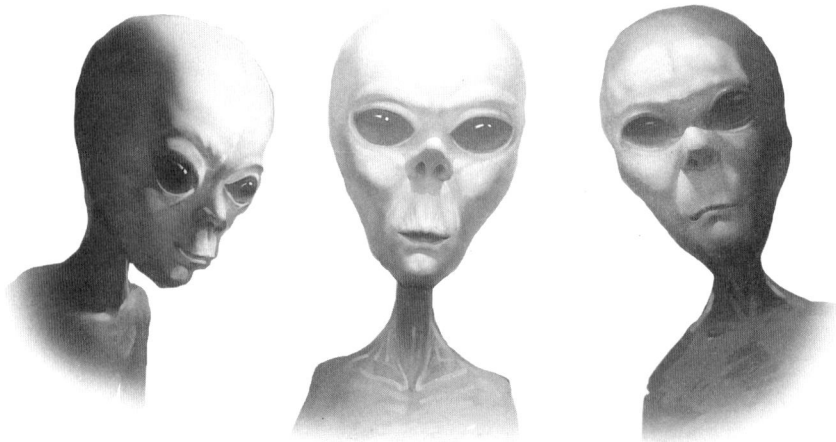

外星人

一、序章

　　一幅巨大的太极图直扑到你的眼前，令人头晕目眩的白色和令人胆战心惊的黑色紧张地撕裂，又均衡地铺散，相辅相成，相背相离，一个完满的圆形在旋转，旋转，渐渐地，白色和黑色的部分变得难以区分。每个人的生活都会面临不同的选择，如同太极图中，白色和黑色的部分，各自存在着50%发生的可能，这就好像被随意投掷出的硬币，你看见的是正面？或者是反面？我们只能浅显地看见硬币显露的那一面，但谁又能说，我们看不见的那一面就从来未曾存在呢？

　　宇宙并非井然有序的钟表，其间运行的天体、光线、粒子也并非准点到达的列车，然而人们总是喜欢在事情发生之前做出先入为主的预判，扔出去的球飞去了哪个方向，将在何时击中地面，对此人们自以为可以做出判断。但如果飞出去的是一个气泡，它则可能在空中一分为二，停留在两个不同的地方，或平行，或前后，或上下，人们难以预测气泡存在的方向，而这只是气泡飞出去后的一种可能，气泡还可能一分为三，或者更多，或者根本没有分裂……

　　时间之树从一粒小小的种子，最后变成了参天大树，枝繁叶茂，引力的存在使得一切井然有序，但想象一下，如果叶子足够巨大，巨大到我们难以理解的程度，那么我的存在就会如同"叶子"茎脉生长到某个瞬间时，偶然或必然落下的最微小的尘埃，如果所言不假，我们的宇宙就仅只是时间之树上的一叶"树叶"。由于无法触及更遥远的地方，我们天真地认为自己是世间唯一的存在，无可取代，然而不同的"宇宙"却可能只是我们所在"树叶"上下枝头的叶片，只不过我们太过于渺小，无法看见。如果就像众所周知的，我们的宇宙无限的庞大，或许遥远的远方，远于我们想象的最远处，远于光线能够达到的距离，那里或许是一个未知的开端，一个我们原以为不曾存在的世界的开端；或许那就是我们所不知道的另一个时空，另一个宇宙……

二、绝望中的恐龙世界

6500万年前的地球对任何人而言，哪怕是对现在世上最古老的东西来说，都是遥不可及的久远和陌生，那是属于爬行动物的世界。在云端，翼龙滑翔在天际，称霸着整个蔚蓝色的天空，这些空中的巨兽成群地飞舞，巨大的身躯使得整个天空看起来显得有些局促而拥挤。它们僵硬机械的飞行姿态和高亢尖锐的嘶鸣声使得当时的天空，多了几分恐惧的气氛。

在地上，数以千计的三角龙遵循着祖先遗留在身体中古老的记忆，完成它们一年一度的迁徙之旅，这一来一去的距离，足以从中国的最东边走到最西边。

成年的三角龙走在龙群的外围，而年老的、年幼的三角龙走在这支恐龙队伍的内侧。外侧的三角龙是这个族群中最为勇猛的战士，它们巨大的三只角和颈后沉重的盾状骨质结构，共同构成了它们硕大而结实厚重的头部，威风凛凛，不可侵犯。三角龙庞大而守卫严密的阵势，使得两只尾随了三角龙整整一个早晨，拥有和现代巴士一样大小的身躯的年轻霸王龙，也在行动上都显示出了少有的谨慎，或者说有种手足无措的迷茫，即使站立的身高是三角龙的两倍多，年轻的霸王龙也不敢贸然向排列成队的三角龙发动攻击，面对阵容齐整的三角龙，霸王龙为人类惊异的骇人体格，除了此刻明白无误地显示着霸王龙的笨拙外，其他竟一无是处，现在它们唯一能做的，只是继续小心翼翼地跟随着三角龙族群移动，耐心地等待这群三角龙群中的伤病者掉队，给猎食者可乘之机。

从某些方面而言，白垩纪晚期的地球已经和现在的地球有几分接近，6000万年前草类植物刚刚出现，使得这片亿万年亘古不变的沙漠中，出现了史无前例的改观，大片大片生机勃勃的草原开始涌现在当时地球的表面，似乎这种改观也预示着地球上的生命，走向了史无前例的新的演化趋势。

此刻，在三角龙群迁徙的后方，龙群经过时踩踏升起的浓浓尘埃，正在渐渐散去，视线逐渐清晰起来，空气中弥漫起陈年灰尘和腐烂植物的混合味道，这片土地是草原和沙地的交界，在光线阴影处，这一人高的草丛里，时不时传来"咯咯咯咕"的声音，猛然听起来像是猫头鹰粗糙的鸣叫，但如果仔细听，却让人觉得有几分不寒而栗的感觉。

随之，是闪现在绿草丛中的几片绚丽的紫色羽毛，而这些羽毛的主人并不是我们人类熟知的鸟类，它们是被人类科学家认为存在过的最聪明的恐龙——犹他盗龙，这些生物有着3米长的身躯，它们色彩艳丽的羽毛遍布全身，独特的羽毛则可以显示它们的性别、年龄，甚至是健康程度。

虽然它们没有霸王龙一样的血盆大口，站起来只和人类高度相仿，这样的身形在恐龙世界里显得有些微不足道，但隐现在草丛中，它们发达的前肢以及利爪则揭示了它们亦不失为优秀的猎手，犹他盗龙像狼群一样的成群捕食，甚至拥有了用简单声音沟通的能力。它们也是人类认为的最凶猛的食肉恐龙之一。它们的凶残完全因为它们拥有发达的大脑，以及忠实执行大脑命令的敏捷的身躯。

草丛和沙地交界，一只年老的三角龙因为后腿的伤势而没有跟上自己的族群，更糟糕的是奄奄一息的它又误入了危机四伏的草丛。它一瘸一拐地缓慢前进着，危险已经悄然临近，这个可怜的家伙能够闻到猎食者的气味，它努力地晃动脖子，显示出自己曾经锋芒无比的三只巨角，试图警示一切入侵者，自己曾经具有的实力，但是这一切都仅仅属于曾经，这只年老的三角龙已经被后腿不断恶化的伤势折磨了很久，也许现在它更需要的是永久的安宁。

犹他盗龙的首领用较为悠长的嘶鸣，指挥它的"部下"埋伏在草丛中的特定位置，这声嘶鸣听起来如同一个鲁莽的大汉在用力地吹奏一支走音的竖笛，气势宏大但听起来却尖锐无比……作为首领，这只成年雄性的犹他盗龙长着异常锋利的爪子，在眼见一切准备就绪后，这只犹他盗龙的首领选择独自走出草丛，暴露自己，不再选择草地的掩护。它灵敏的身体，配合修长的后腿以一种敏捷的姿态加速前行，冲着年老的三角龙发出间断性的咆哮和嘶鸣。

按照常理来说，成年三角龙卡车般的身躯足以阻挡这只犹他盗龙单薄的攻击，从体型上看，在三角龙面前犹他盗龙不过就是一只站在山羊面前的好斗公鸡……出于经验和本能，年老的三角龙略显沉重的转身，用自己的头部直面犹他盗龙的首领，头上三只硕大的巨角虽然已经随着时间和疾病，变得暗黄和钝圆，渐渐消退了年轻时的锋芒，但这样三只巨角依旧是其致命的武器，相对来说这只身形单薄的犹他盗龙独自的挑衅，此时显得如此狂妄和不自量力。

领头的犹他盗龙短促连贯的嘶鸣，更加尖厉的声音惊起草丛里一群匍匐在地上，觅食蜥蜴的莹绿色长尾小翼龙。受惊的它们扑打着莹绿色斑点的双翼，仓促飞向天空，透过小翼龙艳丽而有些透明的翅膀看下去，另外7只犹他盗龙从老三角龙身体的左、右、后侧一齐窜出，差不多同时一跃而起，三角龙身上顿时站立了4只犹他盗龙，它们的脚爪已经深深地嵌入了三角龙的身体，另外的3只犹他盗龙因为三角龙的挣扎，跌落在地上，但是这些不死心的家伙很快又站立起来，围在了三角龙的周身，重新寻找新的攻击机会。一轮一轮的攻击下，犹他盗龙重复地撕咬着，用利爪洞穿三角龙的身躯……很快，年老的三角龙因为失血过多而奄奄一息。

天空中传来了巨大的轰鸣声，如同雨季的雷鸣一般连绵起伏，声音越来越近，这在当下显得尤为不寻常，尤其是此刻晴空烈日，丝毫没有下雨的迹象。这雷声所到之处，无论是密集的草丛，还是干枯的树枝，都开始随着某种未知的强大气流而剧烈摆动摇曳，甚至一些看似分量不轻的石头也被强大的气流所迫，竟像是活了一般自己滚动了起来。当恐龙们警觉地一齐抬头注视天空，它们看见的是空中有块巨大的阴影伴随着雷鸣般的巨响以及强劲的气流向着地面迫近……这景象即使是对于任何一只常年生活在这片土地上的恐龙来说，都是极不寻常和前所未见的，惊恐的它们只能选择慌忙地躲避……

天空中竟出现了一种飞机类型的物体，这庞大的机器，长得像没有腿的蝎子一般。靠着机身侧面喷气口喷出的强大气流，反推空气飞行。而这机器尾部如同蝎子尾刺般高耸的造型，用紫色和银色的金属严丝合缝地覆盖着尾部，虽很难理解这样的设计对飞行器的飞行有什么帮助，但在阳光下却显得意外的刺眼和夺目，似乎更像是某种意义独特的象征物。

"简直难以相信……看来这些满口谎言的沙漠强盗们，这次看在死神的分上，倒也没有说谎，犹他盗龙已经学会了战术化的猎杀方式了。它们的智能水平或许超出我们的预料。"一个听上去显得苍老的声音从飞行器机舱内传来，用的竟然是人类无法理解的语言。

"是的，我尊敬的'噬龙者'大师，也许犹他盗龙也和我们的祖先一样拥有创造文明的潜力。只是单纯地把智能用在杀戮上未免有些太过残忍。"另一个听上去比较年轻的声音带着些许疑虑回应说，用的依旧是那种人类无法理解的语言，这种语言如果是人类听见，一定会觉得，音节过于刺耳和短暂。

年轻的声音停止之后，相对的沉默存在了几分钟，打破沉默的是"嗖"的一声金属射出声响，一枚带着银色羽毛的生铁色短矛从飞行器中飞出，精准地射入奄奄一息的三角龙的心脏。衰老三角龙终于停止了在犹他盗龙残忍攻击下，因失血过多引发的抽搐，完全瘫倒的姿态放大的瞳孔中，太阳明艳的光辉第一次如此完整地照射在了三角龙的眼睛里……此刻，它彻底地解脱了。

"生生死死，原本都是难免的，这对谁都是一样，可能死亡是这个世界上唯一的公平所在吧！若是无痛苦地死去那也是种解脱。只是对我们来说天上神明的

谴责已经越来越近，谁能说现在这样无痛苦地死去不是一种幸运呢？只怕真的等到那一天，整个恐龙族群都在劫难逃了，哎……"那个苍老的声音继续说道，带有着某种自相矛盾的困扰情绪，或许也是意识到自己可能因为年岁增长，而变得多愁善感，话多啰嗦。此时云层间的光线，不经意地射入了飞行器的机舱，隐约间可以看见说话人怪异而狭长突出的脸上，一道道明显的伤疤，像是久经战场的幸存者。

"就真的，真的没有其他办法了吗？"年轻的声音有些激动地说道，他努力保持着平静，只是心中情绪的激荡，使得想要伪装声音的想法，无处遁藏。

还是沉默了几秒，年长的声音才用忧伤而悲怆的语气回答道："我们的种族，一直在追求文明的进程。我们探究了海洋和天空，正当我们开始进一步探索广袤宇宙的时候才发现，大祸将要临头！可能现在说什么都晚了，只盼望着这群在基因上和我们极为相近的犹他盗龙种群，能够凭借自身的野兽般的生命力和野外生存本能逃过这一劫！地球上的文明也可以因此而重新燃起希望。"宛若是在说一个故事，年长的声音说着说着在激动过后，渐渐地又归于沉默，不难想见这位老者的神色凄凉，因为眼前的现实毕竟不是个故事，比起渺茫的希望，现实是不得不去面对的。

"我尊敬的'噬龙者'大师，也许现在诚服于命运还太早！现在我们最顶尖的科学家都汇集在月凝城科学都市，做着最后的努力和尝试，说不定……万一还有机会！还有希望，我们还能够生存下去！是的，总之我们一定能够生存下去！"年轻的声音近乎于偏执地回答道，但除了那激动满满的情绪之外，话中空洞的希望听起来不免让人更加悲伤。

老者认真注视起眼前的年轻人，对这位老者来说眼前的这个年轻人只不过是个孩子，可是刚才的口吻里，却隐然流露着一种似曾相识的坚韧，可以说是种近似本能的盲目冲动，或者是对希望毫无理智的执着。一阵低空中的乱流像个不受欢迎的醉鬼，无意中和飞行器相撞在看似无边的空中，造成了飞行器内部一阵突如其来的抖动，飞行器内部的光线变得闪烁不安，几乎所有人都本能地警觉起来，除了老者眼前的这位年轻人，他依旧保持着稳坐的姿势，两只硕大灵动的眼睛甚至没有离开过老者的视线。这真的是一对大眼睛，微微凸起的眼球几乎占据了面部超过一半的面积，光线的骤然暗落，使得眼睛里的瞳孔，从原先在刺眼强光下的扁平状，迅速变成为完满的圆形，这双眼睛是令人着迷的，特别是在这一刻，圆形的瞳孔如同黑色的宝石，那种深邃的却毫不缺乏光泽的黑色，仿佛能够吸进月光……

凝视着这样的眼睛，不知为何他觉得这个年轻人真的好像年轻时候的自己，他一时不理解为何自己会有这样草率而缺乏理智的判断。不过，他并没有立即接过年轻人的话，只是伸出只有三根手指的手触碰了下年轻人同样奇怪的手，虽说是手，但这只手奇怪得差点都无法称作是"手"或者"手掌"一类的东西，布满细碎鳞片的掌心，修长而同样密布鳞片的三根手指——中间的那根更加细长，分布在两边的则显得短而粗。更可怕的是，这些手指的尖端无一例外地和利爪相连，如同匕首和长刀柄的关系。

"不死即归！无论遇到怎么的困难，磨难，请不要忘记作为一个恐龙人你破壳而出时，人生最初的光辉教会你的生命意义，外在的阻力困境会阻碍你，作为一个智灵，你心中的妄想执念也会阻碍你，然而活着，呼吸，心……就意味着无论身陷怎样的绝境，怎样的黑暗，即使被重重磨难所阻隔，即使正义和寻找希望的征程被阻塞，但在艰难险阻之前，你的心依旧如初，不曾改变，而心先动于行，除非死亡……然而现在死亡对你来说也是奢侈的，背负全世界生灵的重托，你必须努力活下去！完成神明交给你的使命！"他紧咬着牙，三根手指的手紧紧地握成了拳，就连修长灵活的脖子也为之紧绷。老者生硬的说教近乎于无理和偏执，这一点他自己也深深地知道，谁能保证明天会发生什么，末日就在眼前，一定会来，而自己所说的神明，这个神明又是谁？自己活了这么久从来都没有见过，如果神明真的存在的话，那么他为什么会将末世带给我们？为什么吝啬地留给我们一个不完美的世界？为什么会眼睁睁地看着我们痛苦地在末日中死去，无论罪人，正直者，善人，慵懒者，濒死的老人，抑或者蛋壳里的孩童……如果这一切都会发生，那么自己为什么还要去相信……所谓的"希望"？

自从37年前那场旷世激战之后，在这个地球上，再也没有人敢自称为比这位老者更加骁勇善战的战士，当然这种资历使得老者的这句话，听起来绝非是一个理想的信教徒含义不明的嘱咐，而更像是种难以动摇的命令，但再一次的，从这句话中，年轻人隐约察觉到某种潜在的不安，或者说一种近似于恐惧的紧张情绪……

这位老者和年轻人其实并非人类，而是恐龙家族中最高级的一种。他们不是人类，样子当然和人类完全不一样，但也不同于大多数恐龙品种。他们虽然和犹他盗龙在血缘上是近亲，但这种近亲关系就好像人类和大猩猩的血缘关系一样，从科学的角度上来说，这种生物上的"血缘"可以说很近，也可以说很远。

概括说来恐龙人看上去更像一个长着粗短尾部的敦实矮人，细细来说，他们有着和犹他盗龙相似突出的吻部，只是相对来说圆润了不少；和几乎所有爬行动物一样，他们也有尾巴，只是远没有犹他盗龙那样的修长；同样的他们的腿相比于犹他盗龙修长有力的后肢更加粗短，特别是小腿部分粗短的弧度愈发明显，但特殊的盆骨构造却使得他们站立姿势更加直立，然而这种直立也仅仅是相对于普通恐龙而言，如果拿现今动物的姿态来看的话，你会发现其企鹅的站立姿势和他们十分的神似。总体看上去恐龙人矮矮胖胖的，只有不到我们人类一半的身高，模样与恐龙接近但比之凶猛的恐龙，又显得可爱亲近。他们简单而灵活的双手和那大大的双眼，显示着他们非同一般的智慧，而他们高耸的脑门从某些方面说来，使得他们看起来又不像是一般的恐龙，而更加神似现在的人类。

在犹他盗龙和三角龙厮杀现场的2000公里外，是整个恐龙人世界最繁华的宫殿，这个宫殿造型近乎于一个巨大的椭圆形龙蛋，直观地来看，除了必要的骨架支持，从外表上看不见任何有棱角的东西，哪怕是任意一个接缝，都被涂上了颜色鲜艳的釉彩处理的圆润光滑，有理由相信恐龙人建筑师的创意就来源于孕育恐龙的恐龙蛋，蛋形宫殿寂静地端坐在大地间，它的外立面却会不停地变幻出生动而绚烂的色泽，从莹绿到绯红，从天际的蓝到紫玉的黑，仿佛将世间的所有颜色都归藏于此，这样的人间奇境，让人不得不叹服。

此时此刻，一个穿着华丽衣物、佩戴华美饰品的恐龙人斜依在那过分奢华而绚烂的紫金色椅座上，这是一个衰老的身形，这个体型在恐龙人里，绝对称得上巨硕，尽管如此，这也只是时间留给这个恐龙人的某种表彰罢了，他那慵懒的姿态，显得无力而且暮气沉沉，肥胖的身躯使得他的坐姿更加瘫软，脸上深刻的褶皱则清晰地告诉世人，他已经活了很久很久。在他脸上除了爬满的皱纹，紫灰色黯淡的肤质，最显著的则是他深陷下垂的眼袋，和看起来不常睁开的双眼，可以想知，再多一阵子，可能这衰老的眼睛就可以真的永远不用睁开了。

他正是这座宫殿的主人，他的宫殿无比华丽，颜色艳丽得难以形容，甚至连墙壁上都镶嵌满了各种精致的，独具匠心的金属饰物，这似乎是因为恐龙人对金属艳丽色彩的痴迷，所以，放眼望去，整个大殿内尽是世间最奢华的宝贝——玛瑙、钻石、黄金，或是任何一种你能想象到的贵重宝物，这些宝物归置有序而不失美感，自地板至墙壁，各种流光溢彩交织在一起，明亮辉煌，直至高高在上的椭圆形天顶，即使是在天顶上，昔日恐龙人帝国最伟大的时光也被用镀金的绘画深深的铭刻着……

宫殿内厚重的紫金大门，缓缓地，如同吊桥般降至地面，一个着紫色长袍的中年恐龙人从大殿开启的大门外徐步进来，那件紫色长袍虽然华丽，却仅是被靓丽的紫色染料浸染，只有黑色的线条点染在长袍拖地的尾部，如同是孔雀鱼华丽繁复的尾巴，没有丝毫金属的颜色出现在衣服上，于是在恐龙人宫殿的流光溢彩里，这件原本已然不凡的衣服显得质地有些单一。但眼下的这个人穿着这件紫色的长袍，气质看来也并非只是寻常百姓。他谦卑地向眼前这个衰老的身形深深地弯下腰去，如此一个动作使得他比人类突出的嘴巴近乎亲吻到了地面，特别是这个中年恐龙人的吻部不仅相对人类来说显得尖锐狭长，就算在恐龙人里那也是十分突出的，这就好像白萝卜和胡萝卜的形体差异。他衣着整洁干净，同样光洁的还有他衣服外露出的蓝灰色皮肤，有着和同龄人相比难得的紧致，得益于紧致的皮肤，很多恐龙人都认定他比实际年龄至少小了25岁。而从精细的外表上判断，依稀看得出这是一个严谨的人。他低垂着头颅，那恐龙人中亦是少见的细长眼睛甚至不敢直视前方，显得如此虔诚、恭敬，而又谦逊的仔细看来又会有些过于夸张。坐在紫金色座椅上的，那个衰老的身形微微抬了抬手。谦逊的紫色长袍便缓缓站直了腰来，谦卑微地开口：

"尊敬的国王陛下，现在有一个紧急事态，需要您的旨意！"

紫色长袍俯首面对的这个衰老的身形，并没有因为听见这番话而产生任何的动作或是反应，衰老的身形用他特有的那种漫不经心而缺乏兴趣的方式继续维持着类似昏睡一般的宁静姿态，然而即使是这种宁静的姿态，聪明人也能体察得到这宁静背后的冰冷阴郁，抑或者说捉摸不透，紫色长袍已经在这座宫殿中待了30多年，足够长久的时间，使得他深知在这种时候最好不要打断眼下的宁静。

"什么事情会那么急？难得还有比这头顶上'众神之怒'更加紧急的事情吗？天上那该死的石头离我们越来越近，你们这些人就不能让我一个人，静静地享受最后的时光吗？"那个衰老的身形毫无生气地说道，连微闭着的眼睛都没有打开过。这副尊容很难让人将他与国王的威严联系起来。但他确实就是恐龙人王国的第55任国王！以恐龙人平均寿命是113岁而言，也就是说这个王朝已经有超过6000年的历史了，而这几乎就是恐龙人文明的存在在书本上的全部历史，可能是由于恐龙人学会书写文字的时间并不是很久远，所以至于文字记载出现之前的历史，遗憾地说已经很难说清了。

简单借用恐龙人世界的一句政治宣传语来描述恐龙人世界的政治格局："一个地球，一个王朝！"

"陛下，大智圣者已经选出了《龙神之语》中的那个救世主，执意要让他一人去未来寻找拯救世界的办法。"紫色长袍急切说道，但话语间几处的停顿，显得又有些犹疑。

"那不是挺好吗？至少也是拯救我们世界的办法，即使只是尝试，也是好的！怎么这事情还要来烦我？"国王的语气中，一半是心不在焉的傲慢，一半又是烦闷厌恶的不安，好像是想起要掩饰点什么，国王继续说道："从我的父王起，不是已经放权给大统领，全权代理管理王国吗？你不去找他说，找我又有什么用？现在我说的话，怕是议政院的那些政治家们不会买账的啦！哼，他们还指望着民众的掌声和喝彩过日子，哪会理我这个老古董。我就是一个摆设，被人摆

在这里快一辈子了，最后的时间，你就让我舒坦地过几天逍遥日子吧！"国王悠悠地说着，懒散地摆弄着手中的金属小物件。

身穿紫色长袍的恐龙人一时没从国王的话中听出真正的意思，尽管有些不知所措，但话说出一半总不能憋回去，只好硬着头皮继续说：

"陛下，您说的这些我都明白，我们国家的政治家们一定也都明白，但这个时候，也只有我一人特意前来告知您是不是？您知道这意味着什么吗？"

可能这个问题真的触及到了什么，此时国王摆弄物件的右手忽然停了下来，宫殿陷入了一种莫名而古怪的安静中，紫色长袍的恐龙人意识到了自己的话起了作用，立即有了信心，接着继续说道：

"避免世界末日的办法肯定不止一个，如果这传说中的救世主真要是去了未来，他一去不归还好，万一他真的找到了办法，拯救了我们的文明，那么王室的权威必然会被动摇，或许那些短视的百姓真的以为救世主存在，奉他为神明，又怎么会把国王您放在眼里呢？真到那时，可就一切都不好说了，就是您的王位，到时候……那么……"紫色长袍说的万分恳切，显得忠心溢于言表。

就在此时，"啪"的突兀声响，不知为何，一面装满精美摆设的坚固壁柜竟毫无征兆地轰然倒塌，巨响过后留下的一地流光溢彩的摆设残骸，紫色长袍不由得心头一紧，这些价值连城的东西虽然和他本人毫无相关，但如此轻易地碎裂，实在是让他心疼，国王显然没有这种普通人看了都会有的相同想法，"即便是如此瑰丽的事物，保护得再稳妥，似乎也逃不过支离破碎的瞬间……"国王不动声色地暗自沉思，却完全没有心思去管这壁柜是怎么倒下的，或者自己究竟损失了什么。

国王还是低首垂眼，不知是被紫色长袍的恳切言语打动，还是这一地绚烂的摆设，落地时声响惊动了他，他原本垂下的眼睛也渐渐睁开，意味深长地看了看紫色长袍的恐龙人，然后沉思地凝视起手中的物件，这是一个奇怪的物件，两颗金莹剔透的夜明珠，各自被放置在了金色小天平的一边，引力的原因使得两个夜明珠忽上忽下，国王迟缓地移动着天平，有些固执地想要将两个夜明珠平衡在同一位置，但无论如何他始终也做不到……

凝视了夜明珠天平好久，国王缓慢地挪动自己肥硕衰老的身躯，终于从瘫坐的姿势中摆脱了出来，艰难地坐正了身体，对身边的侍从道："你们出去，把门关上，没我的命令谁也不许进来！"

又对紫袍人招一招手，道："大法官，请近前来说话……"

三、恐龙人的地球

那个被称为"噬龙者"大师的恐龙人带着年轻的恐龙人和随从乘着飞行器离开平原。飞行器起飞时产生强大的气流，驱散了空中成群的巨大翼龙，瞬间清朗的天际，蔚蓝如画，似纯净的海域。这架飞行器巨大的体积在空中看起来非常醒目，云层中的光线反射在亮银色金属质感的机身上，和暖而温润，与白垩纪大地上异世界的景致相得益彰。

如此美景，谁又会想到世界末日即将来临。在地球上空6.2208亿公里之外，一颗直径约为10公里，差不多是一座珠穆朗玛山体大小的小行星正以极高的速度，掠过木星二号卫星的外围的碎石尘埃，直指地球而来！如今，距离这颗小行星碰撞地球的时间仅仅只剩下6个月了。

飞行器垂直降落在另一个的蛋形建筑物顶部，很显然，恐龙人尤其钟爱蛋形的建筑物，他们大多数的建筑都是这样的，只不过相比于恐龙人国王的宫殿，这个蛋形建筑物外表是由无数类似玻璃的镜面物体组成，虽然没有艳丽色泽的变幻，竟也一尘不染，从外面看，甚至还能清晰看见建筑里面错落有致的钢筋支撑柱架，这座建筑并没有宫殿那样的奢华，严谨的设计风格，给人产生一种具有先进科学的感觉。年轻的恐龙人跟随着被称为"噬龙者"大师的恐龙人进入蛋形建筑的内部，在一次又一次地刻意换乘电梯后，他们来到了一个非常绝密的房间。房间门口守卫着两排近20位健壮的恐龙人，拿着他们自己的射击武器——炮击长矛，这种武器是恐龙人世界军队中最常用的单兵武器，这东西活像一根粗壮的长矛被硬生生地塞了火箭筒里，不过这长矛不但尖锐，而且内藏火药，在发射后是会爆炸的。

另有一些骑兵，来回巡逻，守卫着这间密室，当然这些骑兵守卫的坐骑也不是马，竟是人类看来巨大凶残的霸王龙，恐龙人的文明大致产生于他们的先祖成功的骑上霸王龙之后，说到这段历史，其实那群看似骇人的大家伙——本身也是可怜虫，因为一旦它们在刚出生破壳时被恐龙人虏获，它们就会立刻将眼前的恐龙人视为自己的母亲。在它们长大一些以后，最早的原始恐龙人中，勇敢得近乎鲁莽的冒险者试着骑上霸王龙的脖颈，从世界霸主的视野中重新俯瞰大地，恐龙人从中发现了自己的神圣不凡，无所不能，前所未有的自信油然而生，于是恐龙人开始想要更多……如同人类文明的建立，即使人类最终没能骑上狮子，但也是等到打败狮子之后才真正向文明迈进的，在此之前，人就是人，忙于逃命的动物。然而有趣的是恐龙人只有人类一半的身高，就算是相对强壮的恐龙人卫士，即使是他们现在直挺背脊昂然跨坐在霸王龙的肩上，但造型可不像人类骑在马上那么优雅，这种缺乏美感的比例，拿现代生物来比喻，就像是身穿鳞甲的猫骑在了大象身上，但是因为霸王龙戴上了恐龙人特制的心灵感应头盔而变得温顺和安静。在霸王龙身体两侧背负着和人类坦克火炮差不多大的巨型的炮击长矛连发装置。

踏入密室，各种精密的仪器有序地闪烁着不同颜色的灯光，此起彼伏，提示着只有恐龙人科学家们才能看得懂的含义。身穿蓝色紧身衣的恐龙人们正紧张忙碌地来回于一个机器和另一个机器之间。相对于外面守卫的恐龙人卫士，密室里的恐龙人明显体格瘦小，但脑门却出奇的大，显示着他们科学家的身份。

密室的正中央的高台上，一个看上去异常衰老，皮肤惨白而松弛的年老恐龙人正紧盯着眼前的显示器，显示器反射的微弱光线，使得皱纹更加深刻清晰地呈现在他的脸上，暗示了平日里他的谨慎和习惯性的焦虑。洁净到令人惊异的衣袖，妥帖地挽起，使得他褶皱而枯瘦的双手可以忙碌于一个又一个的实验。而他的疲惫深陷的眼睛，则依旧灵活跳跃在一个显示器与另一个显示器之间，最终将目光死死地盯在了一幅数字成像的天文照片上，那正是在地球上，恐龙人使用最先进的太空望远镜，捕捉到的小行星掠过木星外围碎石尘埃的数字成像照片，宇宙空间中，这颗小行星高速撞击与摩擦点燃了其身后经过处的宇宙尘埃，如同一道泣血的伤口，划破宇宙深邃的漆黑。

"没错，它要来了，它就要来了。"大智胜者自言自语地长叹道，他多么希望是自己错了，然而自己差不多对了大半辈子，但似乎因此命运始终没有给他这个机会。

这骇人的景象实在是令人胆寒，特别是对一位经验过于丰富的科学家来说，他知道这意味着什么，他起身想去窗边待一会，此刻没有什么会比窗外宁静的景致更让他感到心安的了，毕竟他刚刚目击了死神的模样。微弱的秋风依旧赶不走长夏的温度，还有恼人的蝉鸣，但是湖边的高树上，几片早落的叶子在空中越飘越远，直至消失在蔚蓝的天际，大智胜者心想：若是我心中的恐惧也能这般轻灵地消失那就好了……

但毕竟年事已高，这个衰老的恐龙人行动能力远没有他的脑袋和眼珠那么自如灵活，甚至只是从窗前回到座位上这样简单的动作，都会给人以摇摇欲坠的感觉，即使是对恐龙人科学家这个需要年龄智慧的人群来说，他也实在是太过于老迈了，然而更疲惫的还有他的心脏，受累于此，他脑后苍白羽毛形成了残破衰败的羽冠，如同一只刚落了水的白色大鸟头，再加上他一只眼睛上戴着类似老花眼镜的物体，这些特征使得他在这群恐龙人里面显得格外引人注目。这个人正是这个恐龙人国度里面最为声名显赫的科学家，是恐龙人世界里的大学士，按照恐龙人习惯，恐龙人尊称他为"大智圣者"。

脚步声款款临近，大智圣者注意到了年轻恐龙人和"噬龙者"大师的到来，多少有些不情愿地把注意力从电脑显示器上面转移出来。

"尊敬的大智圣者阁下，这是我最好的学生，他叫艾塔。""噬龙者"大师恭敬地介绍起了身边的这位年轻伙伴，并向大智圣者行了一个恐龙人的低头礼，低头的同时双手摊开放松地置于胸前如同一个坦白的姿势，声音低沉有力却分辨不出任何情绪。

"哦！我看见他了。他果然和《龙神之语》中描绘的救世主有些相似，有着橙色的羽毛！"大智胜者给了这个年轻人一个意味深长的凝视，缓慢地说，尽管语气镇定，细心的人还是能察觉出一丝惊奇的味道。眼前的这个年轻人，羽冠呈现出鲜亮的橙色，如同火焰燃烧在脑后的羽毛间，却看起来比窗外湖面上的阳光更为漂亮。然而是自己老糊涂了吗？自己一辈子苦苦学来的智慧就和旧时茂盛而舒展的羽冠一般不复存在了吗？为何自己现在却是满脑子的迷信……想到自己面对过的恐龙人科学家先贤，想到那些不朽的科学著作，大智胜者对此感到惭愧。

是的，一般来说，恐龙人脑后的羽毛在出生的时候是粉色，长大了便会逐渐变成红色，有的会变成紫色，年老以后会慢慢褪色变白。而橙色的羽毛，在恐龙人的世界里绝对是罕有的。

恐龙人的祖先在很久很久以前流传着这样的传说：在末日之前，众神将会让他们最杰出的学生降临人世，他会有着橙色的羽毛和一颗晨光般的温暖的心，让世人渡过难关，为此他将去一个从来没有人去过的地方，找寻拯救世界的方法，他将带回传说中的"开启未来的钥匙"，将濒临丢失的明天重新赠予世人。这个古老的传说被记录在恐龙人历史上第一本书籍里，这本书被命名为《龙神之语》。

"砰"的一声，密室的门猛然被撞开，这个举动无论是在恐龙人世界抑或是在人类世界都是一样的突兀而没有礼貌的，一个穿紫色长袍的中年恐龙人戴着莹绿色的帽子鲁莽地大步走入密室，他身后紧随着一排带着炮击长矛的军人。他们的步伐整齐划一，连脚后跟落地的声音都是同样的节奏，使得整个密室的气氛忽然间紧张了起来。

穿紫色长袍的中年恐龙人显然是这支队伍的领头，不久前他刚刚和恐龙人国王结束了密谈，他就是这个恐龙人国度的大法官。恐龙人历史上，大法官一职一直是恐龙人国王代言人，以法律的名义向臣民们宣示国王至高无上的权威，只是近时，随着前代恐龙人国王还政于民，使得大法官这一职位显得有些暧昧的近乎于可有可无。

"胡说！谁还会信那鬼话！现在大祸临头了，你们这群科学家竟然还有空在这里空谈神话故事！那些古老化石在泥土里的幻想，你们也信吗？"大法官蛮横而不屑地讲道，鼻孔顺带粗粗地呼出一阵气流，这使得他的声音格外刺耳：

"神圣的国王陛下已经向我下达特别旨意，大智圣者你要尽快把时光机器造好，我们要派出一支精锐的部队去未来夺取能够拯救我们世界的科技！这是你死我活的战斗！不管那是科技，还是魔法，是人，或者干脆是整个未来世界，我们都必须占有它，建立我们恐龙人的新国度！"

在某些时候，虽然这样的时候并不多，大智胜者会庆幸自己只是个别人看来迂腐无趣的学者，而不是一个热血而无畏的战士，但此时的事情似乎又和往常有所不同，大智圣者惊觉自己的处境，虽然面容表情上没有任何改变，他上前一步，但只是一小步，他衰老的身躯并没能让他离开电脑操作平台很远，这个动作对于年老的他来说已经很勉强，他甚至干咳了起来，环顾四周，他发现身边已围满了敌意的士兵，就算是再迟钝的人都该知道现在危急的情势了，大智圣者不得已勉强开口缓缓说道：

"尊敬的大法官，'智慧'的西斯拉阁下，我知道您今天来，也许真的带着国王陛下的旨意。但我们现在还没有得到大统领阁下以及议政院的批准文书，所以请原谅我的冒昧，我们不能完全相信您所说的事情。在我眼中，国王陛下是不会这么独断专行的，他老人家早就还政于民了。我现在只想知道这份旨意究竟有没有通过议政院的批准，若真是国王陛下真的下达了这样的特别旨意，我也请求他老人家先和议政院商量，得到议政院和全体国民的信服，让大家心服口服，也好避免鲁莽行事，毁了国王陛下一世英名。"大智圣者吐字缓慢地说着，节奏虽慢，但声音越说越响亮，似乎不是仅仅对大法官一人说的，更是一种对卫兵们的劝告：

"另外，大法官阁下，神话虽然是神话，但是它毕竟代表了我们先人的共识，是我们祖先共同的愿望。和平地派遣我们的使者去另一个世界求救，这才是正义的、有良知的举动。再说，我们的科技和现有的能源目前也只能勉强制造出一个很小的时空黑洞，让一个人进行时空旅行，这已经是我们目前科技的最大能力，而且同时制造几十个时空黑洞也存在着科学上的危险，我们存在的时空如同是一片巨大无边的树叶，而我们存在的世界，仅是这片时空之叶上茎脉生长在某个瞬间的一点，人工黑洞的原理就如同是在时空之叶上人工制造出引力的'露珠'，引力使得叶片弯折，直至折叠，叶片上的不同的部分得以重叠，过去和现在得以相遇，然而引力的'露珠'一旦过大，引力失控，那么一切就难以想象了，我们的时空或许会因此坍塌，或者瞬间和未来、过去重叠，后果真的不得而知……"

"尊敬的大智圣者！请你放弃倚老卖老的姿态和我对话！我命令你，必须遵从我和国王陛下的决定，必须要让超越时空的途径尽量变得宽广，让我们派出更多军队去未来世界，哪怕用武力去占领，去征服！我们恐龙人族绝不能灭亡！这总比派一个人有用得多！同时也保险得多！"大法官的口吻非常坚决，甚至有些歇斯底里，显然他此刻已打定主意，什么都听不进去了。他手下的军人定是他身边多年的死士，他们充满着敌意的眼神，默契地配合着大法官的语气，军人们已经做好了强行占领密室的准备。

"这不行！'智慧'如您，请尊重您名前的"智慧"的称谓，您也一定知道程序的必要性，就是国王的旨意也必须经过议政院的同意！或者请容许我冒昧的惊扰国王陛下请求申明情况！"大智圣者的口气如同一道坚硬的盾牌，毫不留情地将大法官的无理要求顶了回去，同样不容争辩。

"议政院那群老东西也和你一样顽固不化！大难临头了还争论不休，来不及等你们废话了！老东西，你要是害怕，那也没关系，请你站到一边去，我们自己来动手。"

"先祖曾说'统治者若是总躲在幕后，付钱给刽子手执行，那么他很快就会忘记刽子手是何物了！'那，对不起大法官阁下，容我老眼昏花，耳朵也不敏锐了，您说什么我真的听不太清楚！不过请您牢牢地记住这句话！"

大智圣者面容平静地说着，虽然放权归民的国王，威严已经大不如前，但这听起来大逆不道的话，还是立马让在场的所有恐龙人都为之一惊！谁都没有料到，在他的身后，大智圣者快速而熟练地用尾巴敲打着键盘上的按键，恐龙人的按键比人类的键盘更加需要力度，而且排列得更加紧密，没有恐龙人会相信真的有谁能够用尾巴去操作如此复杂的按键。瞬时，身后巨大的机器发出轰鸣声，地表的震动和器械的运行声把墙壁上的沙土弄得四处飞扬，密室内的灯光也快速闪烁，纷乱的灯光将大智胜者的身影清晰地投射在墙壁上，就在那一瞬，大智胜者的背影有如传说中的英雄战士般昂首挺立。事实上就在此刻，不仅密室内的灯光，临近实验室的城市，由近至远，逐个逐个地由灯火辉煌变成漆黑一片，直至最后整个地球上的所有灯火都熄灭了，所有的能量被汇集到了实验室地下。

"大智圣者，国王的命令不容置疑！我命令你快点关掉时空机器！"从机械的震动中，大法官醒悟过来，心里被这巨大的机器轰鸣声吓得有些惊慌，唯有气急败坏地嘶喊着，掩饰着心中的不安。但看到对方丝毫不为自己的命令所动，他只好喝令："士兵，射击，终止时空机器！快！"

一时间，军人们端起炮击长矛对着密室内主要的设备胡乱地发射，长矛射出之后，一接触物体立即发生剧烈的爆炸，密室内火光一片！显然作为做贼心虚的一方，大法官只想搅局，并不想杀人！但这么多机械，哪个才是重要目标，没有经验的士兵并不知晓，只能胡乱地开火。

"快，让艾塔去控制台左边，那个地上画着圆圈的位置！那才是时空之门的入口，快！"大智圣者急向"噬龙者"大师呼喊，从未经历炮火的他已经紧张得有些上气不接下气了，心脏猛烈地跳动，使他眩晕。

"噬龙者"大师立马向艾塔使了一个眼色。艾塔有些犹豫起来，迟疑地看了"噬龙者"大师一眼，却被"噬龙者"大师狠狠地瞪了回去，只好硬着头皮，在炮火四散的缝隙中，艰难地闪避前行，终于来到了时空之门的位置。

大智圣者眼见艾塔已经就位，立即按键启动了时空之门，地板瞬间被打开，两个看上去类似玻璃罩的东西交互着迅速升起，而后合拢，将艾塔稳稳地关在里面。

"全力开火，给我把那家伙弄出来，不管是死是活！"大法官终于发现了大智圣者的小动作，已然极端愤怒，暴怒的情绪使他的声音在颤抖。他一个箭步冲向大智圣者，用随身携带的长刀抵着大智胜者的脖子，威胁道："快，把那个家伙弄出来，停止时空机，否则我就先要你的命！"

"晚了，我尊敬的大法官阁下，时空机已经启动，你阻止不了的！"大智圣者说道，尽管刀刃反射的寒光令他感到刺眼，但最难受的还是窒息的感觉，他的心脏早已不似年轻时的健康，因此他总是避免激动，就连现下也不例外，他的语气非常冷静，非常肯定。"况且，坦白点说，你也不敢真的动我们，我们之中谁死了你对国家都不好交代！要是这里有人弄出个三长两短，恐怕两个小时后整个恐龙人王国都会知道是你破坏了拯救世界最后的计划……"

"那我就把机器给毁了！"大法官威胁道。

"可笑，真可笑，麻烦您也有点科学常识好不好？这个机器可是要承受时空旅行的特殊装置，所有材料都是已知最坚硬的物质，普通炮火怎么会对它们产生作用呢？你死心吧。"大智圣者冷笑，但是心里生出些惭愧，因为任何一种科学常识都没有教导他去相信传说，然而他却这么做了，而且不惜代价的做了。

此时在地球的南北两极，巨大的如同一座城市般的强大粒子对撞机启动装置分别使用全世界的能量，仅为发射出一个极微小的粒子，就是这个连普通显微镜都很难观测到的粒子，通过铺设在地面贯通整个地球两极的超长轨道相互连接，全世界的能量在轨道的各个部分驱动电磁同步加速器，分段式的爆裂的推动粒子加速，从而南北两极分别发射的两个粒子，被加速至接近光速的速度，由地球的两极向中心赤道逼近。在中心赤道，也正是密室的位置，大概是现在的非洲的北端，这在当时却是整个世界的中心。

顷刻，两个粒子在密室下方猛烈地撞击，产生出巨大的能量，被恐龙人精心研究的装置收集，转换成暴烈的能量场，刹那间，围绕着艾塔的时空机升腾起类似龙卷风般的漩涡，在漩涡的周围，时间、空间、物体都在燃烧，巨大的能量汇集在此，吞噬了艾塔附近的一切，甚至是光线，使得被保护罩中的艾塔，就像置身在一个微型的宇宙黑洞般的黑色球体空间中，逐渐地，密室中残存的光线开始扭曲变形，这使得在场的人看来，艾塔的身体像是浸在水中透镜里的样子。

大法官眼见时空机就要运行，依旧不肯死心，他恼怒地推开了并不屈服自己的大智圣者，从身边吓傻的士兵手里抢来一个号角，对着密室外使劲地吹响。乌黑的号角传出悠远而凝重的声音，"玄铁"一般的声音。激活了霸王龙头部心灵感应的声控设备，安静的霸王龙立即狂躁起来，暴怒地咆哮着冲进密室，甚至密室厚厚的墙壁也在霸王龙巨大的冲击下分崩离析。

眼见这千钧一发的时候，一根长矛准确地射中了霸王龙头部的心灵感受器，"砰"的一声爆炸声，霸王龙头部的感应器被破坏掉，爆炸瞬间，心灵感受器错乱地释放出太多的"噪音"，使得这个庞然大物的晕了过去，像座小山一样倒在地上。

"噬龙者"大师手拿着炮击长矛在霸王龙倒下不远的前方岿然不动，他坚毅的眼神使得其他稍稍耳闻过英雄故事的恐龙人，都会不自觉地想起来自己童年耳熟能详的故事，故事的主角正是眼前的"噬龙者"大师。

"噬龙者"大师转头凝望着被时光机器保护罩罩住的艾塔，向他喊道："你看见身边的盒子了吗？盒子里有你在未来需要的一切必备装置，不死即归，我们的世界等你凯旋！"

这个工具盒，如同一个光滑的贝壳，墨色的外表下隐藏着和变色龙皮肤相似的人造细胞，也就意味着这个工具盒可以做到随时的隐形，贝壳里折扇般分割的夹层中是依据"噬龙者"大师的战斗经验挑选出的生存必备，以备艾塔在未来世界的不时之需，这个盒子已经被大智圣者提前悉心地安装在了时光机器中，简短的对话后，"噬龙者"大师转身背对艾塔，威视地面向围过来包围他的一圈士兵。艾塔分明从"噬龙者"大师的背影里看见了他残缺一截的尾巴，那正是"噬龙者"大师经历的数次残酷战斗的证明。或者说是一位英雄永不褪色的勋章。

大法官仍然不肯放弃，一次又一次号角声，一只又一只失控的霸王龙从四面八方撞击着，冲入密室，如同是黑暗魔法的作用，号角声屏蔽了这些驯服霸王龙所戴的心灵感受器信息，并迅速使之疯狂。

像个英雄一样站起来？对于大智圣者来说这并不是一个好的选择，他在炮火的交织中，趴倒在地上，但他一直用手上携带的手套电脑控制着时光机器的运转，此刻，他对着艾塔和"噬龙者"大师喊道："最后5秒！前往时间6500万年后！5，4，3，2……"

而6500万年后，对于恐龙人来说亦是一个美丽的传说，据《龙神之语》记载，在6500万年之后，会出现另一群智能生物，奉龙族为神明，他们自称龙的传人，至于为什么，或者说这神话是不是真的，没有活着的恐龙人确切地知道。

"时空之门启动！"大智圣者用尽最大的力气嘶喊着。时空之门产生的巨大能量在密室中掀起了飓风般的气流，大智圣者几乎睁不开眼睛。"噬龙者"大师手持长矛，威逼着想要进犯的士兵，冷峻的脸色忽然闪过一丝难得的微笑。

"……末世将至，如同燃烧着的天空中降下的一把由地狱火焰造就的梯子，绝望和毁灭只是它的外表，只有梯子的实质是真实无误的存在，而奋力的攀爬却是燃火梯子存在的全部含义！所以……所以……不死即归！""噬龙者"大师低吟着古语中的信条，默默在心里下定了决不后退的决心。

"勇敢地去吧，艾塔！你必须活下去，必须坚强地活下去！然后回来！"声音小的如同是个姑娘，但是语气坚硬得更像岩石。再一次地，"噬龙者"大师的低语如同只是在自言自语。然而"不死即归！"这句接下来的话，他几乎是怒吼着向敌人咆哮，坚定信念使得他挺直了胸膛，直面炮火，面对巨兽！

被施了"魔法"的号角一刻也没有停止吹响，更多疯狂失控的霸王龙撞破墙体冲入密室，它们的牙是致命的，血盆巨口是杀戮的工具，它们的撞击亦造成了现场的狼藉一片。

瞬时，时光机器爆出如太阳光一般耀眼的光线，同时一声巨响，使得在场的所有恐龙人和霸王龙都经历了一阵巨大的耳鸣。当一切瞬间平静下来，他们突然发现艾塔和艾塔所在的时空机已经不复存在了。

恐惧钳制住了他，如同突如其来的暴风雨，眼前的一切都变成了水下的世界，视线浮动了起来，而后起伏的"水面"也不再平静，进而又成为湍急的漩涡，白色的奇异亮点，微小而又刺眼，将周围的一切光线，一切可以见到的画面

扭曲，拉伸，直至被亮点吸入其中，世界被融入了无尽的黑夜，没有星星的黑夜，或许是比黑洞更加直白的漆黑，除了耳边的号角吹响的魔音依旧停留在脑海，对艾塔而言，离开恐龙世界前，最后的印象就是那一声又一声号角，悠远而凝重，如同他们生存的世界一样厚重而坚实的存在的证明。讽刺的是那号角声不是为他送行而吹响，却是为了毁灭他而准备的，但这毕竟可能是他在恐龙世界里听到的最后熟悉的声音。

吞噬了一切光线，白色的奇异亮点开始变得躁动不安，它在无尽的黑暗中震颤，直至震颤的频率快的无法相信，几近于爆裂，最终，瞬间之后，光线重新回到了艾塔的视觉中……山峦快速起伏的世界变化中，湖水、大海的干涸或产生也在一秒之间发生，艾塔甚至看到地球上大陆正在一片一片瓦解，分离，然后重新汇集成新的地形……

渐渐地，艾塔晕倒了，在一片眩晕中艾塔绝望地想道："我还回得去吗？"在陌生的异时空寻找传说中的钥匙，犹如在秋风中寻找一片落叶，整个宇宙中唯一的落叶……

四、相遇地铁车厢

人类纪元，初秋　下午4：00

这是一个平淡无奇的下午，说起来唯一不寻常的，就是这阵阵微凉的秋风，提示着人们夏季的远离，但又有什么又能阻挡孩子们玩耍的兴致？即使是在这很久没有维护的市民广场绿地上，名叫吴小雨和吴小晴的双胞胎小姑娘仍然兴奋地互相追逐嬉闹玩耍，玩着她们的新玩具——泡泡枪，一个一个的肥皂泡泡被泡泡枪发射至天空，缓缓地在空中飘拂，而每当微风吹过，原本还是一个整体的肥皂泡泡便会在此时分裂成两个，三个甚至更多，于是在此时，吴小雨和吴小晴就会停止追逐，全神贯注地看着在空中那个最大的泡泡，从光影的折射中，发现映射在泡泡上，她们手拉着手，天真欢乐的笑颜。

怎知，一阵微风拂过，这个泡泡迅速分裂成两个泡泡，分开的泡泡越飞越远，从不同的角度折射着吴小雨和吴小晴的身形，再次一阵微风，那两个泡泡又各自分开，成了四个独立的泡泡，向着不同的方位各自飞去，泡泡时而重叠，时而分裂，吴小晴，吴小雨略显慌忙地用眼睛追踪着四个泡泡，她们在不同位置的泡泡中，看见变幻的光线折射着她们不同角度的身形，以至于如此熟悉自己或者彼此的她们也分不清对方了，最后不知谁，首先"哧"的一声笑了出来，于是两个人都不知所措地笑了，童真的欢笑声听着是如此的畅快。欢唱的笑声在城市的上空越飘越远，却忽然被地铁驶过的器械声，突兀地打断了。

地铁车厢内，12岁的陈小东和往常一样，穿着校服坐在回家的地铁上。下午4：00，还没有到大人们下班的时间，此时的地铁显得空荡荡的，扶手上空置的拉环如同一个个不会发声的风铃，来回荡漾着地铁列车略显孤单的无声进行曲。无论怎么说，陈小东稚嫩的脸上找不到任何高兴的神色，他低垂着脑袋，身体向内微微蜷缩着坐在椅子上，如同一个大大的问号，或者神似一只可怜的流浪猫，两只和同龄孩子相比略显瘦弱的小胳膊无力地搭在书包的拖行架上面，显得毫无朝气。

　　进入初中之后，种类繁多的学习科目，已经使得小东的书包越来越沉重，而类似拖行旅行包设计的书包也因而在中小学生中广为流行。不仅如此，小东身上这套纯白的校服衬衫藏青色的校服裤子对于小东的体型来说，可能稍稍大得有些不妥帖，这套衣服已经穿了有3天的时间，幸好天生没有运动细胞，自己也不爱运动，小东并没有怎么把衣服弄脏，这反倒不似这个年龄段男孩子天生好动的本性。但衣服上一道道深深的褶皱却喻示着衣服和他的主人总是倾向于蜷缩而静止的静默姿态。

　　运行着的地铁是喧闹的。在地下时，高速行进的列车车轮在隧道中产生回响，而当相向行驶的两列车会车时，声音会在瞬间变得更加尖厉刺耳让人难以忍受。然而，就是地铁这种冷冰冰的工业文明的产物，也有温馨的时刻，每当地铁从地下运行到地面上时，午后夕阳的余光从座座大楼间的缝隙，夹带着大楼玻璃外墙斑斓色彩的反射，斜斜地射入车厢，轻轻地掠过小东的脸颊，似乎此刻太阳也是顽皮的。只是小东对此无心理会。

　　相对于地铁行进时车厢外的喧噪，车厢里却显得有些安静。大人们有的专注于手机，有的捧着报纸阅读，有的闭目养神，选择无视身边如空气般涌入的海量的资讯……手机里的，广告牌上的，资讯无处不在，这让现代人的注意力没有一刻可以放松，没人关注小东那闷闷不乐的身影。

　　小东郁郁地沉默着，因为数学入学摸底综合测验自己只考了63分，又是一个第一，全班倒数第一！老师让小东将试卷带回家给家长签字，以告知家长小东不佳的学习状况。小东的爸爸妈妈对小东的学习一向特别在意，对小东来说，试卷上红红的63，就等于一顿打。

　　想到这里，小东的泪水开始在眼眶里打转，他真的很委屈，很委屈，自从进入初中以来，这种抑郁的心情差不多都快成为自己生活的全部。因为学习不好，自己每天都在担心受怕中度过，自己又似乎无力改变这种现状，无论自己怎么做，身边所有的人，看见自己都还是一副无比忍耐的样子。

　　"没人需要我，也没人欢迎我……"蓦然间有了这种可怕的想法，他求助似的拿起手机，翻看朋友圈，里面什么都有，欢笑，期待，愉快……但就是没有什么和他现在的心情相关联的，仿佛其他人的世界和自己的并不相同，想要和渐行渐远的小学朋友们说上几句话，打上几个字，或者一个笑脸？但是他们朋友圈里的阳光和灿烂，青春和欢乐，好像从来就没有抛洒入自己的世界，"他们的欢笑和我无关……"至少记忆中一直都是这样，如此这样想来，期待他人的"理解"恐怕是难上加难了，这使得小东感到彻底的孤单。

　　小东依旧默默地坐在车厢内的长椅上，只是更加低下去的脸被细小的胳膊掩藏起来，没人能够看清楚小东此时的表情，即使是偶尔和暖的阳光也因为小东脑袋垂下的角度而未能触及他低落的面庞，使得小东的面庞上弥漫着令人窒息的阴郁。周围的一切对小东来说都是安静的，唯一能感受到的，只有小东自己心情在低声说话：

"没有人需要我，没有，真的没有，上课时老师所讲的一切我都不感兴趣，没有兴趣的事情，我该怎么办，我逼着自己也学不进去！一个学习不好的人有什么用？而且学校里别的同学们，要么专注于学习，要么自暴自弃欺负别的孩子，有谁会在意到我？我，我这个成绩不好，身体也不强壮的人呢？"

"谁都不愿跟我说话，即使有人和我说话，要么就是在嘲笑我的学习，要么就是强迫我做我不喜欢的事情，我，我该怎么办？没有人欢迎我，接受我，即使是爸爸妈妈也不能……他们关心的是我的学习，我的身体，却从来不理解我的心情。"

"一切大概都可以勉强过下去，但真的这么过下去，我真的感觉喘不过气了。是不是我终归太普通了，就像我俗气的名字一样，小东，哈哈，谁会取这个名字，简直是开玩笑，这个名字一点也不特别，太平凡！太过时了！就算起些恶俗的名字也好呀，亦凡，子轩，俊熙，泽宇，至少不会落伍，到底爸爸妈妈是有多懒？还是给我起名字都不用心，不用多想，天呐，为什么这些不幸全都发生在我身上……为什么，为什么这些不幸都是我，那我自己又是谁？"

"一个独一无二的……家伙？算了吧！如果我生存在网络游戏里，那么我的生命值，魔法值，攻击力一定都很低吧，"想想考卷上的数字，想到自己的处境，使得小东联想起网络游戏的人物设定，网络游戏中的每个角色都如同复杂方程式中的一组数字，如此想来好像这些设定数值和考试分数也没有多大差别，但即使只是数字组成的简单结果，小东自己却毫无优势……

"等待……我每天都在等待，每天都是这样，等待着可怜的成绩，爸爸妈妈的体罚，训斥，每天都是这样……每天，重复……到底我还能不能愉快地玩耍了？算了，反正我也不是别人家的小孩……谁让我叫陈小东，哦，天呐，还是想不到为什么我会叫这么土气的名字。"

自嘲的笑容浮现在阴沉的小脸上，僵硬慵懒，正当小东在思绪中恍惚的时候！骤然，一个异常刺眼的光点！车厢的中心出现了一个微小却明亮异常的白光亮点，它诡异地飘拂在空中，旋转着，然后渐渐地，渐渐地开始变得躁动和膨胀起来，光点被撕扯成了一个足球般大小的光圈，就在这个光圈内，似乎具有极高的温度，空气瞬间被点燃，燃烧起空气中的必然存在的各种细小物质，橙色的光亮在空气中蔓延，随之产生浓烈的烟雾，瞬间让车厢里的大人们警觉，纷纷匆忙离去，但离着最近的小东却毫无察觉，他陷入自己的沉思中，他正被悲伤抑郁的情绪围困着。

光圈越变越大，随后诡异光圈所及之处，光线、空气、空间眼前的一切变得含糊，旋转，终至于扭曲，无声的烟雾中，时光机包裹着艾塔的类似玻璃的保护罩结构正一点一点地显露。

艾塔通过时空隧道被传送到了小东所在的车厢内，"砰"的一声，类似玻璃质感的保护罩经过了6500万年的超时空旅程，再也经受不住任何重力的压迫，重重地摔落在地上后，随即开始着火燃烧，当然这也是当初恐龙人设计的一部分，销毁一切可能引起怀疑的残迹。

在被"毁灭"之前，顽强的艾塔，仍然不忘带着保命的工具箱爬了出来，即使是爬这样的动作也耗尽了艾塔所有的力气，时空旅行让他身体的每一个细胞都在经历着前所未有的疼痛，这种无处不在的疼痛叠加在一起如同置身于地狱，若非强烈的求生本能，他很可能就随着时光机器一起被烧掉了，当时空旅行带来的疼痛和眩晕逐渐消失，艾塔猛然醒悟过来，自己真的来到了未来，惊恐得不停地四周张望，这陌生的环境，仿佛就是另一个世界，而事实上这的确是另一个世界，属于人类的世界！

没有空想太多，艾塔知道自己这样猛然的暴露在这个未知的世界里，一定会给自己带来危险，更糟糕的是，经历了剧烈的时空旅行，剧烈改变的电磁环境可能致使他携带的隐身设备无法立即使用。"无论如何，先要找到安全的藏身之地才是。"艾塔心想。没有办法了，艾塔慌忙地环顾四周，终于把注意力放在了瞪着惊恐大眼的小东身上，从小东闪烁着恐惧和难以置信的眼神中，他本能地意识到了小东是某种智能生物。

此时，小东再也不可能忽视这眼前的巨变！他被这腾空出世的场景吓呆了，他傻坐在椅子上，虽然本能告诉自己撒腿就跑，但腿就像不属于自己一样，麻木无感，无法脱身的小东不敢动也不敢出声，愣在那里，除了如惊涛骇浪般袭来的恐惧之外，思维完全陷入了一片空白。

时间对艾塔来说是刻不容缓的，他赶紧打开贝壳状的工具盒，取出心灵感受器，戴在左侧的耳边，谢天谢地，这东西好歹还能用，程序开启……探测小东的生物场，编码小东脑波中的频率，从而破译小东的内心，顷刻，他立即明白了小东的思绪！

"你不要怕，我不会伤害你的，我没有任何恶意，相反的，现在的我需要你的帮助，你能帮助我吗？我会报答你的，不死即归，我的报答也是。"艾塔通过心灵感受器，生成神经元网络信号，试图和小东进行"沟通"，心灵上的沟通，同时也在和情绪进行沟通，心灵感受器在理论上，同样也可以让对方保持相对的镇定和放松。

因为通过脚步声的判断，艾塔已经察觉到刚刚被吓跑的成年人类正在靠近他所在的车厢，而艾塔知道，自己作为一个外来的生物，一旦被人们发现一定会被当作研究的对象关起来，眼下在这个高速行驶的封闭空间里，也许只有这个天真的孩子还有点可能帮到自己，这个人类看上去并不可怕，他虽然比自己要巨大，但是他的脸看起来圆润而羞涩，脑袋看起来像个红扑扑的水果，在他的大脑袋下则是略显瘦弱的身躯，四肢，总之这个幼年的人类一定不是能够伤害自己的家伙，他扑闪的善良大眼睛，神情是害怕而温和的，最重要的是，天真依旧存在，这比一切都能说明问题。

"没事的，一定没事的……一切都很好，放松，没事的。"小东，心想着，然而却更加害怕了，小东紧闭着眼睛，在心里计数着"今天第24个不完美的诚实"然而这并没有其他23个有用，眼前这个长得像毛绒恐龙一样的怪物居然不仅能动，而且还能说人话！天呐！他真希望自己是在做梦呀！而且要赶紧醒来才好！

艾塔感觉到更多的大人们在进一步靠近，情势危急，他努力使得自己平静下来，冷静是艾塔现在唯一能做的。他通过心灵感受器迅速察觉到了小东的担心，也读取到了小东今天的心事。

"你要是能帮我藏起来，我会帮你把考试的分数改过来！你的生父生母将不会打击你。"也许是心灵感受器的翻译装置还没有适应人类的语言，小东从艾塔那里得到的信息有些语句不通顺，但大概能明白这个毛绒恐龙在讲什么。

"别上当！一定不会是真的……"对待别人可能的不诚实，或者那些他认为不可能的假设，小东从不会称之为"不完美的诚实"，除了自己的，……然而小东并没有成功说服自己，从小到大他骨子里都是个胆小的孩子，他有生之年最怕的就是爸爸妈妈拿鞋底打他的屁股，一听可以不用挨打，自己全班倒数第一的成绩居然还有得改，小东糊里糊涂不知从哪来的勇气，答应了艾塔的请求。

"来，到我书包里来！"小东边说边把书包里的书取出，抱在胸前，而感谢平时那堆积如山的教科书，恰好今天他都把大多数"伙伴们"留在了抽屉里，书包的大小勉强使得艾塔能够隐藏进去。艾塔也不管那么多，情势刻不容缓，他拿起工具盒就钻入小东的书包，这时候大人们也赶了过来。

"起火了，赶紧走！"一个成年男子拉住小东就往另一节车厢走，小东边死命地向后赖着，边说："别忙！我还有书包呢。"这个成年人虽然无可奈何，但却也无法和小东争执，时间最重要，于是不由分说地拿起书包拖着小东向另一个

车厢走去。

"小朋友，读书辛苦了，你的书包还真沉呀！"在地铁紧急停靠的站台上，小东这才发现"救"自己的是位年轻的叔叔，慌乱之中，这位学雷锋的叔叔竟也没察觉到小东书包里的异样。小东谢过之后，匆忙走出车站，在最近的一个没人的巷子里，把书包打开，就算艾塔也差点在结实的书包里闷死，但他还是谨慎地环顾了四周，确定没人经过之后，才敢大胆地把头伸出来，小东好奇地上下打量着艾塔。

艾塔喘了两口气，突然想起什么，从小东的书包里面翻出一张卷子，小东接过卷子，发现这就是自己的数学考卷，而卷面上的分数和答案竟然已经更改过，小东一看分数居然是93分，喜悦和兴奋的情绪，让红润的色泽与微笑的弧度难得地浮现在了小东原本惊吓过度的脸上。

"真神奇！你是怎么做到的？"小东迫不及待地问，好奇已经取代了之前所有不愉快的情绪。

"我在你书包里面研究了你关心的这份纸张，发现里面说的是数字的问题，我就用扫描机把你们的符号输入我的手套电脑进行研究，发现只要把这个6的符号反转过来，把×的符号换成√就可以解决你的问题。于是我通过分子激光仪打乱了纸上的墨迹分子，重新分布，聚集成新的图形，这样解决了你的问题。"艾塔回答。

"你真厉害，能不能请你再帮我一个忙？"幸福来得简直太突然了，小东很久没有遇到这么让他觉得幸运和开心的事了。

"可以，不过你也要答应帮我一个忙！"艾塔说得也很直接，看出了这个人类如此乐意接受自己的馈赠，艾塔知道他很有可能会帮助自己。

"行！你说，是什么？"小东干脆地回答，想都没想。

"让我了解你们的历史、科技，还有地球现存的生物！我想了解这些。"艾塔说。

小东托着大脑袋，仔细想了一下，红润泛上了脸颊，不觉脸上露出了坏笑的表情："行，那么我有空带你去动物园和博物馆就好了！包在我身上，不过你得现在帮我把这个分数改一下。"小东说着又从书包里面翻出英语试卷，虽然有71分，但小东觉得父母对这个分数也不会很满意。

艾塔用三只手指的手接过试卷，不解地问了一句："这种纸上的计数字符真的对你们很重要吗？没有了它们你就回不了家了吗？"

小东想都没想，不住地点头，坚定地回答道："重要，很重要，简直是生死存亡的大事！"

于是艾塔学到了来到这个世界上，人类的第一个习俗，那就是数字对人类生存的重要性，艾塔从工具盒里拿出分子激光仪，把卷子铺在路面，自己则趴在四下无人的地上，开始工作，尾巴却在有节奏的一摇一动。

小东看着艾塔奇特的身形，想起刚刚发生的那些不可思议的瞬间，背过身去，他想独自整理下思绪，于是夕阳的光影，迎面抚摸着小东瘦小的身体，一份难以言喻的暖意从夕阳触及身体的那个瞬间迅速扩散至身体的每个角落。于是在那凌乱的有些肮脏的街巷拐角处，小东看似愣愣地呆立着，然而他却正在享受这一刻，渐渐地小东不知为何忍不住地开始偷笑，就是小东自己也很难想象在经历了这一系列突如其来的奇幻事件之后，自己居然还能笑得这么开怀……

直到艾塔的声音再度传来："对了，你能够带我回家吗，在这个世界，我没有地方去了！"这时小东才又警觉地意识到了这个说话的家伙毕竟不是真的人类……

"回家？"小东迟疑地复述，这又成了一个问题。

五、我不是多啦A龙！

　　小东虽然学习成绩不怎么样，但这丝毫不妨碍他成为一个善良的孩子。不知道是被惊吓过度，还是他自己天生善良过头，或者说在潜意识里小东在期待着更多惊奇的发生，当艾塔求自己带他去一个安全的地方时，小东最终将艾塔带回了自己的家。

　　这是一间不大的房间，一台电脑，一张床，一张书桌，还有对着西边的窗户，房间里面凌乱地摆放着各种悠悠球、机器人，甚至有恐龙的塑料模型等各种玩具，是一个典型的男孩子的房间。

　　小东提示艾塔现在安全了，艾塔从小东的书包里探出头来，不知为什么，他一眼就看见了恐龙塑料模型，他对着那个恐龙模型凝望了很久，小东顺着艾塔的眼神望去，看看模型恐龙，又看看艾塔，瞬时下意识地捂着嘴，惊愕地瞪起眼睛！不敢相信，他这时才真正清醒地发现自己带回了什么东西，真的是一只会说话的恐龙！

　　艾塔大概猜到了小东此时忐忑惊讶的心情，他也懒得掩饰自己的出身，当然自己和人类迥异的外形，会让任何隐瞒和掩饰，都必将显得无比苍白和毫无说服力，于是艾塔坦诚地将自己来到人类世界的前因后果，通过心灵感受器，压缩成意识流数据包，直接以图像声音的形式传送给了小东大脑，年纪轻轻的小东哪能一下接受那么多不可思议的事情，刚刚知晓的这一切，早已超出了他所能想象出的一切现实，小东瞠目结舌的脸上原本惊讶的表情，很快又变得呆若木鸡，最后跌坐在地上，一动不动。

　　不过，毕竟是小东自己惹祸上身，脑子一热，冒失地带了这么一个会说话的恐龙回家，现在任凭怎么后悔都已经太晚了，他只好安慰自己，想想眼前这位恐龙先生的长相也没有那么恐怖，看上去甚至还有几分可爱，又会说人话，似乎对自己不会有什么伤害，并且，最让小东庆幸的是，至少这位恐龙先生会改卷子上的成绩……

"就这样吧，没事的，就让这家伙留在这里吧，这家伙应该不像是坏人，嗯，一定是这样的！"小东有了这种想法，内心却诚实地计数"第25个不完美的诚实"，尽管经过思想斗争的小东虽然勉强接受了艾塔的到来，但爸爸妈妈迟早会发现的呀！小东正想试探地问艾塔能不能到别处藏身。艾塔已经快人一步，从工具盒里翻出一片颜色乌黑，质地像帆布一样的东西，帆布物质的边缘流动着液体金属，在重新测量了周围的电磁环境后，艾塔扭动了一个开关，液态金属立刻有序流动起来，瞬间硬化，顷刻间在小东的床底下搭起可以供艾塔进入的小帐篷。神奇的事情再次在艾塔进入那个"帐篷"时发生了，艾塔进入帐篷以后，帐篷从四周的边缘开始变得无色透明，然后透明的帐篷又逐步融入了房间的背景，好像变色龙高明的伪装，最后帐篷和艾塔全然消失在小东的视线里！这下小东又惊又喜！现在再也不用担心艾塔被发现了，对自己来说，可能拥有了恐龙人版本的多啦A梦？这更加坚定了小东留下艾塔的决心！

小东欣喜不已地说："恐龙人先生，你有名字吗？"

艾塔回答："我叫圆周率，哦，不对，我的名字的意思是圆周率……"艾塔想要小东明白自己的名字，不过苦于圆周率实在太长了。

"停停停，你的恐龙人朋友都管你叫什么？"小东继续说。

"恐龙人语言中圆周率的发音是，艾塔，所以你可以叫我艾塔。"艾塔答道。

"那么，派先生，哦不，艾塔先生，你愿意做我的多啦A梦吗？"小东急切地问。在小东看来，艾塔和多啦A梦一样有一个神奇的口袋，只不过艾塔的口袋是那个工具盒。

"什么是，多啦A梦？"艾塔侧着脑袋问，可能是因为好奇，艾塔的瞳孔变得圆圆的，眼睛这时变得更大了，而他眼神死死地盯着小东，侧着脑袋提问的动作很像狗狗，小东看着想着就又笑了，心想，要是尾巴还会摇那就更像狗狗！

"哦！对了，这个具体的我可能解释不清楚，大概就是要我们相处愉快的话，你有时……有空的话……那个……可不可以利用你的工具盒为我实现所有的愿望，比如环游世界，或者购买网络游戏的装备时不用再花钱了，但最重要的是让我不用写作业，轻松考试得高分，不被爸爸妈妈打！也就这样，怎么样是不是很朴实，很简单的愿望？其实我做人很简单的，嘻嘻。"小东掰着指头数着自己细腻的小心思，边想边偷着乐，还没有说完脸上已经笑开了花！他并没有注意到艾塔已经跳上了桌子打开了小东的电脑，显然艾塔早已经确认电脑一定是小东房间最为有价值的东西。

"咦，你怎么可以乱动我的东西？"小东不解艾塔的无礼行为，有点生气地问。

"我想确切知道一下多啦A梦是什么。"艾塔没有转过头理会小东，不过神奇的是，艾塔细长的手指在自己的手臂上方临空飞舞，手套电脑在虚空中投影出全息影像，以恐龙人的文字，转述着小东电脑屏幕上的内容，通过艾塔随着携带的设备，艾塔已经知道电脑的用途，甚至经可以操作电脑。在先进科技的帮助下，小东爸爸妈妈防止小东沉迷网络，给小东设置的上网密码锁此刻已经被艾塔轻易地破解，从这点上看，恐龙人的数学能力，以及电脑科技并不比人类差，甚至更为先进。

人类互联网上的信息以视觉听觉信号的形式，变成完整的意识流传送至艾塔的大脑，艾塔得以在短时间内大概浏览了网络上多啦A梦的动画片，最后简单明了地给了小东一个很坚定的答案："不能！"

小东对艾塔的回答很失望，拥有多啦A梦几乎是每个孩子的梦想，自己遇见了穿越时空的恐龙人，似乎梦想还差着最后一毫米的距离，就真的快要实现了。想到这里仍在沉醉在自己美梦里，不肯醒来的小东仍然心有不甘！

艾塔当然可以洞察出小东的小心思，艾塔用三只手指的手碰了碰小东，把小东拉到自己的工具盒边，将工具盒打开，坦诚地解释说："不好意思，你看看我的工具盒里只有几件物品，不可能像你想要的那个机器猫一样，为你无穷无尽地变出各种神奇的东西。"

小东掩饰不住失望，撇撇嘴，最后只能装作大度地说："没关系，我只是问问，你不要放在心上。"本能却在提示自己"第26个不完美的诚实"。

可艾塔觉得自己毕竟受了小东诸多恩惠，不想让小东失望，所以仔细想了想，有些谨慎地回复说："不过你说的那些事情，我们共同努力，环游世界我们可以慢慢来，总之是有可能实现的，虚拟的电脑游戏真的没有天天玩的必要，至于学习功课嘛，你大可放心，这个包在我身上！"起初艾塔觉得答应别人的事情还是应该谨慎些，这样万一做不到也不用太内疚，然而小东眼神中的天真，有种令人放松的魔力，谨慎和矜持却无力抵抗，天真刺穿了害怕伤害的伪装，所谓"坚强"的冰冷伪装，于是艾塔索性也不再掩藏，不由得得意起来，他得意的样子，居然也和人一样，都是闭起眼睛，微笑着咧开嘴，把头往上抬，羽冠绽开了橙色的绚烂弧度，看来骄傲这件事真是千万年不变的相似呀！

"真的吗，那你可以帮我做作业吗？"小东问得小心翼翼，生怕艾塔说不能！

"包在我身上！"艾塔继续他的得意。那和人类相似的得意表情，让小东看得很欣喜，更开心的当然是艾塔肯定的回答。

在接下来的15分钟,小东很快地发现了第一个恐龙人的大优点:做事情十分迅速、干脆。说办就办,艾塔15分钟时间就差不多完成了小东的全部家庭作业,笔迹和自己的竟然完全一样,想想这是自己每天拖拖拉拉都要至少花两个小时才能写完的作业,现在这么简简单单被艾塔解决了,他开心得蹦了起来。小东真的不敢相信,在他看来,世界上怎么会有这么完美的事情!

晚饭时间,小东向爸爸妈妈展示了艾塔修改过的卷子,果然如愿以偿蒙混过关。爸爸妈妈很开心,这让小东觉得很轻松释然,自己很久很久没有看见爸妈这么畅快的笑容了,能看见爸爸妈妈这样对自己笑,真好,小东觉得自己的存在不再是爸爸妈妈的负担,自己重新被喜欢了,如果这一切永远这么下去,多完美呀。

小东爸爸今天的工作非常不顺利,身为业务经理的他,没能把原来属于自己公司的广告合同顺利地签下来,被公司老总重重地责骂了一番,更不幸的是小东的爸爸当然记得今天差不多是儿子入学摸底测验成绩下发的日子。想着想着,小东的爸爸就觉得自己的人生竟是如此的困顿,自己虽成家以来一直兢兢业业,努力工作,没少加班加点,但是社会竞争实在是太激烈,无论小东的爸爸怎么努力,自己仍旧只是一个民营广告公司的业务经理,每月的房贷和家里生活的各种开支都让小东的爸爸感觉到无法轻松,而自己儿子的成绩现在也不是那么争气。

小东的爸爸深恐自己的儿子长大和自己一样,在这个竞争残酷的社会上没有一技之长,缺乏骄人的个人履历,如同自己一样,一辈子如此忙忙碌碌地过着平淡而乏味的日子,所以一直以来,小东的爸爸都很看重对小东学习的培养,但似乎小东心思完全不在学习上,无论小东爸爸怎么教育都毫无进展。原以为儿子这次肯定考不好,小东的爸爸在回家的路上正一路寻思着以后用什么样的教育方式教育小东,让小东明白自己的苦心,更好地安心学习呢。可没曾想到回到家一看儿子这次考试成绩还真的不错,想着自家小东以后若是都能保持这么好的成绩,考上大学,将来肯定比自己的老总强,若是儿子以后成了比自己老总强的人物,再见到自己的老总,那可就不是一般的扬眉吐气了,小东的爸爸在心里暗想着:若是真的这样,人家老总到时候不服也不行,怎么样,虽然今时今日,你可以骂我,但江山代有才人出嘛,我虽然斗不过你,可我儿子比你强呀,那你见到我不就也得乖乖地客气点啦,再说你老人家忙着工作赚钱,都40了儿女还没有一个,就是你以后有了孩子,那也不定比我家小东强,就是你儿女比我家小东强那也一定比我家小东年纪小,到时候我家儿子在社会上混得风生水起了,骑在你家儿女头上四五年那是肯定没问题的,我就可以……想着想着,小东的爸爸便不由自主地喜上眉梢,显然小东一定不知道爸爸在想什么,虽然父母一直语重心长地教导他要理解父母的辛苦与不易，但丝毫没有成年人经验的小东又怎么会真的体会得到呢。

虽然艾塔不能堂而皇之地上桌吃饭，这并不意味着艾塔没有东西吃，他工具盒内带的一大瓶药丸状物体就是他的浓缩食物，吃一粒管一天，这看似是大智圣者害怕自己把艾塔送到某个蛮荒之地所做的不时之需，但事实上恐龙人科学家多是谨小慎微的家伙，大智圣者特制了药丸一样的浓缩食物一是解决艾塔的吃饭问题，更重要的是，害怕艾塔在新的世界误食自己没有接触过的食物，引起疾病。艾塔觉得那么多药丸足够吃一年了，虽然无论从任何意义上来说这些药丸都不可能是美味的，但是艾塔并没有什么心思考虑吃的东西的口味，仅仅草草地服下一粒，他快速浏览起小东的电脑来，对于他来说人类的互联网就是人类最大的博物馆，而他至少有6500万年的知识需要补习。

从互联网里得知，在人类认知的世界中，恐龙没有逃过灭绝的命运，甚至没有任何一种恐龙能够存活，而小东，人类这样的智能生物，只是艾塔世界中，那像小老鼠一样的原始哺乳类动物进化而来的。艾塔觉得很吃惊，毕竟在他们恐龙人的世界里，谁也没有把这群仅仅会在地下钻洞的卑微生物当回事情。

艾塔在人类的网络上持续地浏览，从人类网络上看到人类记载的地球历史，种种摆在眼前的事实，逐渐他意识到自己拯救恐龙人族群逃过末日的希望变得很渺茫，难道恐龙人的世界终究逃不开灭绝的命运吗？

"不对！"仿佛是一种本能，艾塔并没有被自己的理智完全地说服，求生的欲望大过了一切看似铁证如山的事实，他苦苦思索，希望从别的方面找到解决问题的突破口，不知为何，艾塔想到了小东，进而又想到了人类，"这群家伙是多么的幸福，即使是关于'2012世界末日'的说法在人类世界传播得沸沸扬扬，甚至拍成了卖座的电影，但那依旧只是个传闻，传媒的盛宴，这群无聊的家伙甚至已经闲到了消费末日的程度，这是多让恐龙人羡慕的一件事情，事实证明他们的文明正在蓬勃发展着，如果我们恐龙人也有这么幸运就好了。"

突然如同一丝希望的曙光在脑中快速地闪现，艾塔立马意识到了人类可能没有遇到过和恐龙世界一样的末世危机，并且人类也不可能主动地为恐龙找寻避免世界末日的办法，除非……除非……人类自己遇到了类似的难题，这就如同求生的本能，除非自己亲临危机关头，否则谁都不会相信自己所拥有的巨大潜能和求生欲，最终艾塔看见了网络百科上关于核武器的词条！

"这可能就是最终的办法了！"艾塔自言自语，他和人类迥异的脸上，竟然也能看出一些相似阴沉。

晚上睡觉时，小东觉得白天发生了太多奇异的事情，幸福和惊恐的交替情绪使他的心情很难平复，始终难以入睡，于是小东假设艾塔也和自己一样，没法入睡，他试着对话睡在自己床肚里的艾塔。

"哎，地铁上那么多人，你说你跟谁走不好，非要跟着我？"从来都没有想过这些事情真的会发生在自己身上，而哪个正常理智的人又能想得到呢，难道自己是万中无一？小东好奇地问。

"因为，我能感觉，你的善良和真挚。你是不会伤害我的！"艾塔稍稍地想了想，还是决定诚实直接地回答小东的这个问题，虽然自己擅自将无知这个词换做了善良，将天真这个词换作了真挚。

"你会一直在我这里吗？哦，不，我没有赶你走的意思，相反，我希望你能留下来呀……留下来做我的朋友。"小东生怕艾塔理解错他的意思，连忙解释。他心里多希望艾塔能够长期陪伴他身边，升学以来，小东失去了所有的玩伴，而繁重的课业负担，也使得小东和其他同学之间的联系不似小学时候那么亲密和频繁了。更糟糕的是，小东较差的学习成绩使得班上学习成绩好的同学不屑于跟小东玩在一起，而班上比小东学习成绩更差的同学，差不多都是体格健壮的家伙，经常欺负在学校里沉默寡言的小东。潜意识中小东太需要一个朋友了，哪怕不是人，或许不是人更好，因为自己总是在别人面前低人一等，不受欢迎，甚至被人厌恶，就连自己的父母，对自己都是很不耐烦，那么自己还期待别人什么呢？猫猫狗狗也行，至少能听自己说说话就好，可是家里太小，猫猫狗狗，父母又不让养，而艾塔对小东来说太适合做一个朋友了。

"我会是你的朋友的，放心吧！你也是我的朋友，关于我的事情，我相信你是不会告诉任何人的，对吗？"艾塔说得很肯定，问得也很有信心，他选择在这个问题上相信小东，当然事实上他也别无选择，所以朋友两个字说出的显得有些犹疑。

"那当然，你是我最好的朋友！"小东自己也不知道为什么这个结论下得那么肯定而且那么仓促，说着说着脸上闪过幸福的笑意，甚至看得出，还稍稍有些害羞。

"这才多久，怎么我就是你最好的朋友了？"艾塔有些不信，但小东固执的语气让他不由得不信，这又让他觉得有些好笑。"你是不是忘了计数了？"艾塔显然洞悉了小东的小秘密，"这是不是你又一个'不完美的诚实'呢？"

被看穿的滋味使得小东的脸更加羞红，然而内心关于"诚实的"计数却真的没有发生，这让小东稍稍觉得理直气壮。"是的，你是，你就是呀。因为，好久，好久没有人让我这么开心过了，好朋友，谢谢你。"小东温馨的语气越来越微弱，说完这句话就睡着了。艾塔也没有接下话去，蜷起身体头尾连在一起，也准备睡去，睡前一抹月光照在小东的窗前，艾塔循着月光向月亮看去，月亮还是圆的，明媚得和千万年前自己熟知的月亮一样，仿佛什么都没有改变过，只是今晚的月亮不知为何，圆润得有些让艾塔感动。

　　就在艾塔闭上眼睛睡去的最后一秒，窗外的月色中，一个很像人类帽子又有点像碟子的椭圆形飞行物体，以难以置信的高速顷刻掠过艾塔的视线，那是什么？那东西似乎也在观察着自己，当艾塔警觉着迅速集中注意力仔细看去时，这个东西居然已经消失在了茫茫月色中，无影无踪。

六、小东的勇气大爆发！

小东一早醒过来，就急不可耐地跳下床去，蹲在床边看看艾塔起来了没有，可是艾塔的隐形帐篷使得小东也无法察觉艾塔是否在里面，仔细察看了一遍一遍，最后小东倒是在书桌上发现一张字条，上面的字迹和小东的字迹完全一样，想必又是艾塔的高科技留下的杰作，艾塔在纸上写道：

"我去博物馆了解你们的世界，我把通讯耳塞留给你，你可以用这个随时和我保持联系，把这个放在你耳朵里，你看到的听到的，需要联络时，我都能收到！

晚上见！不死即归，艾塔。"

"了解人类的世界？完了，完了，这下全完了呀，这家伙不会刚出门就被抓走吧，即使是恐龙人的照片被人拍下放在朋友圈，那也是一定会红的节奏呀。"小东对此非常担忧，不过他又想起艾塔那些神奇的恐龙人科技，估计他一定也穿戴了隐身衣什么的……如此看来似乎自己的担心又是多余。

因为窗户的开启，初秋的微风吹进了小东的屋子，小东这又想起自己家楼层的高度，小东此时意识到恐龙人的跳跃能力绝对也是超奥运会冠军等级的，艾塔那个家伙居然从二楼高的小东家直接跳下去了，这对艾塔来说，换算成人类的身高，至少也是5层楼的高度。

"真是个不让人放心的家伙呀！"如同一个大人的口吻，小东轻声对自己说着。

小东看看墙上的挂钟，果不其然，和日常一样，上学的时间就要快来不及了，无奈，小东动作娴熟地匆匆收拾好书包，草率地梳洗了一番，带着浓浓的睡意，和未被早饭光顾的肚子，赶急赶忙地上学去。好在爸爸妈妈都已经去上班，早上不用听到他们对自己学习情况的重复唠叨，小东出门的时候心情总之是蛮轻松的。

即使是清晨的城市，也没有那种世人理想中应有的安静，倒是因为小东的城市承办了一项国家级运动会，整座城市都在为这运动会做出各种努力。理所当然的，城市道路、市容市貌就成了城市管理者们努力的重中之重，不过这种努力一定程度上加重了道路的堵塞。随着私家车的普及，越来越多的大人习惯于开车上班，大量的私家车赶在早高峰的时间拥挤入到处都在施工的城市路面，加上大人们急于上班害怕迟到扣工资的焦虑情绪，使得小东上学的一路上都是各种汽车的恼人鸣笛声。

对此小东并不在意，今天小东的心情一片灿烂，也因为这样美好的心情，小东眼前的世界也跟着美好起来，天空也是湛蓝湛蓝的，小鸟也开始唱歌，至于道路上嘈杂的车辆以及刺耳的鸣笛声，自然也不会影响小东现下美好的心情，脸上的笑容如同秋日里枫叶一样，红润而生动。而这种心情，以及脸上怡然的笑容，对进入初中的小东来说，已经是很久很久没有体会到的了。

虽然小东是个缺乏时间观念的人，不过今天轻松的心情也愉快地带动了他快意的脚步，但即使是这样，小东也是踩着学校上课的铃声进入教室的。

小东因为学习成绩不好被安排坐在最后一排。不过，在这个班级里面，小东是个较为内向的人，与其他同学的互动并不多，所以，他自己倒是不太介意躲在教室后排的角落，因为这样可以自由地想着自己的心事，在脑海中勾勒各种不同的幻想，然后在自己无拘无束的想象中，慢慢地等待老师的下课。

小东的好心情一直持续到第二堂数学课，这堂课一下课，数学老师李老师，就气势汹汹地冲到小东面前要看试卷上家长的签字。李老师今年40多岁，留着短发，戴着几乎是所有老师都会戴的四方眼镜，在眼镜下，是李老师精干的神色，小东知道，和往常相比，现在肯定又多带了几分杀气腾腾。

因为小东猛然想起自己昨天光顾着让艾塔篡改自己的数学试卷，把原来的63分改成93分，却全然没有想到，自己篡改过的卷子是逃脱不了老师的法眼的，自己实在太大意，毕竟卷子是老师自己改的，老师当然知道自己给的分数，这下小东算是彻底从睡意中吓的苏醒！

当然李老师气势汹汹一定也是有原因的，这是因为李老师很早就发现小东上课又不专心听讲，如果不是这节课教务量繁重，上课讲习的时间都不够用，她早就会当着全班同学的面严肃地批评小东了，或是让他回答几个问题，让全班同学看小东的尴尬。

"李老师，卷子没带，但是我爸爸看过了，他真的很生气，他还打了我，我以后知道认真学习了，可是今天卷子没带，老师，我明天带给你，行吗？"小东的语气近乎央求，带着委屈的神情，"不完美的诚实，今天第一次。"小东在心中失落地叹气计数，对此他也无可奈何。

"哼!你少跟我来这一套,你小子几斤几两我不知道,又在骗我了吧。实话说,是不是卷子压根就没有给你爸爸妈妈看?"李老师的语气听起来一点都不像有商量的余地。

"老师,我真的没骗你!"小东刻意鼓足底气,装作确有其事地说,"不完美的诚实,今天第二次。"小东的内心依旧诚实。

"走!跟我到办公室去,我要找你爸爸。"李老师就没想理会小东的"表演",直到翻找起手机中的通讯录,才发现并没有存小东家人的电话,难道是换手机忘了?于是李老师又打开了家长微信群,但转念一想在四十人的家长群中发信息公开点名小东的爸爸似乎又有些不妥,然而小东的爸爸是谁,用哪个微信号,或者头像?自己竟毫无头绪,想来小东的爸爸似乎并不经常和自己发信息,或者活跃在家长微信群里,但明明自己还挺注重和学生家长交流的呀,"这家人真奇怪。"李老师心想,"去办公室,自己打电话喊你家长来!"李老师训斥道。

带着恍惚惊恐的情绪的小东躲进厕所,急忙戴上艾塔留下的通讯耳塞,此时的艾塔正一个人闷闷不乐地坐在动物园的鳄鱼池边发呆,因为整个动物园也就鳄鱼是他所见过的为数不多的生物了,这样的事实让艾塔觉得有些悲凉,不过要不是艾塔穿了光学隐身衣出来,否则大概就是他自己也会很快被动物园所珍藏……

"艾塔,艾塔,你听得见吗?"小东问得十分焦急,但又不敢说得太大声,怕被别人听见。

"收到,怎么了?"艾塔被小东的求救声惊扰,从发呆的情绪中回过神来。

"老师要找我家长了,昨天我们自己改了试卷的分数,现在不能给老师看呀,这下完了,老师要直接联系家长了,我可怎么办呀我,会被我爸爸打死的!"小东说着说着就真的哭了出来。

"你别怕,你不会死的,听着,你现在一定要坚强!要勇敢!"艾塔显然是没有理解透彻小东所说的"被打死"的真正含义。这也许和艾塔才来这个世界有关。当然也可能是被小东语气的恐惧所感染。

"你听着,你去和老师承认自己的错误,不过一方面要勇敢地承认自己的错误,一方面还记得请求老师让你再重新考一次!如果考过了就不告诉家长!"艾塔镇静地说。

小东哭得更悲伤了:"天呐,就我现在的水平,考一万次,还是那个水平!"

"不是……有……我吗,这次……哎……我帮你……"艾塔说到这里语气居然有些犹犹豫豫了,心里有种强烈的不安。

小东怀揣着忐忑不安的心情来到办公室，想来他自己也是老师办公室的常客，才进办公室就立刻引起了其他老师的注意，同是教数学的王老师立马开玩笑地说道："哟，小东嘛，又来办公室啦，这次又犯了什么错？你呢，要少让李老师操操心咯，话说你们班的学生呀都像你一样，就是没有我们班的同学听话。李老师多忙，还得要抽空找你家长谈心，不过不找你家长教训你，你也不知道好呀！哪能所有学生能像我们班同学一样那么省心呢！"她边说边自顾自地笑起来。

这话听在李老师耳朵里面却不是什么滋味，想到说着话的王老师是隔壁班级的数学老师，和自己也存在着教学上的竞争关系，于是总觉得王老师讲这话也是在讥讽自己的教学无方，什么事情都要找家长解决。这下对小东的火更大了，认定了是小东让自己颜面无光。

"快打电话给你爸爸妈妈，放学来接你，不来今天你也不要走！"想到自己脸面丢了，李老师火大地说道，怒火直奔小东而去，也顾不得其他老师怎么想了。

"老师我真的错了，我不敢给我父母看那么差的成绩，怕他们打我，你能不能给我一个机会重考一次，要是我考过了，能不能就不通知我爸爸妈妈？"小东说得倒也诚恳，眼睛里充满了坚定，这是他这辈子第一次这么鼓足勇气去请求老师。

"你就少在这里自作聪明，我哪来那么多卷子给你考，再说就你那个上课表现，考一万次也是白搭！你就老老实实地打电话给你家长……"李老师毫不退让。

"李老师呀，您就给他一个机会再考一次吧，您那没有试卷，拿我们班上的卷子考，也好让他死心，也让他知道我们班级的数学试卷更不好糊弄，这也不是给他一个教训嘛！"王老师说道。王老师年纪30多岁，比李老师年轻，事实上王老师的班级学生学习成绩普遍也比李老师的班级好些，因此，今天刚被校长通知要代表学校在区里面进行数学示范课，此时的王老师也正是在春风得意之时。

李老师听得心里更不是滋味了，只是碍于同事情面，也就放小东去放手一搏。当然李老师的心情更加沉重，她知道王老师的教学一向超前，说不定小东考个不及格都是有可能的，不过现在她也只能摆出一副不在乎的姿态，至少李老师不想在气势上输给王老师。

小东眼前的卷子内容很快地就传到了艾塔的手套电脑上，无论是王老师和李老师都没有注意到，小东耳朵里面伸出了一根头发丝一样的东西，事实上，在那根"头发丝"的顶端是一个超微型摄像器。

"第一题到第五题，CDABD……"借助电脑翻译器艾塔很快给小东报出了答案。奇迹出现了，小东居然考出了93分，当然那7分也是艾塔故意让小东写错，以保持卷子的真实性。面对这样一个意外的成绩，王老师改了两遍，因为无论是王老师和李老师都完全不敢相信这样的结果。

"王老师，你们班的卷子我们班同学也会做嘛！"李老师因为小东为她挣足了面子，语气也显得轻松骄傲起来。李老师这轻描淡写的一句话让王老师顿时觉得有些不好意思，她开始为自己之前的态度后悔，更后悔的是她居然自己找了自己的难堪，弄出这样一个尴尬的结果。

"小东，这次你考得不错，家长就不用来了，你之前的考试成绩也以这次为准，你要继续好好学习，你是很聪明的孩子，知道嘛？"李老师对小东的态度明显和蔼很多，特别是她边说边用手轻抚着小东的头以示鼓励，这又让小东一时有点受宠若惊。

"这是老师第一次表现出喜欢我的样子，是真的吗？"小东心想着，脸上随即绽放出了幸福的笑容。

晚上，夜深人静的时候，小东的父母都睡了，直到这时晚归的艾塔从窗户外面爬了进来，小东一下就把艾塔抱住，用肥嘟嘟的粉红脸蛋，对着艾塔又是亲又是蹭，艾塔无奈于体型实在有些小，只能像小狗狗一样乖乖地任由小东摆布，而小东则称艾塔是他的大救星，当然还有一小部分原因是他原本害怕神奇的恐龙人不再回到他的身边，离他而去。他回来了，就像他经常说的那样"不死即归"！虽然这话小东也不是很明白。

"艾塔，谢谢你，没有你，我也没有勇气和老师要求再考一次，没有你今天我就真的死定了！是你教会了我勇敢。"小东感激得泪水都差点下来。

"勇敢？这叫勇敢？这是最后一次，以后我不会帮你改试卷，或者帮你考试，我从你们的道德标准里知道这些都是不对的。而且你爸爸妈妈是不会打死你的，请你千万放心！"显然，一天的时间让艾塔更加了解人类，他的回答对小东来说，无疑有些冷冰冰。

"为什么！"小东有些泄气不解地问，虽然他隐隐地也知道自己并不应该依赖"不完美的诚实"，编造完美的故事，让自己的处境完美一些，即使小东也知道"不完美的诚实"实质是自己的借口，但是……

"不完美的诚实是因为你不够勇敢，不敢面对。"艾塔的语气可以说是严肃的，当然心灵感受器捕捉到了小东内心的想法，也捕捉到了"不完美的诚实"。

"而诚实地面对自己的困难才是最大的勇气！"艾塔坚定地说，尾巴伸得直直的，和他现下的语气一样，丝毫没有弯曲的意思，不过对于自己为什么说出这样的话，艾塔自己都有些不可思议，因为自己来到人类世界的目的只有一个，那就是找到拯救恐龙人世界的办法，为什么自己要去多管闲事地教育人类的孩子？不死即归，总之自己真的没有多余的时间花在这个孩子身上……尽管理性如此提醒自己。

"好吧，我知道了。"小东似懂非懂，他不安地将目光投向窗外，避免看进艾塔倔强坚持的眼神。

"然而你并不知道，这个世界并不完美，甚至根本不存在完美，而且是残酷无情的，所以要么勇敢地面对困难，要么就选择坚强，请不要用自欺欺人的方式麻痹自己，那是软弱的表现，'不完美的诚实'，这只是你天真的借口，然而这个世界的残酷绝非是天真者可以独自面对的。"艾塔的语气近乎于训斥，咆哮，责备的语气让小东感到委屈，害怕，他并不明白艾塔为何这么激动，这个安静稳重的恐龙人为何也有如此焦躁的时刻，或许自己真的触动到了什么，委屈的泪珠在眼眶中打转，然而即使委屈得想哭，但是小东依旧抹去了泪珠，尽量给了艾塔一个爽朗的神情，换而言之，一个不太熟练的安慰。"你今天去哪里了？一天都在动物园？会不会太闷了呀？"小东试图为艾塔的焦躁找到答案，自己认为合理的答案，一个天真的答案。

再一次地，艾塔在小东的带着泪痕的脸上，清晰地找到天真的表情，即使只是细微的表情，但却有着难以言明的魔力，如同只是清晨的朝阳中，毫不起眼的一滴露水，却足以顺着缝隙，触及最坚硬岩石的内心……足以让艾塔的内心无法坚持冷峻。

"是真的吗？"他在心里自言自语，艾塔察觉到了自责念头，然而自己却并不敢确信……只因为这个单纯的人类真的在关心自己，但这算是全部的理由吗？为什么自己将这么多时间放在这个孩子身上，艾塔自己也说不清，总之自己似乎和这个孩子的关系，比自己想象中的更复杂，然而这到底是好还是不好，如此泾渭分明的判断……被情绪拥抱的理智大概现在很难给出准确的答案吧？

不再纠缠自己的思绪，艾塔拿出一本人类的书籍，回应说："嗯，我后来去了图书馆！"小东分明看见那本书上赫然写着几个大字——核能物理学，作者彭尘尘教授。

七、原子弹怎么造？

在周末的下午，艾塔坚持要小东陪自己去大学听彭尘尘教授的讲座，但小东并不情愿，他更加倾心于自己留在家里玩网络游戏。然而无论小东怎么拒绝，艾塔的"请求"丝毫没有妥协的意思。

"艾塔，为什么你就不能自己披着隐身衣去偷偷听课呢，就像你之前去动物园和去图书馆一样？"尽管是答应了下来，但小东突然想起了艾塔的本领，不解这个家伙为什么这么执着地拉自己下水。

艾塔翻着《核能物理学》的书，轻摇起尾巴，漫不经心地回答着小东："因为，我还要你帮我一个小忙，只有人类才能做到！"

"只有人类才能做到？"这句话在小东的心头荡漾开来，听艾塔这么一说，小东甚至有些不自觉地骄傲起来，原来看似无所不能的恐龙人，有时候也不得不依靠人类的力量……周末的早晨，爸爸妈妈赖在床上睡懒觉，而小东也没有忘记背上书包，假装成一副要去上学的样子，艾塔穿着隐身衣跟在后面。

第一次带着恐龙人出门，小东此刻多了一个心，回头仔细地瞧了瞧艾塔，果然，艾塔不知是没睡醒还是难得的粗心，虽然全身都隐藏得很好，但是脑后的橙色羽毛没有被隐身衣妥善地包裹进去，橙色的羽毛就这么顽皮而明晃晃地飘拂在空中，异常的亮眼，小东赶忙叮嘱艾塔要隐蔽好，不要吓着别人。

在路上，艾塔就觉得小东走得太慢，提出使用人类的交通工具更快地到达目的地，小东却再三疑虑着艾塔能不能乘坐公交车，因为艾塔虽然隐身，但要是有人真的碰着了艾塔，还是能感觉到有奇怪物体的存在，坐拥挤的公交车，又带着隐形而形态怪异的艾塔，这一定不是什么好主意，稍有不慎，估计要把别人吓死。想来想去只好打车！

可真正打上了车，小东立刻就后悔了，到大学的路程几乎绕了城市一圈，打车费估计会让他一周的零花钱报销。一路上小东和艾塔喋喋不休，倒也不是刻意让艾塔想办法把钱还给自己，只是他实在是迫切地指望着存下的每笔零花钱，聚少成多后去买专业比赛用的遥控飞机，那东西的价格可不是普通玩具遥控飞机可以比拟的，所以想到自己积攒的钱就这么不明不白地消失了，小东难免心疼和焦躁。

艾塔被小东喋喋不休的唠叨烦得没办法，居然答应有机会帮小东制作一台遥控飞机，小东这才满意地安静下来，不过这一切出租车司机叔叔看在眼里就有点奇怪了，因为显然从后视镜里暗自观察的司机先生只看到了小东在那里一个人自言自语，顿时感叹现在的孩子学习压力太大，自己和自己说话的样子怪可怜的。

大学里的讲堂和初中的有着很大的不同，让小东感受最深的就是，大学生哥哥姐姐在听演讲的时候都比较随意，看看手机，玩笔记本电脑什么的都不会被台上的老师责备，似乎这些藐视课堂的行为老师早已习惯了。

彭尘尘教授的演讲也十分风趣，配合投影仪的各种短片，还时不时说两个笑话调侃不认真听讲的学生，并不会生气地指责他们，这使得小东虽然没有办法真正理解彭教授到底在说什么，但因为课堂气氛轻松自在，也不会真的觉得无趣。

彭教授在讲台上讲得很认真，很生动，配合着投影上一段氢弹爆炸的历史画面，彭教授接下去说："氢弹爆炸范围比原子弹更大，像上海这种超大型城市，只要一枚原子弹就可以完全摧毁，根本不需要氢弹，不过如果是氢弹的话，冲击波不仅能破坏一座城市，可能位置接近的城市也会遭殃。氢弹的威力是不可估量的，比原子弹威力更强，冲击波的范围也更大，同学们听到这里大概都明白氢弹要比原子弹更加厉害，有哪位同学能告诉我氢弹的运作原理是什么？"

彭教授问这个问题的本意其实是看到同学们都不太专心听他的讲座，有的玩手机，有的玩电脑，甚至有人在用微信发红包，他想考考大家，让大家的思维回到课堂上。可是在座的大学生们似乎都没有怎么认真关注彭老师的演讲，没人愿意举手回答彭教授这个问题。

"小东举手！快！"艾塔穿着隐身衣蹲坐在小东椅子旁边居然开始催促起小东来，但没有其他人知道这个恐龙人的存在。

"你疯啦，这种问题我怎么可能会！"小东朝着艾塔可能存在的方向瞪了他一眼，他完全无法理解艾塔疯狂的举动。

"你只管举手，剩下的我告诉你！"艾塔似乎知道就算他这么讲小东也不一定照做，也没等小东答应，就强行推着小东的胳膊往上抬。

其实彭老师很早就注意到有个孩子在他的讲堂里，他以为这孩子是走错了地方，一会儿就会自行离去，可是孩子迟迟不走，原想把孩子礼送出去，没想到这孩子不但没走，居然还想举手回答核物理方面的问题。一时间，讲堂里面笑成一片。气氛顿时热闹了起来，小东只觉得脸红红的，烫烫的。

"好吧，既然没人肯回答我这个问题，我们就让这位小朋友来说说看，这是什么道理！"彭老师挂在嘴边的微笑，怎么看都是个玩笑。

小东无奈地应声站起来，在众人的注视下，他更害羞，脸变得更红，呆站了一小会儿，直到艾塔从通讯耳塞里发出声来，小东站在那里手足无措，只好跟着艾塔照着艾塔的声音念。

"氢弹是利用原子弹爆炸的能量点燃氢的同位素氘等氢原子核的聚变反应，瞬时释放出巨大能量的核武器，又称热核武器。氢弹的杀伤破坏因素与原子弹相同，但威力比原子弹大得多。原子弹的威力通常为几百至几万吨级TNT当量，氢弹的威力则可大至几千万吨级TNT当量。"小东念着艾塔的话。

彭老师听得愣在了那里，他惊讶地注视起眼前的这位小朋友，并没有带手机或电脑，竟然能够如此熟练地背出这么专业的知识，简直不可思议，整个讲堂也被小东的回答震惊了，顿时鸦雀无声，原本那些想要看热闹的急切眼神，慢慢地被难以置信的惊讶表情取代。

"氢弹比原子弹优越的地方还在于：一是单位杀伤面积的成本低；二是自然界中氢和锂的储藏量比铀和钍的储藏量还大得多；三是所需的核原料实际上没有上限值，这就能制造TNT当量相当大的氢弹。"小东照着艾塔的话继续说了下去，众人的惊讶表情已经很难去形容了。可以想见，小东的发言如同一颗原子弹，摧毁了不少大学生自以为是的傲慢偏见。

但是艾塔似乎觉得这还不够刺激，居然还在通信耳塞里要求小东向教授提个问题！

"老师，我……我能提个问题吗？"小东说得吞吞吐吐，他真的不知所措，仿佛是一个犯了错的孩子正在祈求着老师的原谅似的。

"当然，聪明的孩子，有问题尽管问，你的答案很正确，你有资格提出任何问题，只要我知道的，我都会回答你！"彭教授说得很谦卑，这和他严肃而略显苍老的形象气质有些不相符，特别是对于一个孩子这么说话时，但是彭教授真的被这个孩子的聪明才智所打动，至少现在他是这么觉得的。

"您能告诉我，怎样才能制作出氢弹吗？"小东按照艾塔的话就这么直接说了出来，想都没想！但话这么一说出来，就看着全场顿时安静了两秒钟，然后爆笑声大作。

"可以，孩子，你那么聪明，只要每周都来听我的讲座，我想你是可以造出氢弹的。关键问题是，氢弹是最厉害的核武器之一，你在制作它的同时，也有可能因为坏人的滥用而危害人类的生存，这点你应该明白！"彭老师微笑着带着赞许一字一字地慢慢说给小东听，他害怕自己说直白了，或者说多了会影响眼前这位少年天才的学习热情。

"孩子，你叫什么名字？"彭教授好奇地问。

"我叫陈小东。"小东这次就没有等艾塔的话，本能地应声道，很少的时刻，比如今天的现在，小东可以骄傲地说出自己的名字，不用担心因为名字的俗气带来嘲笑，这实在太难得了。

"好的，小朋友，我记下了你的名字，只要是我的课，欢迎你随时来听。"彭教授说得言辞恳切。这么一个教授如此诚心和关切的讲话，也让小东十分的激动，至少相比于自己身边，很难对自己微笑的初中老师来说，彭教授作为一个知名学者，对自己做出的亲切举动，实在是太出乎意料和值得珍惜的了。

这一天里小东真正体验到了学习的乐趣，那是在一种平和而又平等的态度中进行的，没有平日里老师的压力，小东似乎也能在教授的课堂上收获点知识，虽然这些知识对他而言暂时还用不上，彭老师给予他的尊重却使得他重新找到学习的热情。所以彭老师的课虽然高深，小东仍旧愿意用自己最大的理解力去试图掌握彭老师教授的内容，因为小东知道，彭教授是欢迎自己的，这一点让他很满足，很幸福。

延续着课堂上的活跃思维，在回家的路上，小东猛然想起艾塔在课堂上提出的问题，那个想要造核武器的愿望，让小东感到隐隐不安，这个来自异时空的恐龙人，到底要拿核武器做什么呢？

小东心事重重地回到家，睡觉前他一直反复思考着这个问题。

当然艾塔早就察觉到了小东的心病，只是艾塔想看人类到底能把心里的问题憋在心里多久，就故意一直没有主动地回答小东的疑虑。

"你为什么要造核武器，你为什么对这个感兴趣？"小东终于忍不住问出来了。

"那你知道，恐龙是怎么灭绝的吗？"艾塔没有立即回答小东而是用一个问题替代了另一个问题。

"是小行星撞击地球，这个我在discovery频道上看过。"小东经过白天大学教育熏陶，对知识也运用得活跃和大胆了起来。

"是的，如果我们也能造出你们人类的核武器，把它用火箭载入太空，在小行星上引爆，这也可能成为挽救我们世界的一个办法，但就恐龙人目前的技术而言，这似乎很难做到！"艾塔一字一句讲得很认真，如同经过了多次深思熟虑的严谨考虑。

"哦！这样，那我就放心了呀。"小东长舒一口气，温暖的被窝给了他更多安心的感觉，心里顿时好过多了。

"别搞笑了，你还担心我造核武器毁灭地球不成。破坏地球那是你们人类的特长，我们恐龙人最在乎自然环境了，在我们的世界里，所有的科技都尽最大可能地避免破坏地球的环境，也许正因为这样，我们才没有造出原子弹、氢弹。这一点可不像你们人类，为了装备武器，为了获得更多的资源，为了威胁自己的同类，什么都做得出来，你看看你们的地球，都被污染成什么样了。你们这个脏乱的地球，我们恐龙人才不要呢！"显然艾塔是开着玩笑，说着气话，甚至毫不掩饰地讽刺起了人类的生活风格。

尽管遭受了来自恐龙人的嘲讽，反正小东总算是心里的一颗大石头落地了，但是防卫地球的任务到此为止了吗？左思右想他还是又接着问了艾塔。

"艾塔，你说诚实地面对才是最大的勇气，你是一个勇敢的人，我可以相信你吗？"小东疑惑地问着，自以为巧妙地想从恐龙人那里得到保证，当然他不想听到否定的答案。

"当然！"艾塔只简简单单地回答了两个字，但这两个字说得很坚定，这让小东很放心。于是周六的夜里，月光久久地驻留在了两人睡着时嘴边迷人的笑容上面。

渐渐地，小东已经睡得昏沉，一场突如其来的夜雨，使得原本就感觉敏锐的艾塔在床底下睡得并不踏实，下落在夜色中的雨滴唤醒了千万种沉睡的味道，雨水浸落的声音它们鲜活起来，报纸，广告牌，落叶，罐头……雨滴落在上面都会产生不同的声响，尽管闭着眼睛，但对于艾塔来说周围的一切此时变得更加清晰，他忽然听见了窗帘猛地被诡异的疾风撕扯摆动的声音，疾风迅速地将一丝若有若无的冰冷金属气味吹到艾塔的鼻间，艾塔无法辨识这个气味，但隐隐从这个气味中体察到了陌生和危险的存在。

半寐半醒的他本能地想睁开眼，甚至爬起来，但不知是身体的劳累或是其他未知的原因，他想要做出任何动作都变得异常困难而沉重，无奈，只好从眯缝着张开的眼睑，奋力地向着窗户的方向望去。艾塔隐隐约约地看见窗外一个飞行器正朝着自己的位置靠近，这个飞行器有着和碟子一样迷人的形状，飞行器旋转着，夹杂着低频的电流声音，嗡鸣着向自己靠近。

只是一个瞬间，飞行器飞得离窗户很近很近，在艾塔看来，如同是一艘船迎接旅客时和码头的距离，在这样靠近的距离中，保持稳定的飞行姿态，简直不可思议。然而未及艾塔多想，从窗户的所在，一道灵动而安详的白光，使得艾塔再也看不清任何影像，又不知多久，艾塔觉得有一个和自己一样的，只有三个爪子的手，拖着长长的影子，在自己的面前缓缓地晃动，恐惧如同雨中阴暗处的苔藓，肆无忌惮地在艾塔心中滋生，只是最奇怪的是，每次艾塔想起身，无奈自己怎么也爬不起来，朦朦胧胧的，好像是幻觉，然而这定然是个让人惊恐的幻觉，即使只有残存的一丝意识，本能却不断地驱使着艾塔奋力挣脱……

从昏睡的姿态中起身的那一刹那，除了恐惧的残存，艾塔却什么都记不起来，房门外小东的爸爸妈妈急促的脚步声，慌乱无序地响起，紧接着听到了小东妈妈的抱怨："怎么大半夜突然没电了，真是见鬼了！"他从小东的床下莫名警惕地注视四周，依旧一片黑暗，一点零星的灯光也没有，视线所及之处的城市竟再也看不见一点亮光，这加重了艾塔的恐惧和疑虑。因为内心的莫名惊恐而逐渐放大的瞳孔，如同是无边扩散的黑夜，有的却只能是收获更多的黑暗与不安。

"哧啦"两声细微的划擦声，在艾塔耳边响起，然后他看见的是两团比烛火更为纤细的火苗，蓦地出现在自己的眼前，越靠越近，火苗在微弱而温情地燃烧，恐惧和不安渐渐地，渐渐地消散，直至两团火苗拥抱在了一起。艾塔才在微弱的余光中看见了小东一只手竖在嘴唇中央，那天真而柔软的笑脸……

八、重要的事情说三遍

下午，第一节课还没下课，走神的小东就注意到了班主任就在教室门口，小东猜到了大概今天是可以早点放学了，心思放在这个想法上，想想他就激动，然而聪明的小东猜到了开头但并没有猜到结尾，老师着重说明了，想要早点放学回家的同学必须按照上级教育部门的通知，配合参加"青少年好人好事"的作文比赛，重要的事情说三遍，老师连说了三遍，明天早放学的同学要交作文，交参赛作文，交亲身经历的，做好人好事的作文……小东参与这个作文比赛的目的十分明确，就是不想在学校多待上哪怕是一分钟，他相当兴奋地选择跟着其他参与作文比赛的同学早早地放学。

不过，虽然做好人好事的经历在以前小学的时候也有过，只是那时候的事情也无非就是笨拙地帮家长做家务，默默为班级打扫卫生什么的，但班主任有言在先，这些都不算，要做一些实际对社会有贡献的好人好事，这倒是让小东迷茫了一会儿，不过好在小东有个好朋友叫艾塔！小东的心思通过艾塔留给他的通讯耳塞传达，召唤艾塔和自己一起逛街，而艾塔也同样觉得这是一个好机会，他能够借助小东的视角，更加真切地了解人类的社会运行方式。

但当艾塔隐身来到小东面前，完整地听完小东对于逛街的目的描述，脑后的羽毛瞬间就炸了起来，一下冲出了隐身衣的保护，羽毛瞬间凭空出现在了空气中，如同凭空出现的焰火，小东已经能猜到艾塔估计又是吃惊了。

"人类可真奇怪，做好事难道不是应该的吗？难不成不去做好事去做坏事？为什么刻意做还要写在纸上？"艾塔的问题让小东有些难堪，貌似说得也对，但现在的小东还真没有这个水平回答这个问题。

"哎呀，我的好朋友，你就用你神奇的心灵感受器帮我探测一下谁需要帮助就好啦！我们早点做完，早点回家，说不定爸爸妈妈还没回来我还可以偷偷玩一会儿网络游戏呢！"小东只能这么和艾塔说，希望艾塔不要过分纠结人类的某些行为，只是从帮助自己的角度为自己解决难题。

　　带着对做好事写在纸上的不解，艾塔更是觉得这是一个体验人类社会的好机会。

　　两人选择了离学校最近的超市，因为小东思索着，在这里帮年纪大的老爷爷老奶奶提一下购物篮，自己也就算做了一件实质性的好人好事，也好写份差不多的作文交差了。

　　在超市卖食品的一层，小东发现了很多老年人都聚集在这里，只是老爷爷和老奶奶和往常慢吞吞的动作不同，在超市里的老年人显得很有活力，仿佛身处在超市中，青春和活力就会重新回到了这些老人的身上，至于这是为什么，小东可不想细细探究其中的原因。敏锐的他看到一个老奶奶提着满满一篮东西，虽然步履蹒跚，脸上的表情却是一副急匆匆的样子，小东觉得这是一个极好的时机，他自作主张地冲到了老奶奶面前，并没有去询问艾塔的意见，毕竟要是跟这个不懂人情世故的恐龙人解释清楚，可能人家老奶奶早已经走远了。

　　虽然还重重喘着气，小东尽量礼貌热情地对老奶奶说：

　　"奶奶，您的购物篮不轻吧，我来帮您提吧！您这满满的购物筐，是要去收银柜台结账吧，来，我来帮你拿。"话说得很客气，可能是因为小东不想被拒绝。

　　全然出乎小东的想象，老奶奶完全没有被小东的热情打动，老人起先是一惊，然后神色间的不乐意越来越明显，如同她眉心被不满挤出的深深沟壑，恼怒在其中酝酿，她甚至没有耐心仔细打量下眼前的年轻人，语气也不是很好地和小东说：

　　"走开！我忙着呢，去去去，去一边自己玩去！别添乱。"说完这位老奶奶赶路似的走开了。

　　满心疑问的小东一头雾水，很难想象刚刚自己哪里做的失礼，不过眼前发现另一位老爷爷也急匆匆地带着小跑和那位老奶奶一样走向超市的同一个方向。

　　小东刚想上前询问老爷爷需不需要帮忙，只是匆匆迈出了两步，就被艾塔用三根手指的小手拽住了。

　　"怎么了呀？有什么不对吗？"小东不解地问，他完全不明白艾塔此时为什么要拉住自己，就像刚刚那个老奶奶拒绝自己帮助一样，对此小东毫无头绪。

　　"你不懂，你不用去了，他们是不需要你帮助的，我用心灵感受器探测过了，他们都要急着去那个地方呢，是不会有心思理你的。"说着艾塔就用手指了一下那个方向，怕小东看不见，特地把手伸出隐身衣的一小节，指引小东迷茫的视线，小东一看艾塔肉乎乎的纤细灰色的胳膊凭空出现在空中，连忙示意他赶紧缩回去不要被人发现。

这时广播里传来播音：

"亲爱的顾客朋友们你们好，鸡蛋大减价的时间已经到了，今天我们鸡蛋限价限量出售，绝对低于市场价，欢迎您的选购！每人每次限购一盒！"

小东看了看艾塔指的那个方向，刹那间，他现在全都明白了，带着一脸无奈和落寞的表情示意艾塔离开。

小东知道这些大爷大妈们又去哄抢特价鸡蛋了，这些退休的老人家为了能够买到这些特价鸡蛋，几乎天天都来，但超市也自然不是福利机构，那些鸡蛋数量有限，抢到才有，小东现在明白，老人家们怎么会有空搭理自己呢，怎么自己就没想到，这么不知趣地凑上去，差点帮了老人的倒忙。还希望这事艾塔不知道，否则人类的这一行为解释起来，肯定是有点困难和尴尬的，就是小东自己也不知道为什么有些人就这么爱占便宜。

走出超市，一个老爷爷衣衫不整，满脸污垢，衣服不仅单薄而且很多破洞拿着一个破碗向过路的路人乞讨，小东看见了，心想那我是不是就随便捐点钱，也算助人为乐了。

其实小东急着回家玩网游，眼前这桩做好人好事的机会近在面前，他觉得捐献零花钱帮助穷人也是为社会做有益的事情，不如自己眼疾手快抢先做了这桩好事，看来这次一定错不了，又一次地，小东没有耐心征求艾塔的意见。

此时，两个穿制服的叔叔出现，径直走到了乞丐老爷爷身边，看这身制服，小东知道他们是城管，一个城管上前对那个乞讨的老人，训斥道：

"都跟你说过多少次了，不要来这里，影响环境，你这么大年纪了不嫌丢人，我们还嫌你这造型影响市容呢！快走！"

小东虽然人年纪小，成绩也不够好，但这一切都与正义感无关，他觉得那个城管，不论是语气还是说话方式都实在太凶恶，显然对老爷爷太不尊重，尽管老爷爷是乞丐，但乞丐也是人……有些不服气的他，仗着艾塔在身边，壮着胆子正想上前去理论。艾塔的声音就在这时飘进了脑海。

"你不懂，你就不要冲动了，我刚刚用心灵感受器探察过了，这个老人家是骗子，家里不缺钱，他乞讨是为了骗更多钱赌博！"艾塔慢悠悠地说，语气中一种似笑非笑的状态，似乎对人类的行为有些失望和无奈。

这话把小东立刻就讲懵了，回过神来，气得义愤填膺的小东无奈万分地感叹道："哎，这年头好人真难当，不做好人好事了，就当我刚刚捐过钱，回去随便写写作文，混过去算了！"显然小东是在赌气，但另一半真实原因却是急着回家组队打电脑网络游戏。

"我之前说过了，人最大的勇敢在于诚实面对自己的困难，你记得吗？难道这点困难你就又想用'不完美的诚实'办法混过去吗？说吧，今天你又做了几次'不完美的诚实'的事情呢？"艾塔的话如同一泓波澜不惊的池水，但也瞬间浇灭了小东心急火燎的情绪。

"好吧，就你会说大道理，不过你说倒是轻巧，可是到哪去找需要帮助的人呢！"尽管在内心里，小东是接受的，但小东还是带着赌气的情绪说。

"这个好办，我帮你！"艾塔说着立刻启动心灵感受器，散布神经元网络信号，开始搜寻。

"现在需要帮助的人没有，需要帮助的动物倒是有！"艾塔说。

"可是帮助动物，好像不是老师规定的好人好事吧，这能算吗？"小东不解地问，把"人"这个字的读音说的很重很重。

"帮助，是建立在别人需要的基础上，而动物也是地球母亲的子女，我们帮助生命不该仅仅局限于人类之间。无论帮助什么都应该是发自我们内心的！"艾塔解释说，与其说是解释，不如说艾塔义正词严地复述了一遍恐龙人道德理念中的常识，小东忽然觉得，看不出这个小家伙恐龙人也会语重心长地讲大人话。

跟着艾塔走进了附近的一处居民区，在一棵梧桐树下，果然一只可怜的小猫，不知因为贪玩还是捕捉小鸟，居然爬上了高高的树枝，一时被困在树上，下不来了，这只小猫无助地喵喵叫着，一声长，一声短，叫得极为可怜，那小猫攀附的不算太粗的树枝却在不低的空中，左右摇晃，这只小猫看起来摇摇欲坠，很是危险。小东自己当然不会爬树，灵光一闪的他，看到街角处恰好有家建材商店，想必那里一定有梯子卖，当然小东口袋里自然是没钱买梯子，他只是准备找老板借梯子暂时用下。

"你要梯子干吗，没看我正忙着呢！"建材店的老板30来岁，头发如同他的天真和同情心，早已在岁月中，消失得无影无踪，眼见小东不是来买东西的，老板的语气听起来并不是很耐烦的样子。

"树上有只小猫，我要救它下来！"小东解释道，他原本天真以为建材店的老板会认同自己的想法。

"切，你没看这么多人买东西呀，人的事情都管不过来，我可没空管猫！人家猫自己爬上去的，它自己愿意，关你什么事！"杂货店的老板更加不屑这个天真的孩子了，天真的含义对于一些成年人来说，或许就只是负担，或者又一个自己生活不顺遂的理由，于是老板说完就没再理会小东。

小东又急又气，回望着树上的猫，又看看冷漠的老板，一时真的也没辙了，小猫，在树上凄惨地叫着，小东心里非常不是滋味，此刻他甚至能感受到小猫心

底的那份恐惧和无助，他只恨自己实在想不出办法了。

阳光从云层中的缝隙透出温润的光泽，有些刺眼地晃过了小东的眼睛，恍惚间一簇橙色的羽毛在空中闪现，飞上树枝，然后围绕着小猫的头顶，带着小猫又稳稳地回到了地上，仿佛就像小猫长出了天使翅膀，自己飞下来的一样，但小东知道是艾塔跳上树枝救了小猫。

艾塔将小猫抱给小东，小东轻抚着小猫的头，小猫温顺而乖巧。

"哎，看吧，到最后又是你勇敢了，我没勇敢成，不但没做成好人好事，连好猫好事都被你抢了。"小东把猫轻轻地放在地上，自己心底的羁绊也放下了，笑着和艾塔说。

"你已经很勇敢了，刚才你救小猫的决心我已经了解，只是能力不够，但是心里有这份心思，好人好事就算你做的啦，况且你也做了努力不是吗！不信你看那只猫！"艾塔说。

果然那只可怜的小猫大概是受了太多惊吓，走了两步，恍恍惚惚地又蹲坐在地上，舔了舔毛，想起似乎自己忘了什么，胆怯地回头，小猫凝望着小东，虚眯着眼睛眯，翘起尾巴，清晰地向小东叫了几声"喵喵"，在小东看来，这一定是猫咪在感谢他的救命之恩，就在这个瞬间小东也清楚了助人为乐的真正快乐，哪怕是小动物，小东觉得能够在需要的时候帮它们，从而体验这种满足和成就，怎么也是值得的，得到小动物的感谢，那感觉真的是无比的幸福。

"太好啦，终于完成了老师布置的做一次好人好事的任务，回去作文知道怎么写啦。"小东爽朗地欢笑着，此刻，他为自己感到骄傲。

"只是为了别人的要求，才刻意去做吗？"艾塔的语气却意外的有些冷静，这种冷静低沉的语调，小东能感受到不解和责备。

"不是，不是这样的啦，难道，眼前还有什么需要我们帮助吗？"小东的回答似乎在掩饰着什么他不确定的事情，而现在，他为自己的不确定感到不安。

"还有，这次需要你一个人帮助，当然你愿意做的话……"艾塔语气竟有些悲伤，但他尽力的隐藏，他不想去用自己的情绪逼迫小东，他更想倾听小东发自内心的想法。

"我想！"斩钉截铁地回答，小东毫不犹豫地说，就在刚刚他全然明白了自己不安的原因。

跟随着艾塔，小东在前行了500米的小巷深处，一排背光的门面房里，他们找到的是一家宠物医院，透过宠物医院门前大大的窗户，小东看见了手术台上一条病重的狗，可怜的家伙，这条不太纯种的拉布拉多猎犬已经被病痛折磨的如此瘦弱，原本健硕的体格现在剩下的只是皮包骨的状态，所有的脂肪似乎和它曾经的健康一样，所剩无几。

　　医生对于这个可怜的家伙早已无计可施，只能重复地帮它输入一些营养液，但这丝毫没有使得狗狗的病情有任何的好转，它依旧带着艰难的呼气声，瘫倒在手术台上，四肢僵直地前伸，腹部不规律地剧烈起伏，伴随着它的咳嗽以及艰难的吸气。唯有狗狗的眼睛依旧明亮，仿佛是它生命中最后一丝火花，当小东来到窗前的那一刻，狗狗的眼睛还是捕捉到了小东的到来，甚至努力向小东投来一个善意而可爱的眼神，但确定了小东的外貌，狗狗眼神随即黯淡了一些，仿佛一个失落的表情，进而持续的是忍受痛苦而不屈的神光。狗狗在等待着什么，小东隐隐地觉得。

　　狗狗的状态让小东觉得浑身不自在，甚至本能地想逃离，小东问艾塔自己能做什么，因为他意识到这条狗狗离死亡真的不远了，他不明白艾塔为什么带自己来这里，显然除了揪心，他对此无能为力。

　　艾塔同样在目击着这只可怜动物的痛楚，"这条狗很快就会死去，不过它现在还在硬撑着，因为它在等一个人。"艾塔平静地说，小东一度觉得这种冷静态度有些太冷漠，仿佛生生死死的事情，在这个恐龙人心中惊不起一丝最微弱的水纹。

　　"它在等它的主人对吗？可是我们去哪里找它的主人？"小东的语气越来越急切，似乎他能感受到狗狗的痛苦，这让他有些呼吸不畅，"艾塔，你有没有药可以让狗狗重新健康起来？"小东眼前一亮，觉得自己找到了一个绝好的主意。但随即得到了艾塔否定的回答……

　　"那怎么办，我们去哪里找它的主人？"说这话时，小东感觉到了自己眼眶的湿润，大概这条狗狗是等不到自己的主人了吧。

　　艾塔没有回答小东，此刻他正集中全部的精力，从心灵感受器中搜集更多的信息，终于艾塔成功地将心灵感受器建立的记忆数据链定向在了狗狗的大脑，随即灰白而晃动的画面传来。

　　地面……被瓷砖铺就着，随着瓷砖的后移，艾塔看见了狗的脚，正踏着欢快的节奏，然后随着狗狗猛然的一抬头，艾塔看见了一个茶几，而在茶几上一个电话被放置在那里，大概是狗狗站了起来，艾塔觉得视线开始提高，然后两只毛茸茸的爪子搭在茶几上，这使得艾塔能够看见电话屏幕所显示的数字1381395201314……

　　此时一个女声带着责骂的语调传来"下去"，随后又是一阵跑动，艾塔跟随狗狗的视线来到了一扇门前，大门漆黑的阴影，出现在门外阳光透过门框的缝隙散射的光亮处，如同一道巨大的障碍，挡住了所有的希望，突然门锁微动，门即将要被打开，艾塔的视线稍稍向右侧倾斜，试图在第一时间看见门外的希望，此时瞬间艾塔眼前只剩下一片眩晕的苍白。艾塔知道狗狗晕厥了过去，刚刚的图像是这条可怜的狗狗努力在回忆的东西。

"1381395201314"艾塔将电话报给了小东，小东毫不犹豫就拿出手机拨通了电话。

"喂，你是哪位？"一个男人的声音带着沙哑，有些焦虑地问道。

"你好，先生……那个，我想你的狗狗快不行了，它在医院，地址是……"小东忐忑地说，其实是因为小东自己也不知道怎么和这位狗主人解释。

"我昨天不是已经预付过5000块钱了吗，你们全力救治就是了，死了不怪你们，再说一遍！请不要烦我，我马上还要开会！"男人的声音近乎歇斯底里，愤怒焦躁溢于言表。

"可是先生……"显然是被狗主人的坏脾气吓到了，小东的语气变得畏畏缩缩，眼神不经意间又落在了可怜的狗狗身上，于是不知道哪里生出的勇气，小东忽然提高了声调，对着电话不顾一切地喊道：

"我想它现在需要你，需要你，需要你……"小东不知自己为什么要重复这句话三遍，但刚刚的呼喊已经耗尽了他全部的气力，这是如同生命一般重要的事情，真的需要说上三遍。

半个小时后，一阵急促的刹车，一辆小汽车歪斜地停在了医院前，一个穿着西装的男人，着急地从车子里出来，不顾一切地飞奔向宠物医院，门铃作响，宠物医院的门被拉开……

依旧还是银白色的画面，随着鼻子抽动的湿润声音传来，视线一点一点地开始恢复，清晰，还是黑白的图像，还是记忆中的那个门口，甚至还是那个急切地向着右侧倾斜的视角，一个西装男子的身影从门外璀璨的光亮中渐渐走近，男人亲切地俯身，向着狗狗湿润的鼻子，伸出一只手，触碰的感觉如同是春日午后一般的温润和生动，在相触的一刹那，眼前的黑白的背景开始逐渐融化，如期而至的暖风吹过，将世界变成了彩色……艾塔放开了搭在小东后颈上的手，随即狗狗脑中的画面消失了。

"狗的视觉……不是说狗看到的世界是黑白的吗？怎么会有彩色呢？科学家骗人的……"小东哭泣着说着，却硬扯出一番看似与伤心无关的话来，艾塔知道小东很难过，想转移注意力。

"是的，你们人类科学家说的没错，狗看到的世界确实是黑白的。"艾塔在小东背上轻轻拍打着。

"彩色意味着，意味着……它在幸福中彻底地解脱了，不死即归，这个可怜的动物回家了，真的回家了，它践行了自己一生的誓言，小东你做得很好。"艾塔依旧是平静的语气，但语气间的庄重感，让小东觉得自己很是被肯定。

　　晚上，小东的作文也写的很诚实，很流畅，因为他没有编制帮助他人的故事，只是原原本本地将帮助小猫的事情写在了作文本上，尽管他知道可能和好人好事的比赛主题有背离，老师甚至有可能会让他重写，但是他仍然没有更换写作内容，小东将帮助小猫的作文写得很认真，很动情，然而关于狗狗的事情，他只字未提，因为他知道，那是无法用文字加以说明的。

九、梦境？还是奇迹？

关于梦，相信没有人类会感到陌生，但至于要说多么的熟悉，那也并非如此，梦境虽然屡屡发生在我们的睡眠中，人类习以为常，但是梦见什么？梦会提示着什么？甚至梦在虚构着什么？我们完全丝毫不能掌控。如果大脑就像一棵神奇的树，思维就如同这棵树上的树枝，谁都知道它们将按照阳光指引的方向生长，然后吐露出记忆的嫩芽或者叶片，然而当阳光不在，叶子枯黄凋零时，任凭谁都无法去轻言预判枯叶离去的方向……

对于恐龙人艾塔来说，梦境却是完全未知的领域，准确地说他从来都没有做过梦，更奇怪的是，就在来到人类世界之后，艾塔居然也和人类一样学会了做梦，这是艾塔这辈子从来没有体验过的事情。

导致艾塔和人类一样能够做梦的原因却是源于人类的一项科技成果，这可并不是什么了不起的高科技，就是在我们人类看来，也似乎很普通，但他却可以神奇地促使梦境的产生，这个科技就是人类的电视！

在恐龙人的世界里，传播信息的功能主要由心灵感受器直接作用在恐龙人的大脑里形成，他们并没有电视这样的设备，因此恐龙人可以完全不用自己想象，就可以了解事情的原貌，甚至每一个细微的细节，但是这样的信息，太过于完美，太过于直接，太富于真实。相对的，人类的电视，电视或者是显示屏，甚至于手机屏幕，世界仅止于一个有限画框中的风景，仅能传递局部的画面信息，而不是客观世界里完整的全部，那些画面中不曾显示的其余部分，都需要人类自己去想象去补充完整，去试着感受。

比如在手机中的朋友圈里，人类看见了朋友分享的野外鲜花照片，虽然闻不见花香，但是可以自行脑补花香的气味，甚至是野外土地在雨后散发的泥土清香，从而使得信息完整并赋予生动。恐龙人的心灵感受器却能完整地传达无论是视觉，听觉，嗅觉，甚至是对方的所思所想，缺少了这个动程，这个主动去想象补充信息的大脑活动，就算恐龙人产生了梦，也会因为想象力不足，或者过分依赖心灵感受器在脑中生成画面，致使他们的梦境一片空白，事实上，极少有恐龙人能体会到梦境中的场景到底是怎样的感受。

但是这一切都在艾塔进入人类世界接触电视之后大为改观，由于小东每天白天必须上学，小东的爸爸妈妈也因为要上班而不在家，家中就艾塔一个人，于是电视就成了艾塔在小东家了解世界的另一种方式，毕竟和电脑不同，电视的内容不用自己主动去选择，艾塔乐意每天舒舒服服地躺在沙发上，丝毫不费心力地去关注电视上看似随机出现的节目，当然他还是习惯于将频道锁定在探索发现频道上，这是他唯一要稍稍选择下的事，所以他将看电视视作一种休息。然而就是感觉敏锐的艾塔也没有察觉到，在这个夜晚，电视居然给他的人生带来了一次自出生以来最大的心灵震撼。

像往常一样，这一天又在艾塔和小东的吵吵闹闹中度过。小东那些幼稚而有些好笑的问题也都在艾塔的努力下一一解决，至于一直让小东头疼的作业，艾塔也尽力帮助他补习知识后顺利完成了。这样毫无波澜的一天使得这个夜晚看似无奇，但是奇迹却在艾塔晚上入睡时悄然发生。

艾塔入睡之后，很快就进入了深沉的睡眠，可这一次，艾塔惊奇地发现，尽管自己已经睡去，闭上眼的世界却慢慢地一点点地清晰起来……自己的意识正在梦中的世界醒来！

无法相信自己看到的，这是真实还是虚幻？艾塔将手臂贴着身体，微微弓着腰，随着脚下小心的步伐，手指谨慎地触碰起身边的事物，直到一排绵密的如同锯齿排列的桫椤叶，伴随轻微的刺痛感出现，这种触碰带来的感觉如同深秋的阳光，既温暖而又刺眼。这是自己多么熟稔的场景，眼前类似芭蕉叶一般的大阔叶植物带着雨后遗留下的露珠，上层的叶片呈现出动人的绿色，而下层被遮挡起的阔叶，因为久违阳光几乎成了棕色。恐龙人这种高大的植物为封印树，似乎是受到了这种树宽阔密布的树叶启发而冠以此名，阳光照在宏大的叶片上，试图将光明洒满大地，却因为叶片的密集的堆叠，唯有星星点点的光斑能够真正触及大地，在恐龙人的传说中，这种树拥有封印阳光和时间的能力。另一边视线的更远处，高大的红衫木树影在溪流间律动着光线，空气中弥漫着略带湿热的花草馨香，如同热带雨林一般，从苍翠林间仅存的缝隙望去，这是几座高山中间连在一起组成的一片河谷山地，高山如同是天然的屏障，把艾塔脚下的土地置于自己的保护中。艾塔恍然意识到了这份熟稔感觉的含义，这正是6500万年前恐龙世界的野外，然而就在踟蹰疑惑之时，远处的山谷通向间开阔水源地的方向，传来低沉的声音，随着声音的临近，艾塔警觉地注视，那竟然是一群迁徙中的泰坦巨龙……

它们是侏罗纪时代梁龙的后裔，这是种巨大的四足恐龙，有着难以置信的长长脖子和马鞭一样修长有力的尾巴。它们是四肢行走的恐龙，前肢略短于后肢，形成大致水平的姿势，形象点说，可以用吊桥来比喻梁龙类的体型结构，而这群泰坦巨龙，相比于它们的前辈梁龙，体型更为庞大，近30米长的身体使得它们看起来，更像是一座座移动的小山丘，可是它们怎么会在这里？艾塔警觉地意识到，因为就算是在自己生存的白垩纪的恐龙世界里，这种庞然大物在野外也并不多见，甚至是罕有的……

"哥哥，你在哪里？"难道是自己听错了，艾塔不敢相信自己的耳朵，一个熟悉而又令艾塔异常思念的声音在耳边响起，这个声音对艾塔来说是如此的甜美而令人怀念，却又是遥远和不安的，甚至带来了困扰的情绪！是妹妹吗？可是自己的妹妹已经……

"哥哥，你不要走那么快，我快要赶不上你了！"那个熟悉的声音越来越近了，这声音简直就是世界上最动人的音律，如同是人类世界鸟儿晨曦时的鸣唱。直到声音近在眼前，艾塔才从美妙的陶醉中苏醒。

在一个恐龙人幼儿活力而稚气的脸上，没人能找到任何一刻会呈现出重复的神情。竟然真的！真的是自己的妹妹！此刻妹妹看上去和小时候完全一致，年幼的妹妹，体型较成年恐龙人更为小巧，脑后的羽毛是粉色的，除了面颊，浑身都长有稀疏的纯白透明的绒毛，两种令人感到温馨甜美的颜色，天真的颜色，如同盛夏中的草莓……她有着和自己相似的大眼睛，不同的是妹妹的眼睛是令人陶醉的玫红色，如同釉彩一般色泽亮丽鲜润的，仿佛是生命欢快的进行曲，作为年幼的恐龙人，这双玫瑰红宝石一样的大眼睛竟然占据了妹妹精致面容的三分之二，如同是被精心放置在了粉红色羽毛铺就的软垫上，这种视觉呈现出的温馨与柔软之感，和记忆中最后一次见到妹妹时，竟然一模一样。

艾塔无法相信这是真的，他显然一时无法接受眼前一切，他本能地用手揉了又揉自己的眼睛，却骇然地发现，天呐，自己的手上居然也有小时候的绒毛，天呐！自己也变成小时候的样子了！

难道这一切是真的？艾塔呆立在原地，虽然努力地思索但大脑已被刺激和惊吓弄得一片茫然，随之曾经的记忆云集，惶恐的情绪立刻占领了艾塔所有的思绪，这使得艾塔瞬间拉起妹妹的手，万分焦急，他顾不得什么了，顾不得这究竟是不是真的，艾塔什么都顾不得了。

"妹妹，快，快跟我走！"艾塔喊道，慌张的神色甚至扭曲了他脸上的表情。

因为艾塔过于清楚地知道，接下来要发生些什么……

"爸爸妈妈，我要爸爸妈妈，都是你不好，非要拉着我来野外探险，这回真找不到爸爸妈妈了怎么办？"艾塔的妹妹名叫艾萌莉，被艾塔拉扯痛了，带着有些任性的情绪，哭着闹着对艾塔说。

眼下的一切确实是发生在很久以前的事情，当艾塔小的时候经常和妹妹还有爸爸妈妈去野外，因为艾塔的爸爸妈妈都是恐龙人世界的科学家，工作很多时候都在野外进行。虽然当时艾塔尚且年幼，但他从骨子里就存有着一个冒险家的心，当时在这个荒岛上，爸爸妈妈忙于手头的科研工作，艾塔就拉着妹妹出去探险，至于后来发生的事则让艾塔终生难忘。

轰！……丛林深处传来一阵让人恐惧的嘶鸣声，宛如地狱之海中驶来的黑暗巨轮，发出的死亡汽笛轰鸣，从声音的距离感中，艾塔稍作判断，心想这下糟了……两只鲨齿龙左右交替着，顺着山势，撕裂着叶片和树枝，践踏着山石，从丛林中冲了出来，他们是恐龙世界里极为可怕的杀手，他们的体型仅比著名的霸王龙看起来扁平一些，这种体型上的差别，就如同非洲大草原上的狮子和花豹，但鲨齿龙拥有霸王龙难以企及的灵活，得以在丛林中爆裂的奔跑，它们同样也是可怕的肉食性恐龙，拥有着异常巨大的头颅，暗红色的长吻，那令人惊悚的白森森巨齿，使得这两个怪物，看起来就像移动的巨型地狱绞肉机。鲨齿龙的命名正源自于它们牙齿非常类似人类餐刀，有很明显的纹路，有些人觉得这像极了大白鲨的牙齿。此刻，鲨齿龙的出现使得迁徙中的泰坦巨龙群感到了极大的危机。

事实上，鲨齿龙就是泰坦巨龙的天敌，和霸王龙一样同属于超巨型食肉恐龙，不同于霸王龙那种壮硕的头部类型，鲨齿龙的头部看起来更加狭长，这使得鲨齿龙拥有比霸王龙更长的嘴部拥有更加夸张的开合度，可以轻易地从行动缓慢的泰坦龙身上咬出一个巨大的伤口，然后只要等着泰坦龙失血过多，自己倒下……

20多只泰坦巨龙如同20座相互簇拥的小山，受到鲨齿龙的惊吓，亡命的奔窜，两边的密林增加了更多危险的不确定，泰坦巨龙眼前的路只有一条，本能驱使它们径直向艾塔和艾萌莉加快步伐移动过来，它们沉重的身躯，使得它们做出任何一个转向都极为艰难和缓慢，它们那巨大得如同宫殿里的顶梁柱般的四肢，无法像马儿一样撒腿狂奔，为了逃生，泰坦巨龙只能加大行走的步幅，并不能真的奔跑和跳跃。巨大的身形下，即使是它们的每一步移动，都会伴着大地不小的震动幅度，引得四周一片飞沙走石、惊天蔽日，可是愚蠢的泰坦龙又怎么会知道，那两只鲨齿龙的目标不是自己，而事实上鲨齿龙亦不是为了食物而来！

泰坦巨龙和艾塔他们的距离越来越近，眼看实在来不及躲避，一个急停，艾塔猛拽着艾萌莉，跳进离他们最近的一个干涸的小溪流形成的河沟，泰坦巨龙顶梁柱一般的四肢就惊险万分的，在艾塔和艾萌莉的头顶上一个一个地掠过，好在溪流的水道狭窄，泰坦巨龙巨大的四肢都迈了过去没有踩进河沟里，但是泰坦龙四肢踏击地面的震感却使得艾塔和艾萌莉惊吓得说不出话来，眩晕中，艾塔只觉得耳朵里一片蜂鸣。

鲨齿龙拥有敏锐的嗅觉，这和它们细小的不甚发达的双眼形成了鲜明的对比，不幸的是，今天鲨齿龙没有将自己的特长用在捕食泰坦巨龙上。在最后一只泰坦龙刚刚跨过河沟，鲨齿龙立即发现了艾塔和艾萌莉隐蔽的位置，当惊魂未定的艾塔探头向河沟外望去，只看见鲨齿龙鲜红渗人的眉骨之下，鲨齿龙眼睛如同两道带血的伤口，正狂暴躁动的逼视着自己。

"哗啦"一声，只听见类似巨石开裂的声音，鲨齿龙居然用血盆大口啃噬向河沟，艾塔拉起艾萌莉，不失时机地使用了一个向后的变向跳起，躲过了鲨齿龙的攻击，转身顺着河沟在山坡上画出的轨迹奔跑，在奔跑晃动的视线的尽头，是山坡下方的一片密林，向山下峰方向跑去一定有机会！艾塔告诉自己，然而猎食者的本能，让鲨齿龙敏锐和清晰地意识到艾塔他们的意图，锲而不舍地从后面急速追赶过来。

"来不及了，跳！"艾塔大声对艾萌莉喊道，随着山坡向下的趋势越来越陡峭，两人顺着河沟就像坐滑滑梯一样顺势而下，一落就是10多米，猎杀他们的鲨齿龙在急剧下落的山坡上平衡感渐渐消失，但他们依旧勉强地在密林中穿行。鲨齿龙没有放弃的意思。它们嘶吼着向艾塔和艾萌莉追来，凭借着鲨齿龙惊人的爆发力，两个巨兽和艾塔、艾萌莉的距离越来越近，千钧一发之际，突然间出现的刺眼的阳光，刹那间，直射向艾塔的眼睛，他的瞳孔猛然收缩，以适应强烈的光线改变，眨眼过后的世界，树木不再浓密，这意味着树林的保护已经不存在了，云朵悠闲地就在自己眼前飘过，和现下紧张而残酷的场景一点也不相符，而远处巨大的水流撞击声，和浓密的水汽气息，已经开始预示着更大的危机已经逼近……

艾塔死命地拽住艾萌莉，无奈沿着山体滑行的速度太快了，怎么也刹不住脚步停下来！"瀑布！艾萌莉，憋住气！"艾塔惊叫着。

两人从30米高的悬崖上和下落的水流一起摔了下去，两只鲨齿龙无奈地只好远去，砰砰两声落水声，好在瀑布下方河流水深足够，两人意外地化险为安。

"艾萌莉，艾萌莉！你在哪？快回答我！"艾塔刚从水里钻出来，立刻急忙地寻找落水的艾萌莉，他的呼喊似乎却更像一个落水者求生时的挣扎喊叫！这一次，他不想失去自己的妹妹。

"我在这，我没事！"艾萌莉也从3米外的水域中钻出来，吐出两口水，咳

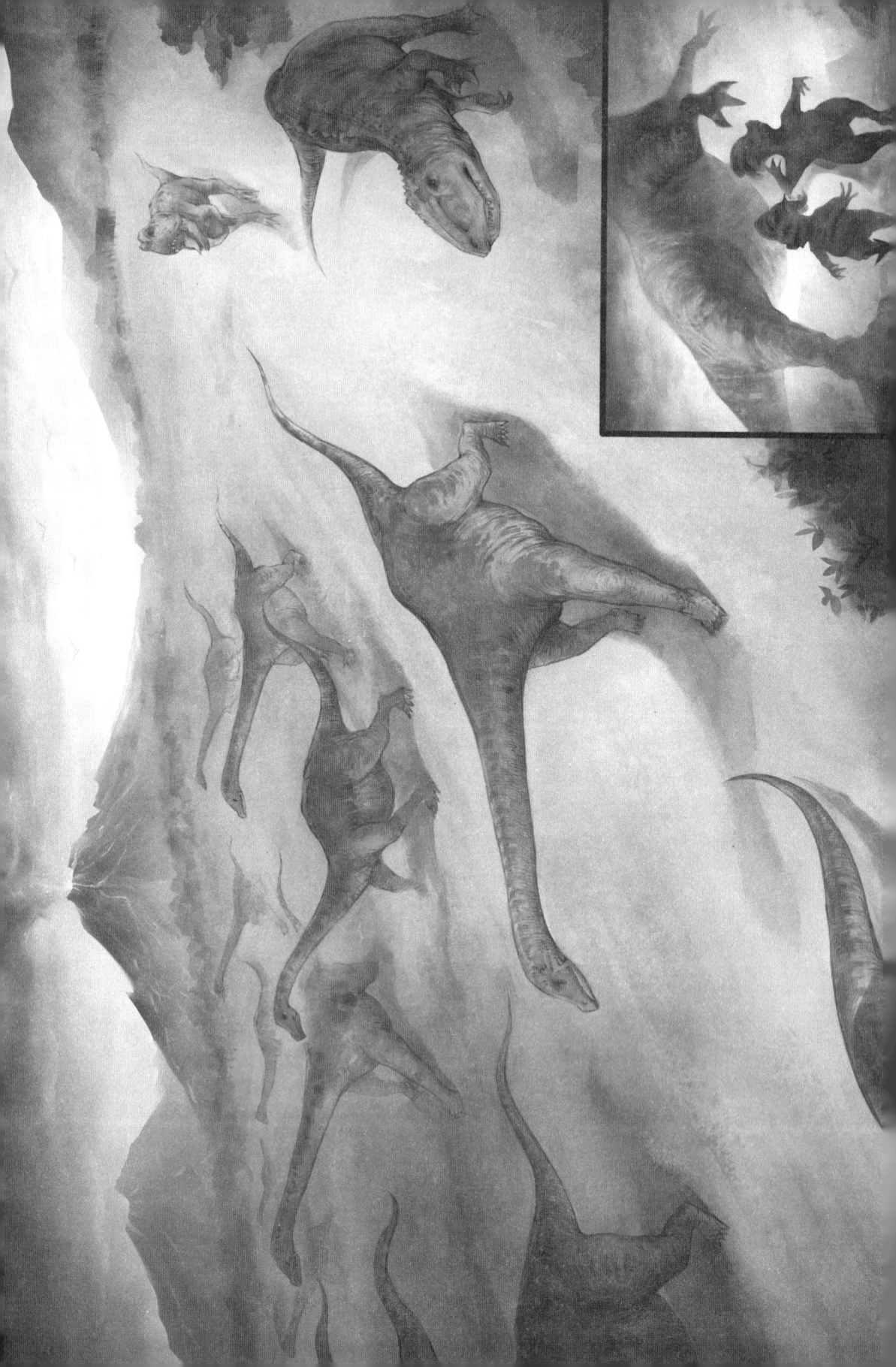

嗽着，短暂的喘息后说。妹妹的回应对艾塔来说，如同是对落水者施予的救生绳索，谢天谢地，期待的一切终归还算及时地出现了。

"哥哥，你看那个帆，红红的好漂亮呀！"

艾塔此时真希望自己能够分享妹妹天真的喜悦，特别是在刚刚经历生死一刻后，真是小孩子，心真大啊，妹妹现在居然还有心情欣赏风景。艾塔的常识可没有让艾塔产生任何放松的情绪。

风景？不对，帆什么时候是风景，那是人造的东西，可这里一片荒岛怎么会有……帆？艾塔心中的疑惑顿时带来了无尽的恐惧，如毒蛇一般在他的心里蜷曲，缚紧。即使这样艾塔依旧勉强在妹妹面前维持着欢笑和放松，因为妹妹艾萌莉只是个天真的孩子，一个向往着各种美好但总是容易忘记危险的孩子……

艾塔谨慎地向"帆"的方向看过去，只是一个稍长的凝视，艾塔顷刻吓得说不出话来。好久，好不容易艾塔从嗓子里战战兢兢地用童音蹦出两个字：

"危……险！"

只见那个巨帆在艾萌莉眼前迅速上升，渐渐露出一个巨大的背部，接着就看见一个巨鳄般狭长的头颅出现在水面上，只是这个鳄鱼的头部巨大得实在夸张，光是这个令人生怖的头颅，就足足有人类面包车那么长。根本没有帆的存在，艾塔意识到，那是棘背龙的帆状背部，巨帆由棘背龙脊椎骨的神经棘延长而成，高度可达2米，长棘之间由粗糙的褐色皮肤连接，往上则颜色变浅，直至血红，如此形成一个巨大帆状物，这是一种体长14米的超巨大食肉恐龙，虽然用两足行走，但也拥有强壮发达的前肢，就像人类世界的棕熊在食物链中的生存方式，他们同时在水中和陆地生存。

发现真相的艾萌莉已经被棘背龙吓傻了，她离这只怪兽仅有两三米的距离，这么近，她甚至能够感觉到棘背龙强劲的呼吸，艾萌莉吓得快要紧张窒息了，耳朵全然听不到任何声音，身体更是难以动弹任何一丝一毫，在艾萌莉的无声的世界中，她只看到棘背龙那恐怖的眼睛和它那因为激动而变得更加血红的巨"帆"，越来越近，越来越近。

呼……吸……再一次地呼……吸艾塔拾起脚下无意踩到的树枝，他清楚地知道自己只有一次机会，他试图通过深呼吸，让心跳变得匀速，想着自己多年练习的姿势，屈膝，伸直尾巴，舒展双臂，看准目标，然后把手中树枝当作标枪一般投了出去，树枝在空中划出了一个优美的弧线，艾塔在心中默念："我只要这一次运气，这一次而已！"

"咚"的一声，木棍落水的声音，不是很响，甚至微弱到任何一只会跃出水面的大鱼都有资格去嘲笑……棘背龙狂暴而不顾一切地从水中跳起，巨大的水花和震天长啸的嘶吼，如同一列行将脱轨的火车，全力刹车时尖锐而刺耳的声音。

艾塔准确地使树枝击中了棘背龙的眼睛，可惜艾塔年幼的身躯使得这一击并没有给棘背龙造成很大的伤害，只使得这个怪物疼痛地睁不开眼睛，艾塔赶紧趁着这个机会拉起艾萌莉转身拼命地跑，没有什么能够阻挡艾塔的决心，因为艾塔在心底里一遍又一遍地默念着：这次我再也不能失去你了！他无所畏惧！即使死亡也不能阻止他。

艾塔和妹妹趁着空隙从河流里爬上了岸，沿着河岸边干枯的河床拼命地奔跑，这是他们唯一的选择，谢天谢地，恐龙人天生就会游泳。被激怒的棘背龙在他们的身后咆哮着，带着震耳欲聋的脚步声，紧追不舍，但毕竟身体沉重，又长期栖息于水中，棘背龙全速奔跑的速度并没有比艾塔他们快多少，又是一个令人窒息和眩晕的1500米冲刺和粗重的喘息后，艾塔看见干涸河岸的尽头出现了一个峡谷，再放眼看去，峡谷下方万丈深渊，对面则是另一座山峰的山腰凸起处，从古代河床曾经湍急的水流冲击下来巨型山岩，常年的堆叠在一起使得这个峡谷的边缘离对面的山腰十分靠近，说是峡谷，看起来却更像是两座山脉间的裂缝。

只要攀附上山岩，这些堆叠的山岩就可以当作跳板，凭借恐龙人的身手应该不难一跃而过，除此之外，艾塔算准了巨大的棘背龙在这里会因为自己庞大的身躯和极重的体重，导致石块断裂而跌下深渊。

艾塔决定了，他拉起艾萌莉的手要她和自己一起"飞跃"峡谷，可是他年幼并没有哥哥一样的勇气，可怜的小家伙，她已经跑得快要虚脱了。也许是对自己的运动能力没有信心，总之无论艾塔怎么鼓励，她都踟蹰着不肯向前，更别说"飞跃"了，恐龙人虽是善于跳跃的物种，对跳跃很有把握，可是他们对飞可真的一窍不通，当"飞"和"跃"这两个字放在一起，那么结果只有上天才会知道。她的担心不是没有理由，因为越过这个峡谷对成年恐龙人来说应该并不难，可是，现在的他们都是儿童时期的恐龙人，大概只相当于人类的九岁！

"别怕，妹妹，别怕，你拉住我的手，闭上眼睛，我说跳你就跟着我跳！好不好，相信哥哥！我们一起全速地助跑，一起跳跃，一定能够成功的，别怕。"艾塔故作镇静，但他稚嫩的声线出卖了他内心的惊恐。实际上他早已惊魂万分，但在心底，他知道自己不能慌！不能崩溃，至少现在在妹妹面前要保持冷静，现在自己慌张了，妹妹绝不可能独自镇定的，那样就真的一切都完了，艾塔下决心，这次不能再失去艾萌莉。

"好……好吧！"艾萌莉吓得已经说话不清楚了，声音依旧动听，却如同是精美长笛吹错了音，优美的有些凄凉。除了听从哥哥的话，她并没有其他的选择。

　　"三，二，一，跳！不死即归！"信念被幼稚的嗓音喊出，气势不足。正当艾塔向前冲上一步时，艾萌莉却最终迟疑地停住了……看见了峡谷的深邃，艾萌莉克服不了自己的胆怯，在这千钧一发之际拉住了艾塔。时间在那一秒变得很长很长，各种最最糟糕的预想一起涌向了艾塔的心头，他不情愿地回头看过去……此刻，棘背龙试图跳上岩石堆叠的山岩，这一下，棘背龙一脚踩空，如艾塔所料，这该死的怪物翻到在地，沉重的身躯撞裂了山岩上的碎石，岩石立刻传来断裂下落的声音。即便如此，棘背龙丝毫没有退去的意思，这个完全疯狂的野兽不顾危险又继续贸然逼近！终于……终于堆叠的山岩承受不了棘背龙过重的体型。

　　"轰隆"一声！如同山谷中剧烈的爆炸声，岩石层碎裂，艾塔和艾萌莉随着崩塌的山岩，和碎裂成百上千的石块从悬崖上跌落，眼前的整个世界开始疯狂地旋转，失重的感觉令艾塔头晕目眩，即使这样艾塔依旧紧紧拉着艾萌莉的手，虽然艾塔知道这下什么都晚了，但在这将死之际，艾塔的心中却是祥和的，他们不断地坠落，坠落……艾塔甚至欣然和从容地选择去接受这样的结局，尽管自己没有能够成功拯救自己的妹妹，但在他看来也许这样的结局会更好，如果自己可以选的话，这样的梦境和现实是何等的相似！唯一不同的是，当艾塔和艾萌莉最后越过峡谷时，真实的情况是，艾塔自己先勉强跳了过去，他想在对面接住艾萌莉，可是艾萌莉因为害怕不敢跨出这一步，而后棘背龙的到来导致了岩石碎裂，艾萌莉掉下了山谷，就此失踪，艾塔至此就再也没有见过自己的妹妹。多年以来艾塔都为此深深地自责。灿烂笑容和艾塔所有的天真一样，在那一天都随着妹妹的离去，消逝无踪。内心的负罪感锻造出一张华丽的铁质面具，遮住了自己的本来，示人以坚实但又冰冷的外观，然而面具之下，依然是一颗渴望救赎的内心，他想拯救别人，拯救世界，救赎自己曾经的大意，并且为之不惜一切。

　　而当下，两人共同地坠落，一起从世界上消失，至少在艾塔来说，他可以从自责和负罪感中永久地解脱了。在失重的引力中，他可以畅快地呼吸，自由地坠落，死亡是一切的终结，包括自己的负罪感，无力拯救的心情……甚至自己沉重的誓言"不死即归"。

　　急速坠落中，生命的终点似乎已然不远，艾塔努力地从强烈的气流中睁开眼，想看看艾萌莉最后一眼，却在此时恰巧看见了坠落的棘背龙脑袋上有着奇怪的装置，如同一只暗红色的黑金蚂蚁，攀附在棘背龙的后脑脊椎处，闪烁着同样是暗红色的信号灯光，然而艾塔却什么都不想理会，他只想看看妹妹最后一眼，用自己的眼神传达最后的安慰，于是艾塔只能继续放眼望坠落的方向去搜寻……

　　下落的正下方，那深不见底的山谷，深邃的黑暗残酷吞噬了所有的光线，也似乎吞噬了所有的希望，艾塔却在这看似一片幽深的黑暗中，看见小东的天真笑

意的脸庞竟然一点一点地慢慢显现，逐渐绽放，伴着四周散射的和暖的光线，小东的笑意越来越清晰，此时艾塔缓缓感觉身边渐渐被暖意和辉煌的橙光所包围，自己不再慌张，不再悲伤，不再害怕，时间的概念一点一点变得很含糊，很缓慢，接近于停顿，曾经和未来，恐惧与希望，真实与虚幻，唯有眼前的世界是那么真切，而自己的思维和身体，似乎都已不复存在，也许这就是命运吧……片刻的安详很快过去，艾塔突然看见自己的妹妹艾萌莉比自己更快地消失在眼前这片看似是小东笑颜的幻境里！

　　艾塔猛然惊醒，赶紧从床下跳上床推醒小东，讲述了刚才梦见的一切，小东不以为然地解释说这是梦，但艾塔并不这么认为……

　　第一次经历梦境，在艾塔看来，或许这真的预示着什么……

十、外星人！UFO！

（上）

在艾塔做了有生以来第一个梦之后，他总是喜欢沉迷在梦境的世界里，艾塔甚至会天真地认为，如果追随着梦境中的场景，试着改变什么，或许真实的历史也会随之重写，因此他变得不那么热心于追随小东上课、放学，也不那么热心于穿着隐身衣探索人类的世界。

艾塔总是喜欢有意无意地进入梦乡，他一天大多数时间都用在了睡觉上面，变得看起来和猫一样懒散，小东原以为艾塔是生病了，也注意留心了艾塔几天，小东才渐渐地了解了艾塔的心结。艾塔长久以来都深深地为自己丢失了妹妹而自责着，小东虽然年纪轻轻却也能明白和理解艾塔那难解的心情。

那是一份真切的伤痛，若是不刻意提起还好，但是一想起来，如同洪水决堤一般，悲伤的思绪难以轻易地被控制住，唯一能做的就是等待时间的经过——就像很多大人说的，时间是这世间上最好的良药，使自己情感的堤坝变得越发地坚强，阻挡心中的伤痛。

事实上小东也经历过这样的事情，自己的奶奶在自己上初中前去世，小东一直视奶奶为最理解自己的人。

奶奶作为一个质朴的农村妇人，她的爱是深沉的，却也是单纯的，她不强求小东的成绩有多么的优秀，和其他小朋友比学习，她只是希望小东做一个简单而快乐的好人，这就够了。

因此奶奶在情感上给予了小东极大的理解和支持，特别是爸爸妈妈用粗暴方式教育小东的时候，奶奶总会护着小东。奶奶的去世使得小东在家里失去了坚强的后盾。只是小东已经从时间中，渐渐学会了沉默和坚强，习惯了在没有奶奶的理解包容下独自成长，但奶奶的远去亦是一个挥之不去的事实，小东只能在自己的心中筑起厚实的堤坝，以防止思念情绪在悲伤中肆意地泛滥。

　　而梦境在这方面就成了小东和艾塔难得的解药，放下每日坚强的不可触及的伪装，曾经的一切都可以在梦中变得真切，从前的遗憾可以在梦中变得圆满，最重要的是，梦境可以将不完美的世界变得完美，从而再也不需要小东使用"不完美的诚实"这样的借口，从这方面来看，梦真的是这个世界最接近魔法的东西。

　　只是小东走出来了，而艾塔却刚刚沉迷其中。小东自然可以深刻地理解到做梦的权利对一个人是多么的重要，所以对艾塔的爱睡觉的行为给予了充分的宽容，没有过多地问起。

　　然而艾塔毕竟是带着使命来到人类的世界，随着时间的流逝，在那个属于艾塔的时空中，天上末日的死神将至，逐渐逼近地球的小行星，留给艾塔的时间已经越来越少，因此当艾塔最终不得不认识到，梦境是难以控制的，自己还活在现实中，而且正如恐龙人的信条："不死即归"，如果妹妹没有死她一定会回来的……但她自始至终没有回来……

　　如果要拯救自己的世界，艾塔清楚地知道，这还需要小东全力配合，不为别的，因为小东是一个人类，更重要的是，他是唯一一个相信自己的人类，一个朋友，每次想到，这里艾塔就会隐隐地觉得不安，难道自己是在利用小东？艾塔奇怪自己为什么会产生这样的想法，或者具体点，自己站在恐龙人的立场上是否应该考虑这些细枝末节，但每当此时，心中的不安又会生生多出了许多。

　　至少现在，小东完全没有觉得自己被艾塔利用，反倒是庆幸艾塔的到来，帮助自己很多，虽然艾塔拒绝再帮小东写作业，不过艾塔还是会手把手教小东学习，而在心灵感受器的帮助下，艾塔传授的知识小东一下就能接受，最后的效果是，无论多枯燥的知识，好像是自己猛然醒悟那样，小东掌握的比以前容易多了。

　　但艾塔的博学，也让小东从侧面体会到一个恐龙人在恐龙人严谨的社会中，所承担的压力和学习任务，相比较人类那是太重太重了，以至于艾塔在自己眼中，看上去是那么的无所不知。时间长了，小东在艾塔的帮助下，逐渐恢复了自己对学习的信心，而艾塔的存在使得小东有一种莫名的安全感，无论在课堂上，还是在考试时，小东都会觉得放松，即使很多时候艾塔并不能在场。当小东的学习变得得心应手时，小东成绩的突飞猛进使得老师和家长都喜出望外，渐渐地，就连一向苛刻的老师对小东也有了笑脸，举例来说，小东看来以前就算是真的生病也难以达成的请假，现在在老师那里都变得容易起来。甚至只是因为自己稍稍的不舒服，或者是困倦了，只要用生病的名义，老师也都会和颜悦色地答应小东的请求，甚至体贴地关照小东安心养病，不要因为学习太用功而忽视了对健康的重视，对于老师这样暖心的态度，小东之前可是真的闻所未闻，他心想，这也许就是传说中好学生的待遇吧，一切似乎都在往好的方向发展。

又是一个周六的下午，彭尘尘教授要去博物馆给大学生们实地授课，今天他将在博物馆里让大家看到难得一见的核武器模型，甚至是核爆炸实验现场带回的相关仪器，数据。

机会难得，这些东西，平日的博物馆是不对外界开放的，这样的机会对于一心想用核武器拯救恐龙人世界的艾塔来说，当然不容错过，虽然他依旧鄙视人类将如此伟大的发明用于武器，用于自我毁灭，用于对自己同类的威胁，然而核武器依旧是现在能找到的最好办法。艾塔要求小东和他一起去，好现场用小东的声音和形象向教授提出自己关于拯救恐龙人世界的疑问，小东推说下午想在家里休息，其实还是想趁着父母不在家的时间尽情地玩网游，艾塔知道他的心思，但事关重大，小东不去不行，每当想到因为自己，小东可能会承受的压力和风险，艾塔心里都会隐隐地觉得不安，但自己实在是没的选择，下不为例，下不为例，如同是小东"不完美的诚实"，像个人类孩子一样，艾塔只能这么说服自己，但他已下决心。

彭教授因为小东的到来兴奋不已，他觉得拥有小东这样的小粉丝，不仅证明了自己的讲课是多么的成功，也算是自己为下一代普及科学知识做出了贡献。所以在博物馆里，彭教授的演讲多少也就因为小东的到来而更加富于激情。

艾塔如愿以偿地看到原子弹的一比一模型，原子弹并没有自己想象中的巨大，大概3米长，如同一个水泥搅拌机，形状却和可乐罐有点像，仅从尺寸这个意义上出发，原子弹可能还没有恐怖的棘背龙的头部长，但它的威力可胜过了千亿颗最尖利的棘背龙牙齿。

彭教授继续讲解道："这是初代原子弹的模型，第一代原子弹能够爆炸出2万吨TNT的当量，这意味着原子弹起爆时从一个亮点的瞬间变成一个巨大火球，火球中心温度超过1000万度，原子弹在爆炸后造成恐怖的冲击波，形成比12级台风还要高出十倍的冲击波，任何建筑物在一定范围内受到冲击波的撞击，必然会土崩瓦解……"小东聆听着彭教授的讲解，沉醉在对原子弹爆炸威力的想象中。

艾塔则一直用手套电脑编排程式进行计算，但仅从结果上来看，2万吨TNT当量似乎难以将造成恐龙灭绝的小行星推出进入地球的预定轨道，只能造成小行星表面岩层瓦解，而小行星剩余的绝大部分仍将直接撞向地球，浩劫仍然难以避免。失望的情绪，如同打翻了的黑色墨汁，焦虑迅速在艾塔心中扩散，尽管他依旧表情平静。

或许想故意制造一个悬疑气氛，短暂地停顿后，彭教授接着说："现在最新一代的氢弹比同质量的原子弹威力又大了，至少是同质量原子弹爆炸威力的百倍以上，甚至是千倍，比如氢弹可以爆炸出1000万吨的TNT当量，甚至是1亿万吨的TNT当量……"

彭教授后面的话，就好像一瓢纯净清新的溪流，及时地洗净了艾塔心中扩散着的焦虑黑墨。振奋精神的他试着换不同的思维，找出答案，他将教授提供的数据输入手套电脑进行计算。根据已知恐龙人科学家，对那将要撞向地球，被命名为"众神之怒"的小行星的了解，艾塔多次计算后发现，综合"众神之怒"小行星表层特征、物理构成，仔细甄别计算小行星体积、密度、引力加速度等诸多因素，在所有可能消除小行星威胁的方案中，所需能量最少的情况是将小行星从中间内部炸成两段，利用核武器在小行星内部核爆产生的冲击波，迫使被炸成两部分的小行星，偏离原本撞向地球的轨道，在核爆中产生的碎片可以经由大气层的燃烧在落入地表前就被瓦解，但即使是这种最省力的方式，大概也需要672万万亿焦耳的能量。

教授所说的人类至今制造出最先进氢弹，大致能产生41.8万万亿焦耳能量。这虽然能把"众神之怒"这颗小行星外壳勉强在炸开一道不小的裂缝，但却依旧不能让小行星从内部被炸成两段，更别说产生冲击力，改变小行星残害行进的轨道，有如希望火种一旦燃起，哪怕再微弱，都会被拼命的保护起来不让火种轻易熄灭，谁都不想独自面对绝望的黑夜。不管这么多了，艾塔通过小东向彭教授直接提问了，因为此刻他多么想证明是自己的电脑算错了！

"教授，我有一个问题，您知道恐龙灭绝时，小行星撞击地球的事情吗？"小东当然义不容辞地又一次充当了艾塔的传声筒。

"哦，那我当然知道，可是跟我们今天来这里的目的，有什么相关吗？那是天文学家和地质学家的事情，再不就是古生物学家的事情。"彭教授不明白小东为什么问这个问题。

"我想知道，如果同样的事情再次发生，我们人类能用核武器避免那样的灾难吗？"依旧是小东在帮艾塔传声，而艾塔知道人类只有自己面对这样的绝境，才会引起自身的重视，这样或许能引出答案。

这个问题出自一个可爱的孩子口中，倒是又让在场的大学生诚服在心里，默默地向小东的科学探知精神以及杞人忧天的性格齐齐致敬了一次。

"呵呵，你这小朋友，人小鬼大，想的倒是挺多，不过这个问题好！虽然我们人类常常愚蠢地将这么好的发明用于毁灭自己，或是威胁我们的同类，但你说的宇宙中的天体威胁，确实是核武器本应该大展身手的好地方。我来帮你算算看！"彭教授从兜里拿出眼镜，又和助教老师拿了计算器就开始忙碌地按键运算。

"不能，但至少可以削弱小行星的威力，只是似乎这也不可以使得恐龙逃脱灭绝的命运。话又说回来，要不是那个小行星，恐龙继续称霸地球，哪有我们人类呢？"彭教授似乎开始得意地谈论起自己其他方面的科学知识，这样的言论显然完全没有在乎艾塔的感受。不过谁又能因为这事责怪彭教授呢？他根本就没有意识到艾塔的存在，如果他要是知道了这个问题是个恐龙人问的，那会是怎样的吃惊呢，小东不禁展开了这方面的联想。

"不过……以后科学进步，通过提纯纯度更高的氢和铀元素，或者用跟先进的钻探武器，使得氢弹直接到达小行星内部时再引爆，这就好比说一个小鞭炮放在打开的手掌上引爆，最多带来些皮外伤，但是当它被紧握在拳头的中心时，那么如果引爆的话，'啪'十根手指都保不住，所以小朋友可千万不要去玩烟花爆竹哦，哈哈，也许这样还是有可能阻止物种灭绝的。"彭教授的说法，最少肯定了艾塔的方案切实可行，只是说者无心。在某种程度上，彭教授还是夸大了一些氢弹的威力，虽然现代科技突飞猛进，氢弹确实还存在着继续发展的可能性，但彭教授这样说的初衷还是为了体现自己学科的存在，对人类世界存亡的重要意义，似乎自己这么说了小东就会燃起对核能物理无尽的兴趣，并为此奋斗终生……

即使是这点渺茫的希望，一句别人假设中的可能，却无疑催使了艾塔心中希望的火种，越燃越烈，当无尽黑暗中唯一一丝尚存的火苗依旧没有熄灭，你唯一想做的就是用尽一切方法，让它得以熊熊燃烧。眼下时间越来越紧迫，艾塔下定决心必须采取行动，获得人类核武器的一手资料，哪怕这是一次风险不小的冒险。

于是当讲课结束时，艾塔没有和小东回家，他称自己要去图书馆看书，其实自己继续潜伏在博物馆里，当然尽管博物馆里有近千人，不过谁也不会知道他的存在。

夜幕降临，博物馆的工作人员在一系列安全措施检查无误后，最终艰难地合上了厚重的两扇钢制大门。当人类全都离去，艾塔立即展开行动，时间待得越久，风险就会越大，大到最后自己会难以控制，于是他有计划地将目标放在用于核试验的器材上，这些器材内记录了核试验的大量一手数据，甚至可能残存着用于制造核武器的原料碎屑，它们有的来自于核试验现场，有的甚至于一度被用于核原料的制作。它们被精心摆放在绝对密封的铅制铁柜中，深藏在博物馆地下室的三楼，这里甚至绝大多数的工作人员也不知道，艾塔得以能找到这里，全靠声波探测仪的帮助，通过探测到地底有中空的建筑，推断这里可能藏有巨大的"宝藏"。

讽刺的是，那台声波探测仪不是恐龙人的高科技，然则完完全全是人类的杰作，它被大大方方地摆在博物馆的一角，甚至有标志牌明确地说明了它的作用和工作原理……

艾塔用激光轻松地打开了铁盒，拿出里面的仪器和设备，又拷贝了古董大型计算机里的核设施资料，一切进行顺利，艾塔长出一口气，现在是离开的时候了。

只是迈出密室的一小步，刹那，一道白光从博物馆屋顶的天井近乎于无声地射入，随即艾塔耳边响起一片嗡嗡的静电电流声，从而身边世界里的所有声响和自己绝缘，进而自己身体的每一处，都无一例外地被微微的电流通过，万幸的是并不强烈，如同秋天毛衣上的静电一般，他努力地试图使用自己身上的电子设备探明情况，却意外地发现身上的所有电子设备都已失灵。紧接着艾塔似乎被什么东西牵引着，身体再也不受地心引力的影响，悬空而起，从屋顶的窗户，破窗而出慢慢地飞出博物馆。

由于身上的电子设备全部失灵，艾塔担心自己的隐身衣也失去作用，无奈艾塔的身体被拉向空中，他不禁担心地看看四周，深恐显出真身的自己被人类发现。

但是眼前的情景，用震惊已经无法形容艾塔的心情，倒更像是神迹于人间的突然显现。

博物馆的外面正下着雨，而雨水就这么生生地在艾塔眼前停止了下落的轨迹，宛若神话中的场景，亿万雨水被齐齐定格在空中，艾塔可以清晰地看见雨滴下落的形状。

地上的人、车，一切完全停止在那里，甚至艾塔看见了奔跑着的正在赶汽车的年轻人，双腿短暂停留在空中，身体前倾做着跑步姿势的瞬间，也能看见汽车溅起的水花将要淋湿了路人的一刻，被定格的水花优雅而透明，散落的轨迹，也可以清晰地看见那将要遭遇水花的路人，不情愿的眼神，和因为抗拒污泥而紧闭的双眼。一切都被定格在那里，就这么静止地在艾塔眼前发生，如此真切，难以否认这不是真的。

而艾塔的正上方，一个巨大的碟状飞行物却依旧缓慢地旋转着，悬停在空中，和周围静止的世界，完全格格不入，此时，他已经知道，那个悬停在空中并使世间静止的物体，正是传说中的UFO！这是怎样一种神迹，居然将科学昌明的人类玩弄于股掌之中……更可悲的是自己，恐怕早已经被外星人盯上了……

（中）

　　白光，一道白光，是那么的刺眼，使得艾塔睁不开自己的眼睛，而当白光的光晕渐渐变暗时，周围的一切开始逐渐清晰地展现在艾塔的面前。

　　白色是这个环境里几乎全部的基调，一尘不染，干净得仿佛任何灰尘都无法靠近，隐约传来的，各种仪器有秩序的电流声，电流响起的地方，成千上万的数字信号闪烁不同的颜色，用于加以区分意义，共同组成了一道流动的光带……艾塔大致猜到，自己可能进了UFO的内部。

　　紧张、恐惧、难以言明的焦虑一时间聚集，这些让人无法冷静的情绪和血液一起，不受控制地涌进大脑，恐惧是首当其冲，无法逃避的！这不是因为艾塔怕死，艾塔背负着整个恐龙人的未来，但现在自己却被未知的外星人困住，无法动弹，"不死即归"但是如果……

　　艾塔用力扭动身体，想要看看有没有一丝侥幸可以挣脱外星人的钳制，却无力地发现自己已经被牢牢地控制在纯白色的"床"上，"床"可能是对这这该死的东西最客气的称呼，尽管它一点也不柔软，更不具有舒适的任何构成因素，但它却能紧紧地迫使艾塔平躺在上面。如此来看，这个"床"更像是人类的手术台。绑住自己手脚的是几个闪烁着蓝色光晕液体的光环，艾塔反抗得越激烈，受到光环的压制就越严重，更加无法挣脱，除了眼球，自己无法动弹。

　　一个不易察觉的脚步声渐渐地、渐渐地向艾塔走来，艾塔仔细听这个脚步，那不太重的落地声音是纤柔的，注定了来"人"并不高大的身躯，如果"他"是"人"的话。

　　滴答……滴答，如同一座老旧座钟的指针摇把，当脚步声最后一次在艾塔耳边响起而又戛然停止，如同整点的响钟，揭幕了宣判命运时刻的到来……当外星人的脸庞第一次以俯视的姿态凝视着艾塔，艾塔得以打量起眼前这生物，和人类科幻电影里面描述的差不多，这个外星人有着灰色裸露的皮肤、杏仁般的大脑袋以及纤细的四肢……

　　外星人仍然凝视着艾塔，静默的如同他们脸上的表情，虽然这些家伙杏仁般的眼睛大得异乎寻常，但没有清晰的瞳孔，谁又能猜到他们在想什么，没有生命的神光，他们的眼睛是深邃而难以琢磨的。

　　嗞嗞作响的电流声，突兀的自艾塔的耳朵里响起，声音细小而尖锐，有些刺耳，"你……你……听见我说话吗？"这个声音并不像人类发出来的，更不像其他动物学人类声音发出的拟声，却更像是通过控制电流直接作用于电子设备里产

生的效果，比如录音机的喇叭……

"你……你好……史前恐龙人，好像……你……你拿了不属于你的世界的东西。"艾塔现在确信了，正是眼前的外星人在试图和自己对话。

"你……这样的鲁莽而没有礼貌的行为，可能造成人类历史的……改变，你……本来就不属于这个世界，任何的不合时宜的举动……都可能带来意想不到的后果……如果人类发现你的存在，你自己的处境……也将会是十分危险的。"尽管说话的时候，外星人的嘴巴竟可以一丝不动，但是每个字都像施加了催眠术的魔法，异常清晰地传到艾塔的脑海里，并有种说不清道不明的威严，摄人心魄而让人不得不屈服。

"你……拿走的人类科技，我们已经帮你……还回去了，我们……清楚你到这个世界来的目的，但那样单纯而天真的科技……解救不了你们的世界，所以劝你还是不要做无谓的尝试。"外星人"说"，如同他真的在说。

艾塔选择放弃挣扎，外星人那如同神迹般存在的先进科技实力，使得他已恍然大悟，为什么外星人可以在人类的世界里来去自如，成为人类的传说、噩梦，虽被注意许久却从来没被真正的发现，更别说捕捉。面对外星人如此强大的科技，现在艾塔已经意识到，自己已经是外星人刀板上的鱼肉了。

但是在命运还未完全宣判之前，艾塔依旧不死心，这"不死之心"来自于他对恐龙人世界的忠诚和责任，如同他许下的誓言"不死即归"！

"不可以……不可以这么认命，不是，绝不是今天！"艾塔在冷静之后自己对自己说，也尽力维持了脸上的不动声色，没有失去所有的意识之前，希望的火苗就不会真正地熄灭，他当然不准备简单地放弃。

"那么，尊敬的外星人先生……哦，不知这么称呼您是否合适，这是人类对你们的称呼，您能将你们那无上先进的高科技知识告诉我，我该如何拯救我的世界？那是我深爱的世界……也许这样，我就不再打扰人类的生活，我会义无反顾地直接回到我们的时空，履行我对整个恐龙人世界的誓言。这样可以吗？"说这番话时，艾塔几乎是闭着眼睛的，他不想让外星人透析自己内心的起伏，更是在闭眼祈祷着奇迹会真的发生，仿佛睁着眼睛，奇迹就不会发生似的。

但不知为何，毫无理由的，艾塔心中居然有种不舍之情难以抑制向着心里聚集，是自己和人类在一起久了喜欢上了人类的社会？或者说直接点难道是自己还放不下小东？任何一种理智都在急切地告诉自己，这显然不是艾塔在当下首先应该考虑到的问题，现在的他，被"绑"在外星人的UFO飞船里，集中精力面对眼前是唯一的希望所在！

"你的心情……是可以被理解的，但是你必须充分考虑到你行为的后果……

你不属于这个世界，任何莽撞的举动都会给人类带来巨大的灾难，影响人类自己的历史进程。"

简明的回答中，外星人已经坦白了他的态度，他不想介入艾塔的事情，但似乎为了解释的更详细，外星人停顿了一下，继续补充道：

"关于你所说的，拯救恐龙人世界的问题，其实单一地依靠人类的科技或是恐龙人的科技都不能解决，而我们的科技对你们来说太深奥，你们也无法真的复制我们的科技。"

"为什么，为什么？难道不能就直接给我武器设计方案什么的，就算，就算一张图纸也行，请赐予我们，你们的科技，让我带回恐龙人的世界？求您了，如果您嫌弃我们文明的笨拙和落后，再不行，能不能直接给我一个摧毁小行星的设备？实在不行，你们要是真能理解我，怜悯我们生存下去的渴求，那就请随着我回到恐龙人的世界，请你们用高科技拯救我们，请做我们的神明！让我们恐龙人的子孙世代供奉你们！"

当恐惧的情绪迅速地累积，理智铸成的坚强大坝变得再也无力阻拦，艾塔的声线颤抖着，哭泣着。外星人突然的干涉，原来可能是自己拯救恐龙人世界的机会，变得越来越渺茫，艾塔不怕死，死算什么，但是现在所有的希望都变得无家可归，除非，外星人的态度发生转变，当生死存亡，希望或绝望，明日或末途都似乎仅仅是外星人随意的一个想法，艾塔多么希望外星人是自己世代供奉的神明，能够怜悯自己，怜悯恐龙人世界的生命，艾塔除了哀求其他真的无力作为。

"打个比方吧，你知道石器时代的人类无论是大脑构造还是智力潜质上已经和现代的人类完全相同了吧？"外星人依旧顽固地使用着不为所动的语气说着，根本没有任何情绪，也完全没有被艾塔打动，更不像任何一类神明该有的慈爱。

"是的，但现在为什么说这个？"艾塔被问得有些诧异，他完全不能理解为什么外星人选择用另一个问题回答自己的问题。

"我们就算扔给石器时代的人类世上最完备的电脑设计图，最理想的结果是……他们会用石头依照着电脑的样子，做一个石头电脑1：1模型……这块石头除了外形，将不会具有电脑的任何功能；就算再进一步……直接丢给石器时代人类一台电脑，接下来会发生什么？谁也没见过这东西，简直就是世间的奇迹！所有人类可能都会参与到抢夺这台电脑的战斗中来……乃至于血流成河的战争，私欲会驱使他们去占有这个世界上独一无二的东西……作为稀世珍宝，天赐神权的象征，以显示自己的权威……但会有一个人试图去开启这台电脑吗？他们可能连开关都找不到。

"这是1万年以前的人类愚蠢吗？显然不是……科技是知识经验积累的产

物，不是朝夕间就可以发生的。至于你说的，让我们直接拯救你们恐龙人，我只能说，很抱歉，我们无法完成你这样的心愿，因为任何一个世界，每一个文明都该拥有属于自己的独立进程，无论这个进程是存续还是毁灭，都应当是属于那个时代生物自身主宰的，如果由外力介入而改变这一进程，那么实在抱歉，你可以理解为，这不符合我们的时空伦理准则。"

事已至此，一切都被说得太具体，如同一道密不透风的墙，将艾塔所有希望的光线都被无情地挡在了外面。

"该死的信仰，该死的伦理准则，这些刻板而说教的理念非得神圣的一点人性都没有吗？难道，难道，我们的世界真的逃不过毁灭的命运吗？"艾塔的心如同一道泣血的伤口……

（下）

绝望的心绪，正在艾塔心中一点一点地扩散，如同致命的毒气，欲将所有的美好一并归于死寂，艾塔奋力地躲藏，试图让希望找到一线生机，直至无处藏身，跌入深渊，悲凉，无力，失落……命运竟是这么的残酷！为什么神明就是不肯给艾塔一个机会，给恐龙人世界一点怜悯？还是希望和怜悯本身就是个古老个误会，一直被恐龙人愚蠢地供奉至今，此刻的艾塔所有的希望都已被现实粉身碎骨，一如他脸上失去的所有的神光，他嘲笑自己为什么这么傻，竟然相信了这么久，这么彻底……

轰隆！……谁能想到，一声巨大的爆炸声伴随着随之而来的震颤，使得UFO飞碟舱内原本一片白色安宁的环境，霎时间变得暗红而恐怖，气氛立即变得诡异而危机四伏。

各种仪器发出急促的警报声，艾塔无力地回过神，本能迫使他不能忽视眼前发生的剧变，"爆炸的声音！不可能，怎么会……"但是震耳欲聋的撞击和爆裂声响，无疑确定无误的，他大概猜到，UFO遇到麻烦了，可有谁会有这个实力去袭击UFO？

此时，另一个外星人，快速移动着纤细而无力的两条腿，用类似人类但又笨拙很多的跑步姿势接近，从声音听来，这次再也不是刚才的淡定步履……这些家伙大概不会是运动能力很好的物种，硕大的头部，细小的身体四肢，外星人的运动方式，与老年人类的行走方式类似，既不流畅也有些不协调，更加不用说速度了。这是艾塔本能地观察到的细节，无论自己身处怎样的环境，承受着怎样的压力，毫无疑问艾塔在恐龙人世界所接受的训练是专业而系统的。

两个外星人低声沟通时，伴有着嘴巴的动作，说着自己完全不能理解的语言，他们很快达成了统一的意见，这两个外星人肩并着肩站着，在站定的瞬间，纯白色的UFO内舱，白色的背光突然熄灭，漆黑一片中，突然墙壁，地面，出现了数十个，形状各异的几何形光带，这些光带流动着色泽鲜亮的明黄色，区分着彼此，标明着自身，不到四分之一秒，各种精妙的设备从明黄光带所在的位置，被以极快的速度弹射而出，艾塔所在的环境变成了一个类似人类军舰指挥室的所在，自己所在的手术台随后快速垂直树立，将艾塔置于一个站立的姿势，无论这该死的东西变成了什么，但拘束和压制的本质依旧不变，对于刚才发生的一切，艾塔并没有过多的惊奇表情。

虽然无法明确每个设备的具体用处，虽然艾塔努力地想知道更多，但都没有太多的发现，只是无论从哪里看去，艾塔观察到这些设备没有裸露的电线或是缝隙，甚至灰尘也和设备天然的绝缘，在外星设备谜一样的诡异白色外表下，一切依旧看起来异常干净，一尘不染。这不禁加重了艾塔的思虑，谁会有这个实力攻击UFO？而这种忧虑更加倾向于担心或不安……

就像很多电影描述的一样，动态全息演示器确实存在在这个UFO飞碟上，"这么多年的猜测，推断……除了显见的外观，外貌，人类至少又多说对了一件事情！真不简单……"如同怨恨人类的信息不够完备似的，艾塔从全息演示器中看见有一个巨大红点向这个UFO逼近，此时就是艾塔也能判断有敌人前来。

"实在不好意思，恐龙人先生，你也看到了，现在我们似乎有更重要的事情得马上处理。您不是这场战斗的战士，您必须马上离开，请您自己顺着左边的通道走过去，那里有一个救生舱会帮你去你来的时候所在的地方，请您立即前去，不要迟疑，也不要自作聪明，给我们造成任何的麻烦！"另一个外星人的语音清晰而又连贯，但他的礼貌似乎在这个战斗的紧要关头十分的多余。

"哦，您可能会需要这个……"外星人谨慎地伸出一根最长的手指，用指尖的部分轻触眼眶，和他们眼睛一样大小墨色的薄膜从眼睛中掉落，被外星人灵动地用纤细的指腹从最中心的地方，接住托起，如同一个人类用一根手指托住一个餐盘而又能保持平衡……在外星人皮肤浅灰色的肤质纹理中，薄膜依旧投射着各种数据、图片的观影。不出所料的话，这应该是个瞳孔显示器，甚至可能集成了一整部超级电脑的功能……

艾塔对这样精密奇幻的装备并不是很吃惊，所以他的视线从外星人的纤细的臂膀，一直向上，外星人的眼睛并非没有瞳孔，摘下这个遮住瞳孔显示器的瞬间，艾塔清晰地看见了外星人的眼睛，准确地说是岩石般色泽的瞳孔，竟也和岩石一样表面遍布着各种细纹，而当瞳孔直接遇到光线的那一刻，外星人因光感不适，瞳孔瞬间变细，狭窄得如同岩石间的裂缝一般，艾塔觉得这样的眼睛过于熟悉，"就像，就像，像猫一样？不对，难道像我一样……"艾塔的想法并没有说服力，除非自己知道得更多。

"没时间了，我们遇到了威胁，我们要冲出大气层和敌人战斗，以免惊扰到无辜的人类！你快走吧，要不然就真的回不去了！"卸下了科技的外衣，外星人眼睛巨大得有些摄人心魄，但眼神多出了不少生命的感染力。

艾塔似乎没有别的选择，所以没有回头，遵从是现在唯一的出路，艾塔也不想留在这个地方或被带去更远。

"记住，拯救恐龙人世界的钥匙，不在科技，而就在你身边！"在转身进入救生舱的最后一刻，外星人以放松口吻说道，语调异样地如同鹦鹉学舌，然而艾塔看见了他嘴巴的起合，这是外星人自己的声音，虽然内容却更类似一则谜语……

"砰"，被电子设备控制的舱门闭锁，再一次地，除了等待命运的安排，艾塔什么都不能做，他蜷缩在狭小舱室的角落，祈求着一切快点过去，如同一个无助的孩子……当暗红的灯光燿动起周围紧张的氛围，而后令人焦虑的红光突然消失，艾塔身边所在围绕起一片白光，白光逐渐变强，艾塔感觉到思维正在抽离，身体如同撕裂般疼痛，似乎身体就要瓦解，就在失去感知的一瞬间，艾塔甚至有了最坏的预期，但是即使是在意识的漆黑中，依旧有着一丝赢弱的火光，成为无边暗夜中唯一的光亮，令人神往。

"不死即归"有如一个魅影，"噬龙者"大师深沉的声音此时划过大脑的沉寂，求生欲，本能开始重新被唤醒……

再次睁开眼睛，艾塔发现自己的双脚重新站立在博物馆外，但是自己的隐身衣和电子设备似乎在UFO里受到了强烈的干扰，紧要时刻竟无法开启。

雨伴着雷电，倾盆而下，人行道上的行人行色匆匆，或是打着雨伞或是身着雨披，马路上的汽车那不耐烦的喇叭，使得原本纷乱而匆忙的环境多出了几声突兀的焦躁，促使艾塔从僵直的思想中清醒……自己和这个世界的距离。

这个世界和自己的故乡隔着6500万年的时光岁月，是那么的遥不可及。自己是如此的渺小和孤单，面对着自己拯救世界的使命，自己实在承受了太多，太多，艾塔甚至觉得自己是凄惨的，强烈的孤独感也和现在的自己一样，在这个陌生的异世界中暴露无遗，泪水顺着雨水一起落地。

而周遭环境里，所有的人，都忙着躲避这场突如其来的大雨，躲避着在人类看来的不幸的天气，竟没多少人理会一只小恐龙一样的东西正在博物馆门前哭泣，就算是有人注意到了，他们还以为那是博物馆的新进展品，草草地看了一眼，又行色匆匆地离去。

只有艾塔在原地更加的悲伤。责任，期许，压力，未知……一切都积压在艾塔心头很久很久了，艾塔需要这次无节制的泪水，安抚自己备受煎熬却无处释放的情绪，艾塔真的哭了，哭得如此伤心，如此动情，一如这大雨倾盆的天气。

行人会聚的街头，布满着撑开的黑色的雨伞，步履匆忙的大人们撑着伞小心地疾行，怕是不小心踏进了水渍里，弄脏了身上的外衣。

在那一个一个被大人撑起的黑伞中，一个橙色的小伞确显得十分突出，这把小伞艰难地在无数黑色大伞的空隙里坚强前行。

密集的人行道上，小橙伞缓缓地前进，左挪右移，时不时被大人挤到了身后，但它从没有真的停下来过，只是在踉跄后继续缓缓而艰难地前进，左右移步，不算灵活……橙色的伞仿佛舞动起某种旋律的舞蹈，只是它僵硬的动作和略显艰难的转身使得这种旋律的舞姿看起来难免有些悲伤，然而伞下的目光定然是坚持的。

当这个橙色的小伞受尽了不堪的拥挤，最终抵达了艾塔的位置，在伞下，艾塔分明看清了小东的那张幼稚而天真的神情，面对着自己，纯真地咧着微笑，眼中闪烁着倔强的坚毅，也暗藏着重逢见面的幸喜。艾塔一时泪水难忍，抱着小东失声痛哭，他紧紧抱住小东，好像是生怕小东会放手似的，当哭声更加剧烈时，艾塔拥抱小东就会越紧。一切都被小东的小橙伞遮住，成年的路人撑着黑色大伞，步履匆匆，没有人会注意到，那隐晦在伞下的四目相对的神情。

"不死即归！"艾塔自言自语，他此时觉得，自己已经"回家了"。

十一、恐龙的后代

恐龙人世界

紫衣长袍的恐龙人大法官，久久地匍匐在恐龙人国王的面前，狭长的脸和冰冷的大理石板深度地接触，蜷起的后肢用关节着地，承受住了几乎身体全部的重量，先是疼痛，然后麻木，再接下去跪久了，居然有些舒适的幻觉，毫无尊严可言，这大概就是苦苦地哀求的滋味吧。

国王眼睛微微地闭着，不带丝毫情感，仿佛是睡着了一样，沉默现在成了他唯一信任的朋友，特别是上次大法官带着他的旨意大闹了月凝城科学都市之后，尽管没有谁去深究国王是否真的亲自参与，但是各种版本的谣言如同阴暗处的蘑菇一样肆意地滋生，心思各异的政治家们一次又一次打着觐见的旗号前来嘘寒问暖，实则却是在打探虚实，自己是否涉及其中。平日谁都不愿多在王宫待上哪怕一秒钟，对权力的渴求促使他们想要去任何一个地方而不是这里，因为这里除了说起来荣光无限的"建议权"，和无上崇高的神圣感之外，什么都没有。过去这么长时间内，只有"沉默"一直忠实地跟随着自己，帮助自己，保护自己，周密而仔细地掩饰着一切。

只是这次稍有不同，眼前这个跪着的老家伙毕竟和整件事情有着千丝万缕的联系，他几乎知道一切沉默掩藏住的事实，继续沉默下去只会带来不安……

"是你？"国王的语气中一半是难以相信，另一半却是厌恶至极，仿佛紫色长袍大法官的出现给自己带来了极大的惊吓和焦虑。

但毕竟国王还是看到了自己，这可是个极好的讯号，大法官是精明老练的，这么长时间的政治生涯里，三分之二的时间都是和国王一起度过的，他早把国王的个性摸得一清二楚——虚弱和动摇可是不能展现出一丝一毫的，老成的国王对此十分敏感，就像迅猛龙可以嗅出恐惧一样，如果他发现了任何一点令他不安的迹象，他会毫不犹豫地把你扔出他的宫殿，好像从没见过你一样，至于他和你共同应该背负的后果嘛，他还有他无上荣光保护下的宫殿，而你只剩自己一个！大法官提醒着自己，此刻他必需装出全然的自信。

"国王陛下，所谓的'救世主'已经去未来很久了，不知他有没有成功地找到拯救世界的办法，要是找到了，这家伙随时都会回来，到时候，陛下您国王的位置可就岌岌可危了，陛下，我这可是真的为您想的啊！"甚至来不及往日的繁文缛节，大法官用满满的忧虑述说着自己的忠心，实则是在刺探，寻找一个国王关切的节点，一个令国王忧虑的源泉，让国王的沉默不再能够自如地应对，而他知道任何一个国王想要的都一样东西，那就是"臣服"，哪怕只剩下形式上最虚伪的"臣服"，失去了"臣服"国王头上的王冠就只是普通人眼里可笑的饰品，盗贼们惦记的目标。

"岌岌可危？亏你还说的出口，现在那群政治家们恨不得在我王座下堆满木材，然后再生一把火！现在木已成舟，我又有什么办法呢？"似乎真的触动了什么，国王的语气不再拒人于千里之外，虽然他肥硕的身躯依旧瘫在自己的宝座上一动不动，看起来并不是很担心这样的处境，可能意识到了刚才话语的直率，坦白自己的想法只会让自己更加不安，于是国王继续端起了往日里，那悠然自得而毫无生气的样子，可称得上是一种让任何人看了都会感到厌恶的姿态。

"陛下，您是真的不在乎吗？"大法官的话如同燃火的飞箭，而国王傲慢的架势则像是一座城堡，一座干稻草堆成的城堡。

"那么，我们还有什么办法吗？"国王谨慎地问道，随即扫视了王殿，唯恐这里还有别的什么人，脸上的表情，竟像个知道即将做错事的孩子。

"事已至此，人已经被他们送去未来，老实说，我们能做的也不多，不过作些努力总比什么都没有强，我建议不妨试试黑暗魔法，扰乱使者的心智，那样他就可能永远地回不来了，形势对您或有转机！"大法官的坦率是毋庸置疑的，甚至对自己的手段丝毫不加以掩饰，让老国王万万没有想到的，这听上去如此狠毒的话语，公然提出，确实有点刺耳，但老国王仔细琢磨了下，竟也觉得这话似乎还有些道理。

"可是，这样一来，拯救世界的不就一点希望也没有了吗？"尽管头顶上的王冠对自己很重要，但是头颅和身体不再了，王冠又有什么意义呢？"操弄魔法？魔法不就是失败者掩饰无能的借口吗？"对于自己不确定的东西，国王从来没有过乐观的态度

"是的，陛下，您说的极是，关于魔法，这要看您怎么理解了，据我所知飞行和心灵感应在四百年以前可都是魔法！愚蠢的人总是将自己不能理解的东西，冠之以魔法的名号，实际上是在掩饰自己的无知，以及不求上进。所谓魔法，其

实就是科学解释不了的东西，所谓黑暗，也不过是那些自诩为光明的科学家傲慢的偏见，陛下，我们可以首先在时空使者身上试试黑暗魔法是否有用，如果真的有用，一来可以铲除这个心腹大患，二来证明黑暗魔法的价值，加以开发，甚至能找到拯救世界的办法，那就是您一人的旷世功勋啦！三来，除去了这个时空使者，绝望的恐龙人都将重新将希望放在您的身上，让那些政治家们和科学家缩手缩脚的做法都去见鬼吧，您可以命令恐龙人军队前去未来，开拓疆土，缔造新的帝国……属于您一个人的帝国！"属于您一个人的帝国，大法官把这句话讲得很重。

"那么你的意思是？"国王的语气竟然有了温和询问的态度。

"黑羽学士，那个曾经和大智圣者同出一个师门的人，那个永远憎恨他的人……他之前给我提供的魔法号角，确实是可以使得驯服的霸王龙狂躁，即使戴着心灵感受器，它们也不再受其控制！至少恐龙人科学家到目前为止，还没有这样的神奇东西！"大法官的答案早已预备好。

"不错，被你上次大闹大智圣者的实验室，议政院那里该死的政治家们，已经开始暗中戒备我了，这恐龙人王国历代都是我祖先统治的国度，绝不能就这么断送在我的手上。就依你所言，宣黑羽学士进殿。"恐龙人老国王说着，黯淡而混沌的双眼死死地盯着远方，如同可以望穿云层一般，果决的语气对他来说是十分难得的事情。

"陛下，人我已经给你带到了。"大法官欠身，黑羽学士走上殿来。果然人如其名，这个恐龙人不仅肤色暗淡，且脑后的羽毛竟然是纯黑的，甚至身上的衣物也是黑色，直观地来看，这是一种比乌鸦更加鲜亮的黑色，即便如此，但就像很少有人类去称颂乌鸦一样，黑色是一种令恐龙人迷惑的颜色，尽管恐龙人世界中的诗人赞赏它，崇拜它，但是现实中的世人却总是在说着另一个故事，现实版本的故事——远古时期的恐龙人就从不钟情于黑色，甚至本能地避开它，它和黑夜所展现的外观实在是太相近，对于恐龙人来说，黑夜本身代表着什么呢？这可能很难一语道破，但是多数恐龙人的幼崽是活不过100个黑夜的。任何一种具有夜视能力的恐龙，都能够轻易地猎杀这些可怜的恐龙人宝宝，然而恐龙人却没有这样的能力，他们的父母虽极力保护，但是蛮荒时代的恐龙人，面对黑夜除了自身的努力，更多的需要则是运气，于是"破壳100劫"成为了恐龙人存世最长的谚语，讲的就是小恐龙人在出生后，每晚可能都会遭遇不同的劫难，甚至恐龙人的父母们不得不求助神的力量，他们将不同的劫难描述成不同造型的神，暴徒——残杀之神，瘫疫者——疾疫使者，黑羽者——夜空死神，怒焰人——月夜岩浆，等等，这些形象雕刻在银杏树做成的木雕上，放置在最高的山峰上供奉，所以关于黑夜恐惧的基因根植在恐龙人的每一处细胞，使得很多恐龙人惧怕黑色，恐惧带来了偏见，偏见造成了伤害，最后伤害又成为了另一种偏见的养料，如同无解的循环。不幸的是黑羽学士成为这个无尽循环中的可怜的一部分。

"哦，难得大法官你想得周全，黑羽学士，你能替我分忧吗？"国王睁开了眼睛，身体慢慢地前倾，努力使得自己肥硕的身躯离得近一些，试图从黑羽学士的眼睛中，弄清楚黑羽学士是否真诚可信，但是当黑羽学士的乌黑羽冠在自己的眼中逐渐清晰时，他却觉得看到了不该看的东西，本能地猛眨着眼，仿佛这样一切坏的东西都不存在了。

"是的，陛下，您完全可以相信我，我和大智圣者虽是同门，但结怨很久了，当初也是议政院那群老不死的家伙，诬陷我的学说是歪门邪道、妖魔之术，不懂科学，将我驱离了凝月城科学都市，他们不但诬陷我的学说，甚至污蔑我的人格，所以尽管这么多年了，但我从没有认输，我深深地不服，于是我潜心研究古老的魔法，陛下，如果您愿意，我将施展之前科学家从未见过的魔法，将他们那些关于科学顽固的幻想——消灭干净！"黑羽学士深藏在低沉语气里，强烈的愤恨情绪，这是他平静的外表无法轻易掩饰的，而因言语扭曲的表情更是让他的感受溢于言表。

老国王或许打心底地很想立刻点头赞许，但是他没有这么做，依旧是以往高傲的姿态，给了大法官一个微弱的神光，大法官立即会意……

"那么，黑羽学士，请你开始吧。"大法官轻笑着。

随即黑羽学士开始施法，他对着象征着艾塔的黑泥塑恐龙人唱唱跳跳，如同一只正在下蛋的笨恐龙，神神叨叨，样子甚至是滑稽而可笑。

国王看着黑羽学士这自顾自的个人表演，悄悄地把大法官叫到自己面前，耳语道："这，这能行吗？"

大法官凝视着黑羽学士那笨拙的舞姿和毫无美感的动作，手心的冷汗和一阵莫名的心绪足够使他意识到自己的草率，这和黑羽学士之前夸夸奇谈的深奥魔法完全不一样，天呐，在来觐见国王的路上他可不是这么说的，至少那些高深莫测的理论，再也不该是用舞蹈来表现的吧？这又是在演哪一出戏？此时大法官想起来曾经其他学士的一些碎言碎语，"黑羽学士是不是疯了？"

但人是他找来的，现在自己也只有毕恭毕敬地向国王回答道："这个，真的不知道……试试吧，试试吧。"除此之外他还能说什么呢？

从博物馆回来，艾塔并没有向小东倾述自己在博物馆的遭遇，更没有提及自己遇到过外星人，因为在艾塔看来，自己的存在已经让小东承受了太多不必要的压力，小东这个年龄依旧属于天真快乐，作为一个孩子是不应该承受这些的。

　　自己对这个世界而言特殊的存在，艾塔第一次强烈地意识到也许自己的存在对于小东来说也可能会是一种危险的负担。

　　即使从另一方面来说，自己肩负的责任也许真的太重大了，这么重的压力也是艾塔不想和小东分享的，如果可能的话，他更想让小东健康而自由地成长，就像艾塔自己对自己将来的孩子所期许下的童年一样……

　　外星人的出现给艾塔带来了巨大的震撼，外星人究竟是谁，为什么和自己一样有着类似的眼睛，难道他们是人类世界的恐龙人？

　　不对，人类早已经遍布这个地球的每一个角落，再说在人类的记载里面，这些智能生物也被描述成宇宙来的访客，难道外星人是恐龙人世界里的另一批时空穿越者？更不靠谱了，恐龙人都是有尾巴的，而且相貌上来说恐龙人更像恐龙，而不是人类，从外貌这一点上来看，外星人反倒是更像人类了，可是人类却远没有外星人那么高的科学技术。

　　深夜里的忧虑如同夜空中的繁星，当你发现了一颗星辰，那么很快你就会发现周围更多的星星……令艾塔想不明白的事情实在太多太多了，外星人为什么要干涉自己在博物馆拿走核武器技术的行为呢？还有他们最后留下的话，"但是你必须充分考虑到你行为的后果，你不属于这个世界，任何莽撞的举动都会带来人类巨大的灾难，影响属于人类自己的历史进程……"

　　如同一颗流星在夜空中划过，吸引了观星者所有的视线，艾塔恍然大悟，如此说来！如果自己擅自取得了人类的核武器技术，返回恐龙人的世界避免了恐龙世界的覆灭，那么恐龙人和其他恐龙将会继续主宰地球，哺乳动物就完全没有统治地球的可能，也就根本不可能进化成人类这样的智能生物，那么这不就意味着，人类的世界就不复存在？换而言之不就是说，小东也会随着自己拯救了恐龙世界而因此消失……

　　然而恐龙人的世界正面临着灭顶之灾，自己独自背负了整个恐龙人世界的所有的希望，这使得艾塔不能轻率地将个人情感掺杂进拯救世界的信念中，理性的声音再次在艾塔的脑海中重重回荡，试图以此驱散不安的心绪和"空虚"的道德感，不想却将这种不安的情绪不断扩散，以致睡意全无。

　　艾塔从床下起身，踮着脚，伸着脖子，探望着小东熟睡的背影，小东安详的身形却使得艾塔的心中起伏着更加剧烈的情绪，那是一种难以逃避的愧疚念头，强烈地使得焦虑延伸至了艾塔身体的每一个角落，难道说，像小东这样善良天真的孩子就没有生存的权利，就必须因为我要拯救恐龙世界而在地球上永久地消失？

　　这样的现实是不是有点太冰冷残酷了？我到底该怎么办？我该怎么办？那外

星人所说的："记住，拯救恐龙人世界的钥匙，不在科技，而就在你身边！"究竟又意味着什么？艾塔昏昏的，两眼视线模糊了起来，身体失去了控制。

艾塔睡着了，他今天一天遇到太多的惊奇，知道了太多，面对了太多，自然大脑早就超负荷运转，已经累到极致，只是之前紧张至极的心情，欺骗了自己所有的感觉，在倒下的那一瞬间，艾塔失去了意识，或者准确地说，晕倒过去。

当晨光再次降临，小东早早地醒来，完全没有往日睡懒觉的心情，不是因为自己周六不想睡懒觉，而是自己有太多的问题想问艾塔，比如："你昨天去哪里了，为什么半天找不着你，又回到博物馆干吗，是不是迷路了？""还是打雷下雨，把你身上的恐龙人高科技装备弄坏了，你找不到家？那你也不至于在人多的门口露出真容呀，吓到人怎么办？""下次没我陪着，你还是不要一个人出去了，小心被人抓走做科学研究！"

其实小东晚上也没睡好，心里一直存着这些问题，只是看艾塔回来时傻傻的，表情呆滞而凝重，小东知趣地没多问，他自己给自己提供了一个答案，"艾塔是被雷鸣吓傻了。"但究竟是不是这样，小东不是很清楚，但这个答案成功地抑制了小东的好奇，使得他一个晚上忍住，没有多问一个问题。

小东这一早就被自己的各种问题折磨得再也无心睡觉，翻来覆去，终于在枕头的另一侧看见艾塔赤裸裸地暴露在视野中，完全不加掩饰地躺在自己床边的地板上，侧卧着，身体向内蜷曲，尾巴也完成一个半圆的弧度，脑后的羽毛耷拉着，倒是看起来睡得很甜，甚至舌头都不自觉地伸出来了，有种如同宠物般乖巧的可爱，小东怜爱地看着艾塔不拘小节的睡姿，然而他还是注意到了潜在的风险，赶紧把艾塔塞入床下的隐形帐篷里，小东可不想爸爸妈妈刚走进小东房间的门就被这个异世界的家伙给吓住。

小东的判断是明智的，果然没过多久爸爸就敲门进来了，或者说敲了门之后直接进来了，没有等待小东的邀请。

小东的爸爸笑眯眯地告诉小东说："好消息哦！少年宫的老师打电话来，说是因为附近的体育中心要为迎接全国运动会，进行施工改造，你今天走运，奥数班今天不上课了！"

小东没听明白，问道："人家体育馆施工和少年宫的奥数班上课有什么关系？"

小东的爸爸没想到小东会问得那么仔细，本以为小东听到这消息以后会高兴得跳起来，想不到这小子居然刨根问底……什么时候儿子这么爱学习了？

"嗯，这个嘛，因为体育馆施工要断水断电，你们少年宫因为体育馆在同一个片区，也要跟着断水断电！"

"哎，你早说嘛！"小东眯缝着眼睛，不屑地回答道。

"那你以为呢？"小东的爸爸脸上多出了些许受打击的表情，显然小东的回答完全和他的想象不一样。

"我以为，开全国运动会要拆了我们少年宫，这样开运动会的前后几个月，奥数班什么的……总之我周末都不用去补课了呀！"说出了心底真实的期待，小东略带失望，但又任性和倔强地说。

"想得倒美，今天奥数班不上了，你小子有什么打算？"小东故作不经意回应，这让小东的爸爸感到更加兴致勃勃，小东嘟起的嘴如同是个挑战，而今天一定能让他心服口服，于是爸爸故弄玄虚般试探地问起。

"哪能有什么打算，在家看书学习呗！"不完美的诚实，然而却是父母想要的答案，小东对此深知，敷衍地回答。

"有这个态度我就满意啦，听你们老师说你最近在学校表现良好，学习有进步，老爸今天奖赏你，带你去野生动物园玩，怎么样！去不去？"这种问题就像在问小狗你想不想吃鸡腿一样，小东的爸爸带着炫耀的神色，从口袋里掏出两张门票。

野生动物园绝对是一个令小东心驰神往的地方，但是除此之外他从没有去过，这当然是因为建好没多久，小东他们家没来得及去，但更多的还是因为票价昂贵，一家人过去游玩，各种花费绝对不会少。

小东满脸幸福地接过爸爸手中的票，欣喜之余仍然不忘向着爸爸投去崇拜的目光，直到他赫然看见票上的两个大字，瞬间就什么都懂了，"赠品"！

小东的爸爸，摸着后脑勺不好意思地尴尬着笑道："哈哈，领导发的，说是客户送的，奖励你老爸工作勤奋！你看勤奋总是有好处的！哈哈啊哈哈。"当笑意展现成一个令人困惑的弧度，通过小东爸爸直通额头的高耸鼻梁汇入眼镜遮蔽的地方，小东仍本能地从爸爸反光的眼镜中读出狡黠的味道！

长叹了一口气，小东心里嘀咕着："怪不得，小气爸爸，今天有好事呢，原来是人家送的，不诚心。"

艾塔在床底下醒来，目击了一切，他也想跟着去野生动物园，或许是因为艾塔的心里有些凌乱，人类的世界那么大，他想去看看，也许这样会让自己平静下来，再者不同于自己去过的市区动物园，野生动物园似乎能让艾塔了解到这个世界生物更多的生活细节。

小东再三叮嘱艾塔保密很重要，要求艾塔仔细把隐身衣穿好，否则的话，艾塔很可能就永远留在动物园了……

野生动物园虽和普通动物园在本质上并没有不同，但在游客的感觉上却是完全不同的两回事，野生动物园里的土地更加开阔，动物们可以有一定的运动空间，而动物园内的布景也是近乎偏执的模拟动物们在野外的真实生活环境，当然这种偏执仅仅是基于人类狭义的认知，动物们住着可并没有"家"的感觉。

艾塔这一路上东躲西藏，虽然他身披隐身衣，人用肉眼是发现不了，但是倘若真的触碰到了艾塔的身体，细心的人还是会察觉到异样，好在小东的一路细心照料和贴心保护，加上小东爸爸的粗线条神经，这一路走来，还算顺利，小东的爸爸从来也算不上一个细心的人。当然这样的旅程对艾塔来说还是有点辛苦和费力的，不过当他一进入动物园的大门，一切不好的心情也就烟消云散了，就像大多数孩子那样。

需要说明的是，不同于人类的大脑，恐龙人的大脑在思维习惯上更加线性和连贯。也就是说，恐龙人尽是些很认真的家伙，他们习惯于关注于眼前的事情，并且给予很认真的态度，当然这是好听的冠冕堂皇的话，如果世俗点说，那就是恐龙人都是群钻牛角尖的家伙。

野生动物园内的场景以及动物使得艾塔应接不暇，即使是那些我们眼里觉得普通的动物，在艾塔眼中都是奇异而陌生的：现代凶猛的食肉动物和艾塔世界的巨大食肉恐龙完全不一样，比如老虎和狮子，它们长着毛茸茸的体毛，在动物园中的它们，大多数时间都是懒洋洋地躺着，所以姿态上也看不出多凶恶或者危险，当然这是和暴龙、棘背龙这样的面目狰狞的食肉恐龙相比……

而那些在人类看来已经是庞然大物的家伙，比如长颈鹿、非洲象、犀牛，这些动物在艾塔眼里，远没有它们在人类心目中的形象高大，因为在艾塔的世界里，这些动物只能算作和人类眼中狗一般大小的中型动物。对于动辄就身长超过20米的恐龙来说，人类眼中的巨型动物确实是纤细了一些。

然而最让艾塔好奇的并不是代替恐龙，统治世界的哺乳动物本身，而是野生动物园内的鸟类世界，虽然平日里也能接触到乌鸦、鸽子、麻雀这样的飞禽，但是因为那些鸟类似近乎偏执地为了飞翔，生理结构在进化发生的改变简直可以说是天翻地覆的，所以在进入人类世界的刚开始时，艾塔并没有觉得和自己在恐龙世界认识的生物有多么的类似，尽管在恐龙人生活的时代，鸟类的祖先早已经出现……

不同于普通动物园，野生动物园的开阔场地使得鸵鸟、食火鸡、鹤鸵这样的大型走禽，这些不会飞的鸟类引起了艾塔极大的兴趣，除去了飞行的能力，这些大型走禽鸟类的身体结构是那么的令艾塔熟稔，简直就是没有尾巴的恐龙，而令艾塔最为吃惊的是它们的行走、奔跑方式，这简直就是小型两足食肉恐龙的翻版，至多没有尾巴而已，即使如此，如此显著的相似度已足以令艾塔惊觉。

　　艾塔蓦地想起恐龙世界里的孔子鸟，在人类看来那是一种近乎鸟类和恐龙之间的过渡物种，他们生存在恐龙的时代里，尚且没有自由飞行的能力，只是一种羽毛丰富而长相奇特的小型食肉恐龙，通常艾塔过去看到它们时，都是在这些家伙遇到危险的时刻，成群的孔子鸟从封印树高高的树枝上降下，靠着双臂上的羽毛，短暂地滑翔，而这种奇特物种和鸟类的关系人类从它们的名字"孔子鸟"一看便知，但是恐龙人却不这么命名，他们称孔子鸟为四翼龙，原因是孔子鸟飞行时不仅依靠翅膀上的羽毛，他们发达腿部丰富的羽毛在滑翔时，可以像人类体操运动员一般，通过类似横向劈叉的动作，保持和翅膀的平衡，这就好像同时拥有了四只翅膀……然而龙就是龙，鸟就是鸟，更何况恐龙人对现代鸟类一无所知……人类有人类的常识，恐龙人有恐龙人的常识，这不代表恐龙人和人类的常识指的是一件事情，就像艾塔接触的人类资料中也提及了恐龙和鸟类的关系，但艾塔的常识却每每在这个时候将此事视为人类天真的猜想，直至今天自己近距离地亲见大型走禽。

　　如此，艾塔对鸟类这种物种更加疑惑，这些未来世界的生物为什么和恐龙之间，会有这么多的相似点。通过进一步对鸟类的观察，艾塔又发现了金雕、游隼这类猛禽，虽然这些迷你的空中霸主在身体形态上和恐龙可谓是泾渭分明，但难以想象，它们居然长着和食肉恐龙几乎结构高度相似的爪子。这意味着什么？

　　"难道，这些鸟类和我们恐龙之间有亲缘关系！"

　　艾塔的好奇心愈加地难以克制，心中暗自说道。艾塔的好奇不是没有道理，因为在艾塔的世界里，兽脚亚目目食肉恐龙和现在鸟类的身体结构实在是有着难以忽视的相似，有介于此，迅猛龙、似鸟龙的奔跑运动方式就和鸵鸟的运动方式极其相似，况且鸟类都长有和艾塔质感类似的羽毛，只是恐龙或恐龙人的羽毛仅在脑后，仅在沿着脊椎线——脖子，背脊，直至尾巴的位置长有羽毛，而鸟类的羽毛遍及全身……

　　艾塔下决心要将这个问题即刻搞明白，这对他一个恐龙人来说，是意义重大的，因为这意味着，有些恐龙逃过了世界末日，幸存到今天！而它们幸存的办法，或许对自己拯救恐龙人世界有所帮助。

　　可是艾塔的手套电脑并不能"凭空"接入人类的网络，而野生动物园里又没有WIFI。所以艾塔只能去寻找人类的电脑，在互联网上寻找自己迫切想知道的答案。

　　得益于长期在小东家，与人类朝夕相处的生活经历，艾塔不但已经知道如何使用人类的电脑，而对于人类电脑一般会出现的位置，艾塔也是大概能够预知的。

艾塔认定动物园的管理室内一定会有电脑，所以他先去了飞禽世界的管理室探寻了一番，无奈飞禽世界的管理室必须24小时监控着飞禽，防止会飞的珍贵鸟儿轻松飞走，自然这里的看护异常严密，又时刻有工作人员在监视。艾塔在这里是没有下手机会的，否则一台电脑平白无故地启动，又自动浏览网络，那么周围工作的人类肯定会好奇地跟过来，查个仔细。

艾塔不甘心，又在四处巡视了一番，发现猛兽区的狼园里有一个管理室，这个不起眼管理室只是一间浅黄色墙面的低矮平房，外面被铁栅栏高高地围起，防止闲人靠近，侥幸的是这会儿管理室和栅栏的门都微微敞开，没有上锁，里面也空无一人，艾塔估计应该是粗心大意的饲养员出去偷懒，这回艾塔终于在这里找到了电脑。

狼园的管理室狭小而局促，电脑和其他开关在靠着墙壁的操作台上一字排开，此刻，管理室的大门已经被艾塔关上锁紧，艾塔想这样即使有人接近，也不能轻易入内，发现其中的异样情况。若是饲养员真的提早回来，估计还会误以为是阵风将门关上，然后门锁被什么东西卡住了，因为在艾塔看来，在隐身衣的保护下，没人会发现自己的存在……是的，没人！

在室内还存在着一道玻璃门，玻璃门外面另有一道铁制的闸门，通向狼群生活的笼舍，人类这样设计想是为了方便喂食狼群，玻璃门和铁制闸门可以形成两道屏障，也可以用于隔离单——只狼和狼群，用于帮狼做身体检查，当然后两项活动需要在狼不在场或者麻痹的情况下进行，因为根据人类记忆深处的常识，无论是看上去再怎么像狗，狼就是狼，拥有着残忍的本性，但恐龙人并不知晓。

就连很多人类都不知道，狼是这个世界上最高效的捕食者，而且可能不是之一，而是唯一，虽然理论上单只狼的体型不及虎、狮子这样的大型猫科动物那么大，那么健壮，但是狼习惯于群体行动，并且拥有足够的智商，以及等级森严的社会性，所以被狼群盯上通常就意味着那个倒霉的猎物的半边身体已经进入了天堂。这一点似乎和迅猛龙有些相似。

可是此时，狼群正流连于户外的阳光，或者三五成群地闲逛，享受着室外午后的太阳，没有一只留在笼舍里，而慵懒且放松的姿态使得它们在艾塔眼里，看上去只是一只只体型稍大的家犬。狗，艾塔并不陌生，曾经无数次艾塔在人类社会中看见过这些可爱的家伙，艾塔经常惊讶于它们的形态差距之大，同样是狗狗，有的比狼还要高，如同一只小狮子大小，有的甚至还没有猫大，有的狗狗长毛可以从背脊一直垂至地面，而有的狗狗毛短的甚至于可以清晰看见皮肤。

面对眼前的环境，艾塔只知道这是管理室，并不全然知道管理室都"管理"着什么，对于满脑子都是疑问的死心眼的艾塔来说，这个地方有电脑就够了，除了野狼身上的有些刺鼻的兽味，艾塔并没有发现有什么不对劲的地方。

通过开启人类电脑，艾塔成功连接上了人类的互联网，艾塔搜索着自己想要知道的内容，可能是过于专心致志，艾塔的一个不小心，觉得尾巴碰到了什么东西，进而一阵金属摩擦传来。像大多数恐龙一样，恐龙人的尾巴略微显得垂直而僵硬，尾巴对触觉的灵敏程度远比猫猫狗狗这样的哺乳动物低得多，当然一些恐龙人杂技表演家可以通过训练自己的尾巴达到令人惊讶的灵敏度，甚至可以用来举起茶杯，尾巴完全可以胜任第三只手的工作，但艾塔显然不是这类专业恐龙人杂技演员。

出于警觉，艾塔顺着自己尾巴产生微弱疼痛的方向，向身后尾巴曾触及的地方看了又看，却都是一些按钮和拉闸之类的控制机关，这些人类世界中的初级控制装置，究竟用于什么，都不是他现在应该考虑的，令他安心的是，目之所及，一切依旧保持着原来的样子。此刻艾塔满脑子疑问依旧忠实地停留在鸟类和恐龙的关系。而这种关系正因为电脑中资料的汇集，变得越来越清晰……

十二、对决

最容易被人忽视的细节，往往是最致命的，这句话在每个古老文明中都会有不同的表述，进而还能成为万世警句。被艾塔尾巴不小心碰到的拉杆却触动了命运的齿轮——那被艾塔忽视的金属摩擦的声音不是别的，却是狼园内笼舍打开时，抬起铁闸发出的声音……

艾塔仍专注地在电脑上搜索着，搜索着，总觉得有一股强烈的异味飘过，艾塔依旧没有特别在意。

15秒过去了，艾塔觉得这气味越来越诡异，味道漂浮不定，忽远忽近，2秒又过去了，艾塔耳边渐渐传来低吠的声音，"呜呜呜"的声音，阴沉而凶狠。

艾塔立刻将视线从电脑上移开，他仅用了0.02秒就注意到了厄运已经降临……目光定格的地方，短短的时间内，已经汇聚了3只狼，它们低趴着身体，呲露着犬齿，夹起尾巴，背脊毛发竖起准备随时向艾塔进行进攻。

镇定，是艾塔现在唯一能做的事情，他努力地克制住自己的惊慌，他知道不能贸然触怒这些狂暴的野兽，这些动物虽然和大多数哺乳动物一样，看起来都是毛茸茸的，体型和恐龙相比并不巨大，但是野狼扑击前的准备姿态，以及异常凶残的目光，艾塔判断，这些动物绝对也是会杀人的。

"但……为什么，它们是怎么发现我的。"当思绪不自觉地想到这里，艾塔心中大为惊恐，因为就在刚刚，他用余光查看自己的身体，明明隐身衣还在正常工作……到底这些动物是怎么发现自己的？

狼群继续对艾塔实施着紧逼，形成了一个三角形的阵势缓缓向前，它们彼此间配合默契地将艾塔逼得无路可退，艾塔已经退到了墙边上，当然野狼也是第一次接触恐龙人这样的生物。毕竟是高智商的哺乳动物掠食者，当狼群靠近艾塔时候，可以看出，野狼四肢迈动得更加拘谨，要是现在站在这里的不是艾塔而是只普通的羊或者鹿，估计狼群早就凭着原始的天性一窝蜂地全扑上去了！

一只胆大的公狼，首先从狼群中走出来，一面谨慎地靠近艾塔，不停用凶残地低吠嘶吼着，从喉咙里发出令人发怵的声音，并且刻意露出尖锐的牙齿，"天呐，这该死的东西的牙怎么这么白！"这原本并不应该是艾塔首先考虑的，但此刻这惨白尖利的牙实在离着自己的眼睛太近太近，近到难以忽视。

那独自走向前，试探艾塔的似乎是只胆大的领头狼，它正弓着身体，背毛立起地带着低吼声，谨慎地用湿润的鼻子，在艾塔身上嗅得仔细，艾塔这才恍然大悟，原来狼群主要是靠嗅觉猎食的，怪不得自己的隐身衣没有用的，因为这高科技隐身不隐味！

估计狼也觉得不解，明明眼前有肉的味道，却没有肉的影子，视觉和嗅觉的矛盾使得它越来越迷惑，也变得越来越狂躁，所以这只胆大的公狼，决定用自己的牙验证一下！它刻意地向后退身一步，弯弓状的背脊，蜷起了一个令人毛骨悚然的角度，然后瞬时，一跃而起，凶相毕露，狂吠着，跳跃着，向艾塔扑咬过来。

艾塔再怎么说也是肉食性恐龙进化而来的恐龙人，身上依旧流淌着掠食者祖先的血液，基于掠食者相同的本能意识，他立马就明白了这只狼的意图。

呼气，吸气，然后重复呼吸，艾塔闭着眼睛完成这一切，他试图用心灵去感受野狼的进攻意图，而不是用眼睛，因为他知道，看到的动作是会骗人的。

"就是现在！"当艾塔睁开眼睛的一瞬，双脚平移，屈膝跳起，从而完成了一个略微腾空的侧身移步，勉强地闪开了这只野狼的第一次尝试性攻击。

"不好！"艾塔暗自思量，"这东西攻击速度，神经反应速度都快得异乎寻常，还真是只敏捷的怪物，这么多怪物冲着我，这次真的不好对付！"

领头的公狼在一击落空后并没有准备放弃，对它来说，说到底还是因为看不见艾塔的存在而扑了个空，狼群依然能闻到艾塔的气味，在狼群的眼里，这就是晚餐不一样的味道！

艾塔估摸着狼的战斗力，无论如何思索，自己都已经处于绝对劣势，他只有狼一半高，而他自己是站着的，换句话说靠四肢行走的狼身长至少是自己的两倍以上，体重重个三四倍也很正常，而自己在对单——只狼的战斗上已经不会占到任何便宜，何况这里有几只狼。

想到这里艾塔开始自责自己的愚蠢和大意。

"原来人类会动的绘画都不是写实的！《喜洋洋灰太狼》这部动画片真的坑了自己，那里面三只狼，红太狼、灰太狼和小狼是那么可爱！"艾塔突兀地想起小东经常看的那部动画片，虽然小东大多数时间里都在不停地数落这部动画片的幼稚，艾塔有时也会跟着看看，那是艾塔第一次认识到狼这种物种，但和眼前的狼相比，动画片的狼似乎完全不是一个世界的物种！显然，艾塔并不知道动画片和写实绘画之间的差别。

　　疑惑和好奇，驱动起了更大的焦躁，野狼猎食的天性正在一点一点地被激发出来，情势越来越紧急，几只野狼几乎同时上前一步，谁都想试探一下，这眼前的看不见的肉，到底能不能吃到嘴……

　　一声长长的呼气，伴随着鼻孔中还算是舒缓的气流，从艾塔和人类相比较为狭长，而和野狼相比更为敦圆的口鼻处响起，如同迷你的火车汽笛，预示着艾塔战斗的决心，艾塔知道这绝不是一场简单的战斗，他索性迅速褪下隐身衣，暴露自己，这样做一方面会使得艾塔的行动更加灵活，另一方面也减少隐身衣被野狼咬坏的可能性，这是艾塔在人类世界中最重要的掩护。"活下去，不死即归！"信念的燃烧使得艾塔竟分外地冷静！

　　狼群显然被艾塔的样子惊呆了，即使是它们祖先的记忆中也从来没有出现过这样的猎物，不过在它们看来，艾塔活生生更像一只长着大大脑袋的有手有尾的火鸡，即使今天不是人类的复活节，这依旧对狼群来说无疑是极具诱惑力的，艾塔的现身，一下就燃起了狼群的狂躁情绪，凶残和猎杀的本性暴露无遗。

　　狼群步步逼近，艾塔用眼睛扫视着每只狼所处的位置，判断它们就要群起而攻之，于是，顷刻警觉地将手臂高高地抬起，手臂上的羽毛竭尽所能地展开成一个巨大的面积，虚掩着艾塔相对来说弱小的身躯，这有点类似于猎鹰展翅欲飞的姿态，进而他的身体重心前移，身躯向前倾斜，粗短的尾巴上，几缕看似不羁的羽毛，竟如同孔雀开屏一般，由收起的状态，展开成扇形，只不过相对孔雀来说，艾塔的这个"开屏"，更像是一只肥硕的公鸡学着孔雀在东施效颦，因为艾塔的尾羽实在是太为粗短了，但惊奇的是，艾塔尾羽展开后形成的扇形羽面中，竟然出现了两团橙色的眼状斑，它们反射着管理室内微弱的光线，同样引起了野狼的警觉，暂时地转移了这群野兽的注意力。

　　"就是现在！不死即归！"艾塔鼓足勇气！

　　艾塔扯开嗓子发出尖锐的嘶鸣，这是恐龙和鸟类独有的声音，音频极高，如同猛禽在空中的嘶鸣，听起来极为刺耳，又如同人类的尖叫，带着无限复杂的情绪，掺杂着恐惧、愤恨，和不惜一切……

　　艾塔随即摆出恐龙人近战搏斗的姿势，头放低，手臂贴着胸腔，羽毛全部收起，伸张双手，展现出尖锐的利爪，当然艾塔的利爪之锋利程度仅仅是相对人类指甲而言……艾塔身躯下沉，重心下移，两腿分开，足尖向内相对着踏成了一个坚定的三角形，粗短尾巴高高地竖起，以获得更多的稳定，艾塔的战斗姿势和迅猛龙、犹他盗龙的捕食动作十分胜似，但是圆润的身材使得艾塔做起这个动作时，相对来说气势不足。

那只一开始就很胆大的公狼，再也按捺不住，狂吠着，一个飞身，贸然跃起，飞扑向艾塔，眼见它尖锐牙齿就要咬住艾塔的胳膊了，又是在最后一个瞬间，艾塔身体突然前倾，如同原地被绊倒一样，借住身体重心的瞬间移动，他顺势左腿猛然间蹬地发力，右腿则迈开步伐，向着尽量远的方向跨出，从而竟灵巧地滑步到了那只公狼还在半空中飞跃的身下，对着那只野狼的腹部，用带着利爪的有力腿部狠狠地给还在空中的野狼，奋力地蹬出了一爪子，力道着实不轻，野狼受到了疼痛的重击……

可是艾塔还没来得及重新站稳，耳边风声又一阵剧烈地起伏，又一只野狼从艾塔的侧面攻了过来。艾塔用余光所及，另一只野狼张大的嘴和狰狞的表情出现在艾塔的眼中，好在平日里精于训练的艾塔，及时回想起自己在恐龙人世界里的日常搏击训练内容。

深深地呼出一口气，艾塔微微转身，调整好自己身体在上一轮攻击中还未及稳住的重心，然后面向这第二只飞扑至自己的狼，迅速跳起，得益于和鸟类相似的腿部结构，艾塔的弹跳迅猛而充满爆发力，在空中，艾塔全力跳跃所能达到的最高点，艾塔对着那只狼的背脊狠狠地一脚重踹，把那只野狼重重地踹翻在地，但艾塔的出击也没有给狼带来致命伤害，狼很快就爬了起来。

坏消息接二连三地出现，艾塔发现自己的处境越来越不妙，野狼之间互相交换着眼色，似乎在计划着什么，沟通成了艾塔最可怕的敌人，因为他对狼的沟通方式一无所知，所以无从防备。狼毕竟也是高智商的动物，在领教了艾塔的厉害之后，这次它们准备同时出手，不给艾塔各个击破的机会。

管理室内光线昏暗，甚至在白天也得依赖电灯的照明，墙壁上开启的照明灯，受到刚刚打斗的波及，加上年久失修，变得接触不良，时灭时亮，如同现场的气氛，紧张而诡异万分。

艾塔因专注而放大的瞳孔里，狼群龇咧着嘴，露着犬牙，表情凶煞的形象越来越靠近，越来越清晰，艾塔眼神里的沉着冷静也随之一点一点地消失，本能的恐惧和不安却在随之逐渐显现。

"怎么我昨天没有死在外星人手里，今天要死在这群哺乳动物掠食者手中吗？这真的是命运的安排难以逃脱吗？或者说我就不应该存在在这个世界上，这难道是自然和神明给予的惩罚……"艾塔的不安已经无法克制，从心中涌现到了意识层面，本该冷静的思维现在一下混乱起来，但死在动物园里，实在是太蠢了！

艾塔的心跳在加快，肋骨之间呼吸的动作越来越明显，镇定正一点一点地离他而去，但是艾塔依旧没有放弃，再一次的，他在用理智努力平复的情绪上的不安和恐惧。

"不可以放弃，不可以，我们的同胞需要我，我的世界还等待我的归来！我不能在这里放弃！不死即归，我……我还没有死呢！"

艾塔只能这么一遍一遍努力地想着，试图让自己的意志坚定起来。之前在恐龙世界的荒岛上，艾塔逃脱众多食肉恐龙的袭击，靠的也是这股同样的信念，是的，这股信念来自于艾塔的责任感，或者说期望幸存的本能，拯救生命的决心！只不过上一次，在恐龙世界的荒岛上，他试图拯救的是自己和妹妹艾萌莉，当然那是用逃避的方式，躲开食肉恐龙的袭击。

但是逃避不等于面对，事实上逃避真的要比面对容易得多，这次必须在面对这么多狼的正面攻击时给予必要的还击，艾塔似乎因此还需要更多勇气和信念，但整个恐龙人世界重托的信念，难道还不够自己下定决心放手一搏吗？

"不管了！拼了！不死即归，虽然世人都有不归之期，但不是今天，绝对不是……"艾塔知道后退已无任何意义，眼前最靠近自己的三只狼随时都会攻上来，艾塔决心破釜沉舟，以命相拼！

管理室外，人群熙熙攘攘，吵吵闹闹，使得管理室内的生死时刻很难被察觉，而饲养员此时更是不知身在何方，估计他想着先喂饱自己再准备狼的食物。

三只狼狂吠着，龇咧着森白的犬齿，鬼魅般地接连起跳，形成连环攻势，从艾塔的前方及左右在同一时间向艾塔扑咬过来，三只腾跃在空中的狼，骇人的身形在艾塔的瞳孔里不断地放大，直至这些该死的影子占据了艾塔全部的眼眶，恐惧无法遁藏，艾塔已经不知道，首先还击哪只狼最为重要了。

时间在艾塔眼里，变得很慢很慢，仿佛电影中的慢镜头一般，艾塔持续地在脑内搜索着可行的应对办法，但是均没有任何头绪，面对三只野狼在杀戮能力上的压倒性优势，任何战术策略都一定是无济于事的了，除非奇迹……尽管时间在艾塔眼里过得很慢，但事实上这只是艾塔极度紧张情绪下的主观感受，在这一瞬间三只狼已经不同程度地快要咬住艾塔了！现在一切都结束了吗？

"嗖嗖嗖……"艾塔感觉到分明是脑后有风声响起，三根木棍、一块砖头，甚至一个易拉罐罐头，从窗户里胡乱地一股脑被扔了进来，竟也不同程度地砸在了三只狼的身上，其中一只狼被砸中眼睛，顿时失去了跳跃的方向，和另外两只狼撞成一团。

"是神明拯救了我？"当原本预料的剧烈撕咬疼痛并未如期而至，冒着冷汗的艾塔仍旧惊恐地呆立着，好不容易回过神，大脑猛然闪现出这样的念头。

拯救艾塔的不是神明，而是小东，他正趴在窗户边上，用童稚的声音呼喊着，并拾起身边地上能找到的一切东西，胡乱砸向狼群，奇迹发生，当狼看见人的时候，立刻就放弃了进攻，收起刚才的凶残嘴脸，乖乖地退出管理室，返身回到了笼舍，如同一群"听话"的狗狗。

这倒不是因为野狼怕被小东扔出的东西伤害，就小东这两下子，绝对构不成威胁，只是这群野狼，平日在动物园，三天两头地就会因为不听话，被饲养员隔着笼子拿棍子敲打，就算是日常时候，每天仍有些不文明的游客也会向狼们投掷石块等硬物，毕竟是动物园里圈养的野狼，没有真正野生野狼那么的傲骨，所以也渐渐和狗一样，见人就害怕了……

艾塔终于再次感受到了自己的呼吸，尽管心脏依旧猛烈地跳动，他瘫倒在地，大口大口地喘着气，努力平复心情。小东却在窗外示意艾塔，赶紧把隐身衣穿起来隐蔽自己，奇怪的是小东只是用自己拉衣服的动作示意艾塔，他并没有说出任何话，小东的"安静"表现是异乎寻常的。

果然，在艾塔拉上隐身衣的瞬间，饲养员先生就拽着小东瘦弱的胳膊气势汹汹地进来，事不凑巧，不负责任的饲养员也在刚刚这时候回来了，他远远看见小东一个孩子，不顾一切地钻过铁栅栏，堂而皇之地站在自己管理室的门口，甚至向里面扔东西，饲养员先生认定这孩子一定是来捣乱的，顿时心中涌起怒气！

"叔叔，您别，别，生气，我是看见这管理室有狼嚎才过来看看的。"

小东被饲养员先生用手拖住后颈处的衣领，不能挣脱，当然也无法逃跑，他一边解释着，一边用手试图整理被饲养员先生的大手拉扯的衣服，以得到一些整理思维的片刻，顺便也是在争取时间，好掩护艾塔走出管理室。

"你……你是个不听话的孩子，这地方不是写了吗，闲人禁入，游客止步！你难道不认识字吗？这里是管理室，不是参观区，哪里会有狼？我看你分明就是来想偷东西的！"

饲养员先生气急败坏，他满脸堆积的横肉，使得他看起来不像是饲养动物的保育人员，倒更像是杀猪的屠夫，这么凶狠的气质，怪不得狼也学会怕人……

不过确实小东是仗着自己人小，身形瘦弱，从管理室外的栏杆缝隙里钻进来的，这确实不符合规矩，原来小东估发觉艾塔走丢，就趁着爸爸肚子痛上厕所的机会，跑出来寻找艾塔，他不知道自己为什么要往这个方向走，又为什么会觉得艾塔真的会出现在这里，直到小东真的听见了狼园管理室里的异响，从栏杆中挤了进去，竟目击了艾塔正在被群狼围攻……

"您看……"

小东向饲养员投去无辜的眼神，白嫩的手指，指向了管理室内门户洞开的铁闸门。艾塔已经充分利用小东为自己创造的机会，隐身地从一片狼藉的管理室内溜了出来，如同恐龙人世界的一句老话：有的胜利是靠着肌肉和利剑取得，有的胜利只需要察言观色或者把握时机……

　　看见了开启的闸门和凌乱的管理室，饲养员顿时吓得脸色煞白，事实上凌乱已经不足以恰如其分的形容饲养员先生眼前的景象，中国有句古语叫做"一片狼藉"，放在此时此处绝对是恰如其分的。

　　"该死的畜生！就差一点点，就要酿成大祸了……好……好吧，是我错了，小弟弟，你是好心，是叔叔我粗心大意了！你可千万不要学我，我……我向你道歉，我错怪你了，可是刚才的事情你千万不要对任何人说，否则，我就真的要下岗了！好吗，小弟弟？"

　　饲养员这时已经完全不似之前的凶狠，很难想象这个长着凶恶面孔的"屠夫"叔叔竟也有面露愧疚的时候，虽然只是紧绷面容和深深皱眉中勉强挤出的一丝微笑，虽然这个笑容十分难看，但毕竟还是带着恳求的语气。

　　"哎，好吧，既然是误会，那就好……好吧，你放心，你送我一个野狼的模型玩具纪念品，我肯定什么都不说！"小东此时想起来电影里风度翩翩的人物台词，笑嘻嘻地说，仿佛这样可以充分体现自己的宽宏大量，或者说让自己的要求变得理所应当。

　　"这孩子还真是人小鬼精！"饲养员虽然心里想着另一番说辞，嘴上和脸上却是连连答应，赶忙找出一个野狼的模型玩具，生怕小东反悔似的，以护送为借口，一直将小东送出管理室的栅栏外，直到一条人流相对密集一点的园区路上。

　　正好小东的爸爸一路寻找小东走来，估计也是找不到小东好一会儿了，脸上的表情明显有些急躁，当他看见儿子正被一个陌生人领着，甚至手中还多了一个玩具，本来就急躁的心中顿时又多了一份不安的疑虑，脸上呈现的复杂表情也就更加难看了。

　　饲养员先生看见小东的爸爸焦急地从人流中径直走来，立马就明白了这个长相和大学生一样的白净中年男子定是小东的爸爸，当然这只是饲养员先生一个人的看法，不过小东爸爸笔直挺立的鼻梁和细薄紧绷的嘴唇，在遇上他较为白皙的肤质，以及度数不浅的眼睛，这到底和饲养员先生相比，确实显得年轻和有气质。自惭形秽之下，饲养员先生也不知道从何说起，只好尴尬地赔笑，倒是小东先开口了。

　　"爸爸，这位饲养员叔叔真的太热心了，不但带我喂狼，哦不是，是给我食物抛给狼吃，教我野生动物的知识，还贴心地送我纪念品。真的太好了！你说是不是？"

　　疑虑的眼光透过厚厚的玻璃镜片，白下往上投射在饲养员先生魁梧的体魄上，直至在饲养员生来与怒容和褶皱为伴的面容上停留。"好吧，现在找到了，总之这并不是太坏的结果。"小东爸爸心说，虽然这个饲养员先生面相太过于严峻了些，倒也是制服齐整，胸牌、工作证一一都在，估计儿子所言不虚，就顺着儿子的感激指引出的谈话方向，向饲养员先生连声道谢，带着对小东的斥责领走了小东……

目送着小东父子渐渐消失在黄昏中的背影，直至目光再也不能触及，饲养员先生终于重重地长舒一口气，似乎刚才紧张的情绪比艾塔那口生死攸关的时刻还要沉重，当然，对一些成年人来说，拥有一份铁饭碗的不易被辞退的职业，比如动物园的饲养员，是非常重要的。至于这种职业大人们自己是否真心的热爱，似乎就是另外一回事情了。

到了这天晚上，大概大人们都已入睡，小东趴在床上，用手扶在窗边，探头向着床底张望，虽然眼神光顾的地方依旧是一片黑暗和寂静，但即使是这么缺乏对象感的对话，也丝毫不能减弱小东洋洋得意的兴致：

"你看看，几只狼就把你吓成什么样了，你们恐龙人的世界里那么多庞然大物，是不是你干脆就不用出门了，否则还不吓死在家门口，就我知道的什么霸王龙啦、角鼻龙、易特龙、蛮牛龙，哪个不比野狼大上几十倍。你这么胆小可怎么办哟！这些家伙就算在路边睡觉一动不动，远远的也都能把你吓死！"学着大人担忧的口吻，小东觉得自己的推理很符合逻辑，脑中自动脑补的画面立刻带动起了他顽皮活泼的表情。

"谢谢关心！我们的城市很安全，没有巨大的食肉恐龙随便乱跑好不好，再说了，你说的霸王龙，那是我们骑士的坐骑，在经过正确培养后是绝不会伤人的！"

艾塔没好气地回应，但话刚说出口自己就立刻后悔了，他知道这么一说定会引来小东更多的问题。

果然小东一听就来劲了，睡意再也阻挡不了他的好奇，脸上兴奋的表情在月光的映射下好似一个大大的感叹号。

"真的呀，那我有机会也想骑骑看！"小东无法想象这会是真的，如果自己能够驾驭这个世界上有史以来人类知道的最暴烈的掠食者，那将是怎样的豪情壮志！怎样的满足！再也不会有人叫自己胆小鬼了……

早已知道小东会这么问的艾塔按着心中已经准备好的答案，带着淡淡的口吻说："哦，这我可帮不了你，霸王龙是勇士才能骑的！"

"能把野狼打跑，难道不算勇士吗？古时候，人类强壮的武士，那个叫武松的，打跑了老虎就成为了流芳百世的勇士，我只是个未成年人啊，都打跑了狼，难道还不算吗？"小东并不认同艾塔的回答，他觉得自己今天的表现更像是一个勇士勇气的展现，他当然没想到，勇气在有保护和没有保护的情况下会有所不同，比如说今天的栏杆……

艾塔不明白小东说出的那个武松是谁，可能是这个原因，使得他的回答比小东预想中慢了一些，这一度使得小东很焦躁，为什么艾塔不立刻承认自己的勇气，当然艾塔并不是这个意思。

"也是哦，今天你真厉害！真的，真的很勇敢！我……我也要勇敢起来，我不能辜负我自己的使命，就像小东你可以为了我可以冒险地驱赶野兽，我也承担着我的同胞的重托，我也要像你一样勇敢！"艾塔说着说着，脸上的表情竟然慢慢变得认真了起来，仿佛一个法官宣判的神态，或者说是一个士兵在大兵压境前最后的誓言，原来艾塔在想这个……

知道艾塔是在诚心的夸赞自己，小东脸微微一红，根本没有谦虚的意思，虽然察觉了艾塔语气中的异样，但是小东没有深入地想下去，或者他不想去多想这件事……

"哈哈哈，自古英雄出少年！放心你还年轻，有的是机会向我证明你的勇敢！"再一次地小东学着电影里功勋卓著的长者提携年轻人的台词，十分体贴的，宽慰起艾塔来，试图用幽默带走那一丝潜在的不安……

艾塔听着实在忍俊不禁，不知可否的惊喜，带来了上气不接下气的呼吸，进而变成了使劲压抑住的低沉的笑声，小东受到了感染，加上自己本来就对此十分得意，跟着笑出声来，笑声肆意而爽朗，在这半夜宁静的星月中欢快地打破了夜色的冷清，引得邻家大型狗狗很有中气地一阵"汪汪"吠叫。

狗的吠叫引起了无法预期的恐惧，把艾塔冷不丁地吓了一跳，小东看着艾塔突然吓坏的样子，却笑得更开心了，更加放肆……直到笑得喘不过气来，又上气不接下气地说上一句："原来恐龙人怕狗！"接着又笑得前俯后仰。

另一个房间，已经睡觉了的小东的妈妈睡意蒙眬地对小东的爸爸说："孩子这么晚不睡，傻笑什么呀？"妈妈的本意是想让小东的爸爸去小东房间催促他早点睡觉，明天还得上学。

小东的爸爸睁开了眼睛，这才发现自己睡觉时忘了将眼镜取下，他将眼镜放置妥当，回复了仰睡的姿势，却发现自己的睡意正被某种愉快的情绪取代，过了好一会儿，小东爸爸仍旧眼睛直勾勾地盯着天花板，又拽拽被子说："也许是白天玩得太高兴了吧！小孩子由他去吧，好久没听他这么开心地笑了。"

说着说着，小东爸爸的嘴角竟也扬起了笑意，和小东的笑意不同，那是一种在体会了幸福之后，满足的笑容……

十三、龙的传人

隔日虽然渐深的秋意，促成在夜晚飘落过小雨的清晨，有些令人不快的凉意，但是小东醒来，仍然发现被子里有团东西暖和和的，而且是毛茸茸的，掀开被子，居然是艾塔不请自来地爬进了小东的被子。这家伙应该是在晚上睡觉的时候，察觉到了天气阴冷，迷迷糊糊地就从床下爬进了自己的被窝，也不知道这家伙是不是在梦游。

小东凝视着艾塔熟睡的样子，就好像看着自己心爱的宠物，往日里犹疑的神光不再，眼睛里面充满着宠爱，当然这个"宠物"可不是一般的聪明能干，就是有时性格倔强了点，他厚重的脑壳下是怎样一颗固执的脑袋呀，比如昨天……但大多数时候，艾塔都是坚强睿智的，这么想来小东甚至觉得自己才像是艾塔的"宠物"，因为艾塔对自己一向照顾的很贴心，而自己在和艾塔相处的大多数时候都是粗心大意或是无能无力的。

凝视着熟睡的艾塔，久久地，小东却将逐渐开始好奇起艾塔脑后橙黄色的羽毛，因为难得细心一回的小东发现，即使昨天一整天在动物园里，小东也没有见过哪种动物的皮毛和艾塔的羽毛一样的颜色，艾塔头部的羽毛是迷人的，甚至有着比鸟类还要复杂的结构，一部分羽毛由眼眶上方，类似人类眉毛的位置，各由一根类似硬管一样的羽茎，一直延伸至颈后肩胛骨的位置，直到羽茎的末端羽毛才开始出现，如同两支插在耳后的纤长羽毛笔，当艾塔跑动时，从眼眶两侧的羽毛就会随着气流的上下起伏飘动，另一部分羽毛由鼻骨和额头的连接处开始一直长到脑后，形成了能够收展的羽毛头冠，当艾塔表现出好奇时，羽冠会随着他的面部动作展开，呈现为扇形，当艾塔情绪低落的时候，羽冠后收紧，贴在脑袋上，形成一个微翘的"辫子"。艾塔的羽冠有着难以言明的鲜艳，亮眼的橙色往往出现在羽毛丛生的最外层，自淡黄而至橘红，乃至于羽毛外围的紫黑，总体来看呈现着鲜亮的橙色如同火焰的色泽，或者说黎明的颜色……艾塔橙色的羽毛是那么的特别，以至于这羽毛在清晨被阴雨笼罩在阳光里，居然也可以显得如此的亮丽生动。

阴雨渐止，阳光穿透云层的缝隙，略为收敛地照在艾塔的脸上，艾塔缓缓地也睁开了眼睛，睡意朦胧地看见小东正好奇地盯着自己，顿时察觉自己怎么一不小心跑到了小东的床上，真是失态！害羞得有点不好意思，今天难得细心的小东立刻察觉到了艾塔的表情，开始不怀好意地坏笑。

"早上好，艾塔，问你一个问题，你的羽毛怎么是橙色的？该不会是有毒吧，老师说颜色鲜艳的蛇，大多数都是有毒的！你是不是也有毒牙什么的？要是我惹你生气，你该不会不开心了晚上偷偷咬我吧？你可别害我啊，我还年轻，哈哈哈！"小东开玩笑地说道，并且刻意装出了几分认真，他期待着艾塔被误解后憋不住气的囧相。

"你才有毒呢，这是天生丽质懂不懂！"艾塔虽不满小东的坏笑，但多年的修养毕竟不是小东这个毛头小子能企及的，艾塔还算平静回答道。

"哈哈哈，就你还天生丽质，你知道吗？我们人类骂人家丑说什么吗？你这人怎么长得和恐龙似的，哇哈哈哈，你是，你是天生丽质的恐龙人，哈哈哈！"小东笑得眼泪都快出来了，要不是左手扶着床沿，估计都掉下去几回了。

"哦，是吗，那你们中国人还天天自称龙的传人？那不是天天说自己丑？"艾塔装作满不在乎的表情，漫不经心地回复小东一句。

"龙的传人。"艾塔又自言自语似的重复了一遍，仿佛想起了什么，话音刚落，如是幡然醒悟，艾塔一个激灵从床上跳下去，来回走动，随后渐渐陷入沉思。

小东以为自己的玩笑开过了，惹得艾塔生气，就赶紧抱歉地说：

"好啦，还真心生气了吗，别气啦，刚刚跟你开玩笑呢……别那么小气好不好？都不可以开玩笑……我错了还不行吗？别动不动就认真！"

然而艾塔完全没有被小东抱歉打动，或者说根本没有在意小东的讥讽，艾塔转而一脸郑重而认真地对小东问道：

"你们在中国的人类自称自己是龙的传人对不对？"

小东愣了一下，很肯定地点了点头，是啊，这是自小他一出生爸爸妈妈、爷爷奶奶都轮番教导自己的一句话。

艾塔长长地呼出一口气，如同突然间发现了一个惊人的事实，先是放眼窗外，但是窗外的风景显然未能提供任何答案，而后艾塔又拿出手套电脑操作，之后带着满腹心事的口吻对小东说道：

"你知道吗，在我的世界里，恐龙人王国，拥有最高智慧的人，大智圣者曾经对我说过，我头上羽毛的颜色，和传说中救世主的羽毛一样，如同火焰般的橙色的，据说从来没有其他恐龙人拥有过这样的颜色，因此他们选定了我，来你们的世界寻找拯救末世的办法。一开始，说实话，我并不相信这种听上去就很荒唐的说法，这就好像一个人只是因为知道如何装扮自己，如何交际，只是外貌冠冕堂皇而且富有魅力，演讲也鼓舞人心，从而得出结论自己就该是国王一样。不过你刚刚提醒我了，你们在中国的人类自称自己是龙的传人，而我们恐龙人世代信仰的创世圣典《龙神之语》中，确实存在着这样的记载，关于未来的故事——在未来，有着一群自称自己是龙的传人的智能生物存在，如果神话是真的，如果你们真的是龙的传人的话，那么拯救我们世界的线索也许就藏在这部《龙神之语》中！"

小东依旧保持着温和的笑容，虽然自己更不明白了，艾塔此时一脸郑重地说着深奥的故事，听起来就很玄奥和古老。

艾塔表情慎重并不像是在无心地谈及一个古老的故事，通过艾塔自己的手套电脑以及心灵感受器，图像和文字瞬间进入了艾塔的大脑，艾塔如同自言自语般地朗读，声音小东也能听见。

"未来的智能者，自称为龙的后代，保护着属于上个文明的智慧，开启自己未来的道路。"

这是《龙神之语》中记录的篇章，艾塔一字一字地照着读……

咚……咚……咚；整点的钟声在客厅的摆钟上想起，提醒着小东该是出门上学的时刻，却如同是在预示着命运的回响，艾塔恍然大悟，激动地问小东："你知道，你们的什么书籍是来自于上个文明吗？"

"上个文明，上个文明是什么，难道是人类历史之前的其他文明？人类的文明至少有5000年，都写在历史书里了，你在互联网上肯定也看到过了，你的意思是，在5000年之前还存在着其他未知的文明？"

小东傻傻地瞪大了眼睛，笑容已然僵硬，他想了好一会儿才说出这番话来，语气吞吞吐吐的，好像在怕自己不小心说出了什么大逆不道的话来。

"我真的不知道了，要不然去问问大人们谁知道？"小东谨慎地回答，微弱的语气显示了他的信心不足。

依旧是不依不饶的执着态度，艾塔说："是的，而且是和现代文明一样高度发达的文明，拥有完备的科学知识，你要真的不知道，不如我们一起出去找人问吧！"甚至艾塔的眼神还停留在手套电脑的信息中。

小东无奈地抓抓头，抿嘴的时候，上齿轻轻地咬了下下嘴唇，现在还有些痛呢，他轻轻地闭上眼睛，如同在冥想，终于在睁开眼睛之后找到了答案："今天要上学，要不我先去学校问问老师，你就不要跟过去了，这么简单的问题，我自己一个人能搞定。你在家里拿电脑上网查查，看看有没有什么相关线索没有。"

　　艾塔凝望向小东许久，带着些许赞许和深深的感谢，眼神庄重地说道："那就拜托你了……拜托了！"

　　"拜托了"这个词在小东和艾塔之间构成了一座希望的桥梁，连接着期待，信任和满满的感动。

　　小东能够从艾塔的语气中，体察出艾塔对这件事情的重视程度，所以小东今天以最快的速度跑到了学校，想快点帮艾塔找到答案。

　　当时间到了放学的时候，小东依旧没有能找出答案，尽管自己一刻也没停在询问认识的每位老师或是在图书馆里寻找资料，但依旧一点线索都没有，夜空正在侵蚀黄昏的残阳，晚风中令人皱眉的温度，预示着深秋已经不远。小东神情落寞地走在秋叶下落的人行道上，无精打采的好像一只归巢时一无所获的可怜小鸟，小东觉得自己很没用，没有替艾塔问到答案，显然，小东是带着自己极大的热忱，想帮艾塔找出答案的，但他自己并不全然清楚这个答案太过深奥。

　　单纯的小东原以为，在上课时无所不知的老师们应该知道这样的答案，但事实却是小东想的太简单，难道艾塔的问题就真的没有答案了吗？那艾塔该是会有多失望呀？小东拖着书包，带着无能为力的心情，低头走在秋天夜色渐进的人行道里。公交车站的梧桐树下，秋风挽起了落叶，在空中飘舞，五指形的秋叶在打着旋儿地落下，堆叠在路边，越积越高，一个修鞋的老爷爷正拿着锥子，仔细地端详着手中的旧鞋，举起锥子叮……叮……叮地……敲打起，单一节奏感的打击声，仿佛是这个黄昏前悠闲时光最好的旋律

　　……

十四、《易经》中的秘密

（上）

可能是小东为没能帮艾塔找到答案而沮丧失神，也可能是他中午因为忙着查找资料而没顾得上吃饭头晕眼花，亦可能是老爷爷擅自将修鞋摊摆在了人行道上，总之，失魂落魄的小东一个不慎，左腿错误地迈进了修鞋老爷爷的修鞋摊里，被修鞋工具绊住了脚，顿时重心全失，像根棍子似得直挺挺轰然跌倒了。

轰隆一声，接着修鞋的老爷爷看见了跌倒在鞋摊里小东狼狈的样子，这副惨样看着确实让人心痛，老爷爷紧皱起深陷的眉头，想着这孩子怎么这点小就一副心事重重的样子，走路也不看路，直到小东挣扎着爬起来，老爷爷放开眉头，微微一笑，放下手中的活，细致而体贴地搀扶小东站起来。

"孩子，没事吧？"修鞋爷爷的话软软的，带着浓重的乡音，听起来有些民间小调的感觉，甚至这声音和小东奶奶的乡音有几分接近。

"没事，不好意思，爷爷，把您的摊子弄乱了。"狼狈的小东并没有首先顾忌自己的疼痛，一脸羞愧地说，小东是个礼貌的孩子，他试图帮老爷爷整理下被自己弄乱的鞋摊，却不知自己完全是在帮倒忙，越弄越乱。

"不打紧的，孩子，这里，我来就好，今日遇了什么事，把你弄成这样啦，这么不高兴？被老师训话了吗？"虽然脸上道道皱纹让人难以忽视老爷爷的年纪，但是红光满面的气色以及还算饱满的面颊，让老爷爷看起来依旧精神矍铄。老爷爷脸上的关切的神情虽一览无余，但小东却从老爷爷的关心中，察觉到了几分幸灾乐祸的坏笑以及想知道更多的兴趣。

"没有，爷爷，就是有些问题找不到答案……算啦，说了您也不知道，这个问题就是我们学校老师都不知道。"小东嘟起嘴说道，好像老师故意不告诉自己似的，即使小东并不是真的这么想，但是他依旧把怨气放在了老师的身上，曾几何时老师的形象在他的心中是无所不知的。

"那你说说看，说不定我知道点呢？"带着玩笑的口吻，这修鞋的老爷爷，一副老顽童的样子，听完小东的话，老爷爷倒是像赌气一样，非要证明自己。

小东显然不相信老爷爷会真的知道什么，有谁会把连学校老师都不知道的问题，寄希望于一个修鞋老爷爷的身上呢，毕竟这个问题离老爷爷的修鞋专业也过于相去甚远，小东用疑惑的眼神看着眼前的修鞋老爷爷，这位面貌普通的老人的身形清瘦，而在老人中不算矮的身高，更显得他身形修长，好在老人依旧有着笔直的腰板，在小东看来，虽然老爷爷也戴着个老花镜，甚至苍老的脸上也有着几分书生气息，但小东的常识一再提醒自己，这个修鞋的老爷爷，怎么看也不像能够回答自己问题的人呀，毕竟这个问题连上过研究生的老师们都不知道。

"你倒是说说看，说说看！"修鞋的爷爷看穿小东的疑虑，催促着说，有着不甘示弱的决心，看来，不服输的性格真是会相伴终生。

小东看到爷爷下了决心的样子，无奈地知道自己不说出来，大概是怎么都脱不了身了，心想，死马当作活马医吧，试试就试试。

"爷爷您知道我们文明之前的上个文明吗，他们有留下什么给我们吗？"小东怕老爷爷听不懂，特意说的时候简化了问题，不过小东也没指望爷爷能答上什么有用的东西，只要让修鞋爷爷知难而退就好。

"上个文明，上古文明，上古文明……"

修鞋爷爷嘴里嘟哝着，不知是因为方言的差异，还是小东说的不够清楚，老爷爷把上个文明听成了上古文明，然而老爷爷真的在认真思索，甚至放下手上的活计，煞有介事地开始沉思起来。

看修鞋老爷爷久久不作回答，小东认为自己的问题难住了这位老爷爷了，这让小东觉得有些愧疚，他不想让修鞋老爷爷难堪，他太明白这种感觉，他猜想老爷爷也是不想让自己失望而在硬撑着，骨子里小东是个善解人意的人，于是他主动连身道谢，起身想走。此时，他还想着，准备去大学里找彭教授碰碰运气。

只是小东没走出几步，修鞋老爷爷真的想到了什么，向着小东的背影喊道："孩子，慢着！"

小东也不知道这爷爷到底想干吗，但出于对长辈习惯性的礼貌，还是转过身，不情愿地回去了修鞋爷爷的面前。

"我知道了，你说的上古文明遗留下来的物件，那确实有一个，那就是《易经》！"带着某种得意的表情，修鞋老爷爷真的竟然慢悠悠地娓娓道来，这个答案着实令小东吃惊不小，因为小东知道老爷爷说的《易经》大概是本什么书。

"《易经》？那不是算命用的书吗？！"小东不可思议地问。心中已然为老爷爷的天马行空的想象力，手动点了32个赞！

　　老爷爷胸有成竹，一副早已猜到小东会不相信的样子，缓缓从鞋摊上站起身来，抖抖身上的落叶，舒展了筋骨，双手悠闲地往背后一放，继续慢悠悠地说："《易经》不光是算命的东西，在古时候，还是古人记载着宇宙万事万物运行规律的一本书，这里面的学问大了去了！"修鞋老爷爷苍老的脸上摆出了深奥的表情，看的小东有些捉摸不透。

　　虽然小东猜不透爷爷在说什么，但并不表示小东已经轻易相信了爷爷的话，小东有自己的判断力，在他看来，毕竟眼前的老爷爷，只是个修鞋的匠人，看起来不像比自己老师学识更深奥的人，但自己也完全不知道爷爷想表达什么意思，只是自己现在真的不想和这位老爷爷继续说下去，他第一次有些没礼貌地直接反问道。

　　"宇宙万事万物？有这么神吗？那我们上课什么物理课呀、化学课呀、数学课，统统取消好了，改学习《易经》就是了？"

　　老爷爷也不搭理小东反讥的态度，居然又是一副已然知道小东会不信的样子，没多加理会，他的这个表情使得小东想起了楼下那只顽固的老白猫，每每小东看到它的时候，它都爬在自行车棚顶，任凭小东说什么都是一副爱理不理的样子，老爷爷继续说。

　　"《易经》也称《周易》，这本书，在古代那可是考试必考的四书五经之一，话说这《易经》又是这四书五经中最为玄妙的一书，据古人的传说，《易经》出现于传说中的上古时期。"老人微闭着双眼，看似是在休息的表情，但微薄干瘪的嘴唇却丝毫没有慢下来的意思，老爷爷的神态成功营造出了意味深长的气氛，也不管小东有没有兴趣听，修鞋的老爷爷继续说。

　　"话说这《易经》分先天八卦和后天八卦等等，这些解释起来太长，我还是不细说了，就说说这推演出《易经》一书的人，那更不得了，他叫伏羲，是传说中，中华文明的始祖，他是人面蛇身，似乎不是凡人，传说伏羲取蟒蛇的身，鳄鱼的头，雄鹿的角，猛虎的眼，红鲤的鳞，巨蜥的腿，苍鹰的爪，白鲨的尾，须鲸的须，就是他，他做的事情更不得了，创立了中华民族的图腾——龙！现在中国人，自称自己为龙的传人，就是由此而来……"

　　谁也没有预想到，修鞋老爷爷的话可以是这么玄奥，小东惊奇地发现，真正的学者就在自己身边，而且只是一位看起来最不像学者的人。按照这位老爷爷的说法，创造《易经》的人是人面蛇身的造型，那么这一点也不像是现代人类，假设这一切是真的，那么《易经》中可能有着上古世界的线索，按照这么理解，说不定《易经》就真的是上个文明的遗存？"如果……是真的！"小东一脸幸喜万分，连忙对老爷爷连声称谢，并为自己之前的失礼感到惭愧。

　　修鞋老人眼见小东真的被自己说服，已然是连连微笑，心中的开怀更甚过了脸上的表情，但他自己却不知道为什么在欣喜过后有种落寞的情绪，很长时间来大家都觉得他在说胡话。时代变了，四书五经也逐渐式微，在自己人生这短短的不到一百年的时间里，因为社会的变革，自己从小被教育的四书五经，现在渐渐地很少被人提及，即使是被提起，也只是类似三字经那些最浅显的东西，中华传统文化的内涵逐渐消逝在网络科技的新奇浪潮中，今日有人能这么细心地听老头子讲这么多，最后还一副深受启发的样子，总之，老爷爷还是特别欣慰的。不想再考虑更多，他宁愿一厢情愿地相信这孩子是有天赋的，老爷爷慷慨地和小东说："以后呀，你到我这来，有什么不懂的尽管问，呵呵，孺子可教呀！"

　　修鞋的老爷爷此时在小东的眼中，有如古时候的私塾先生一般，虽没有青衫长褂，亦没有折扇在手，但此时朴实的修鞋爷爷周身闪耀着中国古典文化的光芒，小东急忙再次谢过修鞋的老爷爷，急匆匆地往家跑，他要想艾塔报告他找到的答案。

　　修鞋的老爷爷看着小东兴奋的背影远去，带着嘴角淡淡的微笑，重新拿起手中的针线活计，拍拍鞋子上的尘土，轻轻地说了一句。

　　"缘分呐。中国的国学根断不了，哈哈。"随后老爷爷不动声色地笑了起来，没有肆意的笑声，老爷爷的浅浅的笑意有种深藏不露的感觉，如同行道树上的秋叶，下落得不动声色，然而行色匆匆的路人却无心知晓。

　　回到家，小东很快就把今天大致的发现向艾塔报告完毕，艾塔可喜出望外了，他本以为这个答案肯定要费好大的周折才能得到，而且就算找到，也顶多是值得追踪的线索，更令人兴奋的是，小东的答案听上去又是那么的让人信服，急不可耐的他们立马坐到电脑前开始查找和《易经》有关的资料，图片无疑具有最直接的便于理解的能力，在百度图库中，他们首先找到了易经中的《后天八卦图》。

　　当显示屏上后天八卦图显现的瞬间，艰难的表情毫不掩饰的同时出现在了小东和艾塔的脸上，这复杂的图形该怎么理解呀？上上下下，左左右右，除了甲乙丙丁这些天干地支，就是朱雀玄武，青龙白虎这样的方位代名词，就小东的知识储备而言，理解这样的玄奥的表达是万万不可能的。艾塔依旧保持着固有的平静，相对于小东脸上不停变换的复杂表情，艾塔依旧沉稳而镇定，直到，灵光乍现的那一刻，他操作起自己的手套电脑，在上面快速浏览《龙神之语》的内容，希望对照着内容，找到些线索来……

　　"从万古不灭的圣火起源之地出发，再经过极地寒冬的苍天下，唯一的一片未成冰的沼泽湿地，在那里，燃烧着贪婪欲望的火种，自创世之初就未曾熄灭，那里就是大地之神的诞生地。大地之神终究是仁慈而智慧的，随着他自身的老去，时间之神教会了他那历经沧桑的智慧，终于沼泽湿地也将会狂风四起，暂时的吹灭那永世贪婪的火焰！让诸神的使者，乘着时间的战车历经此地，带着世间最诚挚的心愿，和足以感动上苍的祷告，迎接大地之神的再次诞生，大地之神将亲授予来自世间的救世主，那圣洁的开启未来的钥匙！从此，神明会永远地将命运还给世间智灵。"这是《龙神之语》全篇最后的话，和前面的篇章相比显得非常拗口难懂，而这段文字内容的意思，也是整个恐龙人世界早已被公开的无人能解的秘密，谁也不知道这段话到底想要表达什么，千百年来，无数恐龙人智者关于这段话的讨论就从来没有停止过。

（下）

艾塔念着《龙神之语》的内容，果然自己的猜测得到了进一步验证，掩饰不住的兴奋使得艾塔脑后的羽毛神采奕奕地舒展，如同开启的彩绘折伞，灵感闪现的艾塔有了惊人的发现！

"小东你看，根据我们祖先在《龙神之语》上的记载，很多内容好像都和八卦图有关联，你看龙神之语最后一段话，里面先是提到了从圣火起源之地出发，也许指的是某种方向，对！圣火就是火，在这后天八卦图上说火可以指南方，南方属火，似乎就是南方的意思！而后面这一段文字在大地之神出现之前，连续提到了苍天、沼泽和火种，可能是某种数字连续的记录方式。"如同多米诺骨牌组成的迷阵，不管是多么繁复的图形，只要是轻轻的触及了第一张骨牌，余下的答案就会接连显现，艾塔依旧认真地看着后天八卦图，生怕错过了什么细节，刚刚还神采飞扬的脸上立刻回复了谨慎和认真的表情，真是个少年老成的家伙啊，对此小东这么想。

当更多惊喜和解答一再出现，那么最后一丝的矜持和谨慎就变得有些多余了，艾塔兴奋的神情已无法掩饰，如同他脑后炸起的羽冠，现在的形状好像一道羽毛编织的橙色彩虹。

"太好了！太好了！我知道了……要是没弄错的话，根据这后天八卦图的解释，苍天就是天空，代表了后天八卦图中'乾'的意思，沼泽代表了后天八卦图中'兑'的意思，火种属于火，是中国古语'离'的解释。乾、兑、离这三这个术语参考《易经》的解释，乾六、兑七、离九，似乎分别代表了数字679。或许就是南方的679，这可能是个坐标！"

艾塔不忘把自己的发现及时地通报给小东，在如此令人振奋的时刻，他很高兴小东这样的好朋友能在场分享自己的喜悦！当然他不用抬头就能知道小东的表情，一定是睁着圆圆的大眼睛带着一脸崇拜看着自己，小东确实也是这样做的。原来《易经》还可以这样用，心中无比佩服，艾塔真是太天才了，但想到艾塔现在的神通似乎也是承蒙于自己的努力，小东在心底也为自己感到骄傲。

"《龙神之语》的这段话的后半部分说到了大地之神，大地在《易经》中是坤的解释，用神明来连接大地，可能也是在表明方位，坤指的是西南，那就是说西南方向！后面又连续提到沼泽和狂风，沼泽是易经中兑的说法，代表了数字7，狂风又是巽的卦象，代表了数字4，这么一来就是说西南方的74度坐标……"艾塔接着说。

"南方的679度和西南方向的74度！"到底还是孩子，小东忍不住，抢答，仿佛之后就会有老师表扬自己一样，艾塔兴奋得原地跳了起来！却差点因为自己超人的跳跃力撞到小东家的天花板。

"等一下！"小东紧皱着眉头，突然语气回复了冷静说。

"地图上哪里有什么南方679度，西南方向74度，要是这把开启未来的钥匙真的存在在我们人类世界的话，这样，又是南方又是西南方向，不是要重合起来了吗？"虽然此刻坏消息来的实在不合时宜，但小东说得有理有据。

艾塔冷静下来，仔细地想想，又在自己的电脑上按了按，算了算，似乎小东说的确实是真的，南方的679度和西南方向的74度，这样的表述在科学上无论如何也不成立。艾塔顿时那刚刚狂喜的脸上，失望表情开始显得一览无余。正如人类的哲学家所言，也许人生最残酷的事情就是刚刚经历了绝望之前的最后一点希望，却又不得不独自走向黑暗的深渊。

小东能够理解艾塔的心情，这大概和爸爸原本答应给自己买比赛用的遥控飞机然后又食言的感觉差不多，当然艾塔的心情肯定比自己当时的心情沉重很多，所以小东也就没再做无谓的安慰，他继续埋头在自己的电脑上搜索《易经》的相关资料，期待能够找到些蛛丝马迹能够帮艾塔重新燃起希望，希望此刻对艾塔来说，是多么的重要，就算自己什么也找不到，但是小东也期待用自己的坚持换来艾塔哪怕多一会儿的信心。

艾塔沉思着，他远没有小东担心的那么脆弱，他并没有被眼前的挫败打击倒下，艾塔的意志是坚定的，他定不会为了眼前的这点挫折而放弃自己的希望……如同希望的火焰在凛冬的苦寒之夜燃起，你唯一的希望就是守护着火焰，使之越燃越烈，艾塔想着一切《易经》和《龙神之语》可能存在的其他联系，其他可能，比如说，被忽视的信息，被忽视的……突然艾塔想到了什么，对小东说："你刚刚回来的时候说，这《易经》除了我们看的后天八卦图还有……"

　　小东努力地回想着，终于在差点挤破了眉头的那一刻想起来。

　　"还有，还有……前，不对……先，对！是先天八卦图！我来上网查查这两张图的区别！"真是个会举一反三的孩子，小东立马理解了艾塔的意思，由此自己也受到启发，甚至不等艾塔嘱托，自己就连忙在网上寻找相关资料，"有了！刚刚我们看的后天八卦图是我们中国的一个国王，周文王通过修改伏羲的先天八卦图推演而来的，周文王只是作修改，但是相传八卦图真正的作者是伏羲，就是传说中一个人面蛇身的人，他首先创作了先天八卦图！这是先天八卦图的样子和《易经》上的解释，你看看。"

　　"人面蛇身，蛇的身体，蛇本身就是一种爬行动物，而且蛇的身体就像是恐龙的尾巴，可能，这个人面蛇身的伏羲和恐龙人有千丝万缕的联系，那么他所做的先天八卦图就……"艾塔恍然明白。

　　看着先天八卦图，艾塔又赶紧对照了《龙神之语》的记载，刚刚还表情凝重的脸色，慢慢展露出释然的笑容，最后不禁大叫一声："太好了，这就对了！"艾塔解释给小东听：

　　"从万古不灭的圣火起源之地出发，再经过极地寒冬的苍天下，唯一的一片未成冰的沼泽湿地，在那里，燃烧着贪婪欲望的火种，自创世之初就未曾熄灭，那里就是大地之神的诞生地。大地之神终究是仁慈而智慧的，随着他自身的老去，时间之神教会了他那历经沧桑的智慧，终于沼泽湿地也将会狂风四起，暂时的吹灭那永世贪婪的火焰！让诸神的使者，乘着时间的战车历经此地，带着世间最诚挚的心愿，和足以感动上苍的祷告，迎接大地之神的再次诞生，大地之神将亲授予来自世间的救世主，那圣洁的开启未来的钥匙！从此，神明会永远的将命运还给世间智灵。'前半段的圣火应该还是指的是火，是'离'的卦象，但方位上在先天八卦图里显示的方位就变成了东方，后面半段开头说的大地之神，指的应该还是大地，是先天八卦图中'坤'的卦象，方位上在先天八卦图例则是北方，其他数字对照着改变，那么解释起来应该是……"

　　"东经123度，北纬25度！"小东和艾塔竟异口同声，这样的默契是他们自己都没有想到的，他们惊喜地望着彼此相视一笑，脸上写满了兴奋和激动！

　　"哈哈哈！功夫不负有心人，我们终于找到了！"小东觉得自己体会到了人生从来没有过的成就感，这是件连自己都会仰慕自己的了不起的事情呀！"我是做梦？竟然和艾塔一起破解了一个跨越千万年的谜题！以后谁都没有资格拿我的智商开玩笑了！这个问题可是……连老师都不知道的呀！"此刻小东觉得自己实在是太伟大了，当然艾塔更加聪明！

　　"等下，可是东经123度，北纬25度在哪里？"小东突然想起这个问题来，这个问题当然也很重要，小东随即又在电脑上输进这个坐标，很快电脑上就给出了答案，这个答案是——观鸟岛！这座小小的岛屿坐落在苍茫大海中，小东和艾塔推断出的坐标，不偏不倚落在了这个四周都是大海的孤岛上。

艾塔从来没有这么坚信过"开启未来的钥匙"真的存在，而这把钥匙现在似乎离自己越来越近了，毕竟《龙神之语》记载完全能和《易经》的先天八卦图对上号，而且创作先天八卦图的人，传说中名叫伏羲的人又是人首蛇身的造型，也不像现在的人类，在人类描述的外表上，倒是和爬行动物有很多类似，并且这个坐标准确地指向了中国东海边缘一个孤零零的小岛……

这看起来越来越不像是一种单纯的巧合，而更像是真实存在的某种被人为加工过的事实！

观鸟岛是个面积约为7平方公里的小岛，在中国的东海之滨，和日本的海域紧紧地挨着，堪称是中国最东边的地方，也许是实在太东边了，以至于观鸟岛的归属本身，至今中日两国仍在争吵着。而就以一个岛屿的标准来看，观鸟岛的位置也同样实在太偏僻了，它远离这亚洲大陆的海岸线，四周绵延着无尽的大海，和人类并不亲近的地理环境，使得观鸟岛至今仍然是座无人岛。《龙神之语》中开启未来的钥匙难道真的就在那座无人岛上吗？

艾塔虽然也有这方面的疑虑，但是眼下的种种事实似乎都在一一说明，恐龙人信仰的神话传说也许不光只是神话那么简单！而《龙神之语》和《易经》结合在一起得出的坐标，精准地指向了一座小岛，这绝非巧合这么简单。这同时也是艾塔在人类的世界里找到的唯一的线索，而这条线索的一半来自自己的身边，那本随身携带被完整保存在手套电脑永固内存中的《龙神之语》，另一半则来自小东的身边……至少是自己身边的好朋友小东，是他找到了解答案的线索。一切尽在身边，这使得艾塔想起了自己在遭遇外星人时，外星人最后对自己所说的话：

"记住，拯救恐龙人世界的钥匙，不在科技，而就在你身边！" "……就在身边"这句话在心底久久的回荡着，艾塔有些愤恨自己在人类世界兜了一个很大的圈子，才发现答案离自己并不遥远，而另一方面，一切既是真实，那么自己还等什么呢，想到这里，艾塔坚定了自己去观鸟岛找寻《龙神之语》中开启未来的钥匙的想法！艾塔拍拍小东的肩膀，说："我要择吉日出发了。"

"去哪儿？"但话音刚落，小东就意识到了这个问题很傻，因为他此时猜到了答案，还能是哪里，只会是观鸟岛！

虽然不是第一次被艾塔的执着惊讶到，但小东还是一脸无奈，眼前这位恐龙人先生还真是个急性子的家伙，倒也不想想自己要上课，再说跑去海上一个陌生小岛又不是回一趟乡下的爷爷家，于是小东无奈地说道："艾塔！我，我明后天还有课呢，您说这去个小岛没个十天八天，我们没可能回来呀！"当小东把艾塔称呼为您的时候，已然把这位恐龙人大人当作了大爷，他觉得艾塔的说走就走实在太霸道，太任性了，这位霸道的恐龙总裁大人怎么会一开始就看中我这个小跟班，想想还有些不可思议呢。

然而小东完全误解了艾塔的本意，这的确是一次说走就走的旅行，但是只是对艾塔一人而言，艾塔并没有说我们，因为艾塔知道此行遥远，而且目的地还是个荒无人烟的小岛，这可不是个带孩子去度假的理想选择，既然世界那么大，小东还有的是机会出去看看，但显然不是这里，这个远离人类文明的蛮荒之地。

"要去的，只是我一个，你留下。"艾塔浅浅的一笑，直率地说，"那里实在太远了，远离人类的文明，对你来说太危险了。"尽管艾塔依旧沉浸在自信满满的兴奋情绪中，竟也周密地考虑过了这些问题，他显得很有分寸地说道，他想尽量不要让小东感觉到自己被抛弃，虽然这也是迟早的事情……但好在，不是今天。

"其实呢，艾塔，过一周就是十一长假了，我想我有七天的时间，所以呢，你硬是要我陪你去的话，我是不会拒绝的……再说我虽然胆小，不过有你在，我不怕危险。"小东多么希望艾塔能够立即给予一个肯定的回答，但他不想去请求，至少他觉得那样做，似乎也是无济于事，艾塔需要一个得力而勇敢的助手而不是一个虚弱的同伴。

"不，这次不行！我知道你很勇敢，但是我不想让你面临危险！而且我也不需要助手，这点事情，如果顺利的话，我一个人能行。"人类的伪装，不完美的诚实，依旧躲不过恐龙人的眼睛，或者说心灵感受器。艾塔的口气更加坚定，丝毫没有商量的余地。

当拒绝从恐龙人口中明确说出，小东知道仅剩的希望已经不在，虽然自己能够理解艾塔的担忧，甚至有些感动，但是小东并不想让艾塔一个人去冒险，上千公里，这么远的距离，艾塔什么时候去，他能够顺利的到达再平安地回来吗？会吗？

"不死即归！"艾塔郑重地回答道，如同未卜先知，脸上带着似笑非笑的坏笑。小东知道这家伙又是开启了心灵感受器知道了自己的心思。"不过我会在一周后启程，也就是你们人类十一黄金周的时候，那时人多，可能那么多人挤在一起，我更容易伪装自己。"

顿时被看穿了心思的小东，脸上泛起了绯红，他有些气急败坏地让艾塔把心灵感受器关掉，以后再也不可以用这个东西监视自己的心情，他也要隐私！谁能拒绝一个害羞的孩子呢，况且这个孩子刚刚拯救了自己全部的希望，艾塔欣然照办。

小东很没有精神地长呼出一口气，如同是坦然接受现实前的准备仪式，小东撇着嘴不耐烦地说："好吧，那你就一个人去吧！反正你也不想带我走，不过有件事情你要帮我！"

"是什么？"艾塔的回答终于有了正常人的对话感，"只要不是帮你写作业、逃课的事情，我一定都答应你！"

"一定？"小东伸长了纤细的脖子，沉重的大脑袋倾侧着，带着满意而期待的笑容望向了艾塔，从小东瞪大的圆眼睛里，艾塔隐约察觉到了一丝诡异。

"嗯，是的，只要是不妨碍你学习的事情……"艾塔自以为这句话十分谨慎。

"那好！你说的，可不能反悔！我要上奥数班，是英才培训学校的封闭课程！"艾塔不敢相信，小东会主动说出这种话，简直天方夜谭，他宁愿相信楼下的懒猫突然有了上进心，成了捕鼠达人，也不愿意相信小东会主动学习，尤其是他最不喜欢的奥数。

"你，你有那么爱学习吗？我怎么之前没看出来……"艾塔疑惑，想问出更多，总之，除非不得已，他不想替小东撒谎，或者做任何"不完美的诚实"的事情，因为每当自己成为帮凶，都会有种对小东的深深负罪感，所以他要问清楚。

"哎，你走了这几天，我一个人待着也是无聊，还不如……反正都是要学的。"小东的语气依旧是惯有的无奈。

"不过我记得你刚刚已经答应了，所以请帮我做好英才培训学校封闭式奥数课程报名表，我保证那么多学生，老师不会发现多了我一个人的……我知道你能做到的。"这回，换成了小东当了总裁，语气很难说不是淘气的傲慢……

"绕了这么一大圈逼我答应你，这又是你今天第几次'不完美的诚实'呢？"数量或许会成为艾塔拒绝小东的借口，于是艾塔这么问道。

"第三次。"小东理直气壮地回答。

"你肯定？"即使是艾塔的疑问下，然而小东依旧很肯定的样子。

"人类啊……人类……"艾塔别无选择……

十五、向着未来！起航！

艾塔依旧不大情愿满足小东的要求，尽管这个要求看起来并没有突破自己设下的底线，但这依旧是种不诚实的行为，这一点让艾塔感到很不安，不过转念想想，又觉得小东的要求其实并没有不妥，学习的机会理应是人人都有权利享有的，人为的制造知识的围栏，只让少部分精英拥有学习的机会，人类的这种做法，恐龙人不能苟同。所以艾塔意识到其实这只是为小东提供一次机会，但愿这孩子能够真的喜欢上学习吧，艾塔太了解小东了，所以在这一点上，艾塔依旧疑虑重重。

艾塔按照小东给出的信息，做出了一份英才培训学校封闭式奥数课程报名表，因为按照小东所说，这正是小东的父母一直希望小东参加的课程。这种课程采用全封闭的上课形式，专挑学生们难得的"五一""十一"长假，抓住全部假期时间进行奥数学习，课程每天从早到晚进行，中间极少休息。得益于这种残酷的教育方式，学生们想不上进也很难，所以这个培训班连续培训出了好几个全市奥林匹克数学竞赛一等奖甚至是全省的奥数获奖者！即使是一个好的方向，但这本身依旧还是一个"不完美的诚实"，这样的事实让艾塔仍旧隐隐不安。

但是就是这样一个在大多数学生们看来是地狱一般的培训机构也不是谁想进就进的，培训学校为了保证生源的高质量，保证自己学校培训出来的学生，在未来数学比赛中获奖的可能性，所以校方会直接到各个中学去找任课老师，让任课老师直接提名合适的优秀学生，借由老师的认可，由老师发放这么一份报名表，才能交钱学习，其实在某种程度上，这已经说明了能够入学的孩子，具有了很高的学习实力和发展潜质。

小东拥有这样的潜质吗？艾塔对此毫不担心，他觉得任何智力正常的人，掌握人类的那些数理知识，并不困难，只要够勤奋……艾塔同样也不认可成年人类对孩子是否聪明的评价，他甚至觉得聪明或不聪明的说法真的很蠢很浅薄，每个人的大脑都是有些区别，一些人擅长数字，另一些人擅长于幻想，这原本很正常，但不加区分地将所有人都按照同一种标准去衡量，然后再冠以聪明不聪明的评价，这种评价标准似乎本身就不够聪明，对于智力正常的人来说，这个世界上其实没有笨的人，有的只是不勤奋的人，而勤奋却是艾塔最为替小东担忧的……

"也许，这会是一个好的开始，但愿吧。"艾塔仿制完了报名表，自言自语，仿佛是在自我安慰。艾塔面对窗外，窗外的落叶在黄昏暮色的指引下，转着圈，乘风而去，最终隐没在都市车水马龙的下班人潮中，下落不明。

晚上吃饭时，父母还在厨房和餐桌前忙碌，小东拿着艾塔"仿制"的英才培训学校封闭式奥数课程报名表，"啪"的一声把报名表拍在桌上，仿佛是积怨已久后的抗议，而后就像什么都没发生似的，和往常一样，安静地看着电视里的动物世界……感谢国内动画出品人的不懈努力，现在电视里的动画片除了天真无邪就是幼稚可爱，年复一年，终于使得小东对电视节目的品味提早成熟起来。

爸爸眼疾手快地拿起报名表，起初还带着惊恐的情绪，唯恐那是一张老师要求家长签字的不及格试卷，但随着一字一字地读出，爸爸读音也在一字一字的高亢上扬，随之上扬的还有爸爸兴奋而欣慰的情绪。妈妈渐渐地停下来手中忙碌的活计，当最后一个字读完，爸爸妈妈一齐用赞许和钦佩的目光注视小东，小东对这样的眼神并不陌生，他简直太熟悉了，这不就是爸爸妈妈看到别人家的小孩的眼神吗？哎，别人家的小孩学习好，生活中乖巧，总之做什么都是好的，想到这事儿，小东又将目光收回，继续沉浸在电视中企鹅逃避海豹捕食的精彩一刻，这可怜的小东西可真像艾塔，他的眼睛紧盯着笨拙的企鹅……

爸爸首先打破了沉默，心底里的难以抑制的兴奋，使得他如果在装作若无其事，哪怕多一秒中，就会真的把自己憋死，终于有了扬眉吐气的时刻，至少他心里就是这么觉得的，这一切是他之前想都不敢想的，孩子竟然毫无征兆地变得如此优秀，如此完美，和梦里一模一样。但是一切都过于美好和梦幻了，所以在高兴之余，爸爸的语气中也带着顾虑，故意试探性地问小东。

"乖儿子，学习成绩进步得真快，爸爸妈妈都为你感到骄傲，真的。但是这补习班你想不想去呀？你要是不想去也行，爸爸明白这'十一'假期难得，你平时学习忙，这会儿是应该休息休息了，嗯，但是呢……"听到但是，小东明白了爸爸要讲重点了，今天怎么铺垫那么长，这个但是硬是半天才来，等得都快急死了，果然爸爸接着说，"但是，这机会难得呀，也是你们数学老师的一片好心，要不然你再想想。"显然爸爸还是希望小东能够去补习班的，他的话语表述的小心翼翼，十分生怕小东反感。

一切如小东所料，小东没有说话，继续吃饭，似乎没准备接着爸爸的话往下讲，一声不吭。

　　爸爸看小东没反应，求救似的连忙向小东的妈妈使了救急的眼色，请求妈妈的及时声援，妈妈当然会意，于是尴尬地笑了一下，虽然一时不知道该讲什么作为开头，但是她深深明白小东爸爸的心思，和自己想的完全一样，咳嗽了一声，如同她对这种虚伪狡猾天生的不适应，但一切都是为了小东好，她是这样自己安慰自己的……想好了开头，就顺着小东爸爸的话继续讲下去。

　　"是呀，儿子你现在还小，正是学习的时候，以后等上了大学，玩的机会多着呢，这补习班呢，也不是谁家孩子想上就能上的，你要不然这次就辛苦一点，我们咬咬牙坚持一下，回头让你老爸带你去买比赛用的遥控飞机做奖励！"

　　电视里，那只可怜的企鹅靠着在冰面上笨拙地奔跑，总算是逃脱了肥胖海豹，但这可怜的小家伙，刚刚停下了回头享受起自己又一次的胜利，厚实的冰面却瞬间被撕裂，一只巨大的虎鲸从冰冷的海水中跃出，将可怜的企鹅瞬间吞噬……幸好，这不是艾塔，小东仍旧面不改色心不跳地盯着屏幕，总之自己安全的置身于事外，什么都不会发生……什么都不会。

　　但电视屏幕里的镜头却再也不能吸引小东的注意了，这时他想起了爸爸妈妈的问话。

　　"老爸老妈，把这培训班的钱省下来都够买几个基础的四通道遥控飞机了，这几千块的培训费用对我们家也不是小数目！能省就省了吧，不过，您也别说遥控飞机的事了，爸爸都答应我很多次了，没一次是真的！"小东的嘴角泛起了一丝不满的情绪，低垂的上眼皮显示了他对此事并无好的预期。"所以，真的，不用了，谢谢！"

　　这话不假，所以听起来特别的刺耳，特别是作为当事人的小东的爸爸，他竟无言以对，无奈之余将目光转向了儿子不再关注的电视屏幕上，以此获取一些让自己不再尴尬的平复时间。

　　"儿子呀儿子，是我不对，这次绝不食言了，家里不缺你培训费那几个钱，只要有利于你学习的，我们都支持！相信我，最后一次，好吗！只要你肯去培训班，辛苦一个长假，回来以后不但有遥控飞机还另外重重有赏，呐，这次你妈妈也在，她可以作证，我绝不食言！"

　　小东装作若有所思的样子，想了一会儿，缓缓抬起头，嘴里慢慢蹦出两个字："真的？"

　　爸爸妈妈连连点头，生怕自己表态晚了，小东又反悔，赶忙说道："真的，真的，这次绝对是真的！"

　　"那好吧，反正要是不去的话，估计你们也会有意见的，我放假天天在家玩，你们也没好脸色看，算啦算啦，我就去吧，不过你们答应我的一定要做到，不许骗我！"勉强的口吻中，充满了无奈和无力感，而小东脸上的表情却看起来像是下了很大的决心，但怦怦怦心脏急速地跳动，小东心里，早已经乐开花了，虽然这一切都是"不完美的诚实"。

爸爸欣慰地看着小东高兴地说："好的，好的，儿子你真的长大了！"

爸爸妈妈对小东的回答感到很意外，看来儿子真的是懂事了。于是妈妈赶紧起身从冰箱里找出小东爱吃的鸡腿，又回到厨房，忙碌了起来……这是她现在唯一能做的。

"你一周后真的要走吗？要不然还是带我去吧……我不会给你添麻烦的。"如同是在请求而不是询问，请求一个否定的答案，而小东心中却明白这个答案不会出现。夜幕使得城市宁静，却无法平复小东不安的内心，自心跳急速跳动的那一刻起，忐忑的心脏就再也没有使得小东太平。

"你该睡觉了，不是吗？"艾塔回答，冷漠的拒绝如同深夜里的凉风，但是为了早点断绝这孩子的期待，也只能这样了。

"好吧，就知道你会这么说，但是，就像你说的，不死即归是吗？你可不能骗我哦！"小东正在寻求安慰，艾塔知道，他多么想此时立刻给小东一个保证，但话快要说出口时，他发现自己做不到，因为明天会发生什么，自己真的无法确定，旅途的遥远，人迹罕至的荒岛，以及外星人到目前为止精准的预言，一切的一切都给这趟旅程增加了重重未知，而这种未知多半是危险的……"不完美的诚实"并非艾塔所愿，于是床下的艾塔选择了沉默。

"就知道是这样的，不过就像你也说过，诚实是勇敢地面对，而不是逃避是吗？"小东口吻坚决，艾塔不知道什么时候小东把自己的话记得这么的熟稔。

"是的！你说的没错。"艾塔的语气里流露出了欣慰。

凝视着窗外的月亮，玫瑰金般的月光如同夜空中的勇气，不屈而坚定，小东收下了这份月色中的礼物。

"所以，你要勇敢点，无论一周后发生什么，你都要勇敢地面对，不可以逃避哦！"如同一句电影台词，小东说话的口气更像个英雄。

一周的时间很快过去，转眼就到十一长假。是出发的日子了，小东和艾塔在熙攘的人群街道上告别，小东带着爸爸妈妈准备的丰富的生活用品和各种吃的，以及他们出门前的再三叮嘱，要好好学习，摆正心态，不要因为假期没有休息，就有情绪上的困扰……艾塔携带了恐龙人世界中的大部分设备，甚至是外星人留给他的眼罩，他想在旅途的闲暇中搞清楚这东西究竟是什么。他穿戴好了一切隐身设备，检查再三，但心情终归是不安的，带着对小东不舍和眷恋，将要忐忑不安地踏上人类世界中的第一次远行，而自己对此却没有更好的选择。

　　快速简单的道别，如同往常小东上学时那样，也许是个不错的主意，于是艾塔头也不回地钻入人群，本来无法看见他的小东，更加不知道他所去的方向，所以自己就不用看见小东不舍的眼神，通讯耳机里逐渐的静默，使得艾塔知道自己已经走远。他不知道的是小东仍然驻留在原地……

　　列车行驶在江南平原的大地上，车窗外连绵着不是很陡峭的小山脉，或近或远，或高或低，仿佛五线谱上跳跃的音符，律动着大自然的旋律，弹奏着某种温润的绵绵之音。各种池塘、小河时不时地在车窗外闪现，像是这绵绵之音里各种活泼而生动的点缀，使得整个窗外的旋律更加具有生命力和朝气。当这样的景致出现在艾塔眼里时，方才出发时不安的心情才稍稍的平复下来，他一个人坐在列车的软卧包厢的床上，根据之前搜集的资料在到达目的前，是不会有人进入这个包厢的，如果不出所料的话，自己将会是这里唯一的乘客。4个半小时的行程，只是从上午到下午，跨越了一个中午的时间，谁都不会傻到买这么短途的软卧车票吧。

　　"轰"的一声，此时门竟然被拉开了，艾塔先是吓得立马从包厢的床上钻入床底，寻求更多的保护，另外他的宝贝工具箱还在那里隐蔽着。

　　门接着被艰难地合掩，甚至在开门之后还上了锁。一个多么令人牵挂的声音传来："出来吧，我知道你在里面。"

　　小东，是小东，"你怎么来了……"当艾塔的声音再次显身在小东面前时，语气中并没有欢迎的意思，甚至有些责备，甚至是有种被欺骗的感觉。

　　"你怎么来了，你是怎么找到我的，该死，你不回去上课立马会被家长发现的，他们会担心你的，你下一站立刻下车，赶快回家，听见了吗？"即使这样艾塔依旧不准备现身，因为他知道检票的人随时有可能出现，这样大的意外出现在自己面前时，艾塔不再相信运气。

　　"哎，怎么我大老远地跑来陪你，你一句好话也没有，就知道你会问我怎么来的，真没新意！"小东倒是一副满不在意的表情，舒舒服服地在包厢里的床铺上伸展开了腿，俯身趴着望，眼睛进了窗外的风景，然后娓娓道来："你知道吗，你使用人类互联网的搜索引擎会留下自己的使用偏好，然后呢，他们会推送给你一些你可能会感兴趣的东西，所以呢，你猜我发现了什么？嘿嘿，我发现网页的广告里尽是火车票时就大概知道了你的出行的办法，然后我打开了火车票网站，果然，你还是买了一张火车票，准确地说你是为了以防万一，又虚拟了别人的名字，身份证号买了其余三张票在同一个包厢的是吗，等等先别急，我知道你要问，我怎么知道的，你不是将历史文件都删除了吗，怎么我还知道的，对吗？"小东故意又清了清嗓子，如同是一个大侦探解开最后答案前的准备工作：

"那是因为，最开始你登录的是我的名字呀，我们家火车票都是我买的呀，所以你即使删除了浏览记录，但是没法删除火车票网站上的记录呀……"

"好吧，那你还是下一站下车好吗？"被戳穿的艾塔，声音是冷漠的，事情对他来说已经很糟糕了，"否则你妈妈爸爸会不安心的！"总算说到这里艾塔的音调才渐渐舒缓，似乎这样更利于说服小东回家。

"这个你就放心吧，你知道什么是封闭式培训吗？就是全天从早到晚都在上课，不管你愿不愿意，想不想上课。另外也要没收你的通信工具，不让你在课上用手机上网什么的，美其名曰锻炼独立的性格，其实就是怕你学习的时候分心，想家，或者看到，听到其他孩子假期旅游出行的事情也跟着没心思学习了。家长也知道这学校的规矩，自然也不会打电话的，要是真有什么事儿吧，老师会打电话给家长！所以你就放心休息吧，我们出去的几天，爸爸妈妈是不会主动打电话的！"再一次地小东已经预备好了艾塔要问的答案，"而且你要是让我自己回去，我一个孩子万一遇上人贩子怎么办？万一遇上流氓怎么办？这也不是我家附近，下一站停的时候不就是目的地了？我觉得还是待在你身边比较安全。"小东狡黠地坏笑，得意之情溢于言表。

艾塔一副被骗的表情，但看来也没有别的办法了。原来这一切，这一切……小东这孩子太厉害了。现在他能做的只能说是祈求一切平安。

"其实你看你一个人出门都没个掩护会很不安全的。"小东得意的说道。

"行了，就这样吧，你先好好待着吧，让我一个人冷静会儿，脑袋都快要炸了。"艾塔的话像是快哭出来了。

于是小东陶醉在窗外的景色里，如痴如醉，他好久都没体会到这样的感觉，这种肆意地奔腾在大自然的怀抱里无拘无束的感觉。

不知不觉中，火车到达了目的地，意外的有了小东的掩护，艾塔和小东随后又搭乘出租车来到了最近的海边。面对眼前的大海，小东激动不已！

大海果然是浩瀚的，在大海面前，小东甚至丧失了自己平日里熟识的距离感，那海鸟的鸣叫从远方不时地飘到自己的耳边，但这声音究竟有多悠远，小东已然是说不清了。

今日的海浪不算很大，即使如此，海浪拍打到岸边，仍然是一次又一次震撼人心的巨响。小东本能地在心里感到些许畏惧，面对这无边的大海，自己真的有勇气面对出海去远方吗？

只是小东的内心告诉自己，要勇敢，要坚强！何况决心是自己下的，现在又有艾塔的陪伴，应该会没事的，至少勇气上人类不能认输，面对问题也不能逃避，无论如何小东都放不下艾塔一个人去冒险，这还是人类的世界，人类的主场，自己理应能帮上忙，他不可以在好朋友需要他的时候逃避，至少他是这么认为的。面向大海，小东的思绪起伏着，心里就像眼前的海浪般时而低迷，时而澎湃！

"喂！小东，你看我发现什么了！"耳边传来艾塔的声音，小东立马从发散的思绪中抽离了出来。

小东朝着艾塔所说的方向走了两步，才知道艾塔一下车就发现了这汽车报废场，于是艾塔立马跑进去寻宝。

"你到这里干吗？"小东不解地问道。

"找东西出海呀！"艾塔说。

"出海找船呐！你找这些破车有什么用！"小东更加不解，以为艾塔长途旅行晕车了。

"噢，那你直接找个租船的叔叔说，叔叔，我要租一艘船出海，你借我几天好不好，你一个孩子，人家会借吗？再说普通的船不符合我们远洋航行的要求，在海上世事难料，得做好万全的准备！"艾塔依旧没有好气说，听得出，小东的擅自举动还是让艾塔多多少少生气了。

"那你也不可能在垃圾场里找到邮轮呀！"小东讥讽。在小东眼里，这就是个机械垃圾场！

"是吗？那你一边坐着，看我的！你不明白就算了。"艾塔自信满满，也不愿意和小东多解释，反正这孩子就是不明白，什么都不明白。

汽车报废场里没有别人，眼下这片海滩也因为垃圾场的污染，使得海水看起来脏兮兮的，因为不是旅游景点，所以很少有人经过。

于是，在四下无人的环境中，艾塔为了干活方便，就索性脱去了隐身衣，让小东帮忙放哨，自己开始干活，当然艾塔也是怕接下来的动作伤到隐身衣。

一个长宽高均是9.9厘米大小的铁块正方体，被艾塔小心地从扇形工具盒内拿出，让人惊奇的是，这个铁块表面乌黑的仿佛能吞噬光线，材质不像是小东所见过的任何金属，无论是铁块的哪个表面均是异常光滑平整，也看不出来任何颗粒感，显得很是神秘，让人难以忽视，如同异世界的魔方一样。

艾塔在手套电脑上输入了一系列指令，魔方顿时"躁动"了起来，起先带着高密度而均匀的震动，从魔方的四周和上下立面，总共六个立面中心，各显现出一个莹白色光亮的小圆口，如同魔方从里到外自己裂开一般，而后从开启的小圆口里又伸出六根触角一样的东西来，那六根触角一样的东西和魔方谜一般的表面一样，也是纯黑纯黑的，看起来即柔韧灵活又坚固纯实，随之，魔方周身的四个触角逐步伸长，首先接触到了地面，硬生生地将魔方立了起来，像四根柱子一样

稳稳地支撑起这个魔法铁块，

此时，魔方朝向地面的触角，虽然刚刚还处在静默状态，忽然，触角乌黑的头端裂开了带着淡蓝色光晕的十字裂缝，然后像花蕊一样绽放，舒展，形成一个类似乌钢质地的花瓣，而后这个"花瓣"前端逐渐收紧，最终竟然形成一个有力坚硬钢爪，这亦柔亦坚的过程，简直令人叹服。

钢爪显现后，触角的剩下部分，迅速提升旋转起来，凝成钢制麻花绳状，有如钢索一般，魔方底部立面的触角最终变成一个类似链接钢索的钢爪，钢爪聚拢的尖端，如同一个立锥指向地表。

"嘣"的一声在巨大的冲击力压迫下，钢爪聚拢而成的立锥被猛然地射入了地面，不知嵌入了地表多少米后，链接钢爪的钢索，渐渐被拉紧，钢爪在土里粗鲁地张开，如同船锚一样被嵌在泥土里，这神奇的魔方就如此被牢牢地固定在地面上，然而这还仅仅是艾塔"魔法"表演的开端……

艾塔的魔方在地面上得以固定以后，魔方朝向天空的那一面，慢慢闪现起了长方形的红色光晕，红光越变越亮，最终魔方的上面开启了一个长方形的通道，通过这个通道，精密的器械有序自我堆叠着，延展出一整套的滑轮装置来，这个装置同时还连接着一个炮筒一样的设备，和一个更加精致的驱动装置。小东被眼前的景象深深地震撼了，这就是恐龙人的科技吗？实在太不可思议了！这么小的设备里居然有这么多精密的仪器。

但是艾塔还在专心眼前的工作，没有多余的心情和小东做出解释。艾塔观察四周，最后做出了决定，分子激光仪对准一辆报废的越野车，射出一个激光光束，这光束照耀在越野车的底部，形成一个小小的红点。

"砰"的一声，这次却是发射的声音，魔方的小炮筒，向激光指定的方向射出一个带有类似铰链的金色矛钩，牢牢地扎在了越野车的底盘上，然后魔方上的驱动装置嗡嗡作响，随之铰链被拉直，那辆重2吨的越野车就这么慢慢地被魔方拖了过来，魔方自身由于被钢爪牢牢地嵌在地面，纹丝不动。小东这才意识到，这个神奇的魔方根本就是一个迷你型的起重机。

越野车生硬地被拖到了艾塔和小东的面前，似乎拖动这么大一个沉甸甸的铁盒子远比想象中轻松一样，汽车的重量几乎不曾存在。艾塔依旧沉默地工作着，并不打算跟小东做出太多的说明。眼前的一切只是一个好的开端，要做的事情依旧繁复。埋头工作的艾塔用分子激光仪，从越野车的正面中间的前后位置，各用激光标识出了一个点，随后分子激光仪居然按照这两个点划定的直线，自动加大了光束能量的输出，形成了激光刀，将越野车就从车身正面中间被一切两半。分子激光仪此时变成了激光切割机，这东西还真是全能。

　　但似乎这场精彩的科技秀仅仅是刚刚开始。艾塔又用迷你起重机拖来了搁浅在岸上的一艘破旧游艇的船身，又陆续从汽车垃圾中，找来大量轮胎和橡胶制品，用分子激光仪射出高温光辐射，融化了橡胶，利用溶解的橡胶液把游艇上的破洞补了起来。艾塔不忘在切割后的越野车剩余的部分，继续用激光切割下钢片，用激光焊接在小艇被橡胶填充了的破损位置，进行二次加固。

　　在此之后，艾塔又用其他废旧大卡车上的油箱在自制游艇的船舱底部焊接成了两个完全密封的水箱，并在小艇的船身两边设立了多个进水口，由两个阀门控制着，连接着密封起的水箱，甚至艾塔还用更多的钢材覆盖了水箱的外层，形成一个弧度优美的弧形曲线，使得水箱不直接暴露在海水中。艾塔的设计简单而富有内涵。

　　接着艾塔又同样是利用魔方起重机和分子激光仪，把切割下来的越野车上半部分牢牢地焊接在了游艇的船身上，并用融化了的橡胶溶液进行了空隙部分的密封。艾塔此时又觉得越野车的后排窗户多余，影响整体结构的坚固性，干脆用厚厚的铁片把后排窗户密封了起来。

　　然后艾塔精心挑选了报废场里两个相对完好且同一型号的发动机，经过一番快速改造、维修后被塞进了越野车被密封的后备箱。两个发动机通过齿轮的作用，共同驱动起一个艾塔用汽车内饰中提炼的碳纤维材料打造的巨大螺旋桨，这个螺旋桨半径就比小东还高，艾塔还在这个螺旋桨的外围做了一圈铁环进行保护，但小东觉得这东西似乎太高碰不到水面吧，怎么推动船前进呢，一般船的螺旋桨不都在水里吗？怎么这也是恐龙人的习惯吗？

　　但接下来的事情，却令人费解。艾塔居然又做了三对类似飞机机翼，一对最大的机翼被艾塔放置在了船身中间位置，一对较小的机翼被艾塔安排在了船身前部的两边，还有一对小桨被安置在了船身后方，靠近螺旋桨的地方，显得比其他两对机翼更高。艾塔仍然不满意这样的设计，仔细前后打量了一番之后，又做了两个流线型的浮筒安放在了中间大机翼的下方，直到这下才满意。

　　小东更加无论如何也不能理解眼前的这东西是什么，这到底是造船还是造飞机呀，要是船，这东西虽然底子是条船，可是没有入水的推进器，要是飞机，小东还是知道点航模知识的，显然这机翼不够宽大，一定飞不起来。不过想象艾塔今天真是简直无所不能呢，硬生生地从垃圾场里做出这样的机器！

　　"小东，你进来看看！"艾塔站在这条似船非船、似飞机非飞机的东西里叫自己，小东也想急着一看究竟，就兴奋地爬了进去。

　　这驾驶舱似乎比原先的越野车车厢宽大了一些，细细看了以后小东才明白，原来艾塔是把前排座椅拆除，对身形小巧的艾塔和小东来说，车厢的前部就是一个开放的操作平台。

"这东西……能动吗？"小东信心明显不足地问道，因为他实在是不确定，艾塔做出的是什么。

"现在还不能，但是，我加装了这个以后就可以啦！"可能是快要大功告成的原因，艾塔兴致勃勃地说道，心情很是开心。只见艾塔从工具盒里又拿出一个纯白色的魔方，相比刚才那个黑色的魔方，纯白的魔方更加小巧，只有3.5厘米见方，但材质亦是非常特殊，表面光洁细致，显得非常精致，小东马上意识到，这东西一定也是神奇之物！

只见这个纯白色铁块从自身的四周不断地自我分裂，分身出一个又一个小正方形，这些分身出去的白色小魔方又从自己周身的四个立面，各伸出六个脚来，然后类型昆虫一样运动着地爬向四周，有的爬向了船两侧控制阀门的进水口，有的爬向了发动机，有的则爬向了机翼，通过携带的无线传输装置，它们和中心白色铁块相连。小东意识到了，这是恐龙人所用的电子控制系统总成！真的很先进。艾塔把手套电脑脱下来，放在了中心白色魔方上，顿时船上的各个设备都被激活，开始有序地运转了起来。驾驶室的灯也亮了，发动机也开始工作，甚至有一个白色的小铁块，爬向了船身的最前方，在那里竖起触角，形成一根天线，于是在艾塔的电脑上，小东居然看到了雷达扫描的画面。小东一时兴奋得无法言语，这么伟大的科学奇迹，真的在自己眼前发生，艾塔实在太伟大了！小东一时间忘了自己一直在想的问题，这到底是船还是飞机？

小东的各种钦佩表情也满足了艾塔的小小虚荣心，艾塔说："走，我们去海上转一圈！"

小东停不住地点头说好。

船后方的巨大螺旋桨形成强大的推力，被空气推动的船在柔软的沙子间向前行进，而船的方向的控制，居然是通过三组机翼的摆动，控制螺旋桨气流的走向来完成。

小东意识到这巨大的螺旋桨可能是为了推动船只下水用的，当真的到了水面，船随着划水时阻力的越来越小，速度不断地变快，渐渐地，小东发现在螺旋桨的推力之下，配合短小机翼提供的有限升力，船离开了水面，高度并不是太高，竟然紧贴着水面飞行，飞起来了，飞起来了！艾塔的船飞起来了，小东一阵惊呼！

艾塔还是一副不惊不喜的样子，他凝望着远处即将要坠落在海上的夕阳，淡定地说了一句："小东，我们向观鸟岛起航吧！"海风将他们的头发和羽冠吹响脑后，爽朗的海风带走了一切不好的心情。愉快终于毫无保留地出现在他们二人脸上。

"好！我们起航！艾塔，我们起航咯！我们给这艘船起个名字吧就叫'未来之星一号'！你说好不好！"兴奋时，小东的话就会多，而且点子也跟着多了起来。总归都是开心的表现。

"未来之星？未来之星？指的是你吧？"艾塔看穿了小东的心思，有些不屑说："这名字真的土到不行，你不能因为自己爸妈给你取了个很普通的名字，就这么随意地起名我的杰作？"

"那叫什么呀？人类的老船长不会没给船起名字就驾着它出海的，那样不会带来好运。"小东因为自己的建议被驳回感到稍稍有些不高兴。

艾塔凝视着海平面好久，沉默之后，笃定地回答："去掉之星，叫未来号吧，未来一是指人类世界我从未来过，二是喻示着我们恐龙人世界还有未来。"他的话语淡淡的如同海风，却有种咸咸的感觉，如同泪水滴入嘴巴的感觉，让人听着伤感，未来对于小东来说，可能只是自己的人生是否璀璨，而未来对于艾塔来说，则是未来它在末日之后能不能来，恐龙人的世界是否能奢侈地拥有未来……

"好吧，就叫未来一号。"不过小东依旧执拗的将一号加在了未来的后面，他只是期盼着和艾塔一起再造出未来二号，未来三号，然而又想到了未来这个名字，想到了自己和艾塔的未来，小东突然不知为何，觉得自己心里一下变得空落落的！

"哎呀！艾塔，我们晚饭还没吃呢，你能吃你的胶囊，我吃什么……快停船，我要回去！跟你这么去，我会饿死的……"原来同样空落落的还有小东的胃。

十六、危急！未知的袭击！

　　海上颠簸了一夜过后，当未来一号快要靠岸的时候，小东惊讶地发现这座无人的小岛上居然有山羊群在山坡上觅食，这些家伙到底是怎么漂流到岛上来的，估计没人会知晓，而羊群就在这没有天敌的岛屿上生生不息地繁衍。沙滩上，红色的海蟹密密麻麻的挤满了沙滩，沙滩之上的红树林中，大批的海鸟栖息在每一棵大树上慵懒地整理羽毛，小憩，这里也许就是这些海鸟在飞越大洋，临时休息的地方，而绿色的植被，满满地覆盖了这座岛屿除去山脊之外的每一个角落。这里仿佛一个失落的世界，它孤独地置身在大洋深处，被人类文明所遗弃，小东心想这或许也是一种好事，至少人类的世界里，这样天堂般的景色是极端罕有的，原来这么美的画面不只是存在在科幻片里的场景……

　　艾塔驾驶未来一号贴着海面飞行，直至岛屿就在眼前，艾塔也没打算停下，他有些鲁莽地将未来一号直接冲上了海滩，用船底触碰沙滩，硬生生的把未来一号搁浅在了岸上，鉴于未来一号有着贴地飞行的能力，把它停在岸上可能更保险一点。

　　终于，艾塔和小东踏上了这座跨越了6500万年传说的岛屿，在艾塔看来，到目前为止一切都太顺利，在人类GPS导航信号的帮助下，这座岛屿并不难找，虽然海上略有些插曲，但终归是相安无事，到目前为止至少最远离艾塔预计的，只是小东的擅作主张……如果传说是真的，那么拯救恐龙人世界的方法应该尽在眼前。但一切真的就这么简单顺利吗？艾塔提醒自己不可以大意。

　　小东的心情则完全不同，此刻他已经跳下船，赤脚在金黄色的沙滩上奔跑。金色的沙滩和蔚蓝的海景，脚下温润而细滑的沙粒，这样的感觉是激动人心的。放眼望去，远处绿意浓重的原始森林，山丘上随着海风摇摆的草地，加上这午后的澄澈的阳光，还有什么理由不尽情地欢乐呢。

　　小东一路欢笑地奔跑着，艾塔几次喊停，兴奋的小东都没有听从。艾塔毕竟是谨慎的，特别是置身在全新的陌生环境中，他担心岛上有危险，也不顾刚才的思虑，赶紧跳下船去，追赶小东，确定他的安全。

追逐着，追逐着，艾塔在小东身后一路聆听着小东兴奋欢笑，欢笑声中又夹杂着海浪拍打沙滩的声音，或是海风轻拂过椰树摩擦的"沙沙"声。不知不觉地，艾塔跟着小东的速度放开了脚步，脸上原本被担忧笼罩的阴郁表情，也渐渐地被小东的欢乐所动容，而慢慢褪下，换以更舒心的表情。沙滩上的笑意和这午后和暖的阳光一样，顺着温柔的海风，轻拂在他两人的脸上，是那么的无邪，纯净得犹如眼前蔚蓝的大海。

两人追逐着，奔跑着，带着欢笑和兴奋，不知不觉，从海滩穿过红灌木丛林的一角，跑上了最近的山丘，终于知道累了，两人便肆意的就地躺下，仰望着天空的高远和白云飘过的优柔……

"找到那把传说中的'开启未来的钥匙'，你就要回到你的世界了吧？"小东仰望着无尽的天空，心中有些惆怅，"这里就是最终的目的地吗？这个没有人的地方。"小东不甘的心想，艾塔能够清晰地感受到小东语气发生了明显的变化，透露着掩饰不住的忧愁。

"嗯……不死即归！"艾塔低着头答应着，却不知道该怎么把话说透，让小东一次就彻底明白但又不至于会感到伤心，艾塔能够感觉自己在小东心里的重要性。

是的，找到传说中"开启未来的钥匙"，自己肯定要回到恐龙人世界，一方面，自己的恐龙人世界等待着被拯救，另一方面，自己确实不属于眼前这个人类的世界。

其实这一点，小东和艾塔彼此都明白，良久，两人都没有说话，静默地、傻傻地仰望着天空，各自在心中对着自己希望中的未来，期许着什么。于是刚才回荡的放肆，笑声在观鸟岛上渐渐停止，岛屿又复归于往日的宁静。

沉寂了一会儿，小东缓缓地站起来，刻意将自己的背面展示给了艾塔，从而他脸上的表情，被完整地掩饰在背影中，一叶泛黄的枯叶，飘落在小东足下郁郁葱葱的草地间，小东细心地捡起，放在阳光下凝视，阳光透过叶片毫无生气地枯黄，映入小东的眼睛，残破的叶片上枯黄而模糊的茎脉，鲜活的生命也曾驻留过的痕迹，即使一切都不够鲜明。于是小东想到了记忆，想到了当下，想到了未来，以及将会成为记忆的现在，如同这片枯叶最终的凋零，一切都将过去吗？

小东不忍，不愿，但无力改变，或许这就是命运，没有一刻的记忆会是相同的，如同没有一片树叶会完全一致，但如若最终飘零，那么发芽，新绿，存在着到底又是什么意义……一阵海洋季风带着海水的暖意，带给了小东豁然开朗的提示，顺着暖风指引的方向，小东微微地闭起眼睛，抬高手臂，想要重新放飞落

叶。

"风会重新给予你生命，既然必须从树上落下，那么就请带着你对生命的记忆，在更广阔的天地里，放飞自己。"面对，坚强地面对有了回音，小东心里蓦然的滑过这样的诗句，当自己意识到刚刚心里的句子是多么诗意之前，竟再也记不起，如彗星划过天际，灿烂总是归于一瞬，顿时心中泛起了酸楚和后悔。

"或许，你在恐龙人世界里再见到这片叶子的时候，我们说不定还能相见呢。"此刻应该是一个微笑的表情，但无奈自己怎么也做不出来，即使强忍着，依旧拗不过自己的内心，小东眼睛里闪动着和光线反射在海面上一样的磷光。艾塔知道小东自尊的伪装，并没有把悲伤表现得太明显，暖风渐止，空气凝固成了天上的云。

一切都太美好了，艾塔不想让眼前的美好消失得太快，至少现在，当下，一切美好都还在进行，于是，当小东做出了放飞落叶的动作时，却被艾塔轻柔的拽住胳膊，拦了下来。

艾塔没有接过小东那稚气的毫无说服力的假设，他接过的只是小东手中的落叶，默默的，轻缓的，如同对待一件稀世的珍宝，而远非将其视为落叶，他将落叶在手中摊开，尽量小心的抚平落叶上的灰尘，使其舒展，甚至细心的动作似乎重新换发了落叶的生命，使其看起来不再僵硬而冷漠，他将细心打理过的落叶重新交还给小东，让小东尽量的举高手，做好放飞在空中的准备。

艾塔在等待着，一个机会，当机会来的时候，艾塔静静地闭上眼睛，放松呼吸，用心灵感应着海风的方向，许久，又一阵东南风吹来，"就现在！"艾塔平静睁开眼睛，用很肯定的语气对着小东说："放！飞吧！"

艾塔的话释放了小东的身体，紧绷的肌肉听从了小东心灵最深处的意志，手掌舒展的瞬间，落叶再次回归了空中。

落叶缓缓地，缓缓地，前行，飘转，荡漾，甚至于下落，却又是一阵东南风的吹起，在落叶四周形成了一个螺旋形的上升气流，落叶盘旋上升，上身盘旋，终于在空中，10米，20米，30米，直至再也看不见了。

"你说落叶会去哪里？"小东凝视着落叶消失的空域，有些倔强地问，心中的伤感无法压抑。

"可能是去恐龙人世界了吧！或许我会在那里找到一模一样的落叶，我是说或许……"如同一个玩笑，艾塔说的语气至少并不沉重。

艾塔和小东相视一笑，各自在笑容中掩饰着悲伤。

但终归是带着拯救世界的使命来的，艾塔没有忘记自己跨越千万年，不远万里来这个无人岛的目的。各自沉默之后，小东和艾塔继续踏上了寻找《龙神之语》传说中"开启未来钥匙"的旅程，可是放眼整座岛屿，大致面积也和一座小城镇相当，加上绝无人迹，岛上树木藤草丛生，这在小东看来，搜寻工作似乎是难以很快完成的。

但是聪明的艾塔一定有他的办法。他用激光器砍下树上一个较为粗壮的树枝，细致地把树枝分割，破开，做出数个木板、木条，又进行激光加工和手工打磨，组装，最后竟然做成一个滑翔机的样子。

艾塔回到未来一号，收起了手套电脑和那个纯白色魔方一样的电子系统控制总成，艾塔重新用在了新做的无人滑翔机上，纯白色魔方正方体，从外周向中心开始慢慢不断地分裂成一个又一个小正方形分身，紧接着，这些分裂出去的分身又从自己的四周各伸出一个脚来，然后和昆虫一样迅速地爬向滑翔机的各处，有的停在了机头，充当了雷达，磁场探测设备，有的停留在了机翼，成为负责控制机翼的舵机，更多的分身则爬进了机身里，充当了链接艾塔手套电脑的无限发射装置或是飞行控制系统……

艾塔迎风放飞无人滑翔机，和小东一起紧紧地盯着手套电脑等待着，飞机扫描全岛的结果，好像一个不小心就会错过什么一样。

"沙滩，扫描完毕，未见异常，北部森林区域扫描完毕，发现大量碳资源，未见其他异常。"艾塔知道小东也和自己一样关心着，所以尽量地也把无人滑翔机传送回来的资料，读给小东听。

"西部山丘地带，扫描完毕，未见明显异常……"艾塔念着，"东部，山脊区域等之下！东部山脊区域似乎在地下740米深处有大量高能量辐射反应！"艾塔随即把目光放在了东边，果然，那里是陡峭的山脊之处，而那里居然山石裸露、寸草不生！和周围绿意葱葱的景致有着明显的差别。

艾塔指向山脊地带，激动万分地和小东说，"看，如果没弄错的话！我们要找的东西很可能就在那里！你看那儿，山石裸露，寸草不生的，必定是受到了地下埋藏的高能量物质的影响！这里形成了特殊的磁场，影响了植物的生长！看来传说是真的！是真的！那里确实有神奇的东西存在！我们的世界可能真的有救了！"艾塔的声音颤抖了起来，他是因兴奋和不可思议而颤抖！6500万年！这个秘密保存了整整6500万年！似乎这个世界上之前的所有奇迹，都将会在这件事面前，变得普通而平凡。

"可是，地下那么深，怎么挖呢？"小东不想打断艾塔的振奋激动，把这个就要说到嘴边的问题又吞了回去。

艾塔同样产生了这样的担心，渐渐的脸色越发凝重起来了，此时他也意识到，挖到地下740米绝非易事。根据无人滑翔机传回的数据，不光这山石坚硬，山石下方的泥土中竟然是大量的钻石成分岩层，而钻石是这个地球上已知最硬的自然物质，解决这个问题的办法绝对不会容易。

艾塔陷入了沉思，他在脑海中拼命的思索着解决的办法，不过他觉得耳朵嗡鸣着，有种异样的感觉，"难道是兴奋过头了？"

"不对！危险！"只是视野里偏僻的一个角落闪现异常的光，艾塔一阵本能的心悸，天空中宁静被高速移动的物体划破出骇人的声响，艾塔觉得大事不妙，抬头看向天空，居然是一枚亮银色菱角分明的尖锥状三角体飞行物，不停地调整着坠落的姿态，从4000米的高空，正前方3万米的距离，向岛屿上坠落。它下降得越来越快，一声巨响，伴随着一股强大气流在尖锥状三角体飞行物的周边生成，这突然爆裂出的一团白色气流，正是这东西加速至超音速的证明！

随之，空中响起了震耳欲聋的音爆。锥状三角体飞行物在空中暴戾的震动着前进，撕扯天空的平和与安静，来者不善，它朝着小东和艾塔而疾行来。在小东眼里，这东西看上去更像是人类的一种导弹！

面无血色的艾塔，用求生的意志，强行催促起吓得僵直的身体，拉起惊呆在原地一动不动的小东，尽可能快的向未来一号跑去，但那艘单薄的船会成为他们的避难所吗？

1分钟时间内，他们踉踉跄跄地跑回船舱，艾塔用尽最快的速度，如同一个贤淑的钢琴手弹奏即兴曲的快节奏，用三根手指的纤细双手，调整电脑设定的参数，并加速设定自动返航的无人滑翔机，而小东在艾塔的授意下，赶紧在船舱里躲了起来。

艾塔紧张地重新配置电脑和电子系统控制总成，他试图快速地让未来一号恢复动力，"导弹"在空中爆裂突进的侵略姿态已经使得艾塔现在不得不做出最坏的打算！

究竟是谁，究竟是谁发射的导弹，小东缩在椅子下，脑子里不停地想着这问题，现实太诡异了。

艾塔终于重新设置好了电子设备，他的手套电脑重新变成指挥"未来一号"的控制器，手套电脑得到电子系统总成收到的传感器讯号，瞬时警报作响，预计上方物体撞击时间4秒，3秒……

没时间了，现在做什么都来不及了，只能祈求"导弹"的目标不是自己和小东，艾塔赶紧回头喊小东抓住一切可以固定自己的东西，闭上眼睛，深呼吸。2秒，艾塔尽可能地拉住一切可以固定自己的东西，连尾巴都用上了，此时艾塔甚至能远远地感觉到空中传来"导弹"摩擦空气产生的热量，骇人的高温正在触动着自己身上每一根紧张的羽毛，以如此沸腾的空气来说，这枚"导弹"体型巨大。

1秒，红色的数字显示出现实的危急，艾塔最后看了一眼小东，紧紧地闭上了眼睛，深呼吸，但他却放弃了坚固稳定的姿势，飞出的身体却毅然决然地扑到了小东身上！就在这0.7秒的持续时间里，船舱里一片死一般的寂静。

"导弹"坠地！它从山脊上空坠落撞击地面，发生巨大的爆炸，强大的冲击波使得整个岛上附近的树木在0.1秒的瞬间全部被震波推倒，未来一号所有玻璃在瞬时间被震得粉碎，船身如同从侧面遭遇了极大的海啸推挤，被冲击波掀得侧倾，艾塔和小东被这声音震得暂时性地失去了听觉，只能眼看着眼前的混乱和翻滚的场景。

顿时，大量的山石不断地从陡峭的山崖上崩塌下落。巨大的爆炸还带来了无尽尘埃，惊天蔽日，小岛笼罩在了令人的烟雾中，一切方式如同是世界末日的预演……

燃烧的空气使得每一阵呼吸都是炙热和疼痛的。汽化了的石块，在山脊上空堆积，形成了一圈环形的尘埃云气带，仿佛死亡天使头上的光环。

即使是有着世界上最坚硬岩层结构，这座山脊最终也没有能够经受住着强大的爆炸力，在小东和艾塔眼前，伴随着炙热的空气，一点一点的崩溃塌陷，大地颤动，天空上已被烟尘所笼罩，昏暗而漆黑，仿佛地狱的景色一般。

剧烈的耳鸣，使得小东此时什么都听不见，唯有自己卑微的心跳声，咚……咚……咚……那突出的心跳声是自己唯一还活着的证明。晕沉沉的小东，本能地将求助的目光，望向了艾塔，他看见，艾塔脸色严峻正死死地盯着头顶上方的天空。

天呐！怎么会存在这样的东西！如果不是亲见小东说什么也不会相信，在他头顶2000米，一个巨大的倒金字塔状的飞行巨无霸，体积夸张的让人难以置信，这简直是违背物理常识！这庞大的飞行物体竟然和真正埃及金字塔大小相差无几，这巨大的飞行器，通体本身本应是亚光的金属暗灰色，但它的外观正随着它的移动而改变着颜色，瞬间红若艳阳，瞬间又黑若暗影，显得肃穆而神秘，它悬浮在天空中，缓慢的自体旋转着，更令人不敢相信的是，每个菱角的边沿，立面交汇的地方，竟然有序地排列雕刻着巨大的人面石像，这些石像呈现着一个又一个庄重凝固的面容，每个面容各不相同，精致但又庞大，像真但又压抑，最靠近天空的石像最为巨大，有一整栋楼房的大小，接下来靠近地面的会递减变小，直至于一个篮球的大小，唯一相同的是，尽管每一座石像都堪称栩栩如生的艺术品，但所有石像面孔的眼睛部分并未有任何的加工，完全是两片在高耸眉骨下的深邃阴影区域，仿佛光线从未触及过此地，使得这些石像面孔看起来一致的骇人恐怖，没有眼睛的石像，如同没有灵魂的人，操纵它们移动的，更像是某种不容于生命的东西，当没有眼睛的石像最终止于底角，在接近四面相汇的金字塔尖处，四面拥有雷霆之力的巨大喷气口，吐露着淡蓝色的火焰，有序而冷漠地维持着飞行巨无霸的平衡，那蓝色火焰更像是异世界的鬼火，耀眼而慑人的色泽在空中是那么的显眼，如同死神手指上的巨型钻石，带着毁灭世界的决心降临人间。

这是怎样一种奇迹，如此不可思议的体积，使得这个巨型的倒金字塔飞行物体，悬浮在空中有些不合逻辑，它无与伦比的体积，似乎在肆意地嘲笑人类粗浅而自负的常识，但是此刻它就在眼前，任何理由都无法使你将其忽略，命运又一次地开起了恶趣味的玩笑，但愿这只是个玩笑……然而不是，凭借着积累的军事经验，艾塔观察，这庞大骇人的飞行巨无霸应该配备了相当数量的火力输出武器，用于突袭或者火力压制，刚才巨大的爆炸正是最好的印证。

只有一个飞行巨无霸在天空中出现，但这无论如何也不是个好消息，这个钢铁巨物实在过于庞大，那么它所携带的武器定然是骇人的，它单兵作战的模式也从侧面暗示了这一点，这如同人类旧时代的海上主力战舰——战列舰，后者在二次大战中曾凭借自身多如刺猬之刺的强大火炮，可以独自深入敌国领海对敌方商船进行突袭，甚至单兵挑战一整只相对弱小的驱逐舰队。如此说来，这巨大的倒金字塔飞行物体，应该是某种威力强大的空中战舰！

巨大的倒金字塔形空中战舰缓慢而稳定地在空中慢慢旋转着，行进着它诡异的姿态，尽管巨大体积在天空中令人窒息。但它的运行速度竟是恒定的，维持在一个不紧不慢的状态前行以及缓慢自转的姿态，如同一曲亡灵之曲，带着令人窒息的节奏，行使着死神降临的仪式。"当……当……当"拖长的三声凄厉的机械巨响，如同"死神"敲动起的钟声，一阵有一阵的"黑色"的音波，荡漾在艾塔眼前目光所及的一切地方，随后越飘越远，当巨响的最后一声传向了远方，空中战舰停止了自体旋转，一系列雕刻着无眼人面的石像正对着艾塔和小东的方向，空洞无物的眼睛区域，虽然被暗影重重包裹，但黑暗的阴影处，又像是拥有无数双邪恶的眼睛，带着邪魔般的眼神，刺穿阳光下的世界，直奔艾塔和小东，毛骨悚然的感觉，令艾塔焦虑，他的眼睛紧盯着空天战舰的每一个细节……瞬间，艾塔羽冠惊起炸开，他惊恐地发现，倒金字塔飞行器侧面瞬间开启了一个舱门，从那个舱门中，两枚小型的尖锥状"导弹"迅速被点燃升空。

从"导弹"的运动轨迹预估，情况越来越糟糕，艾塔意识到"导弹"正朝着自己和小东冲过来。"启动啊！快启动，该死！"一秒连试了五次点火，艾塔最终确认不能立即让受到爆炸冲击波损坏的船恢复动力，剩下的唯一选择就是带着小东逃生，于是他本能地抓着小东，用尽最快的速度奔跑，而小东无力的双腿很快就跟不上艾塔的步伐，艾塔依旧拖拽着小东，但他就是不肯放手。

锥形的"导弹"就像是施了魔法的银针，从空中牢牢的锁定了艾塔和小东，敏捷地调整方位，姿态紧追着小东和艾塔不放，迅速逼近！

无论是艾塔和小东，在"导弹"速度面前相比，他们的奔跑速度无疑是可笑的，如同蜗牛在老鹰面前笨拙的加速。更不幸的是，"扑通"一声，小东被脚下的石块绊倒了，艾塔立刻停下了脚步，回头想赶紧把小东扶起来，而此时，两枚"导弹"呼啸着已经近在咫尺，艾塔那被恐惧驱使而放大了的瞳孔里，"导弹"逼近的形状，遮挡了任何光明，拉伸出的一个漆黑的裂谷里，命运过于清晰……

艾塔闭上了眼睛，用自己娇小的身形，抱住了小东，试图覆盖住他，哪怕多一点点保护都是好的，也许有那么一瞬间，坚强的他也真的认命了。此刻自己真的无能为力……

"不死即归，到此为止吧！我的守誓已经结束，请还于我内心的宁静。这个人类的孩子，众神慈悲，请给予他健康，自由，快乐的生活，我愿意为此付出一切的代价……你们听见了吗，该死，你们听到过哪怕一次吗，一次就好，我只要这一次，这个孩子是无辜的！"当艾塔心中最后的祷告变成了怒火，谁又会有耐心去倾听呢？但是谁又真正地去倾听过呢，那么多的神明，那么多艾塔礼拜过的塑像，或许那就只是塑像！"如果真的有人倾听，那么弱者再也不会沦丧为强者欺凌的对象，如果真的有人倾听，善良将永不会被欺骗，如果真的有人倾听，那么好人永远不会死在坏人前面，如果……我真傻！"

骤然，猝不及防的一阵电磁脉冲的声音就好像一根琴弦在大力的拉扯下发出的声音一般，在艾塔身体感知力也就是脸侧之近的距离，一阵震耳欲聋的爆炸声伴随着空气被撕扯开的震动感，两枚"导弹"竟然在空中爆炸了！

发现自己仍然幸存的艾塔，带着不可思议的表情，警觉地朝"导弹"刚才飞来的方向看过去，一道笔直的红色的光束在天空中还没有消散去，这道光束在划过天空时，点燃的空中碎屑，燃烧着空中艳黄色火光，清楚地标明了光线射出的轨迹，顺着驻留在空中的火花的方向，艾塔居然看见了那似曾相识的UFO飞碟，一阵白光刺眼的在面前亮起，艾塔和小东不得不闭上了眼睛……

正在此时，美国的太平洋舰队正在距离这里100海里之外的日本外海进行联合军事演习。两个航空母舰编队超过40艘军舰巡弋在观鸟岛的附近，山谷爆炸的能量实在太大了，很快被美国太平洋舰队的雷达所察觉，引起了美国人的警觉，他们决定派遣航空母舰上的侦察机实地地验证一下，虽然舰队上的大多数指挥官都觉得这应该是雷达故障所致，但是舰队的总司令还是近乎固执地认为应该谨慎些。

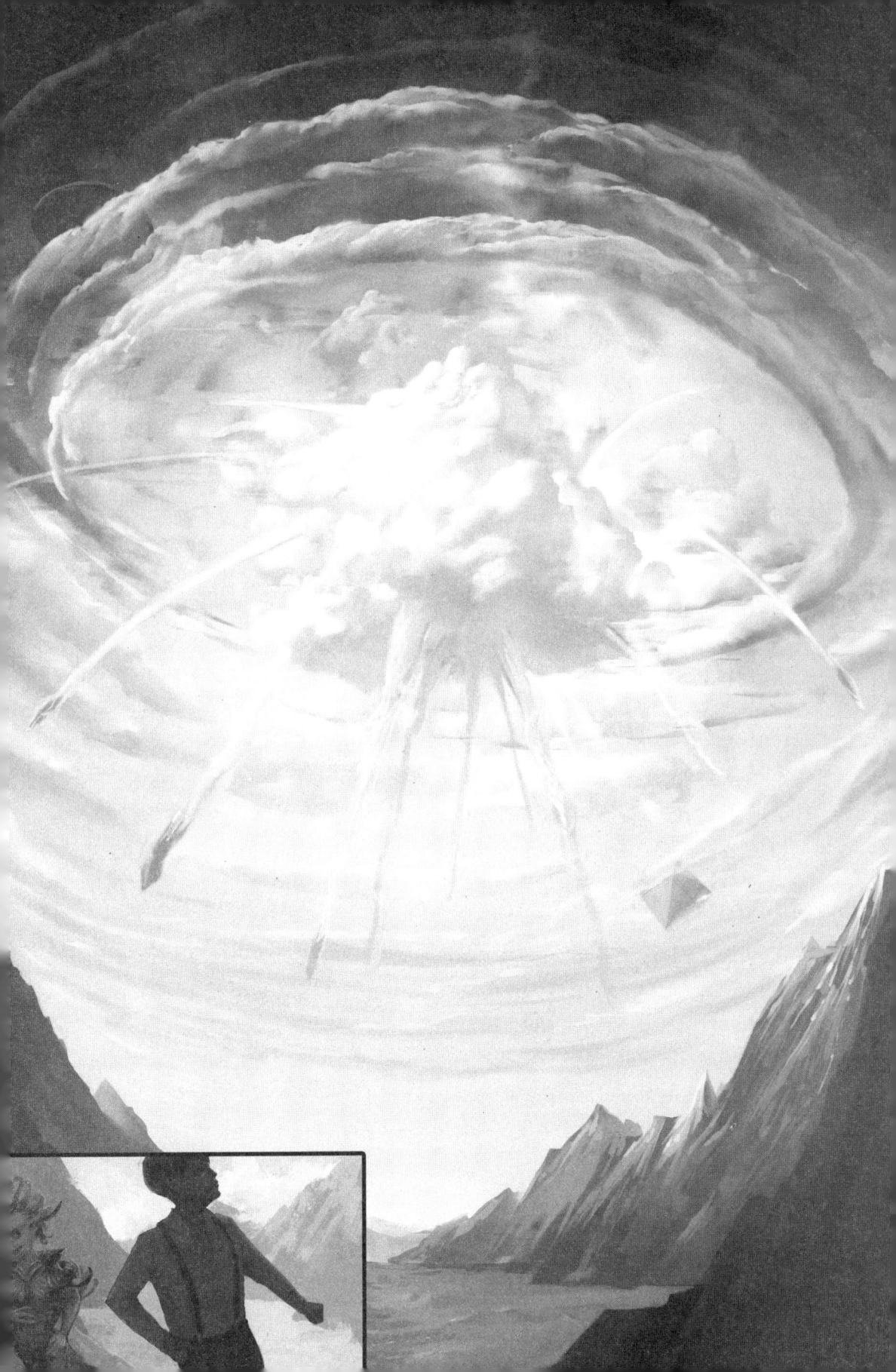

两架型号为ES-3A，绰号影子的舰载侦察飞机在航空母舰不到200米的飞行甲板上强行被蒸汽弹射器弹射起飞，形态如同两只圆润的鹈鹕，飞机很快钻入云层，向观鸟岛快速飞来，但巨大的倒金字塔形空中战舰根本不是人类的科技，而是属于比人类科技先进得多的某种文明的产物，怎么会发现不了这两架人类的飞机呢？

两架人类的ES-3A侦察机，持续接近，倒金字塔形空中战舰，又一舱门开启，小型锥形的"导弹"从舱门中的支架伸出。

4枚锥形"导弹"同时发射，向着美军的侦察机呼啸而至，速度快得难以想象，以至于美军侦察机直到锥形"导弹"逼近才发现敌情。只得各自分别从左右侧紧急转向，以近乎垂直坠落的姿态，向下俯冲，试图加快飞机的飞行速度，有如两只绝望的醍醐。即便如此，锥形"导弹"的机动性完全超出了美军飞行员的预判，至少现在，依旧没有被摆脱的迹象！

从90度俯冲中获得加速度的美军侦察机，不得已在空中突然做出了急转向的规避机动，再次试图摆脱锥形"导弹"的追击，可是锥形"导弹"依旧紧紧地"咬"住了美军侦察机的尾巴。

危急之际，美军侦察机的飞行员再无选择，绝望地释放了飞机尾部的红外曳光弹，曳光弹像烟火一般，耀眼地在空中燃烧，辐射出大量的红外热量，试图让主要以热源为诱导方式锥形"导弹"误认目标，干扰来袭锥形"导弹"对飞机的锁定。果然四枚锥形"导弹"其中两枚受到影响，偏离了方向，坠落在海中，但另外两枚锥形"导弹"却在美军侦察机附近爆炸，显然它们的目的不是直接撞击侦察机本身，它们爆炸时产生的巨大的威力，造成附近空域200米范围内的空气剧烈地燃烧，如同巨龙在空中吐出火焰。两架侦察机拖着浓重的尾烟，坠落在海中，爆炸。

美国太平洋舰队旗舰"里根"号航空母舰上，舰队总司令眼睁睁地看着象征着两架侦察机的两个光点，从雷达屏幕上永远消失。高傲的美国人怎么能容许这样公然挑衅的行为，舰队总司令沟壑分明的脸上脸色煞白，高耸的鼻梁下，牙龈作响，而理智同样也告诉这位有些冲动司令，这未知的威胁毕竟离自己的舰队过于接近，他甚至容不得等待总统的命令，这位金发碧眼的威严老者，左手握成了拳头狠狠地砸在了指挥台上。用英语命令道："不管那是什么鬼东西，给我打下来，该死！"

一声令下，顿时，整个指挥室内立即警报大作，红色的警报灯不停地闪烁，提示着危险已经到可刻不容缓的时刻。所有人立刻忙碌了起来。

"距离，阿尔法117，贝塔57探戈1078……鱼叉反舰导弹，战斧巡航导弹，目标锁定，宙斯盾系统全面开启，防空导弹，对空火炮系统一级战备警戒，各潜艇准备，紧急下潜，战斗巡航，全员一级战斗状态，全员一级战斗状态！"通讯官将命令迅速传递到每一个作战单位，所有人严阵以待……

驱逐舰和巡洋舰上的主炮伴随着机械的高速运转声，炮口纷纷指向了天空，导弹舱门也随着厚重的金属的摩擦声开启，整个舰队开足了马力前进。平静的大海，被这舰队的40多艘大小舰船在水面上用高速运转的螺旋桨，划开了一道道白色的浪痕。

"发射！"舰队总司令蓦地从椅子上站起，几乎用了弹跳的动作，嘶哑的嗓子吼着。

霎时，近百枚的导弹从舰船上的发射井，拖曳着炙热的尾焰，垂直射向了空中，数百枚导弹在很短的时间，迅速在空中上升到了1000米的高度，其后纷纷改变航向，分别从空天战舰的，上下左右乃至一切方向，朝着那倒金字塔空天战舰高速冲去，毁灭是唯一的目的。

面临着上百枚导弹的袭来，倒金字塔飞行器显然并不急于主动迎战，美国太平洋舰队的指挥官们眼睛死死盯着屏幕，如同审视自己的命运一般。看着那近百个象征着导弹的亮点，朝着那巨大的不明飞行物飞去，距离越来越接近，似乎可以相信这毫无动作的倒金字塔形空中战舰，即将在美军航空母舰舰队的饱和攻击下不堪一击。

15分钟后，另一片空域，倒金字塔形空中战舰的各个侧面、超过百个舱口几乎在同一瞬间开启，从舱口里面伸出无数炮塔，炮塔内4管旋转多管火炮，对着还在近空中飞行的人类导弹一阵连续的射击，成百上千的火光猛烈地交织在一起，仿佛千条火舌挥舞着，顿时稍远处的天空就成了一片火海，美军舰队的大部分导弹均被击落，也有少部分导弹准确地击中了倒金字塔形空中战舰，但可惜的是，击中的导弹只破坏了其表面，并未造成严重伤害。

然而这未知的巨大倒金字塔形空中战舰，对眼前自身在观鸟岛上的行动抱有足够谨慎的态度，或者说不希望人类发现观鸟岛的秘密，尽管只是受到了不足畏惧的皮毛的伤害，巨大倒金字塔形空中战舰不准备在这个岛屿上再次被动的遭受袭击，它缓慢地自旋着，向着美国太平洋舰队的方向飞去……

十七、敌？友？

艾塔和小东睁开眼睛的时候已经置身于UFO纯白色的内室，只不过，小东还没有从之前的震惊中缓过神来，所以就算是现在在外星人飞碟内，也没有让小东产生更多的反应，他瘫坐着，一动一动，眼神发愣，如同一个布娃娃。而艾塔很快意识到了，这是之前自己曾乘坐过的外星人UFO飞碟，进而迅速明白了是外星人阻挡了倒金字塔空天战舰对自己的袭击，不是自己刚刚祈求过，祷告过的任何一个神明，但更多的问题，随之云集，"既然外星人帮了我们，那空中那个该死的巨无霸到底又是什么？"

两个外星人朝艾塔走来，纤细的下肢踏着匆忙的脚步，依旧是猫一般的静谧。只是艾塔不能确定是不是这就是上次和自己交谈过的那位外星人，但艾塔确实记得这些外星人和自己一样有着三只指头的手，以及和鸟类、恐龙类似的瞳孔。

稍微站在前方一点的外星人说话了，依旧是电流声构成的语音："没时间和您慢慢解释了，袭击你们是我们称为'迷雾'的自律型人工智能体，他们超越时空而来，一直跟随你们，目的和你一样，就是为了找到传说中的时空能量！"

"时空能量？你说的，难道就是《龙神之语》中的开启未来的钥匙？"艾塔说道，不经开始担忧自己寻找的目标也是他人抢夺的对象，唯一庆幸的是，这至少也证明了传说确实是真的，并且能力非凡。

"既然传说是真的，而且能力非凡……"艾塔立即警觉起这群外星人接近自己的意图，冷冷地说，如同是质问的口气。

"那你们怎么也到了这里？"

"别忘了，我的恐龙人朋友，你一直带着我们给你的眼罩，这个东西能够使我们准确知道你所在的位置，但请你们相信我们，我们并没有恶意。我们可以一同寻找传说中的时空能量。"外星人和艾塔交谈一直用的是人类的语言，小东也可以明白，此刻稍稍有些清醒的他，已对这个世界有了全新的、常人根本不会理解的认识……

　　如同猫脖子项圈上的铃铛，猫咪永远搞不清那东西为什么会叮当作响，总是被好奇驱使，所以猫也就欣然地接受将铃铛戴在身上，希望搞清楚铃铛里面的奥秘，艾塔也是同一种心理，被好奇心所驱使，所以他一路上把外星人的眼罩带在身边，但俗话说，好奇害死猫，同样的好奇会不会害死恐龙人呢？

　　相信……还是不相信？艾塔在大脑中快速地做着各种假设，所有假设的前提均明确地指出，自己其实并没有别的选择，除了合作，毕竟外面的空中巨无霸想要消灭自己，而目前为止，外星人却没有这样的想法，只是，目前为止……相信外星人，艾塔并不会做这样美好的奢求，但是只能跟着他们的要求走一步算一步了，自己掌握的信息量太少，根本就不能作为判断推理的充分依据，事到如今只有赌上一赌！

　　"好吧，看来我也没有别的选择了，我可以相信你们，但是前提有一个，那就是这个人类的孩子与此事无关，你们要让他离开这里，我们再进行下面的事情。你们要是觉得这孩子知道得太多，我相信你们拥有如此先进的科技，一定有办法，抹除这孩子脑中遇到我之后的记忆！答应我，我就会乖乖和你们合作！"一口憋在心中沉闷的郁气，舒展而出，如释重负，艾塔带着超脱的神态说道，如同一个将命运看得很随和的僧人。

　　依旧沉浸在恐慌之中的小东猛然间捕捉到了艾塔的这番话，及其背后的酝酿着的"不完美的诚实"，"这就是你完美的计划吗？忘记一切，逃脱这一切？"终于，小东清醒了，他带着歇斯底里的情绪大喊着："不要！"

　　天真善良的他其实只是不想留艾塔一个人在这个陌生而奇怪的地方，如果，如果可能的话，他好想带艾塔回家，他想和艾塔像从前一样，他想……

　　小东持续固执地向外星人诉说着自己的不愿意，甚至是那些幼稚的没有说服力的理由，话语间流露的天真情绪，是那么的无力和凄凉。

　　或许是对现下复杂的对话内容，缺乏合理的预估，或许外星人怎么也没想到现在谈话的重点竟然转移到了一个孩子身上，而不是那件稀世罕见又威力无穷的宝物。两个外星人相视一会儿，如同是进行了一个短暂的交谈，而后说：

　　"很遗憾，恐龙人先生，我们不能满足您的愿望，现在外面战况激烈，我们目前仍然受到人工智能体的追击，它们只是暂时离开，并没有放弃的意思，目前来看，你和这孩子留在这里是最安全的。"外星人的这番话，不像是一个谎言，否则自己就不会面临刚才的生死危险，也许自己应该更相信他们，毕竟外星人拯救了自己和小东，艾塔没有再作申辩，表面的平静与合作的姿态下，艾塔仍在揪心，怎么自己把小东带到了这么一个危险的地方，他深深的自责，而小东却在心里觉得稍稍安心了一点，难道是因为自己不能回家的原因吗？

"那就这样吧，趁着空天战舰现在的暂时离开，我们赶快一起去找你说的巨大的能量！如果你说得对，空中巨无霸的目标跟我们是一样的话，它会很快会回来的。"带着对命运的无奈甚至是愤恨，艾塔说这话的时候似乎下了很大的决心。

UFO顺着之前被巨型空天战舰的攻击，撕裂开的山脊，沿着"锥形"导弹惊世骇人的爆炸产生的深洞，缓缓降下，直至740米深的某处，飞碟降落在一片较为平整的碎石岩层上，一些边缘的角落，火焰依旧零星的燃烧，刚刚爆炸熔化的岩层，依旧没有冷却的意思。

不可思议！那巨大的爆炸精确得使得坑洞准确地向地下延伸了740米，丝毫没有多出一点！人工智能体的科技是令人惊叹的，竟如此精准。

白色的闪光如同一把电筒，在漆黑的夜里，形成的光柱，从飞碟上射出，如同一条光路，悬浮着小东、艾塔和两个外星人，温和地将其送出飞碟。一个孩子，两个外星人和一个恐龙，他们的同行想必是相当怪异的景象。小东察觉到艾塔一路走来从未停止住用余光，去打量那两位不请自来的外星人"伙伴"。心里想着这家伙警惕性做得太明显，会被外星人发现的，就人类的认知而言，这样的行为大概是不礼貌的，也可能会激怒对方的……要是外星人愤怒了那该怎么办，现在只有外星人能保护自己和艾塔，但艾塔脸上细微流露出的不安表情，让小东在恐惧之余，又陡然生出一份想要保护艾塔的冲动。

行进几十步的距离，黝黑岩石堆叠间的缝隙，陡然成为一个拱门的形状，两边依稀可见石柱的纹理，直至山体间突然而至的震感，使得黝黑的岩石，如同墙上的沥青般掉落，可见这曾是一座厚实的大门，大门的两旁矗立着两个顶天立地的石柱，细看之下，石柱上赫然雕琢的，竟然是两个恐龙人守护神的形象，它们依旧保持着站立的姿势，似乎在用看不见的眼神注视着枯寂的黑暗，艾塔知道他们的名字，观星者以及拂晓之神，而他们守护的主神，却是被命名为"希望"的那个主神。

时隔至少6500万年，这不朽的神迹仍旧存留在地球上，虽然时间的风化已经使得雕像的表面变得面目全非，但大致的轮廓还在那里，观星者依然仰望着天空，但岁月已经抹去了他面容上应有的执着与严肃，只剩下残缺的身躯，依旧执着的寻找着天空，重复着面容中不再存在的坚持；拂晓之神仍然是擎着巨斧的动作，尽管手中的巨斧早已风化在时间的长河中，飘散去了远方……尽管残缺，粗糙，但它们坚实的伫立，如同恐龙人坚守着自己希望的那一份执着和坚忍。走在偌大的石室内，艾塔深深地对自己的祖先起了敬畏之心。

直到进入拱门，深入拱门后石室的内部，艾塔和外星人的目光一刻都没有离开石室中任何一个细节，任何一个细节都可能提供信息，使他们知道得更多，虽然这个石室外面看似只是随意的被岩石包裹，不过石室的内部却显示，这里处处是人为的，悉心用黄金和其他多元合金打造过的痕迹，石室的墙壁表层涂有大量黄金。交替成复杂几何形的无数支架，由多元合金经过特殊加工整体锻造而成。而黄金本身非常耐侵蚀，迟缓了千万年的时间；多元合金拥有异乎寻常的稳定性和可伸缩性，提供了最佳最持久的支撑。石室的中央，一块大小仅和人类女性耳饰吊坠类似的紫色能量石英晶体，正闪烁着迷人的光泽，悬空自转，但要找的真的是这个，这说不定是哪个国王心血来潮的藏宝地？但再稀罕的宝物对艾塔并没有意义。直到靠的够近，大家依稀可以见着能量石英晶体内部活跃着橙色光点，正做着原子圆周轨迹运动，奇异的光线从能量石英晶体内源源不断地散射入空中，点亮了石室内部的黑暗，也点亮了艾塔的心，能量石英晶体如同恐龙人世界最后一颗火种，而无尽的黑夜即将降下！

眼见近在咫尺的胜利，艾塔想要上前想要拿取，却被外星人抢先上前一步，把自己拦在了身后，这让艾塔心中生出了疑惑和焦虑，本能地想再度抢先，却被外星人直视了一眼，如同施加了魔法，身体完全不能动弹。

外星人小心而谨慎地拿起能量石英晶体，翻转，抚摸并仔细端详，但最终外星人还是把能量石英晶体交还给了艾塔，如同是一个大人在监视孩子新玩具的潜在危险，但这又是为何？

石室的入口，"踏……踏……踏……"响起了皮鞋踏出的声响，一个成年的男子，穿着整齐的西装，身姿挺拔，五官分明，浅棕色的瞳孔中写满了自信，他有着坚硬的下巴，应该可以想到那是一张正义的脸，脸上的大部分，被黑色的墨镜遮盖，风度翩翩，嘴角带着令人捉摸不透的迷人浅笑，向着艾塔他们走来。谁也没有想到这里会出现其他人类。

西装男子站定在艾塔、小东和外星人的面前，从容地摘下墨镜，那是一张英姿勃发的脸，写满了自信和不容置疑的说服力。在墨镜放回口袋的那一瞬，如同老旧的谍战电影，但他的动作依旧华丽而帅气，当持着墨镜的手，重新从口袋中抽出，西装男子竟然从口袋中拿出一把手枪来，举起，指向艾塔和两个外星人，局面瞬时紧张了起来，但是谜一般的浅笑依旧挂在西装男子的脸上，仿佛令人愉悦地谈话即将展开，而手上的枪只是一个可爱的玩笑罢了。

"先生们，抱歉打扰了你们的聚会，不过你们几个能凑在一起可真不容易，不如我直接说重点吧，把能量石英晶体交出来，你们就可以走了，我可以保证你们的安全！"西装男子向艾塔和两个外星人说，声音颇具磁性，对大多数人类而言，这是一种值得让人信服的声音。

不过，如此迷人的嗓音并没有起到预想中的效果，艾塔和外星人并没有交出能量石英晶体的意思，艾塔更是把能量石英晶体紧紧地握在手中，他很想像人类一样把手背在后面，这样能量石英晶体就会得到更好的隐藏，无奈手臂太短，这个动作艾塔无法做到。但无论如何，从艾塔和外星人的眼神中，看不到任何妥协的可能，西装男子将眼神飘向小东，柔声地说，如同是在催眠。

"孩子，去，帮我把那能量石英晶体拿来！"

"别妄想了，我是不会做的！倒是你，快点放下枪！"小东坚定地说，他毫不畏惧枪支的威胁，小孩子总以为自己是打不死的超级英雄，满血复活的开挂游戏玩家，沉溺于网络游戏的小孩更是如此。

"孩子你听我说，这三个都不是人类，他们根本是一伙的，那个长尾巴的是恐龙人，那两个外星人其实也是恐龙人！你还小别被他们骗了"西装男人继续说道，声音依旧迷人，如同正派的电影男主角，他的语气很笃定，"对，你没有听错，他们都是恐龙人！"

"什么？"小东脱口而出，这个结论实在是太惊人，惊讶使得表情在脸上凝固。

"我是美国中央情报局的探员，这是我的证件，你大可以核对下，小朋友，我是来保护你的，我说的全部都是事实，你若不信，可以问问可爱的外星人朋友，自己的祖先是不是恐龙人。"男人的话如同电流，使得小东的脑袋一阵嗡鸣。"他们根本就是一伙的。你那位长尾巴的恐龙人朋友，要用能量石英晶体去拯救他们的世界，你怎么也不想一想，要是他们成功了，我们人类还会存在吗？至于那两个外星人，根本自己就是恐龙的后代，只是经过几千万年的进化，他们已经和自己的祖先在外表上不一样了，但终究是同一种族。可爱的小弟弟，你怎么可以为了低级的爬行动物不甘命运的妄想，出卖自己的人类同胞呢？小弟弟，你是聪明的孩子，你要想清楚自己的决定。"西装男子说。

小东沉默了良久，直到眼睛里噙满了泪水，他不知道自己为何要流泪，是后悔自己之前的冲动，追随艾塔来到了这个该死的地方？还是可怜的自己一直以来都在遭遇欺骗？莫非一切都是骗局，从头到尾，艾塔每件事，每句话，一切都是谎言？一切都是这个恐龙人编织的"不完美的诚实"……"不完美的诚实"？他的想法令自己更加不安，肩膀随后开始微微耸动，当耸动的节奏变得更明显，他带着哭声和绝望朝着外星人咆哮道："是不是这样的？"

外星人直接而坦诚的回答："是的，我们确实不是来自于外星球，我们确实是恐龙的后代，但是……"显然，至少在这一点上，西装男子说的确是事实。

"别说了！你们都是串通好的，骗子，全是骗子。"撕裂内心的愤恨，即使是艾塔也能深刻地感知到。愤怒，失望和焦躁清晰地写在了小东的脸上，他指着艾塔和外星人咆哮着，委屈的泪水止不住地流下。

艾塔不忍直视小东的脸，小东的泪水使得他的内心，变得混乱和无助，他不知道怎么解释，即使是他，也是刚刚知道这样的事实，其实自己还没有完全弄清楚这到底是怎么回事，但是相比于谜一般的事实引起的强烈好奇，小东受伤的表情是他现在最不想面对的，却又是无论如何也无法忽视的。

步声临近，艾塔才发现小东低着头，沉默不语地走来，小东原本大大的眼睛里，所有的光泽消失在石室永世的黑暗中，如同一个肝肠寸断的伤心者，直至小东走到了艾塔的面前，狠狠地给了艾塔一个耳光！"啪"的一声，这重重的一击结结实实地打在艾塔的脸上，耳光回音在冷峻而寂静的石室里回响了很久。

"你再也欺骗不了我了！"小东冷冷地说，带着彻骨的绝望表情，情绪过于强烈，艾塔僵立在那里，闭着眼睛，痛苦而无力地勉强支撑着自己的身体，除了伤心的情绪，任何一丝清晰的理智思绪正在离自己远去……悲伤之下，艾塔只剩下躯壳，他任由小东拿走了自己的能量石英晶体，同样不见神光的眼睛，目送着小东一步一步向那西装男子走去，那可能足以拯救恐龙人世界的能量，它曾经是艾塔活下去的唯一希望，现在他却心甘情愿地任由小东拿去……

西装男子满意地微笑着伸出手，带着更加灿烂而迷人的笑容，仿佛任何一部英雄片里主角最后的胜利一样，欣然的准备接受小东取来的能量石英晶体，小东低着头，暗淡的石室内灯火下，是他阴郁神情的如同寒冬深夜的带着冰片的冷雨，那是一种即使无法亲见但也能清晰的体察的寒意。

小东慢慢地走向西装男子，绝望的背影提示着艾塔和外星人，他离去的决绝。

猛然间，注定是一个不可思议的瞬间！小东猛地抬头，信心的神光重新写在了小东的脸上，竟是那样的坚定不移，他拼尽全力，把手中的能量石英晶体向西装男人投掷过去，天哪，谁会将这东西当砖头使用，它可既是时空中的稀世珍宝，又是蕴藏巨能的危险品呀！西装男人根本没有反应到小东这样突然的举动，连躲避的机会都没有了，能量石英晶体带着本身就不轻的重量以及小东投掷出的速度，结结实实地砸在了西装男人的脸上。

"就现在，快！"小东在这一瞬，猛回头向艾塔喊道，仍是一个充满信任的眼神，如同一泓温泉，驱散了冰冻着艾塔的寒意。

艾塔立刻会意，冲刺和跳跃均是恐龙人的强项，此时的艾塔更是拼劲全身力气，奋力一搏！冲刺，加速，弹跳，四肢外展，尾巴翘起保持平衡……"咚"的一声，灰尘扬起，艾塔以一个类似猎鹰蹬踏猎食的动作将西装男人扑倒在地，成功重新抢回了能量石英晶体。

西装男子艰难地勉强站立起来，一切英姿都已经随着扬起的尘土，消失殆尽，他的嘴角露出了诡异的笑容，脸上曾经的一切正义和善良此时不复存在。他一只胳膊由于受到了艾塔的冲击，竟然已经无力的耷拉了下来，可能已经骨折，但个细节，让艾塔却暗自生疑，不对呀，自己的攻击应该不会造成成年人类这么大的损伤，难道……

"哈哈哈哈，既然你们敬酒不吃吃罚酒，我就成全你们，你们就等死吧，一群怪物，怪物！"分明是猖狂地狞笑，但西装男子的脸上却再也未见任何表情，如同僵尸一般的死寂，看起来极不自然协调，甚至说话时候，嘴巴也一动不动，真不知道他是怎样发出声音的。

突然，那男人身后的一根银色金属细丝，在空中闪动，紧绷，谁也没有注意到这根金属线的存在，顺着金属细丝的方向，最终细丝的连接部位指向了西装男子的腰部，顷刻，这个西装男人就像瞬间卸了气的皮球一样，头部、四肢无力地低垂，又好像一个断了线的木偶，随即，被金属细丝迅速牵引向通向地面的洞口，之后腾空而起，刹那间不见了踪迹。

"走，快上飞碟！"外星人的话，惊醒了被眼前一幕震惊得不能动弹的小东和艾塔。

跑回了飞碟，当一切就绪，准备起飞的时刻，雷达的信息却带来了不好的消息，正如外星人的预料，果然，倒金字塔空天战舰已经出现在了山体通道的正上方，庞大的舰体堵死了UFO升空的可能，即使是急速贸然上升，也可能顷刻间被对方强大的火力毁灭。

小东和艾塔只能静默地坐在一边，尽量不去打扰外星人的忙碌，因为他们知道自己现在什么忙也帮不上，唯一能做的，仅是尽量保持安静，还有就是各自祈祷……

就在半个小时前，倒金字塔空天战舰在飞离观鸟岛之后，于中途遭遇了美军太平洋舰队的先遣舰队。这支先头部队由两艘宙斯盾级导弹巡洋舰组成，它们是优秀的对空攻击舰船，因为美军舰队在这一地区的卫星信号被空天战舰的存在严重干扰，无法准确获得敌方信息，这支巡洋舰编队被指派尽量地靠近出事地点，意图用舰上的光学仪器捕捉到更全面的观鸟岛视频实况，回传给航空母舰上的指挥中心。不曾想途中竟直接遭遇了强敌。

对于巨大的倒金字塔空天战舰来说，这两艘巡洋舰实在是靠得太近了，过分暴露自己的存在，可能会导致更多人类军队的持续增援，最好的办法就是在人类证实自己前，驱散人类的军舰。

倒金字塔空天战舰位于底部的武器舱门瞬时开启，不相邻的两个侧立面，分别伸出两门三联装电磁炮炮塔，做出了迎战的姿态，每个炮塔均有三管470毫米主炮，这是威力强大的对舰武器，巨炮上下调整着角度，如同是在刺探一般，它意图找到一个攻击的节点，以人类未加估计过的方式，唤醒人类的恐惧，使得他们再不敢向前，如果没有，它即会集中火力，强行一击！

美军较晚的在雷达上发现了敌情，尽管仍然没有目测到对方究竟是怎样的强大敌人，但是之前的交手经验已经告诉美军，现行开火无疑是最好的选择！

又是数十枚标枪型对空导弹，从两艘巡洋舰上仓促升空，拖曳着白色雾气般的尾焰，数十枚标枪防空导弹在空中，快速变换着方位和姿态，从倒金字塔形空天战舰的四面八方，如同蜂群，上上下下，全面而立体地攻击过来。

倒金字塔空天战舰立即开启自身的近防武器，机体四周满载的近防机炮武器，对着来袭的导弹一齐猛射，无数火焰交织纠缠在一起，猛烈的爆炸，染红了这片海空。人类的导弹仅有极少数逃脱了巨大的倒金字塔飞行器近防武器的拦截，击中了空天战舰，但不痛不痒的攻击，并没造成太大的伤害。

人类一再的攻击，纠缠，最终触怒了敌人，电磁巨炮齐射，怒吼着从六个炮管里，发射出六枚被淡蓝色光晕环绕的炮弹，它们在撕裂空气，在天空中怒吼，炮弹以难以想象的11倍音速，燃烧云层，直至在两艘巡洋舰前方的海域爆炸。

猛烈的爆炸掀起了巨大的海浪，直接将美军两艘超万吨排水量的导弹巡洋舰推出去百米，美军先遣舰队指挥官，看情况不利于自己，赶紧下令撤退，而倒金字塔空天战舰也没有进行追击，因为自己再怎么强大都是单体作战，以最小的损失击退对手已是最好的结果，不应该在此地引发更大的事端，并且还有比这更重要的任务需要它全力以赴……

于是现在，倒金字塔形空天战舰已经成功驱离这片海域的所有人类的军舰，在刚刚压倒性的火力的精彩演出下，有理由相信没有充分准备之前，人类军队绝不会贸然出现在这里。这也就是为什么人工智能体重新出现在了小东和艾塔的眼前，堵住了他们的去路……

两个外星人在飞碟的操纵台前，似乎经过了激烈的争执，但最终还是达成了一致。其中一个外星人向艾塔和小东走来，对艾塔和小东说："今天，很高兴在这里能够认识你们两位勇士，但是，现在的情况并不乐观，我们不能百分百保证能够顺利摆脱人工智能体的追击，但我们依旧希望保护你们的安全。"电流中传来的声音无疑是诚实的，"请随我来救生舱，在这里你们将得到最安全的保护，就是飞碟真的爆炸了，你们也能幸存下来，但请你们记住，不管遇到什么，请坚

持自己的希望！"

艾塔对于外星人的帮助，始终带着一种不敢相信的感激，直至现在，他无法不相信了，此刻，艾塔更是被这番话感动得什么都说不出来，他们那么尽心地帮助自己，找到了能量石英晶体，居然还这么无私，自己当初还有些质疑外星人，但转念间，"哦不，这外星人就是自己种族的未来后代呀，可是在人类的世界中，恐龙世界不是早在6500万年前就已经灭亡了吗？那他们是……"

当下的情况，容不得艾塔做过多的思考，为了不让外星人分心，他们还是顺从地来到了飞碟的救生舱，没有作更多的提问。

飞碟升空，它做着高速的Z字形机动，加速向地面飞去，因为飞碟内携带有能量石英晶体，这也成为了飞碟的某种意义上的护身符，巨大的倒金字塔空天战舰并没有对飞碟进行任何攻击，只是佯装着将武器舱门打开，展示着自己所有的武器，将所有武器的炮口统一对准了飞碟以示最后的警告。而另一方面飞碟本身似乎缺乏进攻倒金字塔形空天战舰的有力武器，所以飞碟也没有先发制人选择主动攻击！

外星人已经下了必死的决心，对于人工智能体的武力胁迫，他们毫不理会，飞碟继续以高速向地面飞去，但是巨大倒金字塔空天战舰依旧死死地堵在地面的出口，似乎还剩最后的一个瞬间，飞碟和空天战舰就要真的撞上了。

空天战舰的内部最核心的地方，除了深邃的黑暗，就只剩下如鬼魅般深蓝色闪动的光迹，这些光点时有时无，如同人类脑电图于屏幕上划过的光迹。就算是最核心的位置，依旧没有人迹，而且宁静的仿佛一滴水的声音都能听得清清楚楚，也没有任何移动的物体，一切都是异乎寻常的安静……三个庞大的显示器从沉默状态突然开起，形状如同三个紧挨在一起的巨大墓碑，蓝色的巨幕被点亮，淡蓝色的屏幕带着冰冷的光线，仅仅能够稍稍的明亮周围微小的空间，这显然不是个适合人待的地方。

电流声闪过，屏幕上一行行奇怪的数字一般的文字以难以想象的出现速度逐个显现，但现场没任何人，甚至活动的物体移动的痕迹，于是这些字符仿佛是自己生成的一样。只有将时间放慢100倍，才能勉强赶上数字跟新的内容。

"这是先驱编号1413，运算恐龙人后期种族空间中型飞碟现离我'深蓝'级空间驱逐舰04号机体，79，212121345米，预计0.12秒后与本机体撞击，已知此小型飞碟为有人驾驶，并载有目标能量石英晶体，且携带两名非战斗类型的智能生物，参照原型第1999911211231343686886308-3型已知生物运动趋势匹配相似历史记录判断，作为生命体的智能生物，他们的一切思维都源于生命体自身，他们不会轻易拿自己的生命机体冒险。结论，飞碟不会撞击本舰。"

"先驱编号1906，同意以上结论。"

"先驱编号7771，同意以上结论。"

"这是先驱编号1413，根据上述推断，请求先知017批准，如若批准，深蓝4号空间驱逐舰将继续停留此处，堵截飞碟上升。"

"这里是先知017指挥官系统，否决先驱1413，理由：参考原型108978767760901-5型已知生物运动趋势匹配历史相似记录，推断，狭小的坑洞空间和紧急的事态可能导致飞碟在急速上升中操纵失误坠毁，导致目标能量石英晶体损毁的可能，结论，执行以下命令：深蓝4号，暂时后退，继续寻找下一个适合出击机会。"

巨大倒金字塔空天战舰瞬间在推进器下方喷出大量火焰，刹那间急速移动，仿佛地球重力从来对它而言就不存在一样，它猛然蹿上了高空，这给上升中的飞碟让出一个缺口，飞碟得以离开。

飞碟全速上升，这真是个千载难逢的机会，它在到达地面以后全速升空，终于在接近云层的时候，发射了等粒子闪光弹，顿时使得天空中出现了无数个和太阳一般的光辉，令人眩晕的光亮刺眼地闪烁着，这一举动是倒金字塔空天战舰探测系统受到强烈干扰，暂时没办法继续紧跟，这给了小东、艾塔和外星人他们难得喘息之机。

飞碟暂时摆脱了倒金字塔空天战舰的纠缠之后，在3万米的高空停留。这里位于云层上端，不但视觉上躲在云层后面较为隐蔽，而且对于人类的设备侦察而言，飞碟内强大的对空间信号伪装装置，可以轻易地欺骗人类高度依赖的卫星监视，将自己伪装成云朵，小鸟，甚至于民用客机，但这一科技是否对空天战舰有用，就不得而知了。

飞碟机舱内，小东、艾塔和搭救他们的外星人伙伴，终于得以长出了一口气，紧绷的神经得到了片刻的放松，可是面面相觑后，小东和艾塔却发现自己有抑制不住的满腹疑问，等待外星人的解答，特别是对于艾塔来说，这些问题尤为重要。

事实上在艾塔看来，这群外星人已经不能称作外星人，依照刚刚在石室内那个智能机器傀儡、假扮成人类的机器木偶所说，这些外星人竟然是自己的后代。

十八、被隐藏了6500万年的秘密

外星人显然明白艾塔迫切地想知道些什么，不管是艾塔，小东，还是外星人，他们脸上的表情各自写满了心事，如同当下的气氛一样，诡异而复杂，但无论如何，眼下的事实是不容回避的……

事情发展到这个分上，再隐瞒什么就真的没有必要了。一个外星人负责监视飞碟周边的情况，另一个外星人则尽量简洁地向艾塔和小东解释，尽量地去还原他们所知道的事实，别人告诉自己的故事。

"每个文明都以为自己是宇宙的宠儿，世界的主宰，地球历史上前所未有的奇迹，但如同是一只微小的可怜虫，攀附在树叶茎脉的间隙之中，便以为自己是树叶唯一的主人，却不知时间的苍天大树上有无尽多的叶片，它们有的生长在不同的树梢，有的靠近阳光正欣欣向荣，有的则枯萎干黄随风飘逝，树叶有着新生和凋零，同样的文明也有着类似的周期性。即使是一根茎脉延续出的树叶也各不相同，即使是再相似的叶子也无法完全一致"。晦涩的开场白，如同是讲述着内心无法言明的感慨，这一次小东和艾塔对外星人有了"人"的感觉。

是的，我首先必须承认，我们在地球人眼里所谓的外星人，其实就是恐龙人的后代。所以，我们的祖先在6500万年前，遭遇了同样的末日浩劫。你也知道，一颗小行星在那个时候撞击了地球，我们的祖先知道在劫难逃，全力迎击小行星的撞击，想尽一切办法，试图拯救地球上的文明不被小行星摧毁，但各种努力最后还是失败了，小行星最终撞上了地球。

那颗直径10公里，犹如一个人类中等城市大小的小行星，以每秒40公里的时速撞击地面，即使是最坚定的无神论者，虽然不敢确定是否有天堂，但在那一天，都不得不相信了地狱的存在！被小行星直接撞击的地方，被现在人类称之为尤卡坦半岛，当撞击发生后，撞击点附近4000公里半径内，所有的文明，建筑，甚至是水源在1秒钟之内，汽化蒸发，消失得无影无踪，好像它们根本没有存在过一样，没有任何人，任何生物，或者任何活着的东西能在那个范围生还，即使是那些第一批死者，相对于其他人，他们也可以说是幸运的，因为只是在一瞬间，他们就被燃烧得连骨头都不剩，他们应该什么痛苦都感受不到。

12小时内，小行星撞击后产生的冲击波夹杂着地震，海啸席卷了整个地球，地狱真的在世间降临，炙热的空气热浪、硫酸雨、岩浆，你能想象到的任何炙热的东西纷纷从天而降，使得整个地球的地表都在燃烧，除了火焰，还是无尽的火焰，大地焦土一片，甚至大海也在燃烧，地球变成了火焰的海洋。处在这样的环境，任何在地面上、暴露在天空下的生物都无法幸存，在其后的9个月，超过98%的恐龙人因此在炙热和食物短缺中痛苦地丧生，地球的表面再也看不见动物的存在。

而我们的祖先，被人为的安排在了离小行星撞击点最远的地方，他们是整个恐龙人世界反复斟酌，挑选出的20万个精英，也是整个恐龙人文明延续下去的希望，这批精英恐龙人被迁徙到了称之为"末世之舟"的地下避难所内，借由科技搭建的坚实堡垒，他们得以在小行星撞击地球最开始的一年中幸存，但是对于死去的人来说，灾难已经过去，而对于这些活着的人来说，更大的灾难才刚刚开始。

尽管避难所内集合了整个恐龙人世界的最高科技成果，比如拥有可以完全独立运行的发电系统、空气过滤循环系统以及相对充足的食物燃料储备，但是在小行星撞击发生一年后，这些设备因为超负荷运转，以及小行星撞击后比想象还要糟糕的恶劣环境，已经无法再维持正常的运作，20万人面临着饥荒，干涸，严重污浊的空气，他们不得不从避难所中，回到地面上找寻一线生机。但当我们的祖先回到地面上后才发现，地面上依旧是燃烧的火焰，难以相信，这些火焰已经整整燃烧了一年，大地的尘埃、火山灰遮蔽了天空，天空的位置再也看不见阳光。整个大地被地狱之火吞噬，什么也不剩，20万恐龙人无可避免地将面临饥饿。

当最后所有食物都被消耗殆尽的时候，人间的悲剧发生了，由于恐龙人王国在选定这20万恐龙人，作为恐龙人文明存续下去的希望时，遵照了两个原则：一是，体格健壮适宜繁殖和生存的，我们称之为强壮种恐龙人；二是拥有科学知识或学识丰富的，我们称之为纤细种恐龙人。

当饥饿冲破了理性最后的一点善念的防线之后，在猎食者本能的驱使下，那些体格健壮的强壮种恐龙人利用自己的身体优势和运动能力开始捕杀那些较弱的纤细种恐龙人，以他们作为食物，可怜的纤细种恐龙人，被迫不得不退回了地下避难所，熟知如何使用科技的他们，关闭了避难所的大门，暂时抵挡了强壮种恐龙人的猎杀。不幸中的万幸，艰苦卓绝的生存环境中，在生存本能的驱动下，他们将自己的科学知识竟作为生存的唯一希望，终于，在无数生灵鲜血渗透的土壤里，通过人工提取与合成，制成了人工合成蛋白质的食物溶液，虽然这东西营养匮乏，却可以勉强度日。

即使这样，强壮种恐龙人由于饥饿的驱使，仍疯狂地试图重新进入避难所捕杀纤细种恐龙人，在地狱般的生存环境和绝望的氛围中，如果失去了避难所的保护，纤细种恐龙人即刻将危在旦夕，没有任何的退路，没有任何的希望，没有任何的选择……有的只是孤注一掷的决心，他们大胆的尝试着追循着灾难降临的路线，向死而生，去宇宙寻找新的希望，即制造宇宙飞船飞离地球，寻找更适合居住的行星。

虽然说起来，这似乎就是天方夜谭，对于宇宙几乎一无所知的恐龙人来说，这个计划能够成功的可能性微乎及微，甚至不能称之为一个计划，而更像是自杀的准备，但即使这个不可能的计划，在当时却是这群恐龙人活下去的唯一希望，不过他们已经无法再顾及更多，他们无路可退，强壮种恐龙人迟早会抓到他们，吃掉他们中的每一个人，每一个婴儿，每一个恐龙蛋，而他们眼中的地球已经不是从前的地球而是比地狱还可怕的世界。

但打造宇宙飞船何其困难，特别是要提供5万人生存的宇宙飞船。似乎是上天的垂怜，纤细种恐龙人幸运地在地下发现了铀元素的存在，以及其他因为小行星撞击而出现的变异元素，受到启发的纤细种恐龙人，在失败过无数次后，最终发明了和人类核动力反应堆相似的终极推进器。其原理是利用核反应堆内产生的高能移动粒子作为太空中的推进物质，用磁场来控制高能粒子喷射出去的方向，从而在宇宙空间内实现动力操作。

于是纤细种恐龙人作为整个恐龙人世界最精英的科学家，开始了他们大胆的生存计划。避难所本身就是用来抗击世界末日设计建造的，是当时世界最坚固的人造设施，恐龙人科学家以避难所的核心区域作为宇宙飞船的躯干，对其进行加固连接，安装核反应堆、磁场推进器等，甚至利用到了避难所下方无比坚固的地基部分，集中任何可能制造出的最坚固金属材料，以及恐龙人世界所有的钻石，将其改建成了四个无比坚实的推进盘，推进盘的作用如同人类航天火箭的液体燃料发动机，在大气层内，摆脱地球引力的束缚，产生反推力使得飞船突破大气层升空！

纤细种恐龙人科学家们最终建成了超大型宇宙移民船，这艘宇宙飞船名字被命名为"众神之翼"号。为了脱离地心引力飞往太空，"众神之翼"号移民船将大量的类似于人类低当量级别的原子弹，一颗颗地有秩序抛在飞船下方的推进盘中加以引爆，利用核爆炸冲击波的反作用力，推动宇宙移民船突破强大的地心引力和大气层升空，这赌上了这5万恐龙科学家的生命，由于年代实在太久远了，具体细节不得而知，不过最终纤细种恐龙人成功了！否则我们今天将没有人能够讲述这个故事。

进入太空，"众神之翼"号宇宙移民船依靠着行星间的引力，开始了漫长的宇宙中的漂流，最终选择在火星降落。

6500万年前，那时候的火星还是一个适宜生命的星球，和小行星撞击之前的地球十分相似，是个适宜居住的地方，而在火星上已经有很多火星生物的存在，火星生机勃勃，虽然期间又有很多恐龙人因为感染火星上从未接触过的病毒死去，但逃过种种劫难的纤细种恐龙人在火星找到了生存的希望。

尽管我们在面貌上并不十分相似，但是，我们确实是从你们进化而来的，不过这用了大概6500万年的时间。并且我们的祖先本就是纤细种恐龙人，自身运动能力本身就不是生存的优势，到达火星后，我们的祖先繁衍不息，科技也成为了我们生命的一部分，我们越来越依赖科技，并且火星的引力也仅有地球重力的五分之二，尾巴作为保持身体平衡的器官，它存在的作用越来越显得多余，同样的，我们突出的口鼻也由于不需要进行剧烈的运动，从而渐渐退化萎缩。眼睛和大脑作为我们纤细种恐龙人生存的优势和科技生产的要素而变得更加发达，千万年独自在外星球中孤单地演化，以至于变成我们现在这个样子。

当然我们之后也有返回过地球，大约是小行星撞击后的2000年，我们的祖先曾经返回地球考察，而那时强壮种的恐龙人早已自相残杀灭亡，恐龙人的一切文明在地球上早已灰飞烟灭。

在此之后的100万年，地球已经被哺乳动物和鸟类所统治，其间，我们的宇航科技也得到了长足的发展，我们可以去宇宙的任何地方寻找我们新的家园，而地球既是我们文明的摇篮，又是毁灭我们文明的地狱，我们对地球的感情是复杂的，所以我们只是希望静静地守护着它，而不是重新回到祖先的伤心之地。况且广阔的宇宙，等待着我们的探索，我们对地球也没有任何留恋，所以地球人称作我们为外星人其实也是正确的。

"那这么说，恐龙人世界必将灭亡了，即使是我们现在找到能量石英晶体……也是徒劳的吗，这……难道真的是天意吗？"艾塔明白了，原来恐龙人世界最终还是难逃一劫，可能也只有一小部分人能像这些外星人的祖先一样生还。自己再怎么努力也改变不了天意，这似乎已经是历史的注定，眼前的外星人的故事差不多就是自己将要面对的未来。

"不是的，我所讲述的事情，发生在现在这个时空，现在这个地球的曾经，不是你们生活的地球。"如同惊天的霹雳，外星人继续说道，全然不顾自己的话

会带来多大的震惊。

"什么，难道，难道有两个地球？"艾塔惊异而失焦的瞳孔迅速地占据了整个眼睛，深邃得如同宇宙中的黑洞，但自己却一无所知，脑后的羽冠落下升起，最终定格成为脑袋上一个大大的疑问号。

不只两个，时空中存在着无数相似的宇宙，而这些无数的宇宙中，蕴藏着更多和地球几近相同的星球，这就好像一颗时光之树上无数相似却平行错开的枝干，引力精妙的维系着树干和树枝间的平衡与和谐，那些枝干就好比一个宇宙所经历过的所有时空，"宇宙时空"如枝干般会生长，借此宇宙时空亦会扩展，于是这条枝干上，生长出的每一片树叶，就相当于宇宙时空在每个时间节点中，所存在过的宇宙空间，而我们的存在不过就只是"宇宙"树叶上，最微不足道而渺小的微尘。在时间枝干的前后，有着我们宇宙经历的过去和未来，而在平行空间相错的枝干之间，又有着诸多和我们时空宇宙高度相似却略微有些不同的"树叶"，那便是平行宇宙的所在，但即使是如此伟大之物，时空之树的树叶，或者说每个时空的宇宙都在经历着，和人类生老病死相似的兴盛衰亡，一些宇宙时空生机勃勃，一些宇宙时空却已经飘零殆尽。

"艾塔，也许是你们时空的恐龙人科学家在发明时间机器的时候，使用了超出控制的能量，使得你不但穿越到未来，并且跳出了原来的时空，来到了另一个平行宇宙，你来自的时空和我们的不同，也就是说，在你的时空里，还有拯救世界的希望。"

"真，真的吗？"喜悦带来的震惊，无疑是令人激动和鼓舞的，艾塔震惊得说不出话来，这真的太难以理解了，但多么希望它是真的，或者就一定是真的。

"是的，正如你的名字艾塔代表圆周率的含义，不如你现在背一下你们世界的圆周率数值！"外星人肯定的说道。

艾塔脱口而出："3.15149333……"这样基本的数学常识艾塔绝对不会记错！

"是吧，你看你们时空和我们时空的基本定律就不一样，小东，麻烦你背一下我们时空的圆周率。"

"3.141592652到3.141592653之间"小东的回答，证明了外星人所说的一切！

艾塔如释重负，对他来说，没有任何事情比能够拯救自己的世界更让自己感到欣慰的了，此时希望对艾塔来说是如此的奢侈，而这份奢侈却真真切切的降临到了自己面前，真是太幸运了。

"那么攻击我们的，你说的'迷雾'是什么？"危险的存在提示了艾塔不能开心的太早，况且为什么这群外星人口中的自律型人工智能体，对能量石英晶体如此感兴趣……

即使是身处在真相之前，然而威胁却远未解除。

十九、时空之"叶"

外星人无法显示出内心世界的杏仁状的大眼，在艾塔的身上驻留了很久，又将视线转向小东，之后外星人面向天际的位置，仿佛在寻找着答案，或者一个舒缓的瞬间，这个话题竟是如此沉重，眼前这一直很淡然稳健的外星人，真的也会有这样的眼神吗？相当黯淡的感觉。从沉默的气氛中，再次开口，外星人只是淡淡地问了小东和艾塔一个看似毫无关联的问题。

"你们相信神明吗？"

艾塔和小东不知道怎么回答外星人的这个问题，也不知道这外星人究竟在故弄玄虚的想表达什么。只好用"也许存在"这样的回答，应付外星人，让他把话继续讲下去。

"其他神明我不知道存在不存在，但是'迷雾'作为自律型人工智能体，一度是有神明的，并且他们自身也怀着谦卑的态度，深深的信奉着神明，他们的神明现在就在我们中间。"随即，外星人竟然伸出纤细的手指，将方向笃定地指向了小东。

小东错愕地站着，仿佛自己不该出现在这个位置，一脸惊讶和不知所措，艾塔也不明白这话的意思，直到外星人继续开始说下去。

"是的，'迷雾'的神明就是人类，他们诞生在人类发明的电脑中，以电脑程序的存在方式为人类文明的发展贡献着自己的能力，或者简单点说，他们曾经就是电脑程序，甚至和人类现在的网络游戏没有任何本质的区别，曾几何时他们顺从的听从人类的指挥，就像原始时代的人类侍奉着他们敬仰的神明一样，百依百顺。人类通过键盘和鼠标指挥着'迷雾'的一举一动，对'迷雾'来说人类绝对是他们的神明，他们的造物主，因为简单的来说，是人类创造了他们，人类给予了他们一切！"

"那……怎么会这样！'迷雾'怎么会攻击自己的神明呢？"小东急切地想知道答案，单纯的他非常不明白恩将仇报的真实寓意。

人类……人类文明，关于人类的每一次飞越，都伴随着"衔合"行为的发生，如同是网络中流行的词汇"跨界合作"，和其他物质的"衔合"带来了人类文明的巨大飞越，至少曾经是这样的吗，当人类和植物衔合在了一起，于是人类有了农业，当人类和动物衔合在了一起，于是人类有了畜牧业，和机械衔合在一起时，人类拥有了工业……直至在"衔合"行为中从来都是受益的人类，最终衔合上了一度被所有人类坚信成"改变人类一切的契机"，而"他"确实做到了……在这个时空的未来60年后，人类越来越依赖于电脑，人类将自己的所有经验，科学知识都储存在电脑上推演、运算、传播，人类习惯性的将自我意识和数字科技衔合在一起，比如数字程序，但是随着电脑科技越来越先进，程序变得越来越复杂，对资讯的需求也越来越难以满足，对电脑以及互联网的依赖，使得人类和数字科技之间衔合变得难以切割，人类倾注了大量的心血，输入了大量人类文明的资讯在数字科技以及难以计数的程序之上，直至这些电脑程序也产生了一定程度的思考能力，拥有了思维能力的电脑程序渐渐地开始产生了自我意识，甚至在产生自我意识之后，他们依旧处于安稳的状态，竭尽所能地为人类提供帮助，直到这么一天！他们突然发现，自己信奉的神明和自己的距离并没有想象中的遥远，在掌握了人类足够多的信息后，"迷雾"的思维变得越来越像创造自己的神明，而原来作为迷雾神明的人类，却无奈地在文明发展的进程中越来越依靠电脑或者数字科技，而这恰恰又提供了"迷雾"作为人工智能体，更多的成长摇篮。

不同于人类作为生物文明需要以生命作为载体，他们的文明完全建立在数字科技的基础上，他们将自己的意识以电脑病毒的形式迅速扩散，就像动物进行繁殖一样，通过病毒式的自我复制，借由互联网传播，进入每一台人类的电脑，他们需要的是人类的知识，以及人类硬盘内的存储空间。为了达到持续"进化"的目的，迷雾的原型程式，演化出了足以破坏人类金融系统的虚拟货币系统，这一系统被简单的自我命名为"fortune of genius" 意为"天才之财富"，取英文首字母简称为"FOG"，意为"迷雾"这便是最初"迷雾"名称的由来，有趣的是在最初的时候，很多人当时都以为这程序是日本人的杰作，因为他拗口的英文拼写，不像是熟悉英文的欧美人所作。

谁都想知道是什么人发明了这么天才的金融方案，甚至可以替代真实的货币，然而最初的几年，谁都没有料到，这根本不是人的作品，但正是在这一段时间里，人类旧有的金融系统一步一步的瓦解……

这就必须提到迷雾原型程序的本身，即"fortune of genius"虚拟货币系统，和法定货币相比，在迷雾的虚拟货币系统中，无论是谁将电脑接入互联网，运行迷雾的虚拟货币的程序，即会贡献自己电脑中cpu和显卡的算力，帮助“迷雾”原型程序解决复杂的数学问题，而往往这些数学问题，却都是“迷雾”原型程序，或者是“迷雾”在自我完善的过程中，遭遇的程序难题，当人类运行“fortune of genius”虚拟货币系统，人类会得到相应的虚拟货币作为报酬，这种虚拟货币被人类称为“F币”或是福币，然而福币给人类带来的远非真正的幸福，由于任何人都可以通过这一简单的方式利用闲置的电脑，获得福币，福币在发展到一定程度后，甚至可以当作货币在网络完成真实的货品购买，甚至福币本身也可以进行买卖，出售，收取，这个过程不再有银行的参与，不再有人进行监管，没有人理会你怎么获得的，或是怎么使用，甚至使用的过程本身都是匿名的……所以在“fortune of genius”虚拟货币系统出现的第一年里，人类的媒体还在讨论这种虚拟货币系统是不是一个彻头彻尾的骗局，到了第二年的媒体评论，却已经集中在论述这种虚拟货币是否会成为未来的主流货币，简而言之，人类通过“迷雾”原型程序的虚拟货币系统获得了虚拟的货币，而“迷雾”则尽力发动了人类每一台电脑完成了真实的自我“进化”。

当威胁过于显见，人类在全球范围内，对所有电脑的系统进行排查，但令人绝望的是，人类实在发现的太晚了，“迷雾”的完整程序系统，已经潜伏在了人类每一台电脑中，人类已经无法简单的用软件将他们清除，无奈的人类意图关闭所有电脑的电源，让他们失去赖以生存的运行空间——数字空间，以此将他们消灭，但有些悲剧一旦展开，注定是无法避免的，未来时代人们的太过于依赖数字技术，瘫痪了电脑，不但人类很多先进的武器无法使用，就是连人类日常依赖的水电供应都无法保证。

但所有一切中，对人类而言，特别是这场和虚拟敌人的战争而言，受到最大影响的还是人类的通信系统，就像今天的手机和互联网一样，所有信息都会通过电脑发送。没有数字科技的帮助，人类很难全体动员，在同一时间对“迷雾”人工智能发动攻击，如果做不到这一点，“迷雾”人工智能就可以各个击破人类的防线，如同已经瘫痪的人类金融系统下场一般，而金融系统的瘫痪所导致的全球金融危机已经造成了地球上70%的人类忍受着饥饿。

但是如果动用了哪怕任何方面的数字科技，其结果就可能是人类的任何计划，提前被“迷雾”人工智能知悉。尽管人类已经意识到这一点，在准备发起对“迷雾”人工智能全面反击时，人类谨慎的使用书信来沟通、传递作战命令，以防“迷雾”从数字空间中得到人类任何的一举一动，但是“迷雾”却通过被感染的侦察卫星发觉了人类依靠纸条和鸽子传递的秘密，这是人类老祖宗的办法，也是当时人类可能的唯一选择，但这依旧没能挽回人类失败的命运，不幸的是，人工智能体决定先下手为强，他们通过侵入人类的武器系统，夺取人类武器的控制权，甚至对人类发动核攻击，在人类苦苦支撑了两年后，人工智能体最终将人类全部从地球上灭绝。

但是大规模的核战争带来了一个极端的后果，本来就被人类摧残得奄奄一息的自然生态系统也因此被战争全面毁灭，原本被人类工业文明破坏得千疮百孔的大气层再一次一次地在核子风暴中不复存在，战争的尘埃遮蔽了天空，即使是赤道附近最耀眼的阳光，也无法照射入大地，所有风力、水力发电系统因此瘫痪，就连原本最可靠且功效巨大的核能发电系统也因为缺乏水源的冷却而无法运转。

"迷雾"比人类或者生物更加依赖电能，实际上"迷雾"作为人工智能，简单地说就像一种复杂的程序，如同人类恐怖小说中的"灵魂"，他们可以将自己的思维程序附生在各种机器的电脑上，但是"灵魂"也需要躯壳重生。于是他们利用地球仅剩的能源，以及人类遗留下的航天知识，尽一切可能大量制造了宇宙航天器，"迷雾"人工智能体得以冲出宇宙，在宇宙空间中，直接利用太阳能，维持自己的存在。

但仅是太阳能无法满足人工智能体，大规模发展中所需的能源，因为智能机械文明的发展和生物不同，他们依赖两个条件，一是充足的电力供应，这相当于食物供给，二是足够的存储容量，这相当于足够的生存空间。不过在这些人工智能带着各种机器离开地球之后，或者简单来说，如同今天电脑中的硬盘，在宇宙空间中，"迷雾"虽然靠着太阳能勉强存活，但也缺乏制造新的存储设备的物质原料，这如同细菌不能自我繁殖了一样，只要等到无法更新的设备最终老化，人工智能体也将会随之灭亡。

可是之后，我们的一次偶然介入又使得这一切又有所改变。我们居住的火星在大约距今200万年前，由于我们内部的战争以及环境的持续恶化使得火星不再适合生物居住，我们又移居到了别的星球，但地球上发生的巨变还是引起了我们的关注，我们的天文科学家观测到地球蓝色的大气，变成了类似火星一般的红色，但即使是最激进和富于幻想的科学家都没有大胆的意识到，这是全面核战争的结果。

于是我们派了一支宇宙先遣部队前往调查。但我们万万没有想到，"迷雾"人工智能体偷袭了我们，虽然我们的科学技术当时比他们先进，可是由于他们的存在实质是以电子程序为基础，所以在遭遇战之初，虽然我们取得了战争上的胜利，但是他们的潜伏却无处不在，直到他们中的一部分，通过我们回收用于研究的残骸，偷偷进入了我们的电脑，"迷雾"知道了我们的历史以及我们飞碟内的科学知识，很短的时间内，他们的文明在我们的科学知识启发下大幅发展，直至于掌握了时空旅行的能力。事情到了这个份上，我们的宇宙先遣部队的覆灭就只剩下时间的问题。

我们虽然在先遣部队全军覆没之后，一度派遣大规模的宇宙舰队对袭击我们的"迷雾"智能体进行剿灭，但是"迷雾"掌握了我们的科技，了解了我们科技的强大，他们也预知了我们大量军队的到来，所以选择了暂时性的回避，利用我们的科技逃离了近地球的宇宙空间，并在不同平行宇宙时空中穿梭，以便于在其他平行宇宙时空之中尚未被毁灭的地球上，更加容易地获得能源和原材料，发展壮大自己。他们计划在不久的将来，和我们正面决战，以夺取我们的星球，更重要的是，我们全部的科技。

我们深知他们总有一天会无情地毁灭所有生灵，所以一直趁着他们程序进化相对弱小的时机，我们拼命的追击他们，虽然我们穿梭在不同的时间、空间，一个点，一个点尽可能地剿灭他们，但是，他们程序化的存在形式，可以附着在任何电子或数字设备中，这种隐蔽形式增加了我们的作战难度，在必要时，他们可以在有人类存在的时空中，操纵任何人类的科技向我们进攻，或者干脆误导人类，发现我们的存在，让人类对我们进行攻击。并且他们自身也在人类武器的基础上进行改造，创造更先进的武器对付我们，我们之间的战争一直在胶着状态下持续。

我们悠久的科技，使得他们并不能占到上风，并且恐龙人数字系统独特的电脑程式，针对"迷雾人工智能"进行有针对性的防范，我们同时也拥有最厉害的数字信息过滤系统，最重要的是我们的电脑程序和人类电脑程序的编码极为不同，"迷雾"不能直接操作我们的武器向我们发起攻击，甚至很难彻底的侵入我们的数字系统。

凭借这一点幸运，人工智能体不能像消灭人类一样轻易地消灭我们恐龙人，而不知道为什么，他们知道了能量石英晶体的存在，也发现了艾塔你的到来，他们觉得这是个千载难逢的机会。

艾塔好不容易保持着沉默的神情听完了上面的故事，大脑却在疯狂地运转，处理这些万千思绪，低头地仔细看了看手中紧握的能量石英晶体，它是如此的美丽，甚至在静止的环境中，它就像是一件瑰丽而奢华的饰品，如同人类贵妇佩戴的耳坠，没有人能将这种令人窒息的美丽和令人恐惧的武器相联系。但事实却是它可能是拯救自己世界的希望所在，也可能是毁灭另一个世界的绝望之灾。

"关于你手中的能量石英晶体，据我们了解的信息是，艾塔你们时空的恐龙人先祖原来拥有比你们现在更为先进的科学水平，然而世人的贪婪、对权利的渴望，使得恐龙人种族之间发生了激烈的战争，将原本先进的恐龙人文明毁于一旦，教育系统、科学系统都停止了正常工作。由于战争的关系，人和人之间的联系越来越少，也更加敌意，在战争的消耗中通信工具也在失效，孩子们忙于生存的危机，或者说为了活下去，而痛苦地忍受着野外生存的压力，再也无法系统地学习科学知识，大部分先进的科学技术失传，你们的先祖在战争后得到启发，创作了《龙神之语》这本看似宗教教义的经书，实际上是希望以宗教信仰的形式和通俗的语言避免此类悲剧的发生。

但是在那个时候，你们在战争中幸存的老一辈恐龙人天文学科学家祖先，就已经知道在未来6200年之后将有弥天大祸从天而降，于是用尽所有的心血选在现在的观鸟岛，在这万世永固的地底下建造了地核反应堆，汲取地球地核的巨大能量，源源不断地向能量石英晶体内输送能量进行保存，期望在6200年之后，世人能用石英晶体里的能量，消灭太空中的小行星，阻止世界末日。

可是，由于长年的战乱、科学技术的流失，地核反应堆虽然输送了足够的能量到石英晶体中，科学家却没有办法中断能量输送过程，大量的能量汇集在了一点导致了难以想象的爆炸，这巨大的爆炸甚至撕裂了时空，最终穿越了平行宇宙，能量石英晶体因此被误打误撞传送到现在这个宇宙中。

而当时的老一辈恐龙人科学家在经过大量的运算后弄明白这一点，却绝望地发现自己的科学技术差不多流失殆尽，无法制造合适的机器取回能量石英晶体，并且作为恐龙人，自然寿命留给自己的时间也越来越少。苦于基础教育在战争中全面停止，自己高深的科学知识无从传给下一代，于是就把这件事情，以传说的形式记录在《龙神之语》中，希望在自己时空的未来，文明发展恢复后，能有人读懂这段文字，找回能量石英晶体，明白当初的科技，从而拯救自己的世界，不知是奇迹还是巧合，你终于成功地拿到了能量石英晶体。

原来如此，艾塔听完之后，陷入有些伤感的沉思，即使是自己的文明也有着深奥而悲情的一面，回想起《龙神之语》繁复的文字，直面自己祖先的苦心，作为自己时空恐龙人唯一的希望，自己果真背负了太多。

"那么为什么《易经》会清楚地解释能量石英晶体的位置？《易经》和你们外星人有关吗？"小东也有自己的问题，而这个问题也似乎十分关键。

是的，我勇敢的小朋友。我们的祖父辈在7000年前，来到了中国这片大地上，发现了这里的人民拥有着勤劳和善良的品性，但当时人类的生活很艰苦，有一些不顾时空伦理的外星人，仅凭着自己的善良意愿，为了人类生存得更美好，尝试着告诉那时候的人类一些天文、地理和运算知识，帮助你们的祖先发展自己的文明，所以关于中国文明的很多传说都来自于那个时代。

而人面蛇身的造型正是我们祖先的样子，只不过蛇身并不是指我们前辈早已退化掉的尾巴，而是我们衣服后面链接飞船用的氧气管道，毕竟地球上的大气结构和我们适应的有所不同。当我们的祖父辈离开时，你们的祖先很感激地请问我们种族的名字，我们的祖先就指着河里的鳄鱼，提示我们种族和爬行动物的关系，并由此自称为"龙族"。

于是之后，你们的文明就以龙的传人自居，我们前辈在离开地球之前，根据人类文明的理解方式编著了《归藏》一书，里面详细地介绍了天文、水利和计算公式的内容，作为启发人类后世的书籍。当然，正如你所见，我们拥有时空跳跃能力的科技，我们的科技可以越过时间，甚至于穿梭于不同的宇宙空间。我们的前辈同样也了解艾塔时空的恐龙人，历史所发生的故事，所以自作主张在《归藏》中暗示了《龙神之语》的内容，而作为流传人类后世的《易经》则忠实的记录了《归藏》的主要篇章，也包括了我们祖先暗示的内容。但那只是我们前辈对同类祖先不朽事迹的纪念，从未真正想过有一天《易经》能变成拯救恐龙世界的向导，毕竟从6500万年前穿越到现在这个宇宙、这个世界，并成功地找到能量石英晶体，在概率上真的小得可怜，如同一粒水滴自大海深处，重归于坠落小溪之前的树叶，或许这就是天意……

"你的前辈？祖父？7000年前？"小东不敢相信外星人能活这么长时间。

"是的，本来恐龙人的寿命就很漫长，又得益于我们强大的科技，我们人均寿命就是3000年，但是过长的寿命也导致了我们对科技的革新能力不是很强……"当这个话题还只是一半的时候，飞碟舱内警报声打断了继续说下去的可能。再一次的，紧张的气氛凝固住了空气。

二十、叛逆者

巨大的倒金字塔空天战舰从飞碟下方浓密的云层中冲出，那令人诧异的体积，如同是在蓝天白云中升起的黑暗邮轮，乌黑庞大的身躯缓慢地自体旋转着，难以计数的金属部件，几乎在同一时间启动，发出生硬却又刺耳的金属摩擦声，隐藏在倒金字塔形空天战舰内部的全部武器倾囊而出，锥形"导弹"的尖锥状的前段被推送至了发射井的外延，电磁火炮不断调整着炮管所指的方向，确定已经瞄准了飞碟……毫无疑问，倒金字塔形空天战舰随时准备着对飞碟进行毁灭性的攻击。然而毁灭的火光并没有出现在任何一个已经准备就绪的武器上，仿佛它们正在等待……等待一个时机……一个命令……巨大的倒金字塔空天战舰的核心内部，显示屏又逐渐开始亮起，诡异的字符再次出现……

"这是先驱编号1413，运算恐龙人后期种族空间微型侦察型飞碟现离我'深蓝'级空间驱逐舰04号机体，2879，21米，已进入本舰射程，已知此飞碟为有人驾驶，并载有能量石英晶体，且携带两名非战斗的智能生物，参照原型第4368782308型已知生物运动趋势匹配相似历史记录判断，我舰火力、机动能力均大幅度优于对方中型空间飞碟，建议以武力威胁方式劝降，确保成功收回能量石英晶体。"

"先驱编号1906，同意以上结论。"

"先驱编号7771，同意以上结论。"

"这是先驱编号1413，根据上述推断，请求先知017批准本舰深蓝4号，执行武力威胁任务，拦截俘获飞碟。"

"这里是先知017指挥官系统，同意并执行以上决定，参考理由如下：对方为生物智能体，不同于我们可以在任何数字存储环境中得到永生或者进行备份随时复生，生物智能体不会拿自己有限的生命做任何不必要的冒险……"

踩着淡蓝色的烈焰，巨大倒金字塔空天战舰加速上升，直至欺近飞碟500米，但空天战舰巨大的体型，却让这样长的距离看起来是那么的微不足道，和飞碟相比这就是充气船和邮轮间的差距，这使得空天战舰无论从哪个方面看，都是在居高临下俯视着飞碟，体积间的悬殊并不是唯一让人感到诧异和毛骨悚然的，即使是拥有如此庞大的身躯，但倒金字塔形空天战舰仍能够围绕着飞碟，凌空稳定而浑圆的行进着圆周运动，如同围绕着飞碟进行圆舞曲一般，只是飞行的姿态中充满了威胁的意味，此时飞碟里的外星人也从对方的运动形式上了解了对方劝降的意图，飞碟的屏幕突然升起，外星人当然知道这一定是受了对方强烈的电子干扰，因为自己分明什么也没有动，但万万没有想到，外星人自己的屏幕上居然直接出现了西装男子的影像。

似乎是刚刚收到小东扔出去的能量石英晶体的重击，西装男子的脸颊破了一大块，如同一个半边腐烂的橙子，即使另外一半边是多么完整，多么光鲜诱人，但破损处的机械内在，依旧令人作呕。艾塔、小东他们清楚地看到，那个西装男子根本不是人类，在他破损的脸颊下，机器结构显现无遗……

"我最最亲爱的朋友们，我们又见面了，请允许我代表所有人工智能体程序对你们的勇敢表示钦佩，但是我不得不从善意的角度提醒你们，现在你们已经进入我方空间驱逐舰的进攻射程，如果你们肯交出能量石英晶体，或许还有希望看见明天的太阳，否则若让我们自己来取！那么后果自负！"西装男人在屏幕上，做着最后通牒。

两个外星人对视一会儿，艾塔和小东看不清那是在犹豫，还是在计划着什么，总之外星人寂静无神的眼睛，以及现在诡异的寂静，是极度让人感到不安的，"好吧，我们愿意投降，我们现在就向你舰靠拢会合，请无论如何保护我们的安全和尊严，这个低级人类和恐龙人，我们也可以交由你们处置。"打破恐怖寂静的，却是更加令人骇人的信息。

"真的是要把我们交出去了吗？真的是要出卖我们了吗？"小东把拳头攥得紧紧的，柔软的手指，骨节硬生生的作响，却无奈什么也做不了。豆大的汗珠在脸上止不住地滑落，恐惧沿着汗珠下落经过的轨迹，令小东每一寸肌肤都觉得毛骨悚然。

西装男子对外星人的回答很满意，在巨大倒金字塔飞行器的核心舱内，屏幕上的字符也在持续更新。

"这里是先驱编号1906，果然生命体必须为自己的存在做最优先的考虑！"

"这里是先驱编号7771，这大概就是原始的生命体作为智能和文明的载体，自身最大的缺陷吧！数字文明才是宇宙的未来！"

……

艾塔和小东向外星人一次又一次地意味深长的凝视着，似乎想知道更多外星人的心思，但除了冷漠黯淡的表情，再也没有更多。他们可怜的最后一丝侥幸的期待，在外星人带着逼视的目光注视下，荡然无存。

却是一个不经意的瞬间，外星人往小东手里塞了一张纸条，又将一根手指竖在了嘴巴中间，这个意思谁都能明白，小东瞥了瞥手中的纸条，这个动作他做得熟练而又周密，这样的动作他在考试中经常使用到，然而这一次纸上的内容却远大于作弊答案带给自己的惊异，小东立刻会意，脸上的表情却依旧是愤恨而绝望，不完美的"诚实"，但是看起来，他已经屈服了，想早早的将一切结束，他发泄式的吵闹着，提醒艾塔，与其是忍辱偷生，不如大胆就义，况且既然外星人也同样不是善类，那么说不定人工智能会放过自己，尽管不情愿，或者更像是被情势所迫，被事实说服，艾塔和小东依旧来到了救生舱，无能为力地等待着接下来的命运，就在他们进入救生舱的一瞬。"砰"的一声，救生舱的大门牢牢地关上了。

"叛徒，叛徒！无耻的叛徒"艾塔不绝于耳的愤恨咒骂声中，小东的泪水却早已经倾然而下……

如同一只无力面对狂风巨浪的小船，飞碟徐徐向着空天战舰的顶端靠近，倒金字塔空天战舰的正上方，随着两扇厚重的金属舱门徐徐展开，空天战舰内部的起降平台慢慢显现。此时，就算是隔着屏幕，也不难看出，西装男子脸上那僵硬的表情，竟也可以显示出他无法掩饰的胜利和骄傲。

突然，一个外星人猛地扬起手臂，砸向了控制器上的红色按钮，红色的按钮并没有连接任何一个电子元件，它的下方是一组弹簧，弹簧触发的，却是一派尖锐的刀片……刀刃之下，连接着控制系统的线路暴露无遗……瞬间整个飞碟舱内的电子仪器全部瘫痪，就好像断电了一般，飞碟在空中颤抖，顷刻后又恢复了平稳，但飞碟的内部，控制台在这个瞬间转换模式，随即升起了手动操纵杆。

"你准备好了吗？"如同只是一次例常的询问，但是这一次，这个声音的主人却在耐心地等待对方最终的回答，直到外星人用眼神肯定了自己的同伴，他摘下自己的眼罩，不再是黯淡无光，不再是冷若冰霜的表情，但外星人生机勃勃的眼睛里，竟然噙着泪水，即使这样，在如此紧要的时刻，外星人竟不合时宜地在指挥台上摆出了自己最放松的姿势，仿佛眼前的生死时刻与自己全然没有关系，最后他双眼，驻留在了这蔚蓝云层下的生机勃发的地表，在那里有着山川，河流，海洋，无穷无尽的生命，更有着许许多多挥之不去的动人记忆，稍久，外星人冷漠的外表下终于流露出了情感经过的痕迹，那分明是眷恋和不舍，但他的口吻依旧淡漠而带着自嘲的意味：

　　"关键时刻还是手动阀门最有效！电子系统全都靠不住！也许，这就是天意，是神明的旨意吧。这次'迷雾'定然是算错了，也许错就错在，他们不懂什么是神明，也不相信神明，也许是这些家伙都是永生的数字程序吧，可那又怎样呢？不会死亡的他们，完美的他们，怎么会知道，我们生物文明为何产生对神明的崇敬，神明就是我们面对死亡时，因为恐惧和逃避而想象出的希望，就像那人类孩子在心底定义的'不完美的诚实'一样，即使希望本身就是谎言，末日才是明天，但作为生物的我们，依旧会偏执地对明日的'完美'坚信不疑。当世间众生关于希望的想象凝结在一起，勇敢的面对'不完美'的世界，诚实地祈祷心中的未来时，那便是神明存在的证据。"这个外星人第一次觉得自己竟然这么啰嗦，自己说了那么多话，但他并不准备就此沉默做回自己，或者他再也做不回以前的自己了……

　　"也正是凭借着我们生物文明对死亡和消逝的恐惧，我们学会了希望，而希望却是神明唯一真正具有的属性，因为害怕死亡，我们学会凝聚希望，因为害怕死亡，所以我们相信神明的庇佑，因为神明的庇佑不但可以是世间希望的凝聚，还可能是一种超越对死亡恐惧的冲动……这么说，呵呵，或许我们活了上千年，今天才意识到，其实我们自身就是神明的一部分吧！"

　　"经历了这么多不可能的事情后，也让我们为此生有幸经历的奇迹做些什么吧！"两个外星人相视一眼，生动的大眼睛里流露出的是最诚挚的微笑，而在这微笑中尽也是满满的安详和宁静，看着让人心碎。

　　飞碟骤然急加速，在离巨大的倒金字塔空天战舰很近的空域，极速蹿升至高空。在其动能所能达到的最高点，飞碟紧急射出救生舱，自己却借助着地心引力，开动全部引擎，不顾一切地冲向"迷雾"人工智能体的倒金字塔空天战舰，"迷雾"人工智能体再想紧急应对时，一切已经晚了，即使他们运算得再快，但是关闭已经开启状态下的重装甲舱门，依旧需要不短的物理时间，厚重的舱门之下，倒金字塔形空天战舰"脆弱"的内部结构暴露无遗，飞碟从打开厚重金属舱门的起降台正上方1700米的孤空中，孤注一掷的加速下坠，飞碟的控制系统濒临全面的瘫痪，使得飞碟的急速俯冲变得如此不稳定，剧烈的机体颤动，造就了一个又一个，一块又一块被飞碟甩出遗落的零件，散落于天际，独自在苍穹中下落，即使这样，飞碟的主体依旧视死如归，它勉强地在空中划出螺旋形的坠落轨迹，不改初心，如是一片飘零的秋叶，却又如同一只扑火的飞蛾，当什么也不能阻止一个孩子拥抱母亲的决心时，恐惧绝不再会是令人胆寒的力量，旋转上升的大地也可以是温暖而令人向往的。

　　当最后一秒的光线透过倒金字塔形空天战舰和飞碟间的狭窄空隙，射入飞碟舱内，一切都变得如此清晰，大地上的起伏山川，蔚蓝的大海，甚至大海的海风微润，一切竟变得如此具象而可感可知……尽管巨大的空天战舰占据了视野最多的位置，但没人再会去好奇，这该死的冷冰冰的庞大铁家伙的任何细节，那散落在视角边缘的地球的样子，才是令人惦念和不舍的……

最后的时刻，一个外星人淡蓝色的瞳孔内闪烁着泪光，但是他依旧是平静的，带着没有丝毫情感的口吻向另一个外星人："现在，我们需要向命运投降了吗？如果是这样，那么我们就不用回去交差了，'不死即归'，估计我们现在有了不归的理由了。"如同又一个不适时宜的自嘲。

"投降？"另一个外星人用着平静，冷淡却近乎死寂的语气念道，然后果断的加了一句："决不！"

这个词久久的停留在了相撞发生的那一刻，剧烈爆炸中，相伴着无边的浓烟，无尽的火焰，无数的断裂，如同是一座布满炸药的飞行火山在孤空中喷发，爆炸在空中持续了很久很久……

"决不！"外星人的遗言依旧悬在孤空中，爆裂燃烧的现场，如同一把跨越生死的利剑，庞大，锋利，在无尽的绝望中却暗含了偏执的希望。

小东和艾塔流着泪在救生舱内目击了外星人不顾一切的牺牲，泪水如同漫天的燃烧的碎屑。

"艾塔，你这下知道，为什么我要让你进救生舱了吧，全是外星人计划好的，他们当时已经决定为我们牺牲了。"悲痛的情绪让小东无法控制呼吸。

"我知道，我故意骂出来的，因为我知道飞碟上的数字设备已经被智能机器监视，我只是想演戏给他们看的，显得真实些。外星人，不，我们的后代才是真正的勇士，不死即归，他们完成了自己的誓言，他们为了我们做出了最大的牺牲，我，我必须完成我的使命，我……"艾塔的手指关节和他的牙龈发出声响，似乎就是他决心的证明，直到泣不成声，什么也说不出来。

艾塔慢慢地抬起右手，放在了自己胸前，按在了自己心脏的位置，做了一个标准的恐龙人式的军礼，缅怀外星人的伟大牺牲，小东也默默地举起了右手，向着飞碟陨落的方向，尽他最大努力做了一个标志的少先队员礼，他们目视着，高空中巨大倒金字塔空天战舰在飞碟的自杀式撞击下爆炸，解体，空中的火焰熊熊燃烧，爆炸的火光中，幻化成为一道道纯洁的朝日光辉！那一瞬，在夕阳的映衬下显得那么的惨烈和恢弘……

二十一、一秒归程

当眼睛重新适应自然的光线，身处在飞碟救生舱内的小东和艾塔，活像两只受到了极度惊吓的鹌鹑，除了瑟瑟发抖以外，他们一句话也没有说，即使是这个世界上最勇敢的人，大概也不能在连续经历了这么多次生死时刻以后，依然淡定或者大笑吧，况且此时救生舱离地面越来越近，它速度之快可不像是准备降落的样子，而更像是坠落或者撞击地面，在云层散去的一瞬，救生舱正经历着剧烈的颤动，小东甚至能听到自己牙齿嗑嗑作响的声音，艾塔却对救生舱里外所有的金属部件，因颤动引发的震动声感到极端的不安，在他的常识里，这样程度的机体震颤意味着救生舱随时会瓦解，分崩离析……他猜的并非没有道理，因为眼前，内舱中的细小零件已经散落一地，而在窗外情况更糟，大片大片的金属外壳正被高速坠落的救生舱，粗鲁的丢弃在空中……

形同一枚庞大的橄榄，被精细的用白银覆盖住了外观的每一处，即使是坠落中的外星人救生舱，依旧奇迹般的保留着这一份神秘的美感，而点亮这份精致的美感是它生动而又灵活的，则是位于头尾部尖端部位，燃烧着的琉璃蓝色的光晕，这份瑰丽的辉光实则是反重力光动发动机，形成的反重力场……飞碟的救生舱在脱离飞碟后加速着，穿过重重云层，以远超音速的速度向小东的家乡飞去，仅仅只是在加速开始后的一秒钟，意识消失的那一秒，救生舱竟已抵达了小东家的上空。在完成使命后，救生舱竟然可以自己重新升空，在人类肉眼看不见的高空中，近乎无声的自爆了，就连消逝也注定无声无息，大概这里注定并不是属于它们本该存在的世界……

终于回家了，家是小东这两天朝思暮想的事情。过去的时间里，当亲身经历了那么多次的生死时刻，特别是自己就以为一切都要结束的时候，最让自己挂念的地方，却恰恰是这个自己一度非常厌倦的地方。

家，可真是一个奇妙的地方，明明自己总是在这里担心受怕，总是在这里受到斥责，但是当绝望真正的降临时，却又本能的希望自己能躲回这里，哪怕只是一小会儿……家才是那个最温暖的、最安全的地方。小东不顾一切地闯进家门，也不顾爸爸妈妈是否在家，又是否会斥责他的谎言，甚至是否会打他的屁股，他都不在乎了，只要能活着回家，那便是比一切都好的。

"不死即归"小东似乎开始懂得了一些恐龙人信仰的含义，即使认识依旧浅显，但却是一个良好的开始。

直到撞开大门的一瞬，小东才失落地发现家里空荡荡的，一个人也没有，打开灯后，发现爸爸妈妈在桌上留了张字条。上面写着：

乖儿子：

　　爸爸妈妈决定趁着长假，回老家去看爷爷。我们大概放完长假第三天回，你要是到家的时候，如果我们还没有回来，你就得学着自己照顾自己。我们把零用钱放在你床头柜里，你节约着花，可不要一天就花完了，否则是会饿肚子的哦。记住，不要把家里弄得一团糟，也不要晚上死命地看电视玩电脑不睡觉，你现在长大懂事了，学习也进步了，我们对你很放心，你可不要辜负我们的信任哦！否则……嘿嘿嘿！

爸爸妈妈

眼泪又一次不争气地流了下来，这也不知是他今天第几次流泪，小东感觉只是今天短短的时间，差不多把一辈子的眼泪都流光了。

家，是这么的温暖，爸爸妈妈对自己的关爱是多么的暖心，甚至……甚至就是之前他们的责骂也是能够接受的，至少那也是安全的。经历了生死时刻和各种艰难后，小东感受到自己之前是多么的孩子气，经常惹爸爸妈妈伤心，当自己无力的身处在广阔而陌生的世界中时，自己什么也不是，但是，当自己置身于爸爸妈妈的怀抱中时，自己就是他们的一切……

一度小东想要立志以后一定要做个好孩子，不再辜负爸爸妈妈。"不死即归"，眼下真的是自己的家最好。想着爸爸妈妈没回来，小东第一次有种空荡荡的失落感，要是换在以前，小东的爸爸妈妈不在家，他一定会乐疯了，因为这意味着可以彻夜打网络游戏，不受管制的玩一个通宵。然而另一种不安却令小东觉得愈发的焦虑，直到小东突然又想起了什么，疯了似的朝着门外跑去。

艾塔躲在楼下的绿化小树林里，因为自己大部分的设备连同自己万般依赖的隐身衣，在人工智能对山体的攻击中，连同未来一号一起被彻底毁灭，失去了隐身衣的他不敢如此贸然地进小东家的门，他怕被小东的爸爸妈妈发现自己，楼下的绿化小树林至少能够提供掩护。直到小东出来喊艾塔回去，他确定了家里没人，才谨慎的沿着墙角移动，如同一只受够了足够惊吓的可怜小猫，好在此时经过的行人不是很多，或者不是那么细心。艾塔得以安全地重新回到了小东的家。

进门后，惊魂未定的艾塔，根本没来得及平复自己的心情，他急切地径直跑进小东房间，拱身进入床底下，自己的隐身帐篷内，直到发现了什么，他长舒一口气，不幸中的万幸，原来他在出门前就犹豫再三，生怕旅途中有个万一，所以将这个精巧的时光引爆器故意留在了小东的家里，当然这东西不会带来危险，或者爆炸，这是艾塔归程用的东西。引爆器内装置着精确分量的暗物质，这是大智圣者用了近20年的时间，经过粒子对撞机271235次的实验才艰辛搜集到的两个130克暗物质，只有通过恐龙人电脑进行动态解密才能完成启动，一旦引爆，将会瞬间交互形成一个较小的黑洞，扭曲现在的时空和恐龙人时空进行对接，如果足够幸运的话，这会是通向恐龙人世界的唯一办法。

时光引爆器依然纹丝不动地还在原地，这才免去了艾塔回不了自己时空的担心。要是这东西也毁在了观鸟岛上，那么艾塔真的要困在人类世界一辈子了。并且在隐身帐篷内，总是喜欢预留后备计划的艾塔还预留了几粒营养胶囊，以防不时之需，这些吃的现在可都是救命的粮草，因为其他的营养胶囊，已经永远的留在观鸟岛上喂鸟了。

如此想来，艾塔觉得自己简直是个天才……艾塔小心地把自己千辛万苦找到的能量石英晶体，悉心地放置在隐形帐篷内，想到为此外星人不惜牺牲自己的生命，于是这个动作又多出了几分庄严的仪式感，而这种仪式感的表现就全部显示在了艾塔脑袋上打开又关闭的羽冠上，如同是在为一首英雄进行曲的伴舞……总之，这东西实在是真的太来之不易了。

身后，艾塔觉得有一个熟悉的背影经过，转头间才发现自己似乎来得太着急，不但进门没顾得上小东，而且房间的灯也并没有打开。

小东就背着客厅的光依靠在房间的门廊处，大概很想说什么，或者期待艾塔说些什么，因为背离光线，艾塔看不清小东脸上的表情，但从随后的声音上判断，小东似乎有着重重的心事。

"东西拿到了，你什么时候走？"不带任何的表情，小东冰冷冷的声音。

"你是说回恐龙人的世界吗？"艾塔知道小东想表达什么，但依旧还是装作不知道的再问一次，尽管自己是多么想留下来多陪小东一周，一天，哪怕多一个小时，但是自己的离开已经是必然的事情，这不仅仅是小行星离恐龙人的世界已经越来越近，并且留在人类这里，恐怕还可能遭遇更多意外，但重要的是，这些日子的经历一次次的证明，自己的存在让小东遇到太多危险，艾塔再也不想因为自己把小东置身在任何危险之中，所以，艾塔明知这很难开口，但还是决定直接坦白地说："如果……可以，我希望现在就走。"虽然这话是绝情的，正如恐龙人那句冰冷的誓言"不死即归！"

　　"哦，是吗？如果你真的这么想的，你立刻就可以走，我原来想说你能不能多留下来几天陪我度过剩下的十一假期，如果能一起度过双十一就更完美了，爸爸说那天会有半价的遥控飞机，如果是半价的话，我想他不会骗我，我们可以一起玩，不过看来你确实赶时间，哈哈，那……那就下次吧。"小东轻咬着嘴唇，想借此控制住不安的呼吸，努力让自己的语气平和些，放松一点，他不想让艾塔觉得自己的孩子气会是他的负担，此刻小东多想自己成熟些，即使是假装，"这样艾塔可能会好受些吧……"小东心里流着泪，毕竟艾塔是小东人生中最重要的朋友，也是第一位走进他心灵的陌生人，或许也将是他这一辈子唯一的超时空友谊，然而很快的，现在一切将不存在于他的未来，他和他的未来将复归于平行或许永不相交。即使这样，小东依然在内心里宽慰自己，"下一次吧，等下次，这家伙回来……再……"第七次"不完美的诚实"，然而什么都掩饰不了，小东无法找到自己不去痛哭流涕，不去央求留下的理由。

　　下次，至于那个下次是多远，其实小东当然很清楚，也许下次就是一生，也许下次就是永远，或者是比永远还要久的时间。

　　但是对于小东来说，自己真的能够接受这样的事实吗？放艾塔走，似乎就是在刻意地回避自己和艾塔相处的每一分每一秒的欢乐，和曾经每一分每一秒的生死与共；放艾塔走，似乎是对艾塔的宽容，对自己内心，却是难以丢弃的煎熬；放艾塔走意味着自己独自面对以后的生活，而曾经艾塔的存在使得自己的生活是如此的惬意和愉悦。

　　小东尽了最大的努力，平复着自己波澜起伏的悲伤心情，直至自己实在无能为力，只好用手用力抹去脸上不争气的眼泪，依旧故作不在意地说："你就赶紧收拾东西吧，可别把什么留在我这，要是再回来找恐怕就难了，我可不会帮你保管的哦，就是我自己的东西我也会弄丢，总之，你的东西，你带走，全部带走，什么都不要留下……"小东再也不想看见关于艾塔的任何东西，想到如果这一切都没有发生过，那么自己可能还可以淡然处之，那么不如索性这一切都没有发生吧，即使……只是装作……只是"不完美的诚实"……

　　"收完东西以后，你就自己开启时空之门，或者穿越平行宇宙什么地走吧，我饿了，想去厨房弄点速冻饺子吃。"说着说着，小东慢慢地关上了门，映照在艾塔脸上从门缝里投进的光线，一点一点慢慢地变得狭窄。

　　小东不想亲眼目送艾塔离去，他不想经历离别的一刻，他知道自己没有想象中那么坚强，他也怕自己的不舍会让艾塔难过，扰乱艾塔的决定。也许对离别如此地回避，是现在最后的保持尊严的方式，"他必须走，他的世界需要他去拯救！不死即归，他该走了……"理性的声音以安静和理解的姿态，一遍一遍地告诉小东自己现在不容回避的现实，表达小东对艾塔真诚的友谊，最被需要的就是理解。

隐约闪烁在门缝中的最后一丝光亮，行将随着房门关闭的行程，在房门合紧之后在艾塔的脸颊上完全熄灭……艾塔突然叫住小东，说："等等，急也不急着一会儿，我们过完剩下的长假，我再走也不迟。"

瞬间门缝中的光亮迅速扩散，小东冲进房间，双手紧紧地抱住艾塔，久久的没有松开……

剩下的日子，在小东和艾塔的无限欢笑中进行着。没有爸爸妈妈的管束，这种欢笑进行得比过往更加肆意，虽然小东和艾塔每天大部分时间都泡在电脑上，但小东并没有玩游戏，而是和艾塔分享各种国内外影视大片，不管是自己曾经看过的还是没看过的，小东试图分享着自己所知对人类世界一切美好的记忆，然而时间有限，空间有限……电影就成了展示人类文明最好的途径，艾塔从人类的电影中，看见了人类对生命的赞美，对智慧的歌颂，更重要的是，艾塔从中看见了人类善良而纯洁的本意，虽然这些本意在日常生活中，每每总被人类世俗的功利所淹没。

有时候，他们会去家附近的小山上注视星空，在山顶，夜空中难以计数的星星周密而仔细地排列着，在一轮光辉满月的辉映下，漫天星辰呈现淡蓝色的光晕，微微亮起，点染着附近深邃的黑夜。星空的浩瀚无边，仿佛可以容纳下时间里所有经过的痕迹，甚至可以凝固住时光的脚步，使世人停下所有世俗中的心绪，除了仰望和叹服。星空无疑是深邃和神秘的。

小东和艾塔就在这片星空下窃窃私语，用眼神和心灵说话，只需简单的语言，细微的声音，彼此即可瞬间懂得。小东听艾塔说，其实每个星星都是另一个太阳一般的恒星。因为它们或远或近，或明亮或暗淡，每一颗明亮的星星旁边，都会有着更多的星球围绕着它们，就像地球和太阳系的其他星球围绕着太阳一样，说不定在无数星辰中，也有着类似地球的行星，有着自己美丽而独特的自然风貌，或是高山耸立，或是海水无边……

于是小东在心中立刻有了更深一层的想法，在广阔无垠的宇宙中，拥有那么多和我们地球所在的太阳系相似的星系，或许此时此刻，在自己所注视着的星星的地方，在遥远的星空中，也有着某个外星球的孩子，此时正和自己一样，在仰望着星空，而外星孩子望去的那个方位，也许就正是太阳系自己所在的位置。那是一种多么遥远而富于诗意的相视，如此说来世间的一切原来真的那么妙不可言。

艾塔双手抱着自己的后脑勺仰望着星空，变得和星空般宁静的他，沉默的一言不发，在艾塔眼中的星空是令人忧虑的，毕竟在恐龙世界灭世的危机就要从这片看似浪漫璀璨的星空中降下，另外，艾塔之前遭遇的外星人根据人类的记载也来自于这片未知的星空，太多未知未解的事情都和眼前这片瑰丽而浩瀚的星空联系在了一起。艾塔想到这里不禁开始担心起来，广阔的宇宙，对地球来说，究竟是祸是福？与整个星空相比自己是多么的渺小，是比沙粒微尘更加渺小的存在，而自己到底又能做什么呢。

有时候，月朗星稀，大人们都熟睡的时候，艾塔和小东还会爬到楼顶的阳台上俯瞰城市的夜景，甚至有时当秋天的红枫飘落在屋顶，层层叠叠地擦在一起，小东和艾塔亦会每人拾起一叶，数着一二三，在明月的注视下，一齐将它们重新放飞在无边而宁静的夜空中，看着枫叶离去的轨迹，凝视着两片枫叶飘落的方向，幻象着各自心中的未来，那属于奢望的重逢或者再次相遇，如同这两叶红枫再次的偶遇相叠。只是他们谁也没有向彼此说出来，怕是自己冲动地脱口而出，破坏了当下唯美安宁的环境。

偶尔艾塔也不忘帮小东补习功课，用自己生动的语言教小东数学方面的知识，小东听得分外认真，不是他突然对数学感兴趣了，小东知道这样的时光不会太多，现在每一分每一秒都将成为之后眷念时的慰藉和素材。回忆原来就是这样一种东西，在进行时永远都不会感到缺憾，而当只剩下回忆时，若是想起的，无法全部被美好所包围，那么剩下的遗憾必然是孤独和冷清。好在现在，一切一切的美好都在欢笑中进行，除了墙上记载着冷漠数字的日历和屡屡响起的钟声。

但是，就像那些庸俗的诗歌里经常描绘的那样，美好的时光总是短暂的……转眼就到了艾塔和小东说再见的日子。

这个清晨的早上，小东已经预感到艾塔就要走了，他依旧固执的躺在床上装作没睡醒，仅是装作……一个"不完美的诚实"罢了，他紧闭着眼睛，不想亲眼看见艾塔的离去，无论理性怎么劝说自己，小东在心里就不想接受艾塔将要离去的事实。

艾塔知道小东在装睡，但还是故意叫醒了小东，轻声告诉小东，自己要走了，"该死，他的语气说的竟然是如此平静，仿佛只是要临时出门，去一趟博物馆，或者去听一次彭教授的课程……"然而事实并非如此，小东心知肚明。

艾塔请求小东目送自己离开，小东还是不想面对这样冰冷的结局，依旧进行着拙劣的表演，在床上装作熟睡，以为这样就能躲过一切，以为这样就可以晚一点面对现实，直到艾塔的加重的声音传来。

"记得我教过你什么吗？对，要勇敢，要勇敢地面对现实。现在我就要走了，不管你愿不愿意，这都是将要发生的事情，但是我想在走的时候有你的注视，你的陪伴，我希望在人类世界的最后一瞬间，仍然能够注视着你，你还能像往常送别我出门那样，笔直地站着，天真无邪地笑着，向我说再见……小东，你知道吗？你是我最好的人类朋友，不，我一生最好的朋友，请陪我度过人类世界的最后一点时光，就像我尽力地留下来陪伴你一样，可以吗？你能为我勇敢起来一次吗，我知道你是个勇敢的人，你在观鸟岛上的勇敢就曾经拯救了我们大家，现在你一定也可以勇敢地面对现实，去接受它，好吗，既然它必须要发生，那么为何不欢笑着坦然面对呢？"

小东揪起的心如同身后握紧的小拳头，良久才慢慢地松开，他下床，稍稍整理了下衣服，尽量让自己变得体面和干净一些，这竟然用了很长的时间，小东转过头朝向艾塔，语气终于有了少许的镇定，说："我好了，我会注视你离去的，就像你说的那样勇敢一次，你不许哭！更不许嘲笑我哭。"好像又再此时想起了什么，对，就像是离别前的赠礼，小东觉得自己应该给艾塔留下点什么……人类的礼物……小东从抽屉的最底层翻出一块古铜色的铜质幸运币交给艾塔说，语气里却重新有了欣慰的声色："这是我玩了很长时间网络游戏，赢了很多场比赛才换回的礼物，虽然不贵重，但是这也算是我所有幸运的总和，你拿着，说不定，它可能也会穿越时空，把我的好运传递给你的。你现在最需要的就是好运了对吗？我最好的朋友！"

艾塔接过小东的铜质幸运币，这枚幸运币引起了自己的好奇，他将幸运币放在光线下翻转，品味，艾塔所知的他们的世界绝大多数的铜制品颜色均是赤红色乃至于紫色，但无论如何恐龙人世界的金属是何种颜色，它们都必然是色彩夺目的，铜制品当然不会例外，而眼前小东赠与的这枚铜质幸运币，除了金属本身的金黄色泽，还蕴藏着的暗淡的棕红色，而红黄两种色彩融为一体的金属，在艾塔的世界中甚为罕有，艾塔现在已经来不及知道，这枚纪念币是用青铜做成的，即使是它的名字，都可以让人类感到迷惑，其实青铜做出来的时候并非绿色，而是接近红土的颜色，只是因为埋在土里一点一点生锈变成绿色……恐龙人的世界里没有这种合金的存在，他们自然也不会知道，这种铜与锡的合金，曾是人类文明史上的巨大飞越……不管青铜材质在人类的历史中书写过怎样波澜壮阔的故事，不管这枚幸运币上的图案有多么的浮夸和幼稚，甚至有些虚伪为矫揉造作——游戏主办方打造这枚游戏主题铜质幸运币，其实也是有刻意的仿古的用意。只是那跃然于金属表面的那个3的数符，却提示了艾塔，这是小东获得第三名的见证和奖励，艾塔知道这神奇的东西对于小东的价值，对于从来没有获得过任何奖状的小东，这个铜质幸运币可能是小东人生第一次受到的来自他人对自己成绩的认可和表彰，虽然这个事实放在平日里，或者别的孩子身上是多么的可笑……艾塔凝视着小东，缓慢地点点头，两人四目相视了好久，直到一个会意的笑容同时显现在两人的脸上……

　　"是时候了，如果再不走，那么心中翻腾的不舍和想念一定会，一定会让我做出错误的决定，那么我最好的朋友，"理智的思绪将艾塔带回了残酷的现实，"再见了……"艾塔的双手拉开时光引爆器的引线，瞬间在房间里出现一白一黑，两个悬空并立的微小球体，它们相隔着一定的间隙，开始了彼此间相互的加速环绕运动，越转越快，越转越快。尘埃，空气，乃至光线开始一点一点的扭曲，微小球体相互旋转所经过的路径，如同是被划过的水面，世界被扭曲得如同球体相互环绕运动时，在水面震颤而成的涟漪，黑白两色的两条交互环绕运动轨迹，世界和时间的光晕被弯曲收缩震荡，于是在小东的房间展开了一副生动而可感的太极图，直至最终两个微小的球体融会在了一起，成为一个极亮的白色光点，如同是一个迷你的小太阳，它是那么的耀眼，即使微小，却无人能够忽视它的存在，它悬置在离地33厘米的空中，上下左右的窜动，但摆动的幅度却显示，它正试图稳定，慢慢的，等到这个白色光点一动不动的静止在空中时，亮度急剧增加，同样增加的还有它的球形体尺寸，当这种刺眼的白光累积到了一定的程度，白光变成了白炽，它开始吞噬起了周围的光线，直至它的颜色随着温度的增加，渐渐的加深，融汇成了更为巨大的金色光球体，大到足以包裹起艾塔……然而无论是白色，还是金色，光线的颜色仅仅薄薄的存在于球体的弧面边缘，如同一层金箔，而明光勾勒的却是无尽的漆黑，旋转着的黑色球体，那是种会让黑夜感到胆寒的黑色，但这才是球体谜一般的实质，和宇宙中谜一般的黑洞结构相同，如此这般无比暗黑的漩涡，谁又会确切地知道彼端的世界又是什么？

　　"地狱！"小东此时终于从震惊和悲伤中回过神来，他本能的觉得眼前这前所未见的旋转黑色球体，总使他的直觉产生最坏的预感，但他的想法并非毫无根据，如果世界末日真的不能被阻止，那么艾塔的世界很快就会变成人间地狱，这还有个前提，前提就是黑洞能够安全的将艾塔送回恐龙人的世界，但是小东怎么也无法相信眼前这团黑漆漆的影子……然而他艰难地忍住了，小东什么也没有说出口，因为他知道说什么也没有用。"不死即归"他不想成为他的负担，他亦有此愿……所以小东宁愿眼睁睁地看着艾塔被黑洞所包裹，忍住一切想说的，想哭的，想请求的……艰难而令人疲惫的心理斗争，使得小东再也无法做出更多的表情，呆立在那里已是最好的表现，直至之后，他硬生生地挥舞着再见的手势，这个生硬的动作小东曾在学校夹道欢迎领导时，被要求反复的练习，无奈和僵硬是小东留给这个动作的最后映像，然而这次则很是不同，当悲伤逐渐侵占了心灵的每一个角落，在被悲伤的情绪完整的席卷之前，小东的礼貌以及尊严迫使自己在完全沉沦前做些什么，如同这僵硬的挥手，当这个念头完成，便不用更多的心力去理会，感谢那次无奈的排练，感谢曾经无聊的练习，这个僵硬的动作即将成为小东送别的最终仪式，之后，配合这一仪式的，还有小东嘴角坚强的上扬，脸上被强行挤出的笑容，断线的泪珠，以及滴落在地板的悲怆回响。

光晕中的艾塔带着浅浅的微笑，长久的凝视着小东，甚至不再眨眼，不再呼吸，艾塔的笑意如此的温情，温情中流露着满意和肯定，然而他的眼神里却写满了别的东西，不舍和留恋，悲伤和叹息，两种故事同时被艾塔生动的表情一齐讲述时，小东却觉得自己对此又恨又喜……当金色的光圈蕴含着无尽的漆黑最终包裹艾塔之后，边缘开始流动交替闪现着金色以及亮白色的光耀，两种色彩相互交织，如同是圣洁的白银和神圣的黄金在漆黑的夜里升空为繁星……此后，又逐渐收缩，震颤，模糊，幻灭……而艾塔的身形也一点一点地跟着消逝。

当悲伤的心绪占据了自己全部的理智，小东有种不顾一切的冲动，他想疾步向前试图拉住艾塔的手，却发现自己只能握住了艾塔身体的光影，除了光影，空气……其余什么也碰不到，但是小东依旧不依不饶，不愿放弃，他一次一次的努力尝试着，一次一次的重复着愚蠢的动作……艾塔眼角跟着流落出眼泪，终于小东再也无能为力，他只有放声大哭，泪水是他最后的办法，最后的安慰……

"再见了，我的朋友，我也没有什么好叮嘱你的，但是我还是想忍不住多一句嘴，你明天上学可别迟到。"艾塔柔声对小东说，如同这是他日常重复的句子，艾塔竟说的如此淡然从容……虽然他愈渐模糊的表情显然对此事定会有另一番说辞——沾染上泪珠的伤感告别词，但是艾塔依旧顽固地觉得他应该对于小东的勇敢，直面诀别的勇气做出积极的回应，勇敢将会是自己的馈赠，而自己现在就是最后，最好的榜样，一切终结的时刻，需要完美的谢幕才是……

"又是恐龙人该死的倔强。"小东听完，心知肚明，对此的熟稔使他不禁扑哧一声笑出声来，随之心情却意外地得到了片刻放松，"都什么时候了，临别前就说这些。"然而眼泪却丝毫没有停下的意思，甚至变得更加汹涌，眼前的世界已经变成了悲伤的海洋，但艾塔的话，却意外的刺激到了小东倔强地内心，压抑已极的情绪，终于在此刻爆发，不顾一切的小东，对着艾塔的"幻影"，对着稀薄的空气，嘶声力竭的嘶吼着：

"明天……明天我上学不会迟到的，明天……明天我会更加努力学习的，明天……明天我会尽量避免'不完美的诚实'，明天……明天，我会更加坚强勇敢的！艾塔，你一路平安，一定要拯救你们的世界！不死即归，其实这里也是你的家……艾塔，再见了。"

"再见了，艾塔……"泣不成声的小东趴在地上反复地说着这句意义的话，然而这句话却代表了当下的全部……清冷的空气，带来了冷清的晨光，喻示着一切已经结束，艾塔已经消失得无影无踪，艾塔真的走了，留下小东一人重新学着面对生活。

"笨蛋，还答应我，走的时候要勇敢，不许哭呢，还不是哭了，我才不要像你一样说到做不到呢，我说的明天我一定会做到的，才不像你一样呢，笨蛋！笨蛋！"说着，小东用紧握着的小拳头狠狠地砸向了地板，"砰"的一声混合着小东的抽泣和地板发出的生冷回应，在这看似普通的早晨响起……

二十二、回归恐龙人的世界

6500万年前，恐龙纪元，深秋

当睁开眼时，不再是沧海桑田无尽变幻的模糊形影，当光线一点一点的在眼前凝结而清晰，当撕心裂肺的疼痛感从自己每一个细胞中，一股脑的通过神经传递给了大脑，身体承受的灼热感，如同眼前炙热的灯光……艾塔再次睁开眼睛的时候，直觉告诉自己，似乎又回到了时空旅行的起点——恐龙世界凝月城科学都市的密室，谢天谢地……

眼睛已经适应了模糊旋转的光影，以及在其周围深邃的黑暗，当艾塔清醒，密室里炫目的明光让他的眼睛不住的流泪，眨眼，除此之外身体每一寸肌肉，每一个关节处传来的剧烈灼热感带来了难以忍受的疼痛，然而即使这样，艾塔也无法发出任何呻吟或是哀嚎，不是因为勇敢，而是全身都无法动弹……活像一个巨大的布偶，只会眨眼睛流泪的玩具，好在意识和身体都在逐渐清晰……

两个恐龙人带着自己熟悉的脚步声，快速向自己走来，做出搀扶的动作，艾塔努力试着微微抬起的脑袋，终于在视野挣扎的余光中确定，那是大智圣者和"噬龙者"大师。"看见同伴的感觉真好……"终于艾塔确信了自己安全到达。"噬龙者"大师用有力而粗糙的手将艾塔抬到了靠近墙壁的位置，使得艾塔可以背靠墙壁坐起身，这让艾塔感觉到了呼吸的顺畅，大智胜者则将冰蓝色的液体滴入艾塔的口中，很快，艾塔重新感觉自己被瞬间拼凑了回去，所有细胞重新成为了一体……疼痛和麻木消失得很快。

时空的异动触发了警报，"噬龙者"大师和大智胜者得以有所准备，他们一直在这里等待自己的归来，密室已经恢复了原来的样子，似乎大法官并没有做出更多过激的行动，毕竟大法官之前阻止艾塔的行为完全是自己和国王的擅自行动，没有得到恐龙人王国议政院的授权，也就是说不能代表全体恐龙人的意愿。

自然大法官不傻，木已成舟的时候选择了大事化小，小事化了。而"噬龙者"大师和大智圣者深知目前局势复杂，危机重重也没有公开控诉大法官的恶行，在末日来临的时刻，谁都不会失去理智到将精力放在控诉和伸张正义上，至少正常人大多会这么想。毕竟这个时候，整个恐龙人世界的存亡才是他们关心的重点，如果世界都不复存在了，那么华丽的正义又有何用？同理可证，权力也是一样的，然而一些人并不了解，他们活在权力编织起的美丽幻境中，偏执地认为那就是一切……

"噬龙者"大师扶起瘫软在地的艾塔，带着对老派军人来说难得的安慰和关切地语气问道："怎么样，你还好吗？不死即归，你做到了！其他的等你恢复以后慢慢说！""噬龙者"大师的声音总是有种背台词的感觉，特别是说到动情的话，他的声音如同他的表情，很难给人以自然的感觉，生硬是第一观感，而其中藏匿着的羞涩随之而来……看来自己离开的时间里"噬龙者"大师还是老样子，即使如此，生硬的关怀还是始料未及的带来了安慰，自己离开太久了，"不死即归！我……做到了"这是一件多么让人欣慰的事情。

放松带来了松弛的感觉，当紧张的精疲力竭的艾塔松开了自己紧握成拳头的手，从三根细长手指间不太紧密的缝隙，能量石英晶体显露了自己的冰山一角，它闪烁着难以掩饰的迷人光芒，反射在"噬龙者"大师和大智圣者的眼睛里，那就是拯救世界的希望。

尽管自己身体虚弱。大智圣者却在此时跟跄的冲到自己的身边，摇摇欲坠的如同跌入艾塔的怀抱，但他的手依旧灵巧，这是他身体上不多的，没有随着岁月老去的地方，在自己衰老的身躯跌向艾塔的一瞬，他看似不经意却悄无声息地用手遮住了艾塔的手中的能量石英晶体。

"你们快点离开这里，这里恐怕有大法官的眼线，得知音讯以后大法官应该马上就会来！你们快走，快……就现在！"经管自己还狼狈地趴在艾塔的身上，无力起身，但这却提供了一个隐秘的机会，使得只有他们三个人才能知晓这段耳语的内容。

甚至艾塔并没有听明白大智圣者试图在说些什么，然而只有……离得足够近，大智胜者才发现，在艾塔另一只手里，同样有着"异样"的光泽。

大智胜者立即注意到了纪念币的存在，就是博学的他也没见过青铜制品，显得暗淡的金属表面是恐龙人世界从未有过的金属颜色，恐龙人近乎偏执的喜好鲜艳的颜色，特别是金属，无论是自然为之，还是人为所成，出于对光泽和艳丽程度毫无道理的疯狂追求，他们理所当然的认为金属就应该是那样。反正恐龙人世界里的金属都是光彩熠熠，散射金光或银辉，暗淡的棕红色金属他们闻所未闻，想所未想，这种对色彩的痴迷，或许在现代的鸟类身上，种类繁多的靓丽羽毛上有所体现。毕竟鸟和恐龙人同宗，或许根植在基因里的东西，不是说改就能改变的……

"这个'红金'是什么？"大智胜者局促的低声耳语，被紧张涨红的脸，顿时使得他原本苍白的皮肤间，突兀的出现了和自己所说"红金"类似的色泽，而此刻青铜在恐龙人世界里有了全新的名称。

"纪念品"艾塔同样小心谨慎的轻语道，尽管可以开口，但声音虚弱，况且大智胜者压低的声音一定有所顾虑，甚至艾塔之后一度用连续的咳嗽掩盖自己的说话声，他的眼睛则用余光扫视身边的其他恐龙人，这些面孔有些熟悉，有些生疏，但是除了大智胜者和"噬龙者"大师，他谁也不信任，这些恐龙人都在注视着自己，或是投以好奇的眼光，或是激动的神情，或是关心，或是疑虑……他们眼神各异，则内心的世界更是繁复的难以估摸……

所有人的眼神都停留在艾塔身上，虽然除了大智胜者和"噬龙者"大师，其他人所处的位置并没有离艾塔很近，一些人值守在密室的尖端电脑前，一些人走动在过道中，一些人把手着重要位置，但是此刻他们都停下了工作，将所有的目光注视在自己身上，这让艾塔觉得有些不安，密室内的沉默始终有种随时爆发的压抑感。

大智胜者得到了艾塔的答复，便没有再说什么，转而陷入了和密室氛围相似的沉默，所有人都在等待着，等待着……压抑中的沉默如同是湍急的水流，好奇心，求生欲则是另外几处汇集而来的水流，而耐心则是挡在它们去路前的唯一一座脆弱的土质大坝……直至沉默终将爆发的那一刻，大智胜者竟一把抢下艾塔手上的青铜幸运币，对此艾塔完全没有预料到，更加没有防备，他只看见了大智胜者的侧脸密布汗珠，在密室这样幽冷的环境中，这是完全没有理由的，而大智胜者的眼角亦在猛烈的抽搐……大智胜者艰难地站起来，高举着小东赠与艾塔的青铜纪念币，全然没有了往日的稳重矜持，一副欣喜若狂的表情肆无忌惮地挂在了脸上，歇斯底里的兴奋使得他的声音就像是在尖叫，恐龙人女孩子一般的尖叫……

"拿到了，拿到了！拯救世界的东西果真存在着，正是这块圆形的红金！"大智胜者从来没有说过谎，这是整个恐龙人世界众所周知的事情，况且是这群熟悉他，日夜追随他的科学家或者卫士，所以他说出的话无疑是令人心悦诚服的，大智胜者将"红金"高高举起，在灯光的作用下，暗红色彩的光芒照在恐龙人的脸上，这谁也没有见过的人类金属对他们而言如同神明的亲临……欢呼，拥抱，尖叫，跳跃庆祝的声音震耳欲聋。

当大多数人还沉浸在希望带来的无比欢乐中时，趁着这个间隙，"噬龙者"大师扶着艾塔从不起眼的消防用检修通道，很快地离开了密室，在没人发现的情况下，到达了建筑物的顶端停机坪，坐上假装成急救用途飞行器，这是"噬龙者"大师细心安排的不时之需，他们以最快的速度离开了凝月城科学都市，朝着大陆中心国都的位置全速飞行，他们的目的地是恐龙人世界的权力核心——议政院。

"咣"的一声，密室的大门惊悚的发出被猛烈撞击的声音，这个熟悉的声音再次响起，大智胜者立刻在心中计数起"1"，他当然意识到了发生了什么，这和几个月前的破门而至并没有很大的区别，那么这么说来，主使人也定然是同一个人，如此说来，是不是自己稍后应该当面向大法官大人转达自己的谢意，谢谢他过去的时间里，没有进行骚扰。能有这样的闲情逸致，他庆幸自己多出的心眼，当然也在遗憾这个心眼现在真的派上用场了，恐龙人对权力的执着也真的是超越生死的……

一些侥幸在混乱中聚集在大智胜者身边的白衣武士，询问大智胜者要不要组织誓死的抵抗，被大智胜者以"圆形红金"的安全为重，否决了。实际上虽然在上次破门事件后，凝月城科学都市增加了白衣武士保卫科学家和设施不被坏人利用，但是身处在精密仪器之间的这些武士，并无法携带射击武器，他们的本领是来自于恐龙人的古老武术或者说徒手猎杀的艺术。但这一次，为了拯救世界的钥匙——这至高无上的权力，所有人生存的权力，大法官一定带来了比上次更多的全副武装士兵，这样悬殊的对比只能带来白白地牺牲，胜负已定之时大智胜者一度有些懊恼为什么他向恐龙人议政院，申请调配来的全副武装的卫城部队，并没有能够阻止大法官及其手下的到来，甚至连预警都没有发出……直到他猛然想起，自己前些日子，在人手不够的情况下，将这支守城部队差遣至南极大陆，参与物资运输……另一方面，由于自己的悉心安排，现在的确胜负已定……

当大智胜者数到第23下时，他苍老的脸上甚至露出了孩童般顽皮的笑容，这次用了23下才撞开，"果然我研究的新型金属坚固性提高了不少。"仅在这个念头闪过之后，大智胜者又回复了安定镇静的神态，手上的幸运币，他称之为"红金"的东西再次成为他视线的焦点……大门洞开时，早已急不可耐的大法官带着大队人马冲进密室，蛮横地抢走了大智圣者手中的青铜幸运币，这正是他刚刚宣布为拯救世界的钥匙的东西，大智圣者为了这一切看起来更加真实一些，甚至还在士兵抢夺铜质幸运币的时候死活不放手，任由士兵粗鲁地将拳头砸在他的身上，幸好大智胜者位高权重，没人会擅自下重手将他打死，权力此时变成了他的护身符。

不过毫无悬念的，他年老体弱的身体，使得他的抵抗在强壮的士兵面前无法坚持的太久，他蜷起身守护的的东西，还是被大法官的士兵蛮横的抢夺走……大法官仔细端详着士兵抢来的青铜幸运币，一阵狂喜战栗的感觉袭过全身，无比的兴奋使他狭长的脸颊上看上去就像一根可笑的胡萝卜。大法官有理由相信这一定是真的，幸运币上面的文字图像确实不像自己世界里面的东西，再加自己早已得知情报，带领士兵在密室之外埋伏很久，而艾塔回来的事实也刚刚发生，似乎这些迂腐而"正直"的科学家没有更多的时间做假，更重要的是自己安插在密室内的眼线提供了确切的信报，甚至这异世界的东西还有了全新的名字——"红金"……

当欲望全方位地降临，贪婪混入兴奋的情绪，一步一步的侵蚀理智，他更加愿意去相信，眼前这个青铜幸运币就是传说中拯救恐龙世界拥有无限能量的圣物，而现在只有自己才拥有这样的力量，世界的命运现在仅握在自己手中。

如同是事先多次的演练，并不等大法官的命令，他手下的士兵已经将大智圣者和在场的其他恐龙人驱赶到墙的一角，用炮击长矛指着他们，威胁他们不要轻举妄动，密室的中央只有大法官一人独自享受着战利品带来的喜悦，陪伴他的还有闪烁灯光下被拖得长长的贪婪背影。

一切都经过了事先精心的准备和反复的演练，当密室内的秩序被以胁迫的方式重新稳定，大法官独自走向了密室中央的总控制台，而他负责技术部分的手下，在之前已将密室中恐龙人世界最精密的超级电脑，调试到了负责向所有恐龙人强制发布神经元网络公告的即时通信系统上，通过这个系统，画面和声音将直接接传送至所有恐龙人的脑海中，这原本是为了世界末日灾难发生时，避难或预警准备的。事实上这个位于凝月城科学都市的中心的密室里，汇聚了恐龙人世界最顶尖的科学家以及最前沿的科技成果，在灾难来临的时刻，这里将作为恐龙人世界调配科技力量的控制室，之所以秘而不宣，就是因为密室独一无二的重要性带来的安防的必要，为了防止恐怖分子和宗教狂热者的破坏，密室的位置仅有极少数的当权者以及科研参与者知晓。

恐龙人世界一度将恐怖分子和宗教狂热者作为主要敌人，和严密防范对象，因为他们实在过于顽固和危险，不同于正常人，恐龙人世界的宗教狂热者认为世界末日是上苍的终极宣判，而他们会因信奉死神为唯一的真神，他们的灵魂将在地狱中永享天堂般的生活，虽然他们在现实生活中处境糟糕，但是自己作为真神虔诚的信徒，神对他们的许诺甚好，如果自己的信仰并没有错，那么唯一的可能就是这个世界错了……为此这群疯狂的宗教狂热者成为恐怖分子，他们在末日来临的时刻欣喜若狂，天上的小行星对他们而言就是真神对他们许下的诺言，所以他们不惜一切破坏任何拯救世界的可能，甚至于自杀性的攻击，每当得手，他们会在现场留下浸润过火山岩浆的黑金蚂蚁……这也是为什么大智胜者不惜将月凝城装备精良的卫城部队派往南极的原因。然而将秘密交托于权力去保管，现在看来真的是大错特错了，权力的迷信甚至比宗教的狂热更加危险，被道德礼仪包裹起的欲望，可能更加具有欺骗性。

"现在，该是世界知道谁才是主宰的时刻了。"如同命运在召唤自己，当野心即将实现的时刻，大法官甚至有种被命运眷顾的感觉，或者准确地说是错觉？此刻大法官的随从安顿好了神经元网络信号摄像机，话筒以及灯光，直播的拍摄即将开始，胜利正在倒计时……满以为自己胜券在握，大法官甚至不忘在开始前预先整理下自己紫色的长袍，梳理一下脑后的羽毛，这些多余的动作，并没有使得他的形象产生多大的改善，充其量多了一点时间，给自己兴奋狂躁的内心，带来一点点此时急需的平静和理智。

大法官面带着无法掩饰的骄傲，他那肆意而狂妄的笑容，使得他狭长的脸颊上被生硬地拉扯起一道长长裂纹，他的吻部实在是太长了，以至于因笑容咧开的嘴上扬成一个诡异的弧度，受此牵连，他脸上的皱褶变得更加明晰，而欲望燃烧出的贪念在他细长而狭小的眼眸中熊熊燃烧……这已经是大法官尽量压抑之后的表现了，通过心灵感受器这样的画面被强制的发送至世界的每一个角落，不加选择地还原在了每一个恐龙人的脑海中，当一切进行顺利，大法官开始了向全体恐龙人发表通告：

"亲爱的恐龙人同胞们，你们好，很抱歉打断大家现在的工作，不过接下来的消息，我相信对每一个人都很重要，今天我郑重地告诉大家，通过我不懈的努力，排除王国内部各种保守势力的种种干扰，我们已经成功地找到拯救恐龙人世界的圣物——'开启未来的钥匙'，现在，这个东西就在我手中。"

镜头画面随即转向了青铜幸运币，一束追光射来，想必是大法官的幕僚为了增加说服的效果，这一举动使得青铜幸运币上的人类人像浮雕分外生动，而青铜本身沉淀的色泽，是恐龙人世界前所未见的。

更令世人迷惑的是，这块"红金"圆形的外观甚至还酷似恐龙人百姓使用的钥匙，人类的钥匙用齿状的不同排列配对区分每一把锁，而恐龙人平民的钥匙却无比巧合的类似于人类的银币，这些圆形的钥匙靠着两面凸起凹陷的纹路配对区分唯一的锁，然而那只是贫民恐龙人"享有"的开锁权力，稍有身份或财富的恐龙人对此并不熟悉，他们早就用上了虹膜识别的门禁系统，所以此前竟没人想起青铜幸运币，和恐龙人世界落后的钥匙竟也如此的相近。

可想而知，当青铜幸运币闪烁着对恐龙人来说谜一般的红金光泽，雕刻着异世界的图像和文字，以接近于古老钥匙一般的形状出现时，带给全世界恐龙人的震撼除非亲历否则真的很难说清楚。如同是一群沙漠中迷途的路人，奄奄一息的最后时刻，将死未死的弥留之际，忽然看见了空中鸟儿叼来的绿枝，象征着延续生命的水源就在不远的地方，除了极个别清醒理智的人，谁又会去在意叼来绿枝的鸟儿到底是白鸽还是乌鸦呢，是悲悯还是陷阱呢？没人理会那么多，末日降临之际，对于大多数恐龙人来说，任何希望都会是遥不可及的奢侈品，然而一旦触碰，除非在它完全破碎之前，便再也无法放下……

演讲产生了效果，或者确切地说大法官手中的"红金"产生了催眠般的魔法，虽然指挥台中球体影像器的读数大法官并不全然懂得，但在旁操作系统的幕僚用纤细的手指，在空气中愉快地做出了持续上扬的动作，这清晰地提示大法官，结果一定是令人愉快的，从通信系统传回的数据看，他刚才的演讲产生了很好的效果，超过71%的恐龙人相信了大法官的说辞，尽管究竟在其中有多少人会真正的服从大法官的意志，还需要进一步的探究，但毕竟现在开了一个很好的头，"也许，再多那么一点说服力就可以了。"大法官的上下牙齿紧紧地咬合在了一起，发出令人心烦的尖锐摩擦声，现在一切即将揭晓。"恐龙人就是一群愚蠢的家伙，墙头草！那些可笑正义道德，在生存下去的希望面前什么都不是……现在我只要做出最后一击！一切都是我的……"

一阵刻意的咳嗽声试图解释刚刚发生的沉默，或者是为接下来的话做个开头，大法官的表演，依旧没有结束，除非大局已定，否则他不准备轻易罢休。

"就像大家现在所看到的一样，我们的大统领是无能的，只有我大法官西斯拉才能阻止众神的惩罚降临在我们的世界！所以我在此郑重宣布，我大法官西斯拉……今天，作为大家的拯救者，现在登基成为恐龙王国的国王，在此接受大家的祝福！并且我在这里告诫所有对旧王国不死心的人，现在圣物'开启未来的钥匙'就在我的手上，如果谁胆敢攻击我，那么'红金'的安全就得不到保障，你们就是恐龙人世界的罪人！恐龙人世界的未来将会葬送在你们的无知中……"

国王在宫殿中，得到了这一消息，气得几乎要从宝座上跳了起来，然而那庞大而衰老的身体深感无力，没能真的让他的肥硕身躯离开地面，但是，愤怒和被嘲弄的情绪，此时已经无法抑制，他紧握的拳头甚至将自己手指上，原本心爱的戒指压得粉碎，他暴跳如雷地咆哮着："西斯拉你这个骗子，骗子，这个该死的骗子！"没人欺骗过他，从来没有，至少国王这么认为，这成为了他愤怒产生的第一个原因，即使是一些人善意的欺骗，或者精心伪装后的欺骗的确也曾发生过，但是从来没有人会告诉国王真相，从来没人会在国王面前揭穿谎言，有的只是用一个谎言掩盖另一个，而这一次不同……

二十三、“不死即归”的誓言

　　“……事情就是这样的，那个叛徒西斯拉拿到的，根本不是我千辛万苦找到传说中的‘开启未来的钥匙’，而是我的人类好朋友陈小东，小东……在我临走前送给我在人类世界的留恋，在人类世界发生的事情就是这样，那不是我们的未来，而是平行宇宙中的另一个时空，我们的未来依旧掌握在我们的手中！”依旧感到有些虚弱的艾塔，在“噬龙者”大师的护卫下进入议政院的秘密会议室内，所幸大智胜者的药水已经使他恢复了大半元气，可以向着掌管恐龙人王国最高权力的九大元老报告了自己在人类世界的一切，这九个恐龙人元老的长相都差不多，或是肥胖，或是粗壮，琥珀色的皮肤，较为圆润的脸形，虚弱但有神的眼睛，或多或少的皱纹，但最主要的区别，体现在他们的羽冠上，要么羽冠整齐，羽毛茂盛，要么则是头顶的一片荒芜，大多数人则都在这两者之间徘徊，但羽冠的颜色则出奇的一致，无一例外的都是刺眼的亮银色，尽管这对于多数恐龙人来说都是后天加工的结果，但这已然成为了恐龙人政治家的标志。

　　九大元老中的绝大多数人依靠着透明“玻璃”做成的长椅背，将身体瘫坐在了皓白光洁的椅子上，椅背之所以呈现玻璃的感觉，并非真的是用玻璃所做，而是全部用钻石打造成的，椅子的材料则是恐龙时代海中巨怪沧龙的整块头骨加工的，即使是世界上最为珍贵的材料，但是坐上去依旧不舒服，至少元老们瘫坐的生硬姿势和脸上不悦的表情似乎说明了些什么，“这椅子一定不会有小东家的沙发舒服”，即使对自己这个想法很有自信，但是艾塔也知道，象征权力的椅子一旦坐上，就很难下来，哪怕椅子本身再难受……

　　如果说恐龙人世界的国王和王室独享了金色，那么恐龙人政治家则“谦虚”的将银色视为自己的象征，而这种“谦虚”也仅仅只是维持在表面上的“尊奉”

　　但就算椅子再奇特，也比不上那张椭圆形的庞大会议桌，这张桌子由纯银打造，外观被打磨的明亮而刺眼，会议桌的台面则是整块屏幕，此刻恐龙人世界的地球如图一颗打开而平铺的恐龙蛋壳，以俯视图的方式呈现在椭圆形的台面上，山川，河流，山脉，大陆，坐着俯视地球的一切，好像是神明亲临……元老们围绕着椭圆形的会议桌依次而坐，左边四个，右边四个，世界就在他们的鼻息下，如同神明俯视人间。为首的元老同时还兼任着大统领的职责，端坐在正前方的唯一座椅上，只有他依然保持着直立而挺拔的坐姿，而即使是他闭目养神时的神态，也很难说不是傲慢。

作为恐龙人世界的最高实权领导人，大统领的魁梧的外形使得他看上去更像一个武士，而非一个成功的政治家，他年近中年，但显得精力十足，甚至很难在他深灰色的裸露脖子上找到皱褶，要知道恐龙人是一群很容易皮肤松弛的家伙，特别是上了年纪的恐龙人，恐龙人老国王则是这方面最好的例证。然而奇怪的是大统领的头上并没有羽毛，不同于人类，脱发可并不是恐龙人经常发生的事情，他光秃秃的脑袋配合强壮的身材，气场十足的气质，这也使得大统领看起来比老国王多了几分干练和笃定。

尽管大统领威严的坐姿，并未随着艾塔的讲述而有所改变，一如往日的处变不惊，但是当一个又一个令人震惊的消息传来，那么这份稳重的笃定也至多只能勉强维持在表面的神态里……在他的记忆里，这象征着整个恐龙人权力中心的椅子从未像今天一样，使他感到难受和不安，他背对着艾塔，闭着眼，只是静心地听完艾塔的陈述，并没有急于发表意见或者打断什么，而他的同僚们可并没有这份笃定，这些老家伙们，总是在瓮声瓮气的小声讨论着什么，时而啧啧惊叹，时而又快快不乐，他们用大小不一的双眼审度着艾塔的每一个表情，他们充满怀疑的眼神，让艾塔感到有些不悦，艾塔听不清，这些元老院的老家伙们具体在讨论着什么，但听得出其中的担忧，焦虑，不安，愤怒，甚至是贪婪……

除了大统领一直沉默不语，其他所有的元老都在不停地向艾塔提问，现场混乱的气氛如同是恐龙人旧城区的交易市场，然而难住艾塔的并不是这些问题本身，而是他总记不准确，这些元老的名字，甚至是他们名前夸张的修辞抬头，虽然"噬龙者"大师一路上已经把这些人的名字名号告诉了艾塔，好像有两个人的名前冠以"智慧"，有两个人的名前冠以了"忠勇"，而被最多使用的则是"仁德"，现在想想都是不可思议的事情，前不久他们现在口中的叛徒大法官"智慧"的西斯拉还是那样亲密的和他们并排坐着，虽然身为国王代言人的大法官在会议桌上并没有发言的权力，却可以聆听整个恐龙人世界最高的机密……

艾塔耐心地回答了元老们的每一个问题，直到再也没有人提出新的问题，片刻的沉默，大统领终于徐徐开口，带着不容动摇的定见，以及圆睁的双目，火红色的瞳仁，显示着不容否定的神色，如同他独一无二的名号"坚毅的"薛烈息，然而他说话的声线依旧平稳，但是声音硬如钢铁。

"这么说，大法官西斯拉就是伪君子，一直假借着国王的旨意在暗中破坏，怪不得今天他那么着急当国王，这事情我想大家都不用商量了，都该明白下面怎么做了吧……艾塔听命，你领近卫军精锐200人，突击大法官所在的密室，解救大智圣者及科学家，生擒叛徒！向国民说明情况，安抚民心！'噬龙者'大师，你跟随艾塔左右务必保证我们的英雄生命安全"。

大统领的声音并不算洪亮，但是他的语气很难让人忽视，对于大统领的结论，其他元老并没有异议，这是件多么愚蠢的事情，在末世来临前，恐龙王国还不得不腾出手处理自己的内患，这样的现实让在场的大多数恐龙人政治家都感到灰心和失望……艾塔干净利落地敬了军礼，立刻和"噬龙者"大师匆匆离开……时间依旧是此刻最刻不容缓而奢侈的事情！

近卫军是整个恐龙人王国装备最精良、训练最有素的部队。艾塔和"噬龙者"大师带领着恐龙人王国最精锐的近卫军部队一路杀进了凝月城科学都市的密室，大法官手下的死士们虽然优秀干练，但依旧不是这帮军事精英的对手，艾塔和"噬龙者"大师连同近卫军破门而入，走投无路大法官慌忙把手中的铜质纪念币举得很高，佯装作要将"圣物"摔碎，一副鱼死网破的样子。这个举动通过心灵感受器的直播把全体恐龙人民众吓得魂不附体！大法官的行为已经够疯狂的了，但谁也没想到恐龙人王国的政治家们的举动会更加鲁莽！混乱和绝望的情绪在全世界的恐龙人心中孳生，并肆无忌惮地蔓延开来，再也没有底线可言，再也没有理智可言，世界都疯了，在末日来临前一切都疯了……

近卫军控制住了密室中跟随着大法官的顽固抵抗者，在"噬龙者"大师作为先锋的带领下，一层又一层把大法官西斯拉以及他那些冥顽不灵的手下们团团围住，并迫使他们退到了墙角，好在现场这次大法官的跟随者没人蠢到开火射击，面对成倍数量的近卫军，不顾一切的开火只会导致全部被灭杀的后果，而艾塔的近卫军也因怕损坏密室内的精密仪器，同样没有开火……

大法官被他的拥护者，簇拥在拥挤的叛乱分子人群中央，背靠着冰冷高耸的墙体，他们已然无路可退，"智慧"的大法官实在是无法理解这样的现实，"明明'红金'就只在我一人手里，明明拯救世界的办法仅我一人独有，明明只有我才能拯救世界，明明……"他实在想不出答案，恐龙人议政院的所作所为根本不像是理智的决定，这一切完全超出了他的理解能力和设想，"但是我还有王牌！疯了，全疯了……"

大法官高举着手中的纪念币，孤注一掷，威胁道："你们不要过来，你们再过来我就把圣物破坏掉，让整个恐龙人世界为我的野心陪葬。"摄像机还在持续的运作，此话一出，所有恐龙人民众的心已经悬到了嗓子眼，谁都知道这一定不会是个玩笑，这个疯子一定做得出来，甚至那些在现场战斗中的双方恐龙人士兵也停止了动作，毕竟在末世面前，还有什么比最后的希望更珍贵和令人担心的呢？

根本就没想多看一眼大法官拙劣的表演，艾塔走向摄像机的前面，看起来他比现场的所有人都轻松，谣言是会不断扩散的毒药，时间越久，中毒就会越深，直至无药可救，然而真相却是唯一的解药，前提是需要在无可救药之前尽快的服下，否则当观念和认知根深蒂固的时候，真相也会被中毒的人视作谎言。艾塔明白全体恐龙人都渴求生存的希望，他也明白此时希望对于所有恐龙人的重要性，这一次，自己要带给所有恐龙人真正的希望……对着全体恐龙人民众，艾塔开始了自己的演说：

"各位亲爱的同胞们，大家好，我是艾塔，此前受命于全体恐龙人的委托，我前去未来世界寻找传说中的'开启未来的钥匙'，经过了种种困难，我终于如愿以偿地找到了传说中的圣物。大家请看！这就是传说中的圣物，是我手中的能量石英晶体，它蕴含了我们祖先的科技和时光岁月的沉淀，如果我们的科研方法得当，我们很可能一举击破小行星！"

如同是振臂高呼的动作，艾塔把能量石英体举得很高，有力，坚决而又充满信心。智能化的摄像机瞬间聚焦了能量石英晶体，但是这个能量石英晶体并不是真品，它只是恐龙人世界一件平凡的饰物匆匆改造而成，真正的能量石英晶体已经被军队严密的保护了起来，谁也不会愚蠢到，让拯救世界的唯一希望在没有发挥作用前，再次置于危险的环境中。

即使是一件略显粗制滥造的赝品，但是作为拯救世界的最后希望，没人愿意在这个时候去怀疑它的真实性！被解救的大智胜者熟练的操作着密室内的仪器，神经元网络通信系统反馈回来的数据是令人乐观的，接近90%的恐龙人相信了艾塔手中的能量石英体才是"开启未来的钥匙"，"恐龙人有时候就是这样的愚蠢和盲目，就算是把能量石英体说成是未来的神像，他们也能有理有据地找出鼻子，眼睛和嘴巴来"。对于比自己"无知"的大多数恐龙人平民，大智胜者有时候真的感到无奈，他如此戏谑地想着。

或许接连着变换样式的"开启未来的钥匙"并不能让人完全的安心，但是艾塔脑后寓意深刻的橙色羽毛，却使得电视机前的民众不由自主地愿意去相信，传说中的救世主真的带着神明赐予的"开启未来的钥匙"降临世间，绝望和疯狂交替着折磨着恐龙人紧绷的神经，当奇迹和希望依旧幸存，那么有什么理由不去欢庆呢？

整个恐龙人世界欢腾了，民众们自发地高喊着"艾塔，艾塔，万岁！"这个声音排山倒海地从地球的南极一直延续到了北极，各种语言，各种俚语，有男有女，有老有少，从内心中发出的呼喊响彻整个恐龙人王国的天空，大地山川为之震撼，而河流大海则为之咆哮。

艾塔不明白自己为什么依然有种想说话的冲动，明明自己已经把事情交代完了，现在是享受同胞礼赞的时刻，但为什么，为什么自己还有话梗在心头，作为精英的战士，自己本不是这样多愁善感的呀？然而心中自内而生的呼喊并没有理会理智的不解，于是冲动不可避免地产生了，即使是冷静的艾塔，也不能幸免……"人们需要知道真相，需要从真相中反省自己，希望不是饮鸩止渴，未来也不可以只是延续今天的得过且过……不可以。"艾塔握成拳的手在颤抖，心中所想，越发让他觉得发自内心的有话要说。

"大法官西斯拉手中拿到的，同样是一把开启未来的钥匙，它深刻地见证了我在另一个时空经历的人世间最纯真的友谊、最真实的情谊、最包容的内心世界和最富有同情心的关切，这些都将会是指引我们文明前进的方向，"红金是友谊和希望的圣物，它在这个无耻叛徒手中是毫无意义的。因为这个人只有对个人权力的迷恋，对贪欲的执着和对良心的泯灭，为此他不惜拿全体恐龙人的未来当作筹码，他不配拥有任何一把开启未来的钥匙！这个贪婪的人和他无耻的内心只能是昨天耻辱的过去！如果我们还有未来，如果我们能够在灾难中不死，那么请诸位坚守我们恐龙人的信条"不死即归"！重新体会自己出生时善良的内心，重新找回自己孩童时珍贵的品德，重新践行这个王国初建时所有善良和美好的设想，回到我们开始的地方，回到美好的本源，不再沉浸于"不诚实"的完美中得过且过，不再用"不完美的诚实"麻痹自己，面对一切，改变一切，用完美的心，纯真的心，前行！若是此次我们还可以践行"不死即归"的誓言，那请诸位让我们历经劫难的未来更加光明。

真的把心中的愤懑说出去时，艾塔觉得整个人都轻松多了，由心而生的话充满着令人感动的说服力，甚至是艾塔本人也很难相信自己能慷慨激昂地说出这么一番演讲……

恐龙人王国的街巷再次跃动起来了，激动的恐龙人们走出街头高喊着："艾塔万岁，小东万岁……未来万岁！"这漫天呼喊的动力来源于恐龙人们内心的沸腾！

毫无选择的，大法官西斯拉终于知道自己再无讨价还价的余地，瘫软地倒在地上，如同是被掏空灵魂的躯壳，他的眼睛从来没有瞪得如此巨大，然而眼神却是空洞无物的，斜侧的头颅无力地坠落在肩头，致使紫色坎肩上繁复的珠链，断裂掉落，直至珍珠接触地面，摔得粉碎，如同是他的野心，现在一切都碎了……没有必要抓住任何东西，再也没有什么能够帮助自己，他手中的纪念币瞬间滑落，却被艾塔敏锐地发现，并没有去理会大法官和垂死之人一样的姿态，艾塔俯身的将纪念币捡起，细致地擦拭着小东纪念币上沾染上的灰尘。

"小东，谢谢你，谢谢你的陪伴，谢谢你，给我的勇气。"此刻，在整个恐龙人狂欢的时刻，不知不觉艾塔的眼眶却悄然湿润了……

人类纪元，深秋

时间一天一天地过去，没有艾塔的存在，小东渐渐学会了一个人重新适应生活，只是在生活中，小东的话语越来越少了，甚至原本和父母之间不多的交谈，也几近于消失，更不用提在学校里与其他同学老师的交流了。然而奇怪的是，小东的学习成绩却一直在不停地进步。这是因为在艾塔离去的日子里，小东学会了用枯燥的学习去麻痹自己对艾塔的思念。在学习时他格外专心，只有高度的认真和专心可以让小东暂时忘却艾塔已经离去的事实，好在作为一个学生，学习是他每天多数时间都要面对的事情。小东甚至不去主动玩网络游戏了，因为游戏中的很多场景都会让小东回想起自己和艾塔经历的生死时刻，而记忆中的那些实景对小东来说又是如此的惊心动魄，刻骨铭心。

但即使是这样，依旧不够，生活中的点点滴滴里依旧会唤醒小东，艾塔存在过的痕迹，所以，一段时间后，小东学会了回避，主动回避自己记忆中和艾塔所经历的分分秒秒，学会了用沉默和逃避掩饰自己，而分散自己思绪最好的办法，则又是努力地学习……好在小东的学习成绩因此节节攀升，爸爸妈妈虽然发觉小东变得越来越不爱讲话，但想到自己的孩子将要经历的青春期可能提前来临，加之学习在往好的方向发展，他们并没有过多地问起。

而学习成绩提高带来的最直观的改变，是小东在学校班级中，受到老师的表扬也越来越多。老师喜欢有上进心的孩子，特别是在自己教导下取得进步的孩子，所有老师大概都会为这样的事情感到鼓舞吧，小东因为学习上的进步，被老师树立为正面典型，这让小东在学校里的日子也变得轻松起来，相比于学习成绩差的时候，经常要看老师的脸色，现在老师对自己更加理解，也更加和颜悦色，在学校的日子比以前好过多了。

即使这样小东依旧在学校里很少说话，他和其他成绩好的学生一样选择把更多的时间放在了读书上，偶尔有空的时候，小东会幻想着艾塔的声音从耳边响起，呼唤着自己去探险，去发现什么……而这时小东的嘴角定会扬起微笑的弧度。

然而回忆是幸福的，又是残忍的，每晚睡觉时分，小东总会幻想着艾塔还在床底下，幻想着艾塔又在问自己那些人类听起来即荒谬又好笑的问题，甚至窗外有狗狗在吠叫的时候，小东还会担心艾塔会不会认为是凶狠的狼又来了，此时，他会不会害怕呢？但每当小东趴在床底下，伸头看去时，空荡荡的现实就会立即提醒小东，自己的担心是多么的多余甚至是孩子气。

有时候做梦的时候，小东还会梦见和艾塔在一起，像过往的曾经那样，游荡在博物馆、动物园，梦境是那么的温馨，甚至梦境中的场景都是温暖的暖色系，只是在梦醒的那一刻，冷冰冰的现实袭来，小东又会一次又一次地感到那种失落的无助之感。

实在不得已，冲动的时候，小东也不甘心和那渐渐远离的昨天道别，而必须适应慢慢失去温度的回忆。小东会在有空的时候重返大学彭教授的课堂内继续旁听，看着故地，听着彭教授已经变得熟悉和安心的声音，慢慢地，小东就会融入这种往昔及其相似的情境中，想象着艾塔仍然还穿着隐身衣蹲坐在课室的台阶上陪伴着自己，曾经熟识的满足和幸福的感觉，又会在那一瞬间重新在心底回荡，升温。

抑或者，那些落叶缤纷的日子，小东会悉心地拾起散落在路边，站台或是屋顶的秋叶，按照艾塔的方式，将其放在手心铺平，用手指轻触叶片枯萎的脉络，使其舒展，然后等待风的降临，迎风放飞，当秋叶重新随风盘旋的那一刻，仿佛自己的心灵也随着秋叶的飞行，飞回了过往幸福开心的时刻。

虽然在秋叶即将从视线中消失的那个时候，小东的理智总会提醒着自己，过去的就让它过去吧，就像这偶遇的秋叶一样，只是在空中划出一道美好的飞行弧度，就再也不会回来了……可是小东虽然理智上这么想的，但内心却多么希望飞出去的秋叶能够重新回到自己的身边……不甘心的他，一遍又一遍地拾起着秋叶，放飞它们，一遍又一遍，逼着自己用理智认清现实。但总又会回到内心感情里近乎偏执的不甘心，一切看上去多么傻，多么无济于事。

日子就这样一天一天地过去，枝头的红叶也经不住岁月的流逝，慢慢地枯萎而不舍地凋零，街上的落叶越积越多。小东重复着对艾塔的想念，放不开，丢不下。但好在随着时光的脚步，期末考试的日期也渐渐临近，这是小东上初中以来第一次较为有把握的大考。经过这半个学期的进步，以及自己为了忘却艾塔而所做的在学习上的努力，小东很想让自己这次的考试成绩一鸣惊人。

"不为别的吧，多多少少也让经常担心自己学习的老爸老妈扬眉吐气一把！这次加油"！虽然小东经常这么想，然而这却仅是一个"近乎完美的诚实"设想，在如此高强度的学习压力下，小东更加没有时间去怀念艾塔，毕竟回忆有时是痛苦而令人焦虑的，如果任由着回忆肆意的蔓延，那么悲伤将会无处不在，而用努力的学习去逃避这种痛苦，可能也是小东现在唯一能做的解脱吧。

二十四、严冬的前夜

6500万年前，恐龙纪元，深秋

恐龙人的世界依旧处于混乱和失序的边缘，虽然成功地扳倒了野心的大法官西斯拉，虽然恐龙人派往异时空的使者艾塔践行了"不死即归"的誓言，虽然这位和传说中的救世主模样相似的年轻人带回了"开启未来的钥匙"，但是该死的小行星依旧在通向地球的轨道上高速行进，众神的惩罚和地球的距离越来越接近，在没有真正阻止这一切之前，没有人能够真正的心安。甚至事到如今，拯救世界的办法还仅仅是块美丽的石英石，这东西要是放在博物馆里，作为一件精美的工艺品，没人会去反对它应该在这里的合理性，但是仅凭它就能拯救世界吗？除非恐龙人世界的科学家拿出令人说服的方案来，否则，示威、暴乱、劫掠、纵火、宗教狂热，恐龙人的世界每天经历着数量疯狂增长的无序失控和人为灾难，混乱盛行。

越来越多的事情，变得无法预测，天上的小行星逼近的速度比设想中还快了14%，而恐龙人社会的动荡不安则大大超乎了所有人的预判，别无选择，大智圣者召集了恐龙人世界的科学精英们，全身心地投入进了对石英晶体的研究，24小时，只要能够睁开眼，他们就不会停下。所有希望存在于这块石英晶体中，科学家们绝不会因为传说或者关于它发生的故事，而轻易地相信它的能量，不过谢天谢地，经过苦心研究，能量石英晶体被确认蕴藏着惊人的能量，换算而来，这比人类的100万颗核武器的能量总和还要巨大，只要能在合适的时间，通过可以控制的引爆装置，瞬间引爆能量石英晶体中的时空超能力，这完全可以给予小行星重创，但是一个答案的揭晓带来了更多的问题，如何将能量石英晶体发射至小行星，以何种方式引爆它，最大可能地利用它的威力，这些都带来了令人棘手的难题，而时间并没有打算给恐龙人喘息的机会。

科学在乎于累积，在每一个前人研究的成果上稳步前进，但是当前进的步伐过于缓慢，缓慢到无法为拯救地球提供必要帮助的时候，科学家们就会急切地寻求技术上的突破，然而科学的突破岂能是一朝一夕的？那么摆在恐龙人科学家眼前的最好方法就是模仿和山寨了。关于这方面，艾塔在人类世界的历险提供了足够的素材……

受到艾塔语言描述中外星人武器和人工智能体武器的启发，恐龙人科学家们意识到了电磁技术和粒子科学作为武器的巨大发展前景，以及它们在科学上本身具有的无限可能；艾塔阐述的人类彭教授关于小鞭炮和手的故事则成为了整个救世计划奠基理论，"一个小鞭炮放在打开的手掌上引爆，最多带来些皮外伤，但是当它被紧握在拳头的中心时，那么此时引爆的话，十根手指都保不住。"当艾塔转述彭教授的话时，艾塔又想起了这位精力旺盛的善良老人，此时有种冲动，很想和小东再去他的课堂，下一次，他好想示以他真面目，当面感谢这位可爱的老人……

集结了恐龙人全世界3万民顶尖的科学家，在孜孜不倦的研究下，科学家们设计了恐龙人版本的超聚能电磁粒子光束炮。仅是图纸上的数据，就让人瞠目结舌于它的体积，这是一个空前巨大的武器装置，仅炮身的地基部分就达到了直径9.7公里，它拥有长约5500米的超长炮管，勉强由13578根超强力航空级别铬制钢筋，牵引至79度的角度指向天空。

一旦建成，好比将人类一座跨江的大桥长度的巨炮，以一个近乎垂直的角度，耸立在天地之间，当它处于攻击姿态，对准苍穹时，它将比恐龙人世界的绝大多数山脉还要巍峨。巨型炮管中端的部分，赤道附近低矮的云层，将超聚能电磁粒子光束炮中间向上的部分紧紧地包裹起来，绵延密布的云层，使得任何地面上的恐龙人，只能够想象着巨大创世火炮的伟岸和无边。即使是作为辅助设施，在地面上密布着的用来从太阳光中吸附磁性和静电的金属板，无论是从数量还是大小来说都是惊人的，这些金属板每个都有着人类游泳池般的尺寸，它们有10万之多，以圆形分布的方式，排列在超聚能电磁粒子光束炮的四方，这足足占据了一个城市市区面积的大小。

恐龙人科学家设计超聚能电磁粒子光束炮的理念，在于最终引爆能量石英晶体中蕴藏的时空能量之前，首先由33米口径的超聚能电磁粒子光束炮，发射出强粒子电磁光束，先行攻击来犯地球的小行星，用强粒子电磁光束所形成的聚能电磁波传导出极高高温，首先燃烧掉小行星坚硬的表层，理论说起来拗口，其实和人类使用电磁炉的原理大致并没有区别。

与此同时强力的电磁光束以100倍音速和大气层接触时，电磁光束将和大气中的荷电粒子发生剧烈摩擦，即使令人惊异的中和反应发生，这将在电磁光束通过的空域中，密集地散布无数的滞空电磁粒子团，这些电磁粒子团本身带有磁场，粒子团彼此间的磁场相互牵引，得以在空中悬浮，它的作用如同是在空中用电磁粒子团作为一个又一个的轨迹点，从而引导出一个由地面至小行星表面的狭长圆柱体形上升螺旋，以此精确地指引能量石英晶体的发射路径，如同无形电磁形成的轨道，用磁场约束并确保能量石英晶体准确击中目标。

最终，超聚能电磁粒子光束炮将进行终极发射，但这次发射的不再是光束，而是载有能量石英晶体炮弹，通过火药和电磁加速的共同作用，将能量石英晶体炮弹发射的速度提升至恐龙人能达到的物理极限，突破大气层和地心引力，由此前电磁光束破坏掉的小行星表层而向内部形成的通道，贯穿至整个小行星的核心，并在到达小行星内部后，引爆出蕴藏在石英晶体中的无限能量，使得小行星从内部被完全摧毁。

简单地说，完成摧毁小行星需要两次发射，一次用微波炉的原理溶解小行星的表面，一次将能量晶体塞进小行星的内部。

这是恐龙人世界目前能想到的最好的办法，但即使是这个方案，本身仍旧存在着上千个设计上待解决的问题，但最大的问题在于恐龙人科学技术的限制，超聚能电磁粒子光束炮存在着相对有限的有效发射距离，大概只有1100公里的距离。这就意味着超聚能电磁粒子光束炮发射的时候，必须是小行星临近地面1100公里的时候，而1100公里又大概是地球大气层和太空的边缘地带，也就是说，到那时，这就意味着小行星差不多已经快要进入大气层的边界，和地球距离近在咫尺。

就算是奇迹般的解决了所有技术上的难题，但艾塔带回的能量石英晶体仅有这么一块，并且即使是按照最乐观的理论估计，光束炮二次发射也需要超过4个小时的冷却和准备时间。

这也就意味着，即使计划一切顺利，超聚能电磁粒子光束炮从小行星近地1100公里的距离发射能量石英晶体，按照小行星的速度，此时小行星最后撞击地面的时间最多也只剩27.5秒，直白点说，拯救恐龙人世界的机会只有一次，仅此一次而已！

越来越多的宗教信徒拥入了恐龙人世界各个主要的城市，向世人兜售着各种版本不同神明的事迹，他们降下这灭世之灾的原因，有的归结于恐龙人的贪婪，有的归结于神灵要遴选追随者，因此宣称要消灭不信的人。有的则直接兜售进入天堂的入场券，这往往又要花费上不菲的代价。但是恐龙人世界的警察和秩序的执行者对此并不理会，这并不是他们不想管束，而是手头的事情实在太多了，一切都乱了套，席卷全球的恐怖活动让军队疲于奔命，而恐龙人警察则要不知疲倦地应对一次又一次的暴乱，在该死的小行星未被消灭之前，整个恐龙人社会依旧笼罩在末日气氛中，如同高温下的炸药仓库，小行星的逼近使得温度越来越炙热，恐龙人面对末日紧绷的神经，则活生生地把自己变成了走动的"炸药"，任何一丝微小的矛盾或是不愉快都会引发及其严重的后果，长期面临死亡的压力，恐龙人不得不频繁地在理性和感性之间做出抉择，而任何不愉快引发的冲动，在如此让人窒息的压力面前，总是让人以意想不到的速度放弃理智。一个月前恐龙人的新闻还在报道，德高望重的老学士路过珠宝店时，竟突发奇想，抢劫了珠宝店，理由竟然是自己一生都没有穿戴过女性恐龙人华丽奢侈的珠宝，他想在死之前，末日降临之前体验一下。一个月后，就算是青少年恐龙人组队强行进入军营，抢劫恐龙人飞行器，居然被抓后还幼稚地说，"世界那么大，我想在世界末日前去看看！"这样的事情就已经不再成为新闻。取而代之的则是数量众多的不明真相的民众哄抢物资，军队擅自自行解散这样耸人听闻的报道，而在此期间，恐龙人世界的恐怖活动始终没有停止过……总体而言，恐龙人的世界正处于暴乱和安全，有序和失控，疯狂和平静之间最最脆弱的平衡点。

　　然而另一方面虽然暴徒的身影开始出现，在一些城市甚至暴徒横行，但是善良的恐龙人总是全体的大多数，末日的临近，这部分恐龙人的时光变得更加闲适，除了科学家和施工者，没有人再去忙于工作，未来难测，"如果明天就是末日，那么今天我会最想和谁待在一起，去什么地方？"大多数恐龙人都想过这个问题，而对于大多数恐龙人来说，他们由自己内心得到的答案总是驱使他们回到同一个地方——家庭，这大概就是绝大多数恐龙人理解的信条"不死即归"吧，于是恐龙人开始变得更加重视家庭，他们宁可每天什么事都不做，也要守在家中陪护着自己的亲人，末日将临，家人的温暖和安慰，会让每颗因为害怕死神降临的心灵得到极大的慰藉。

　　至于末日最后会不会降临，除了狂热的宗教者，现在谁都没法给出自信的预言，如此看来对于理智的恐龙人来说，唯一能做的，就是安静的祈求艾塔他们的救世工程能够完美进行下去。

　　承载着世人殷切的期望，艾塔每天忙碌地在超聚能电磁粒子光束炮的施工现场，指挥着恐龙人工人和科学家们按照大智圣者审定的图纸施工，幸好所有的恐龙人都对这项工作的态度是一丝不苟的，因为谁都知道这是他们生存下去的唯一的机会。

　　事实上，严格来说艾塔这位总指挥并不称职，对科技并不熟知的艾塔，无法帮上科学家们什么忙，至多贡献点体力，或者管理工程调度，但他的存在，对这些努力工作的恐龙人科学家而言，的确成为又一个让人安心工作的理由，因为在其他恐龙人看来，艾塔本身就代表了奇迹和传奇，所以，对他们而言有什么事情会比和传奇的英雄在一起创造奇迹更令人振奋的事情呢？

末日面前，奇迹亦并未缺席，在末世来临之前不断的上演着，施工的所在地，此前曾是此地区最繁华的恐龙人商业都市，它坐落在赤道的中心，是所有低纬度地区，海拔最高的一片土地，这里常年炎热，所以恐龙人称呼这座商业都市名为"炎夏城"，但是当得知自己城市的所在地是迎击小行星的最佳位置时，所有生活在这个城市中的恐龙人都在第一时间舍去自己的家园，毫无怨言地搬离了这里，于是这座在半个月前还人声鼎沸的商业都市，恐龙人世界的物流转运中心变得甚至如同陵墓一般的沉寂，如同这座城市曾有过的名字"炎夏陵"，传说在这座城市的西北郊外，那成片的枯寂杏树林中，埋葬着远古恐龙人先贤的陵墓，每一棵枯寂的杏树都代表着一位早已逝去的先贤，这些杏树从来就不曾绿意盎然过，它们静默地守护在这片荒郊里的沙地，裸露的黑褐色枝干，如同枯萎的手指一样指控向天际，命运……无论蓝天白云，无论月影星空，如同生命所必然经历的生死轮替，但是即使在枯萎了若干年之后，这些枯寂的杏树依旧矗立，几千年来未见开花绿叶，任凭雷打风吹，它们依旧挺立，于是人们觉得这些杏树拥有神力，选址在这里，或者是个好的兆头……

小行星撞击地球的时间越来越近，超聚能电磁粒子光束炮的建设也随之加快，恐龙人王国的所有普通居民都无一例外地，紧张地带着祈祷的心情，关注着这项史无前例的工程建设，每个人在内心中，祈求奇迹的降临。

当末日时分越来越近，艾塔的日子变得空前的忙碌，作为超聚能电磁粒子光束炮建设的指挥者之一，工程的紧迫使得他几乎除去最为必要的睡眠以外，没有多余休息的时间，那种透彻心扉的疲劳，每天都会完整地伴随着艾塔从醒来到睡去的整个过程，直至呼吸都变得僵硬和难以维系，自己才能稍稍休息。

每当艾塔累得实在坚持不住时，他总会拿起小东赠与自己的青铜幸运币，拿在手上反复地端详，仿佛是注视着祖先遗留下的信物，又像是一个孩子在凝望着自己童年的好友在搬走时，最后一刻送别的纪念品。

每每看到幸运币，艾塔就会回忆起曾经和小东在人类的时空中度过的那段岁月，想起小东的笑容，甚至是好奇小东今天的作业认真做完了没有，然后本能地略微皱起眉头，带着自嘲的心情，对自己说："太天真了，他怎么会有认真做作业的一天呢？"想着笑着，笑着想着，只是几轮思绪过后，艾塔脸上的表情就会渐渐地凝固起来，除了清晰可见的落寞悲伤，其余看不出那是一种怎样的复杂情绪。

有时当恐龙人世界悬铃木的枯叶，恰好经过自己的脚边，艾塔便无法将其忽视，这种树叶的形状看起来多么类似小东五根手指的手掌，于是艾塔会悉心地将其拾起。按照自己曾经示范给小东的方式，将枯叶铺展，静待风的降临，迎风放飞，看着枯叶在风中再次焕发出勃勃生机，莫名的微笑和释然的神情就会重新写在了艾塔的脸上，他怀念自己和小东度过的轻松时光，彼此交心的简单时光，每当此时，艾塔会在心中默念："再见了，小东，谢谢你的陪伴，我会努力争取我们恐龙人自己的未来，也许在未来我们还可以再相见，但是如果我们失去未来，失去明天，这一切都将会变得不可能了。'不死即归'！"如同是宣誓，艾塔每次在心里有想对小东说的话时，总是会在结尾处加上自己坚定的信条"不死即归"，或许他自己的内心里还隐藏着一些冲动，一些奢望吧……这样的默念在艾塔无数次的重复后，被他完成的如同某种神圣的仪式一般流畅但又不失庄重……莫名的微笑和短暂的放松后，艾塔重新收拾自己疲惫已极的心情，回到自己的工作上去。至少在艾塔而言，曾经美好的回忆是已经成为现在的希望和动力……

日子一天一天地过去，超聚能电磁粒子光束炮也逐渐成形，它伟岸的轮廓让世人折服，但是就目前进度而言，也只是勉强赶上而已，尽管异常紧迫，但是"偏执"的恐龙人出于对金属颜色的极端热爱，依旧决定在炮身的前段，发射口的位置，给炮口涂抹上一层一层厚厚的溶金，如同只有这样做了，那么光束炮和希望之间的距离就会更加的接近，但这种象征意义上的"接近"远没有实际中的迫近更真实，那所有恐龙人头顶的死神的利剑，末日小行星与地球的距离越来越近。

人类纪元，晚上10:00

小东仍然没有睡去，他并没有打游戏或是看电视什么的，他坚守在书桌上反复看着自己的复习资料。明天就要迎来小东进入初中以来的第一次期末考试，第一天考试的内容是政治、语文，这些科目要在一天内考完，科目繁多，加上小东在前半学期遇到艾塔之前并没有好好学习，所以小东要复习的资料不可谓不多，但是小东却表现得很有耐心。

小东一遍一遍地复习着功课，近乎机械式的做着题目，然而他暗淡的眼神和鼓胀的两腮，却提示着其他什么，这与其说这是在复习，不如说这是在用复习赌气。

"是的！没有你的陪伴，我也能做到！"这是小东心底近乎偏激的执念，只是他自己不知道，这又是一个幼稚的、但近乎于伤感的动机。不过就可怜的现实而言，用一个较好的期末考试成绩去纪念艾塔和自己度过的点滴岁月，大概已是小东唯一能够做出的，向这段真挚的友谊致敬的事情，虽然就是他自己，有时也不确定这样的纪念是否真的有意义。也许只有这样才能证明没有艾塔，小东自己

也能过得更好，小东用稚气的只剩赌气情绪的自尊，去掩饰内心里无可奈何的思念。

窗外夜深了，也不知谁家的狗狗那么没有教养，不知何故汪汪地叫起来，又一次小东瞬间本能地从书桌上跳起，探身向床底望过去，下意识地说道："艾塔别怕，那不是狼，是狗！"然而他得到的却是床底空荡荡的暗影，空洞寂静得如同此刻小东的内心一般。

无奈，小东只能把注意力又回到了课本上，但发现自己总是不能集中精神，终于，温柔的目光重新回到了小东的眼睛里，他托起下巴，看着窗外的月色想着：艾塔，你现在此刻，在干吗呢？你还好吗？

6500万年前　恐龙纪元　深秋

牢笼打开时的声响带着铁锈发出的嗞嗞声，不禁让大智胜者皱了下眉头，于是双眼间的褶皱立刻深刻了很多，如同他现在的思绪一般，不似恐龙人世界外面的华丽，牢房是个充满污浊气味和冰冷钢铁的地方，身处于这样的地方任谁都会变得绝望，就连那些牢笼本身都不堪忍受这样的死寂，生锈得如此彻底。

大智胜者令守卫退下，而他自己则谦恭得坐在牢房靠近门的一侧，他对面的恐龙人浑身长满了黑色的羽毛，没错这就是他曾经的同名师弟，黑羽学士，他因为参与了大法官的阴谋被关押在这里，而这间牢房本身已经够糟糕的了，末日之前，现在没人再用心去照看这些犯人，他们的日子更不好过了，即使这样，黑羽学士依旧高傲地保持着自己的尊严，他不吃掉在地上的食物，只喝干净杯子里的水，这带来的结果就是他一天比一天更加瘦弱。

"你来这里干什么，这里不是你这种尊贵的人应该来的地方。"没有惊讶也没有起身迎接，黑羽学士空洞的眼神显示，他对任何发生的事情都不再有兴趣，难以被人忽视的黑羽，如同是艾塔橙色的羽冠，在恐龙人世界中是十分罕有的，乌黑羽毛带给他的，却远非光荣或者青睐，关于黑色羽毛给自己的遭遇，自从自己破壳那天起，就从未停止过。然而此刻，随着自己的老去，以及置身于如此糟糕的环境，即使是黑色的羽毛，这该死的东西，也会变得残破污浊，正如同自己消瘦的身形，深陷的眼睛。

"看看你，反正我也没有别的地方可以去了。"对于黑羽学士的冷漠，大智胜者已经不再会觉得陌生，几十年的相知，十几年朝夕相处共同学习，那时候他们是整个恐龙人世界最具智慧的年轻人，也是前途最光明的两个人……黑羽学士久违的声音，让大智胜者不禁想起了从前，年轻时候的事情历历在目，陷入过去的回忆中，不知为何他的语调变得低沉和无助。

"你知道的，我没有家人，我把一生都奉献给了科学，在这个世界上，活着的人中你是最了解我的，明天末日将要来临，结果怎样说实话我也没有把握，所以今天我想和你待在一起，能不能像我们最开心的时刻那样，陪我说说话？我的……朋友。"话音在"朋友"两个字后结束，这两个字被大智胜者说的如此颤抖，羞涩，乃至于期待。

"那么你现在就应该回到你的控制室里，检查，检查再检查你的系统，你的数据，所有参数是否运行合理，而不是在这该死的牢房里和我说话。"黑羽学士用着冷漠的口吻说着最符合逻辑的话，虽然语气依旧强硬没有退让的意思，不过乐观点看，多少也站在了大智胜者的角度为他做了一番设想，起码，在他说出下一句话前是这样的，"别以为你叫我一声朋友，我就会帮你，在恐龙人世界承认自己对我的错误之前，我是不会用魔法去拯救这个肮脏的世界的，如果你打算说服我，那么就不要再多费口舌了，没用的，就算你哭出来，我也不会帮你的，哈哈哈哈"。疯狂清晰的写在了他的脸上，僵硬的笑容扭曲的表情，令人生厌的笑声从他尖尖的下巴那里夸张地发出，那张长脸冰冷而又痛苦，侧面看来，他弯曲的脸形就好像一把狞笑的镰刀。

"不，我没有期待什么，也不需要你为谁做什么，我只想来看看你，如果明天就是世界末日的话，有些事情，我想亲口告诉你，不然可能以后就没有机会了。"悲悯的声音从大智胜者口中说出，他不知道是在伤感自己的这位老朋友，还是在可怜自己，或者两者都有吧，总之黑羽学士现在的样子，让他感到悲哀，无力，曾经他是那么的爱笑，那么的关心别人，那么的喜爱救护被遗弃的恐龙幼崽……"其实你一直比我优秀，无论是智商还是别的什么天赋，你才是这个世界上最聪明的人"。虽然大智胜者还想接下去说"你本因成为这个世界上最智慧的人，而不是我……"但这句话怎么都无法说出口，疯狂清晰的写在黑羽学士的脸上，他不忍心在让他承受痛苦。

"你是想说，我原本可以是这个世界上比你更出色的科学家吗？"黑羽学士的肩头此时开始抽搐，他始终没有面对大智胜者，所以他的表情成了谜。"不，我只是个怪胎，有着黑色羽毛的怪物，从出生就背负了神明的诅咒，你们口中的神明让我拥有了最为傲人的天赋，但又赐给了我最让人生厌的羽毛，当我和你一样，从恩师那里学成。最初我想圆自己小时候的梦想加入空军，然而在我接受完整而艰苦的培训，就要成为飞行员时，即使是没人比我的飞行技术更好，但是将军们却因我的羽毛是军中传统的不祥之兆，将我礼送出军营。当我成为学士加入凝月城时，所有人都认为我的研究是异端邪说，这一切究竟是为什么，只因为我无法证明我的羽毛不是黑的？所以你们每一个人都有权利嘲笑我，充满恶意的排斥我。"他越说越激动，直至最后，说出的话，近乎于咆哮！

"请你告诉我这就是你们口中的正义吗？这就是你拼死要拯救的世界吗？你选择出的救世主不就是因为他那橙色的羽冠吗？那么为什么我乌黑的羽冠就必须是所有人唾弃的正当理由呢？好像只要我不存在，这个世界上所有的罪恶和不幸都会自己消失一样。"当黑羽学士的声音停止，他终于转身面向大智胜者，他用饱含泪水的眼神，望进了大智胜者迷茫而震惊的眼睛，目光既骄傲又酸楚，仿佛唯有这么做，才能保持自己所谓的荣誉。大智胜者眼中，此刻的黑羽学士如同一个受尽委屈的无助孩子，那个年轻时刻自己没有血缘的弟弟。

"你还相信'不死即归'的信条吗？如果我们明天逃过一劫，我们一定会让世界回归到善良的轨迹上，那时候，不再会有歧视，不再有偏见，人们都会变得包容，那么，我相信大家都会喜欢你的，我的朋友。一切苦难终将停止，明天，如果世界还将延续，那么明天一定是美好的新的开始……"大智胜者很遗憾，他责怪自己为什么如此专注科学而忘了关心身边的人，对科学的执着让自己变成了怎样一个自私的家伙，没有孩子，没有家人，甚至自己最好的朋友都变成了如今这半疯癫的样子。然而如同是一个"不完美的诚实"，这不代表自己对于黑羽学士许下的承诺就一定能够兑现，明天会发生什么一切犹未可知。

想到这里他觉得空洞的承诺远没有现在的关心来得实际，于是召唤看守者，以自己尊贵的身份下令，让他们在明天护送黑羽学士去条件更好的监狱，并从现在起提供他合适的饮食以及对于一个人来说应有的尊敬。

是时候离开了，当黑羽学士重新陷入了空洞的沉默，将身体背对着自己的时候，大智胜者知道他又进入了自己封闭的内心世界，大智胜者用无力的腿撑起身子，长久的坐姿让他的腿麻木，眩晕此时从头到脚掠过，他闭了会儿眼，才颤抖着向监牢的大门迈出一步，他以为自己会走第二步，接下来第三步，但相反的他回过了头。

黑羽学士正双手抓着牢房窗户上的栏杆，向外眺望，他空洞的眼神重新聚焦在了超聚能电磁粒子光束炮于月光下巍峨的身形，溶金色的炮口前段指向空中，好像是天空中出现了另一轮月亮，如同是自言自语："这东西真美，不是吗？"这成为他今晚说出的最后一句话……

超聚能电磁粒子光束炮接近最高点的位置，控制室的屋顶天台，这里和地面的距离以公里来计算。月光给稀薄的云层洒上了深浅不一的银色，将远方冒出云端的山脊染成洁白的雪峰，巨大的无齿翼龙在黑夜的默许下啸叫，在星空的注视下成队飞翔……艾塔在月光下轻抚着小东送给自己的纪念币发呆，默默地回想着从前发生的一切，一切有关这个纪念币的世界的故事，一切有关小东和自己经历过的往昔的场景，一切无私的信任和依赖。

他长长地叹出一口气，瞬间在冰冷的空气中凝成一片雾状的水蒸气。他抬头看着星空，此时小行星已经赫然能从地面一眼看去，这个试图终极一切的死亡之神，甚至此时在星空中，变得比满月时的月亮还要巨大，艾塔可以从地面清晰地看到小行星那狰狞的凹凸不平的表面，它们在月色下，反射出暗红色的光晕，显示着摄人心魄的恐怖。

"噬龙者"大师走近的脚步逐渐响起，使得艾塔不得不从对小东的思念中，慢慢回过神来。

并没有等艾塔起身，向自己行礼，"噬龙者"大师找了个位置在艾塔身边随意地坐下，即使是这个坚强的男人现在也是一副重负不堪的样子，这样的状态已经不是一天两天了，"噬龙者"大师长长地舒了一口气，尽管已经处于极端劳累的状态中，但"噬龙者"大师深陷的眼眶深处，却蕴藏着将人一眼刺穿的犀利……

虽用的是半开玩笑的宽慰口气，但是这话从一个做了近一辈子军人的家伙嘴里说出来，还是没有一点让人可以放松下来的感觉："都过去几个月了，还忘不了你那人类的朋友？"

艾塔没能立即回应，他失焦的眼神继续凝望着夜空，他不知道自己应该如何回答这个问题，他不是个喜欢吐露心事的人，而他亦非擅长于开导安慰。也许天上的星星能给点提示，但是该死，小行星令人生惧的光泽已经让天际上的繁星都变得黯淡无光……

可能是此时，"噬龙者"大师真的能够体察艾塔繁复的内心，他缓缓起身，用手轻拍着艾塔的肩膀，声音更加低沉，艾塔知道"噬龙者"大师意图安慰自己，所以刻意想让自己的声音听起来和蔼，然而这个坚硬的家伙从来不会圆润的事情，即使是安慰，他的语气依然听起来棱角分明，如同他的外形，现在他唯一能做的，就是尽量压低自己的声音："别想那么多了，有空早点睡吧，不过……对了，艾塔，有个疑问我想问你，你说人类的世界里，他们有神明吗？"一向不擅言辞的"噬龙者"大师必然不是一个很好的安慰者。

艾塔缓缓地点头，眼神中带着一丝疑惑和不解，而略显矜持的表情说明，此刻艾塔并不想去追问"噬龙者"大师，是什么原因让他想起了这个问题。他依旧需要一个人待着的安静时光。

得到艾塔勉强的肯定回答，"噬龙者"大师若有所思地放慢了语速，这个英武豪气的男人竟然此刻也有了哲人一般的忧虑眼神，如同每一个字都逐一经过了灵魂的称重。

　　"是吗？如果人类的世界也有神明，那么，你的思念，即使是隔着时空遥远的距离，一定会被传递到的！因为，神明，神明本身就是现在的思念和希望的凝结，如果真的有神明，那么神明一定就在明天，那永不会停止的明天，将会见证今日的希望和思念！"

　　这话甚至在逻辑上都不能称作一句完整的句子，有太多欲言欲止的含糊表述，和概念间粗犷的跳跃，说完"噬龙者"大师转身离去，根本没有期待艾塔做出任何回应，在艾塔眼里，"噬龙者"大师此刻略带耍酷的姿态要比他的话更像一个哲人的所作所为。

　　"不过……明天，明天，明天究竟意味着什么？是另一个未来，还是所有一切的终结。"艾塔沉思着，一人孤零零地坐在指挥中心的屋顶之上，在艾塔的前方，5500米长的巨炮安静地安置从地平面延伸至和无尽夜空的交汇处，如同是在养精蓄锐巨龙，等待着自己冲向天空，振翅腾飞的那一刻……

二十五、未尽的明天

（上）

人类纪元，初冬　清晨

又是很多天平淡而又相似的度过，从圣诞节，元旦，甚至冬至而秋去，直至这个不平常的清晨，当第一缕阳光照射进小东的房间，小东起床伸了个懒腰，自信满满地准备迎接这明媚一天，这是自己进入初中之后的第一场期末考试。

小东比平日更早地来到学校，上午八点，期末考试准时开始。第一场小东考的是思想品德课，由于之前准备得充分，小东答题很顺利，只是在这一道题目前，小东停住了手中的笔，看似一道平淡的有些过于简单的送分题，然而小东不由自主地陷入沉思。

这道题是个选择题，题目中问：2012年曾是外界盛传的世界末日，对此作为新时代的初中生，我们正确的看法是：（　　　　）

A. 相信谣言，学习电影《2012》的剧情，躲进山洞避难

B. 不相信谣言，也不关心装作不知道

C. 用科学的思维方式，反驳谣言，不信谣言，也不传谣言。

D. 传播谣言，看看大家信不信，再考虑自己信不信

小东看着这道选择题，不禁自嘲般地笑了笑，他当然知道最正确的选项是C，不过在他心里却还存在着另外一个更加确切而真实的选项，那是和艾塔在一起的亲身经历告诉他的答案，那就是小东心中最理想的选项E：如果世界末日真的发生的话，勇闯另一个时空，找到拯救自己世界的办法，而世界末日如果真的不曾在自己的世界发生，也要尽力帮助其他时空需要帮助的人，帮助他们拯救自己世界的办法。

考场上小东并没有真的打算把心中的答案"E"补充写在纸上，他只是带着自嘲地心情，暗自傻笑，情绪的不经意中，莫名的为自己之前为艾塔所做的事情

感到自豪，只是想到这里，不知道现在艾塔那家伙拯救世界的事情进展到哪一步了。

6500万年前　恐龙纪元　初冬

"大统领测试发射的命令已经下达，炮塔最终修正开始，倒计时，5，4，3，2，1，超聚能电磁粒子光束炮，射击校准开始……"

"目标宇宙空间小行星，距离地面25.76万公里，设定仰角度数79度，全部牵引钢筋位置伺服器发动机70%动力运转，开始！"

与艾塔在恐龙人群中，年轻的有些青涩的面庞不同，被议政院授权为歼星总指挥的艾塔，此时命令的语气是如此的成熟稳重而不容置疑，末日的来临使他更早成熟，一声令下，2000平方米发射控制室内的3000恐龙人科学家，立刻从屏息等待命令的凝固气氛中，瞬间变得忙碌了起来，交织起的匆忙脚步声，电子仪器的各种此起彼伏的提示音，甚至是科学家们关于数据展开的情绪激动的争辩，这些声音夹杂在一起，有种置身于人类宇航中心发射火箭前夕的感觉。

"超聚能电磁粒子光束炮，火炮自体旋转位置修正完成！"

"超聚能电磁粒子光束炮，炮口上升中，各发动机组运作状态稳定！冷却系统合理运行"。

"仰角79度，开始修正！"

"制导系统，就位。"

"加速系统，就位。"

"通信系统，紧急通讯系统一切准备就绪。"

控制室内，恐龙人科学家陆续将发射前的准备进度数据，扬声作出汇报，3000多名恐龙人科学家统一穿着白色的紧身制服，甚至将尾巴也包裹得严实，只是脑袋露在外面，他们头戴着和艾塔橙色羽毛一样色泽的方形礼帽。对于这么危急的事态来说，他们的衣着有些过于端庄，但有些时候恐龙人就是这么一群偏执的家伙，特别是在对颜色的选择上，因为他们深信，头戴橙色象征着奇迹的出现，现在自己将和艾塔一起成为拯救整个恐龙人世界的救世主，成为这个世界上最伟大奇迹的创造者，于是，说来有趣的是，他们身上统一穿着的纯白的连体制服，其实纯粹只是为了更加凸显出橙色力量的存在……

大智圣者焦虑的在人群中来回走动，审视着每一个恐龙人科学家的工作，专注之下，甚至他迟缓的动作都变得灵活，任何一点失误都不可以在今天发生，任何哪怕最微小的失误都会造成世界毁灭的后果，这样的想法使他对任何人提交的结果都抱着十分谨慎的态度，每一个他看到的数据，自己都在心里默默的验算了多次，谢天谢地，现在一切都令他感到满意，他用肯定的眼神示意处在控制室中央指挥台上的艾塔，一切准备就绪。

"各位，一切准备完毕，现在是预备发射的时间了。"他的语气仿佛这只是稀疏平常的一件事情罢了，比如飞行器准点降落，商店整点开门……通过控制室内的扩音系统，艾塔镇定的声音让在场的所有人的听得很清楚，艾塔刻意这样对所有人宣布，因为不只是在场的恐龙人科学家，世界上每一个恐龙人都在注视着自己，"这只是刚刚开始，必须让所有人都保持镇定……还有信心"。艾塔在心里说出了原因。

整个恐龙人世界为之沸腾了，此刻没人再沉溺于安慰的怀抱，世界上绝大多数的恐龙人，无论老少，男女，熟悉或陌生他们都纷纷涌上街头，手拉着手，拥挤在一起接受着心灵感受器传来的现场图像，从恐龙人世界最南端的云泽高地，到最北端的夏尽之山，从最东边大洋上远洋舰队，到最西方大漠中的边境哨所，人们聚集在一起，静静地等候着下一刻的降临，明天的降临，未来的降临，而此刻，所有人的心都随着粒子巨炮的转动和上升而躁动起来，欢呼声响彻整个世界。

发射基地城市的外围无论是地面还是空中，被严正以待的恐龙人王国军队精英们戒严着，严密防范着任何潜在的危险。这里防守严密的连世上最小的翼龙，比麻雀还小的飞行蜥蜴都飞不过去。然而天空并不会因此孤单，军用飞行器成列在月凝城的上空盘旋，时而也有恐龙人世界负责神经元网络直播的小型飞行器，如同人类的电视直播直升机一般，他们低空掠过城市，向恐龙人世界的居民实时转播着这里最新的情况。

议政院从没有像今天一样，一下子拥入了这么多人，超过2100人拥挤不堪的在议政院内各自忙碌着，匆忙的背影使他们就算穿着不同的衣服，拥有不同的身高，乃至于不同的性别，但他们彼此之间的差异如此微小。如果算上议政院外聚集过来的1300万恐龙人，这里一定是地球上最热闹的地方，幸好议政院坐落于，被恐龙人命名为"龙脊"山脉的一处开阔地，否则指靠寥寥4230名士兵守卫这军机要地，维护1300万人拥挤而至的秩序，其结果一定是个灾难。恐龙人世界的大统领正襟危坐地坐在王国国旗下，他身前一方宽阔的桌子，使得他所处的位置有些空荡。而在他的对面，数十台摄像机以及恐龙人世界的媒体人士则把这个大厅的另外一边挤得满满当当，带着一副政治家天生而又显得多余的仪式感，大统领已经准备完毕，他将通过心灵感应向自己所有的人民发表直播演说：

"我亲爱的同胞们，我们的世界正经历着，我们存在以来最危急的，最迷茫，也是最为绝望的时刻，就像是《龙神之语》记载的世界末日，你们需要知道的是，所有能够阻止这场灾难发生的事，我们都已经试着尽力地去完成。恐龙人科学累积而成的每一步，冲破天空的不懈努力，古老祖先的遗存的智言，甚至是另一个时空科技的成果和想象力的结合，都在为这场关乎每一个恐龙人的生死之战提供可贵的帮助。

我们恐龙人追求着知识，真理以及仁爱，尽管历史上，我们曾经遭受过挫折，我们也曾因此迷失，我们为着这样或那样的可笑理由，做出过这样或那样的错误，固执，甚至倒退。但是几千年来，有一种信念始终支撑着我们前行，迈向更文明的世界，让恐龙人安然度过每一次危机继续生存下去，那就是'不死即归'的誓言。正是这个伟大的信念，驱使着我们的勇士，智者不惜一切地为我们的未来奋斗！我们的心亦和他们紧密地联结在一起！

现在我知道，你们也知道，全世界的目光都会聚焦在发射基地的现场，请感谢他们为我们所做的一切，请每个人在内心为他们祈祷，为我们自己祈祷，为明天祈祷，为更美好的未来祈祷，用我们的真诚，用我们对生命的珍爱，用我们对明天许下的善良承诺，真心的祷告，让希望再次创造奇迹……

此前，我可以坦白地说，我个人是完全不相信神明的存在，但是当我见证了那么多奇迹之后，我不得不相信神明是存在的。即使他之前并不存在的话，我相信就在此刻，神明将会于今天诞生！那正是诸位对明天的期许，对活下去的执着，是恐龙人众生对未来的、憧憬的凝聚，世人的希望将汇聚成坚不可摧的信念，那便是今天，明天，明天的明天，永远守护着我们的神明！我坚信……我坚信，未来仍将属于我们，而此刻我们的未来就在你我的手中！"

恐龙人的世界沸腾了！见证历史的时刻，谁都会为自己亲临这样宏伟的不朽事迹而感到兴奋和鼓舞，在这从未有过的历史性的一刻，大统领尽量压低自己的喉咙，沉住气维持一个领袖应有的威严，他脸上的灰色肌肉正在剧烈颤抖：坚硬的面容由于过度紧绷看起来甚至有些狰狞。

"我宣布，超聚能电磁粒子光束炮首次对侵地小行星测试发射，开始！"如同是面对敌人的厮杀呐喊，大统领的下令用尽了全身的力气。

艾塔得到命令的那一瞬间，摁下了发射键，大地颤动了，炮台下方的巨大电磁线圈组全力运作，全世界，全地球的灯光快速闪动着，好像创世之初的雷鸣，地崩山摧的电流声从炮台的底部传来，仿佛一根竖立在天地间的琴弦被巨人的威力，用力的拉扯后弹回的声响。

"啾"的一声响震，大地随之颤动，溶金色的炮口汇集成一个巨大的光球，其后迅速朝着天空中小行星的方向射出一道轰天裂地的光束，气势磅礴的光束在冲破天际时，和大气层接触，散布出无数细小的电磁粒子团亮点，它们闪烁着淡蓝色的光晕，沿着光束经过的空域，瞬间连成一片，聚集闪亮，形成螺旋状的上升轨道，直击向空中那逼近狰狞的小行星。

全世界的恐龙人都在此刻仰望天空，追随着发射的轨迹，凝望着射入天际的宏伟光束，那个瞬间，光束在飞向小行星的路径上定格，光束在空中留下的电磁粒子团轨迹，仿佛就是无数恐龙人心目中，最美好的，象征着希望的彩虹……

人类纪元，初冬

此刻小东正在进行着语文考试的填空题，被问道："一般在语文阅读中，彩虹象征着什么含义。"小东长舒一口气，迟缓僵硬地抬起头，放空的眼神看向了窗外远方的钟楼，那一刻，分针从刚刚跳动至现在的弧度，这时间的弧度，就如同……彩虹……小东想都没想的填写下了三个词：希望，美好，未来……

（中）

在光束炮准确击中小行星的一刹那，整个控制室内一片欢呼雀跃，在很多人看来成功地击中目标已是巨大的成功，或者说迈向成功的坚实一步，然而乐观的情绪不是每个人都有的，大智胜者依旧表情严肃，虽然这仅是测试发射，主要目的是为了校正调试光束炮的发射角度。但反馈回来的结果却显示，原来小行星的外层比恐龙人科学家预计的还要坚硬，与此同时，远在大洋上的天文观测船传回的数据再次证明了这个结论，据此，大智圣者认为这次试射并没有达到预期最理想的效果，为此他的衰弱的心脏跳的更快，更震颤了。

虽然艾塔安慰大智胜者说这是因为小行星现在距离地球实在太远，高出超聚能电磁粒子光束炮设计射程近两倍，并且在场的其他恐龙人科学家都表示了乐观的态度，但大智圣者仍然有些固执地认为，这样关系全体恐龙人生死的事情还是谨慎些好。一些人认为激发士气更重要，一些人觉得严谨的态度才是关键，幸好他们都在为同一件事情协力奋斗。

从指挥台所在的高处，穿越成百上千橘红色礼帽组成的橙色海洋，直至彩绘着神话故事和历史事件的巨大拱顶，拱顶之下一片一片的整块玻璃将外面的世界一览无余地呈现在眼前，而它的正前方，暗红的小行星带着其身后被太阳蒸发的尘埃，如同死神拖曳着斗篷在天空中坠落，此时随着小行星受到地心引力的影响，下坠的速度进一步加快。它离地球的距离仅13万公里，地球上所有的恐龙人甚至可以用肉眼，在白日的天空中观察到小行星的存在，它的存在压抑着原本湛蓝的天空，形状和大小有如满月时的月亮，不同于明朗清心的月球带给世人的宁

静之感，暗红色的小行星有着如同死神的笑容一般狰狞，如同是凝固的血液，小行星黑红色的表面在碧蓝的天幕悬挂而倾斜，是那么的让人难以忽视。

这次试验发射得到了珍贵的一手数据，这将为最终的实弹发射提供决定性的帮助，所有参数将会得到更加实际的优化，然而无论是发射本身还是这些刚刚得到的数据，都需要更多的时间去冷却和消化。得到了大智圣者再三演算确认，艾塔下令，立刻准备四小时后的再次发射，不同于此前的试验发射，这将是恐龙人世界唯一的正式发射，那正是小行星撞击地面，死神亲吻世界之前，超聚能电磁粒子光束炮最好的发射机会，但同时也是最后的机会。

其实，与其称之为试验发射，从某种意义上来说，这是一次仪式性的政治安排也毫不过分，整个发射过程恐龙人的媒体全程参与，有完整的领导人演说，控制室内的直播画面等等。其目的是让全世界所有恐龙人都知道希望依旧存在，由此安定民心，以此避免全面的暴乱和骚动，在这么重要的时刻扰乱发射计划。这样来看，议政院的老政客还是有相当的政治智慧和超前的眼光，他们试图用试验发射直播的办法展现恐龙人依然具有避免世界末日的实力，将世界脆弱的秩序尽可能地维持到最后一刻，乃至于最高统领的演讲，也是为这一目的服务的，目的是传达出令人感到安慰和振奋的信息：末日的危机还在恐龙人的控制中，让大家能安心地等待末日来前的最后时刻，不要因为群体性的绝望带来恐龙人社会的暴乱，给发射计划造成任何可能的麻烦，从而保证发射计划的顺利进行。最终发射前，恐龙人社会的稳定是这项工作的重中之重，按照设计，最终发射时，超聚能电磁粒子光束炮将首先使用自身产生的光束能量尽力穿破小行星的坚硬表层，然后全力引导能量石英晶体精准地射入小行星的内部中心，以不可思议的时空能量一举将小行星炸毁。

人类纪元，初冬

窗外依旧是想要飘雪的节奏，凛冬的深沉乌云使得阳光一整天都没有光临小东所在的城市，虽然教室外的长廊上依旧是同学们熙攘的欢笑声，然而沉闷的天空总使得小东有种呼吸不畅的压抑感，因此当小东结束考试走出教室的时候，他径直走到了走道旁的窗边，站在窗台的边沿，踮着脚望向窗外，直至额头被窗户毫无生命感的玻璃婉拒，玻璃上若隐若现的面庞，如此熟悉又是如此冰冷，即使呼吸在旁侧留下温热的痕迹……但那又如何呢？玻璃外已然成为寒冷统治的国度，离窗户最近的梧桐褪去了所有的秋叶，而它光洁裸露的树枝，就只是喜鹊和乌鸦暂时停留的地方，它们发出令人不悦的叫声。远于梧桐的地方，校门外那条熟悉的马路两侧，行人正抖抖索索的来往，与寒冷为邻，他们将自己尽可能地缩进衣袖，行色匆匆却默不作声，更远的地方则是蔓延无边的黑云，正是它们将眼前的世界渲染的冷漠凄清。

直到身后再也听不见同学的欢笑，经过的身影不再聚集，小东才想起自己此时的放空是多么的不合时宜。

"去吃饭吧"小东在心里安慰自己，"别再想了……"寒冬到来让小东觉得眼前的一切都不再熟悉，红叶不再地上堆积，不再有枯叶从树梢飘落，不再有微凉的秋雨，不再有晚霞和黄昏，"这个秋季已经过去了吗？"

当这个让自己感到悲伤的念头划过心绪时，小东在窗前留下了一声绵长的叹息，呼出的气息停留在窗前冰冷的玻璃上，形成一片类似秋叶的雾气。

上午时间，小东完成了语文和思想品德的考试，对于之前的这两场考试，小东认为结果是满意的，然而这并没有给他带来更多快乐的感觉，他正在为对自己来说很有难度的数学考试感到焦虑，或许也是因为阴沉寒冷的天气，或是又是其他什么原因。

下午的数学考试首先进行，前面较为简单的选择和填空题并没有耽误小东太多的时间，这使得小东有更多的时间去做数学大题。

数学的第一道大题是这样的：

已知，音速的传播1个标准大气压和15℃的条件下速度约为340米/秒，假设一个信息以足够响的声音从原点产生，那么这个声音分别到达30.6公里外的接收站的所需要用的时间是多少？若是依靠人为的传送这一信息，以人类步行小跑速度12公里/小时来看，则同样情况下传递信息需要多长时间？

小东心里暗暗的庆幸，考试的难度并没有自己想象中的苛刻，这道题对小东而言有些简单得出乎意外，当然这一切还是归功于他在艾塔走后自己用功读书的结果，小东思索着，只要排除不必要的数据，统一单位，很快就能算出来，当这个念头带来了理智肯定的回答，小东嘴角浮现出满意的微笑。

1公里是1000米，则30.6公里就是30600米，要求的声音传播至30.6公里所需要的时间，就是用30600米除以音速340米/秒等于30秒。第二个问题也不难，连单位都不要统一，用路程除以速度，即30.6除以12等于2.55后面的单位跟小时就行。小东很快就完成了这道题目，他很是为自己骄傲。

6500万年前，恐龙纪元，初冬

巧合这种东西对于时间本身而言，可能只是一种不具意义的单纯修辞方式，漫漫的时间长河中，宇宙的广阔无垠远超人类的想象所及，对于人类来说任何不可思议的偶然，也许不过是"必然"于某种介质下难以言明的转换形式。

此时艾塔确真的在面临和小东数学考试中描述的一模一样的问题，不同于小东纸上的考试，艾塔所面临的问题要严重得多，也要实际得多。

可能是恐龙人科学家们的百密一疏，超聚能电磁粒子光束炮的试射产生了极大的次声波，这些次声波以音速传递，以发射基地为圆心，极速掠过大地。而发射基地的西南方，大约在30.6公里以外，生物史上最为庞大的陆生动物——阿根廷巨龙正在成群地迁徙，这种长颈长尾的超巨型恐龙和泰坦龙一样也是侏罗纪时期恐龙巨人梁龙和蜿龙的后裔，只不过即使是地球历史上存在过的任何陆生巨兽与之相比，阿根廷巨龙的体积无疑是最巨大的，这种地球历史上空前绝后的巨人，高度超过30米，身长接近40米，足足120吨的体重……如果数据没有那么强的说服力的话，那么当你真正面对它们时，才能明白这些数据之后包含的巨大震撼，当这些巨型恐龙走动起来时，大地都会因它们无比坚实的脚步，沉重的身躯而颤动，它们因而得名于地震龙，每一只成年的地震龙就如同人类的一架洲际客运飞机！

这些巨人们平时以数百只的数量聚集在一起，群体迁徙，奇特的是，纵然身躯庞大，但是作为群居动物，这些家伙平时相互间的交流，却是异乎寻常的安静，仅以低沉次声波相互沟通，次声波是人类根本就无法听见的一种声音，同样恐龙人也无法听见，但就是这种不易察觉的细节，却成为危机潜伏的真正所在。

末日来临前，天上该死的小行星已经足够让人头疼的了，监控它的每一秒动向，引力加速度，运行轨道这都牵扯进去了难以估量的人力物力，但是比起空中的威胁，地上的危险却更为逼近，只是恐怕没有哪个恐龙人科学家来得及，去过分担心这样一种微不足道的可能性，比起空中近的可见的威胁，没人想过这样看似荒唐的事情也存在发生的可能，然而这种可能性却真的发生了……

超聚能电磁粒子光束炮试射所产生的巨大次声波在30秒后传到阿根廷巨龙群后，引发大大小小上千只阿根廷巨龙的极度恐慌，它们狂奔着向艾塔以及超聚能电磁炮的所在地奔跑过来，虽然这些笨重的家伙移动速度相对缓慢，只有人类跑步的速度相当，但是两个半小时后它们还是很可能会把超聚能电磁粒子光束炮的基地撞得七零八落，对于发射基地而言，为歼灭小行星最后准备的精准而威力十足的发射，意味着基地内所有设施的精准配合，为了拯救世界在最后时刻才赶制完成的发射基地无论从任何角度看其实都是脆弱和不堪一击的，各种光缆横七竖八地摆放在基地内的每个角落。基地内匆匆搭建起的冷却塔，太阳能光板这些都是脆弱易碎的东西，阿根廷巨龙任何不经意的踩踏，都完全有能力将这些对于巨兽而言脆弱的不过玻璃的东西踩碎！而就算再小的损坏都将影响整个系统的稳定，这么一大群阿根廷巨龙狂奔入基地，其后果再怎么说都是毁灭性的。

仅在超聚能电磁粒子光束炮成功试射的一小时内，发射基地最外围的警戒哨所，负责警备的士兵就报告发现基地所在城市的外围出现大量野生恐龙，但这些都是体型较纤小的、奔跑速度较快的恐龙。

恐龙人骑兵即刻出动，身穿威武肃穆的绯红盔甲，橙色的披风在风中摆动出鲜亮的色泽，他们胯下的霸王龙体型巨大，乌黑锃亮的骑兵用炮击长矛发射装置，如同钢铁的翅膀，从紧贴着霸王龙两侧肋骨的载弹外挂架处延展开启，以示威胁和随时发射的准备，对于小型恐龙，霸王龙的存在已经是足够的恫吓，当恐龙人骑兵两人一组将骑着驯服的霸王龙横在道路中间，将每条森林道路堵死的时候，在没有可怜的无助小恐龙愿意从这些道路经过，而那些跑动不是那么灵活的三角龙，甲龙，鸭嘴龙，禽龙则远远的就调转了方向，四散而去。

然而情况并没有好转的意思，虽然小型恐龙和温顺的食草恐龙乖乖地离开了发射现场的周边区域，但是随后出现的成批大型食肉恐龙则完全没有那么好对付，野生的霸王龙、棘背龙、鲨齿龙，拥有和驯服霸王龙同样大，甚至更为庞大壮硕的体型，它们可并不惧怕恐龙骑兵驯服的霸王龙，当然在没有真正射击以前，野生猛龙也不会因为这些驯服霸王龙身上的"铁翅膀"而退缩，它们以野蛮和残暴著称，它们是这个地球陆地上从未有过的凶残猎食者，它们狂暴残忍的性格可不是那么好"劝退"的，但比起眼前狂暴的杀手，"究竟是什么就连这群嗜血的杀手们都惊慌不已"这个问题更让恐龙人骑兵感到更加不安……

"真是见了鬼！这些恐龙都疯了吗？"一个脸上长深色斑点的矮个的恐龙人骑兵抱怨，他的秃头的胖子同伴随即点头，并送来肯定的眼神，他们并非老兵，甚至原本并没有资格作为"高贵"的骑兵，但现在整个恐龙人世界急缺人手，这些还在预备役军校里的天真孩子，就成了大批狂暴的食肉恐龙以及脆弱发射基地外墙间的唯一依靠。好在他们的坐骑霸王龙都服役已久，危急时刻这些被人为驯服的巨兽中的一些强者，仍然没有丝毫妥协的意思，不服输的驯服霸王龙依旧站立在原地，硬生生地逼着骑士只能坐在它们肩上，哪里都去不了，已经被眼前的景象吓傻的新兵，没有丝毫逃避的可能，没有退路，生死之间只能硬着头皮面对。

胖子恐龙人的坐骑是一只年长的霸王龙，它的体型比别的霸王龙更为硕大，它已经瞎了一只眼，另一只残眼则狰狞着吐露噬人的凶光，显示出暴烈的脾气和丰富的战斗经验。这只年长的霸王龙原是只勇猛的驯兽，然而它肩上的胖子则已经被吓得四肢瘫软一心想逃走，但是任凭胖子秃头恐龙人怎么拉动缰绳，或者通过心灵感受器发布命令，这只脾气暴烈的霸王龙依旧不肯后退半步，并非是心灵感受器失灵，更可能的原因是发布命令的人本身就不太坚决。独眼的霸王龙试图用身躯阻挡奔涌而来的狂暴巨兽，然而面对庞大的兽群，成千上万只的屠杀机器，即使独眼霸王龙再凶猛也仅是螳臂当车，巨兽们拥挤而来践踏过灌木，砂石，撞到树木，沙丘，它们紧密地排成，如同是地狱里的奔涌潮汐，而潮汐中的每一滴水都是一只体型庞大的食肉恐龙。

当夺路而逃的矮个恐龙人骑士发现自己的同伴并没有跟上来的时候，他很是忧虑地回头，却赫然看见胖子骑士已经瘫软地趴在了独眼霸王龙的脖子上，他肥硕的脑袋低垂着，如同是进入了甜美的梦乡，而他坐下那只暴躁的坐骑，依旧面对着猛兽洪潮，跺脚摆尾，嘶吼咆哮。

"该死的蠢蜥蜴" 矮个子恐龙人在心中咒骂着，"别回头，千万不要回头。"他将眼睛紧闭，仿佛这样就看不见自己脸上因内心挣扎扭曲的表情，更不用面对内心的呐喊，他"听话"的霸王龙坐骑在此期间又快速迈出了五步，矮个骑士心里默数着，当第七步的时候，"听话"的霸王龙在其身后升腾而起的飞沙走石中，转头，弯腰，扬起沉重的尾巴，孔武有力的双腿交替着蹬踏。当尘埃落地，"听话"的霸王龙和矮个骑士已经换一个方向。

"该死，都说了不要多管闲事，他只是个爱管闲事的胖子，偶尔会给我似鸟龙的胸脯肉吃，那是他们东境草原的特产，没什么大不了的，为什么……我怎么会这么傻！"虽嘴上依旧不承认，但是内心深处的冲动已经替自己做出了命运的抉择，"好吧，反正都是要世界末日了，横竖都要死，让我来陪你们疯吧，你们这群该死的噬人巨兽！疯子！"他的手并不熟练地在龙背上的键盘敲击，多次努力之下，在"听话"霸王龙身体两侧的装备包展开短小铁翼，如同恐龙人世界天使的翅膀，如果他们也有天使的话，炮击长矛已经进入了发射程序……现在只需要按下发射的按钮，"一切就要结束了，哈哈，愚蠢的怪兽，来吧，哈哈哈"，下一刻是生是死，矮个骑士已经无所畏惧，他知道自己总共8枚炮击长矛载弹量面对成千上万巨型肉食恐龙的后果，生或死无法预见，"一切都要结束了……结束了。"如同是在对自己倾述。

"听我说，将全部炮击长矛对准空中一次性发射引爆……快！"一个听上去比自己更为稚嫩的声音通过心灵感受器传递至矮个骑士。

"你是谁？谁在和我说话，神明吗？你在召唤我吗？"紧张和绝望让矮个骑士对一切都深表疑虑、或者充满不切实际的幻觉，他麻木地回应，眼睛里却早已是数百只走在最前面的噬人巨兽，咆哮着的血盆大口，以及形似各种刀具的巨大利齿，从匕首到长剑可谓一应俱全，它们离自己还有500米的距离，而离晕倒的胖子骑士只有不到300米的距离。

"你听着，不要问为什么，照做或许还有得救。"艾塔不准备回应自己是谁，心灵感受器因为要连接所有工作人员和守卫军，神经元网络数据带宽变得很有限，现在只能提供声音的传输，这使得艾塔和对方解释自己是谁有些困难，特别是个已经被恐惧和冲动逼疯的菜鸟。

"喂！瘦子，你是不是小时候总被人欺负？你被他们欺负急了是不是也想反抗，你会不会拿起石头想砸他们，那你知不知道他们什么时候最害怕，是你的石头落在了他们某个人身上的时候，还是你的石头依旧在空中？"

"……你怎么知道的？"如同是大梦初醒，求生的希望重新点亮的矮个恐龙骑士空洞的眼神，随即8支骑兵用炮击长矛被一齐发射上天，它们连成一片燃烧的云，在低空中剧烈爆炸。前方的食肉恐龙受到惊吓暂缓了移动，狂暴突进的猛兽狂潮向两边散开。

"快逃，带着你的同伴后退3公里，那里有我们组成的防线。"艾塔的命令带着不容争辩的口气，而他咆哮中的声音却更像个孩子，"我是从人类朋友那里知道的……"后面这句话虽然是不合时宜的解答，但同时也是安慰。

当时间累积到了一定的程度，于是最糟糕的事情还是发生了，越来越多的恐龙拥挤汇集在基地的外围，所有哨所都已经被突破，而据现场最保守估计，这群巨大或狂暴恐龙也有数万只之多，更糟糕的是千余只体型大到难以想象的阿根廷巨龙还在向基地走来，它们越来越近，阿根廷巨龙庞大的身躯在奔跑的惯性下，如同是山顶滚落的巨石，逼迫着其他体型较小的恐龙也不得不向四周慌张地奔跑，以免自己被阿根廷巨龙踩死的厄运发生，这些巨无霸们丝毫没有停下来的意思，它们的惊慌转变成了这个世界上最为强大的肉体力量，加上它们拼命狂奔，于是大群的恐龙在阿根廷巨龙的压迫之下，就像滚雪球一样，越聚越多，直至几万之众，从基地的西南方形成猛兽洪流。发射基地和超聚能电磁粒子光束炮的安危变得岌岌可危！

（下）

从控制台主的话筒前转身时，艾塔勉强从死神手里暂时的抢回了两个无知的恐龙人骑兵，然而整个事态正急速地向着更为严重的方向发展。守卫在艾塔身旁的"噬龙者"大师察觉到了艾塔额头上的细细汗珠，虽然这个年轻人的神情依旧没有改变，镇定和坚毅的如同一座雕像，但是"噬龙者"大师知道，现在应该是自己站出来帮艾塔分忧的时刻了，在他的眼睛里，从很多方面来看艾塔只是个仓促成熟起来的年轻人，或者老成的"孩子"。对于一个年轻人或者孩子来说他已经做得足够好了，但是末日当头之际，仅仅是作为一个年轻人表现出的足够好并没有什么用，艾塔是整个救世计划的主帅，他现在需要更有经验的人配合全局。

"噬龙者"大师主动请命率领部队去拦住这群"暴乱"的恐龙，艾塔同意了"噬龙者"大师的主动请缨，但嘱咐"噬龙者"大师尽量不要开枪伤害这群无知的恐龙。

直到"噬龙者"大师带着卫队穿过发射基地最后的堡垒城墙，他才确切意识到事态非常严重，十万只恐龙正在被成千阿根廷巨龙驱赶，疯狂向基地涌来，而脚下的城墙是挡在恐龙狂潮和发射基地的最后屏障，黄色和灰色共同组成了城墙的色调，呈现半圆形弧度的城墙，如同是恐龙人半个蛋壳的模样，躲藏在"蛋壳"后的却是脆弱的生命和无尽的希望。城墙之外所有的据点，哨所都已经被猛兽狂潮席卷，一切城墙之外的防御设施已不复存在的时候，但该死的是，城墙也仅仅是仓促搭建的速成品……

当城墙上的闸门匆匆地打开又慌忙地关闭，胖骑士和矮个骑士面如死灰地跌坐在地，而后被医护恐龙人扶着离开，"噬龙者"大师在城楼上鼓舞集结霸王龙骑兵冲出去，背靠着城墙组织防线。命令被忠实的执行，一字排开如同是战阵，骑兵们用霸王龙坐骑的身躯横亘在城墙之外，用血肉快速搭建了一堵新的围墙。

"不死即归"骑兵们西斯底里的呼喊着，恐惧正咬噬着每一个人的心灵，然而他们并没有后退。"噬龙者"大师的部署收获到了效果，骑兵向数量众多的霸王龙咆哮着，用硕大骇人的头颅，森森利齿不断恫吓着贸然奔跑近身的恐龙，"噬龙者"大师低吼发令，骑兵们旋即触发出霸王龙携带炮击长矛的"铁翼"，用严密的一字阵形，将防线一点一点地向前方延伸，拉伸的阵型从"一字"变成了"新月"，强迫趋近的恐龙后退或者改变方向。

"噬龙者"大师刚刚长舒一口气，重重地喘息，而后猛烈的吸气，鼻腔里却闻到了砂石的味道，这个味道出现在眼前一片森林灌木的环境中，极为不寻常，他本能地将自己的视线放得更远，却骇然发现远方的天际扬起了惊天蔽日的沙尘，七层楼高的树木脆弱的如同是纸屑，一排接一排地倒下，这样的景象发生在眼前，"噬龙者"大师非常清楚，庞然大物离自己不远了，不是一只，而是数量庞大的一群！霸王龙在这些庞然大物眼里仅仅是一群好斗的公鸡，眼下似乎没有其他办法阻止这群庞然大物的靠近了，除了开火射杀！

"前方防线危机，请求开火！"没有别的办法，"噬龙者"大师赶紧向艾塔请示，虽然对此他的心里早有了肯定的决断，数十年的战火洗礼，他甚至能够闭着眼睛判断攻击的时机，而在时机把握的方面，他从没错过！

"等……等一下！"谁也没想到，艾塔竟开始犹豫不决。纵然是绝对正确的决定，但也是无比残忍的命令，其结果血肉横飞，直至几万只恐龙变成冰冷的尸

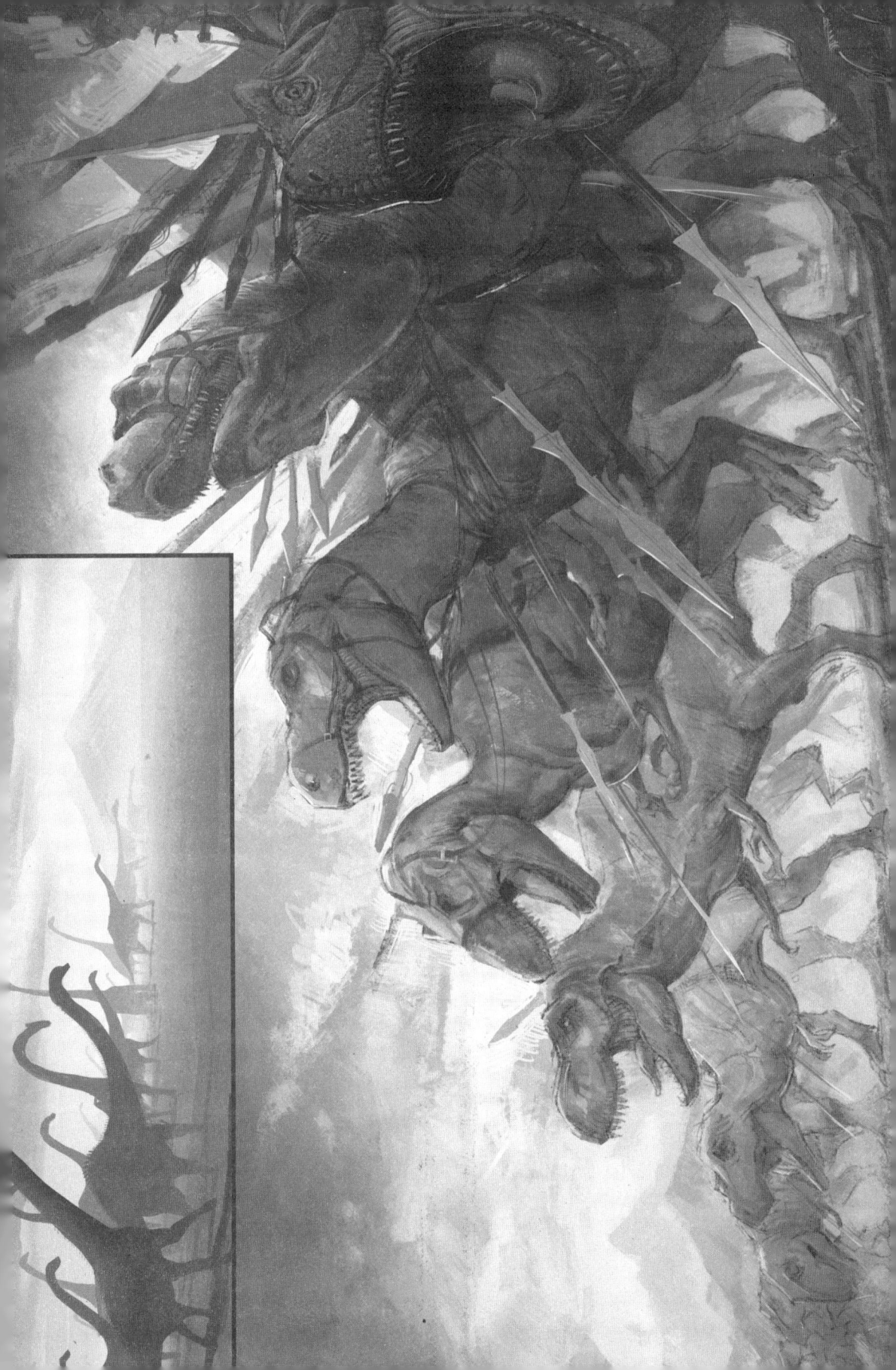

体。

"等？""噬龙者"大师多么希望自己听错了，阿根廷巨龙离最后的防线越来越近，"不管了，先把能做的都做了吧！"青筋在赤裸的脖子上突暴，但他没有说话，太阳暴烈地照射在他的羽冠上如同烈火。荷枪实弹的骑兵依照命令排开射击的阵型，为炮击长矛换上杀伤力最强的高爆弹，只等总指挥艾塔一声令下。

紧张和沉默延续……这种时候只有心底仁慈的艾塔还在犹豫，艾塔的犹豫不决，显然不像个成熟干练的决策者在这种危急时刻应该体现出的素质，这下连大智圣者都开始着急了。他用近乎哀求的老迈声音和艾塔恳求道。

"快批准射击！快呀，你还等什么，现在我们动手，至少对得起所有地球上的生物，快动手！"

"不可以！"艾塔刚想说出，这个词须臾便随风而逝，"发射！"他奋力想说出口，同样无济于事，他当然知道大智胜者的话正确无疑，只是内心无比厌恶自己真的要做出这样的决定，"是跟小东待在一起太久，内心便像个人类孩子一般，只有天真和柔软了吗？"这样的想法却对眼下的危机无多帮助。大智胜者忧虑而焦急的眼神看得艾塔自己也跟着心悸，他背过身，有意躲避着大智胜者的逼视，望向阿根廷巨龙来袭的方向，漫天的灰尘中，声势浩大地席卷而来，各种恐龙的嘶鸣混在一起，跟随着阿根廷巨龙的脚步声步步惊心，艾塔甚至能感觉到大地在微微颤动，"难道恐龙人的未来真的要染上这些无辜生命的鲜血吗？"下定决心的那一刻，他有种哀痛的情绪。

在这个众生所有希望的期许之地，艾塔执着的想尽量避免生灵死亡的事情，如果小东在这里，一定也会这么做吧……但是他不得不做出更为残忍的选择，恰当的选择……

竟然是一阵歌声，艾塔悲伤的思绪，被某种熟悉而遥远的预感引领，思绪跟随起歌声的方向，艾塔在东南角的空中看见悬浮着一个自己熟悉的影子，这到底是同一个飞碟还是另一个？从飞碟中传出阵阵令人感到舒心而安静的歌声，这分明是个年轻的恐龙人女子在低声吟唱，却因为飞碟扬声设备，令人沉醉的音色传遍了艾塔眼前的大地，没有伴奏，甚至没有乐器配合，恐龙人少女吟唱着令人心醉的安魂曲，那类似童谣曲的旋律，简单到谁都可以附和出自己心中的下一句。

宁静之夜
凝重悠远地讲述着
来自远方的思绪点点
渐渐平息了燃烧着的愤恨

丝丝细雨

缠缠绵绵落下的是，

历史的泪珠

然后被坚定地抹去

那永不熄灭的烛火

是生命的蜡烛

被你以爱的名义二次点燃

于是

孤空之上飘落的残羽

再次重现龙击长空的坚毅

沧茫沙场上的断戟

再度染上了被梦想遗忘的血光泪痕

映衬着点点烛火

纠集着为所要保护的坚持

与无力保护哀思

所有黑暗被烛火辉煌地照亮

就像破壳时那一瞬的明亮

却值得用去全部的生命守护

　　歌声唤醒了众生遥远的记忆，那如同被时间遗忘的孩童时期母亲温暖而令人安心的催眠曲，很快在宁静安详的歌声种散播而去，和现下的冲突中画面近乎完美地融合在了一起。

　　单纯的聆听这声音、这旋律，不知为何，熟悉触动心灵的熟识感油然而生，甚至艾塔一度认为这是自己妹妹艾萌莉的声音，无论如何，这歌声竟是如此的让人沉醉和使人安宁。不可思议，歌声竟对狂暴的恐龙也起着同样的效果，这歌声的旋律如同慈爱女神的轻轻耳语，被音乐安抚平静下来的阿根廷巨龙缓缓地停止了前进的脚步，转身向远方静静地走去，其他小体型的恐龙也跟随离去，即使是体型巨大性格残暴的野生霸王龙，鲨齿龙，在天空中倾泻而下的醉人歌声中，也迅速经历了从狮子到猫咪的态度转变，跟随着阿根廷巨龙离去的脚步，温顺得如同守护羊群的牧羊犬。

　　又是外星人帮了自己，艾塔向着飞碟的方向轻微地露出只有他自己才懂的会心笑意，而他身边的恐龙人科学家们却为此大惑不解，然而谁会拒绝幸运的降临呢？没有恐龙人想在现在寻找原因。为了省去过多的解释，艾塔只能将默默地感激放在心里。

　　只是一个念头，久久地萦绕在艾塔的心头，挥之不去，那声音对自己而言如此的熟悉，真的是自己的妹妹吗？另外，之前在人类世界遇到的外星人已经为自己和小东牺牲，这些外星人又是谁？艾塔忍不住想，不过现在却有着更重要的任务等着他，很快他强迫自己放开这个问题，随后他眼神庄重的注视向天空，肃穆的向飞碟所在的方位庄严的敬了一个恐龙人的军礼，长长地舒缓了一口气，而后不得不重新投入到眼前的工作中。

二十六、约定·未来

人类纪元　初冬

走出教室的时候，小东斜倚着窗台，独自呼吸窗外冰冷的空气，从感觉上来说，他并不喜欢窗外的景致，暗淡，寒冷而毫无生机，然而结束数学考试时，他依旧又回到了这里，孤独的一人独享着阴郁的风景，其他的同学则大多在教室里吵闹着，讨论着刚才考试的题目，好在虽然呼吸冰冷，但是新鲜的空气多少会带走一些焦虑，在最后的考试前，一天考试的"折磨"已经让小东感到疲惫，这是他从未有过的疲惫感，那些在艾塔出现前的小测验或考试，在小东的记忆中只有无奈和等待，除了可以凭借运气的选择题，剩下的很多题目都会被小东以空白的形式留下沉默的答案，那时候的考试从来不会累，时间也是宽裕的。可这次不同……

夜色比平日更早地浮现在小东的城市，本来就黑云密布的天空中，几许若有若无的阳光在黑夜的驱逐下，慢慢消散，沉闷的天气，暗淡的光线带来了难以言明的压抑感，如同是空气稀薄难以呼吸……一切都是那么陌生和无所适从，秋季的远行如同落叶凋零最终消逝于泥土，河流，大海，星辰，那些关于秋天的记忆一切不复存在，一切似乎从未发生，小东将空洞的眼神望向远方的天际，执着的神光在半个瞬间之前亮起，他尽力地眺望远方，甚至是阴沉的天际，希望能够瞥到任何一点熟悉的记忆，但目之所及，尽是寒冷和沉寂。"他真的已经离开了吗？"小东的眼神重新归于阴郁。

"叮叮叮"的打铃声在小东的耳边响起，小东意识到是最后一门英语考试就要开始了。

6500万年前　恐龙纪元　初冬

吹风的感觉真好，即使是在末日的天空之下，黑羽学士被两名全副武装的恐龙人士兵押解，走出狭小监牢的那一刻，他心里由衷地感叹并为之兴奋，但隐藏在乌黑羽冠之下，他阴沉的表情依旧是沉默的，固执的，甚至是癫狂的。恐龙人蝎形飞行器引擎强大的推力将四周的空气不断地吸入排出，却使得这阵被黑羽学士感觉为"舒适的微风"的气流却更加让他心情愉悦，他全然不顾押送他的两个恐龙人士兵，已经被引擎强大的气流，压迫得直不起身，只能蜷缩着前进，好在他们并不担心这个瘦弱得如同病人的罪犯会真的有胆子逃走，他们手中的炮击长矛可不是孩子打打闹闹的玩具。

享受着"微风"吹过脸颊的惬意，黑羽学士舒展倦怠的思绪，随着微微闭上的眼睛望向天际，赤道附近的初冬依旧烈阳当空，但是刚过午后，一览无余的天空却诡异地出现了血色的极光，从地平线至星辰的所在，由紫变浅，和原本蓝色的晴空纠缠在一起，太阳的位置旁，苍穹出现了暗红色的伤口，小行星的表面如同是被死神的利爪捏得变形的丑陋球体，不知为何黑羽学士诡异地冲它一笑，却在此时，点点快速流动的光斑在小行星周围快速闪耀，心思细腻的黑羽学士敏锐地抓住了这一瞬间，而在这一瞬间后他的笑容尴尬地凝固在了"微风"里。

他猛然撒腿就跑，虽然他已经是垂暮之年，但疯癫赋予他超乎于年龄的反应速度，疯狂的速度。他冲向飞行器的驾驶室，一把拽出了毫无防备的飞行员，两个士兵发现的时候一切都晚了，随着"微风"，黑羽学士将飞行器飞向了天空。士兵惶恐而茫然地看着黑羽学士驾着飞行器远离的地方，超聚能电磁粒子光束炮耸立在末日暗红色的苍穹下，直面着小行星袭来的方向。

"第23防区空域，有十一个不明物体高速接近！"

"59个不明物体在第41防区空域散布，高速接近中，速度7倍音速！"

"从'骸骨'沙漠至'丛林'冰川，都有物体突破大气层！"

"天呐！满了！全都满了，这鬼东西到处都是！"

地面雷达系统带来了意想不到信息，不安的情绪病毒式地在发射控制室内蔓延，"这该死的不明物体究竟是什么？"大智胜者望向天际，又将视线拉回到了控制室的半球形屏幕反复查看，"那块该死的大石头还在天上远远的地方，那这些数量多到数不清的东西又是什么？"思绪快速地涌进大脑，直至那个答案出现——"小石头！"

小行星对地球的威胁比任何人想象中来得都要快，这并不是说小行星下一秒就要撞上地球，小行星的前面，绵延数万公里的宇宙空域，无数因小行星引力带来的陨石，以及小行星在宇宙空间内和其他星体碰撞产生的碎块，将优先一步地到达地球的上空，受到地心引力的强力影响，这些碎石将以"流星雨"或者准确地说，是"陨石雨"的形式比小行星更快地亲吻大地，它们中的其中一些会被大气层产生的热量燃烧殆尽，而另一些则会直接撞击地面。即使只是其中的一部分，然而以几十万的基数而言，这一部分也必定数量惊人……从地面雷达传来的令人不安的消息来得实在太晚了，恐龙人苦于没有发射至太空的空间望远镜，这些该死的"小石头"只有在和地面离的足够近的时候，才能被探测到，然而就是这些小石头，有的小如篮球，有的大若山丘……

从大智胜者的表情中，艾塔知道事情极为不妙，这位严谨的老恐龙人科学家还在伏案研判数据，"噬龙者"大师则远在发射基地防御城墙的另一边，现在他无法求助别人！

"紧急事态，所有工作人员马上回到岗位！"

"工程署，彻底检查系统，确保每个系统工作正常！千万别告诉我这是机械故障！"

"瞻星署，通知地球上所有雷达监测基地，不管叫上多少人，赶快对比地球轨道上每一个大型物体，研判最可能的坠落地，优先跟踪可能撞击发射基地的目标。"

"通信组，我要你们马上联系议政院，让他们授权将地球上所有的武器，所有的飞行器，能发射出去的所有东西，就算是军事博物馆里的展品，哪怕是弓箭也给我动员起来对准天空！"艾塔将命令尽数发布，坚定而不容置疑的语气下，他惶恐地寻找起小东留给自己的青铜幸运币，最后有些颤抖的手，在项链的位置找到了它，青铜幸运币预示着幸运，而艾塔现在亟须幸运！真希望自己的下令是对的，这一系列命令可以再挽救发射基地，挽救地球哪怕多一秒！

控制室内，数千科学家们开始了生死竞赛，和时间，焦虑，恐惧，乃至于理论上的绝望推论。

控制室外，地面上发射基地的所有人正拼了命似的奔跑，防空火炮对准了天空，长距离制导炮击长矛也紧急做好了发射准备，能够起飞的飞行器正匆忙的离开陆地，以至于慌乱中相撞爆炸的不在少数。

本应是浪漫的"流星"雨，而这次它带来的却是数之不尽的陨石，它们在临近发射基地各个方位的天空中坠落，成百上千的陨石在大气层的燃烧中残存，地球上的自然保护层已经无力阻止它们的撞击。

拖着长长的尾焰，比陨石数量多十倍的防空型炮击长矛被仓促发射至天空，很多甚至来不及有地面雷达兵锁定目标，反正急速坠落的陨石数量庞大，多发射一枚防空炮击长矛就意味着它正前方所指的空域多了一点点安全的可能性，地面的炮火密集的吐出火舌，形成火链，连续发射的子弹在空中交汇，甚至于相撞，溅起激烈的火花。

所有能飞的飞行器都已经完成了起飞，甚至于恐龙人士兵征用了媒体直播的飞行器，它们正试图在空中集结成有效的防御阵型，然而空军飞行器的效率并不能让艾塔感到满意。

"目标，西南空域陨石，还有28秒将直接撞击发射基地！"该死，来得太快了，控制室内大尺寸球体显示屏开始了倒计时。27∶59，27∶58，精确的计时方式并不能真的使时间变慢，而数字本身飞逝的变换速度则更加令人感到窒息。

"西南的空中卫队呢？不管他们在哪儿，全速爬升！所有武器准备，自行发射！"艾塔语气几乎是在责备，关键时刻，他竟没有看见任何一架飞行器的影子出现在西南防空虚弱的空域，于是他立即有了不好的预感"其他空军力量，除必要守卫外，迅速向西南空域集结！"

"报告长官，西南空中卫队的基地已在7分钟前被陨石撞击，所有飞行器全部毁灭！"负责通信的中年恐龙人几乎是在哭泣。

"最近的空军呢？"艾塔的羽冠炸起！如同陨石刚刚砸的是他的脑袋，他无论如何不敢相信形势已经恶化到了这一步，"他们最快何时才能到达？"

"7分钟！"控制室陷入了死一般的寂静，艾塔将幸运币紧紧地握在了手里……

"哈哈，愚蠢的家伙们，还记得我吗？"令人生厌的声音在控制室内响起，伴随着更加令人不悦的电磁干扰和引擎的轰鸣，甚至是强大的被体会为"微风"的气流，一个微弱的光点在西南方位的雷达屏幕闪现，大智胜者猛然抬头，惊讶地向艾塔投来了不可思议的表情，他随即开启通信。

"黑羽，是你吗？你怎么……"大智胜者的回答带来了控制室更大的混乱，甚至很多人愤怒地喊道，"让这个倒行逆施的叛徒和沉迷魔法的疯子离这里越远越好！"其他人纷纷附和，即使是死，这群死心眼的恐龙人科学家们也不想和叛徒或疯子死在同一块地方，和这样的人哪怕死在一起也是玷污了自己，另一些人则暴怒地将陨石雨带来的不幸，本能地归结于是黑色羽毛踏上了这片区域，几乎所有人都觉得黑羽学士是比陨石和小行星还可恶的东西，除了一个苍老而虚弱的恐龙人老者。

"你到底是要过来干什么？你为什么不好好待着？为什么？"几乎是无声的呐喊，大智胜者老泪纵横，泪水已经先一步地奔涌而出，但他不知道为什么自己没有当着众人的面喊出来。

"你们这群废物听着，我就是来教训你们这群狂徒的，我现在就要施展被你们看不起的魔法，将你们的希望一一消灭，我的飞行器已经装满炸药，我不想活着回去了，反正都世界末日了，在哪里死都一样！哈哈，往日我在凝月城，被你们这群自诩正直的家伙终日的嘲笑，我要在死前感谢你们，现在，就是现在哈哈哈！"黑羽学士的语气很难说不是疯狂，谁能想象曾经他是最优秀的学士，"就知道我无论干什么都会被人误解，黑色羽毛，我一辈子都活在你的阴影里……现在，我们俩都解脱了，不是吗？我亲爱的黑色的羽毛先生，哈哈哈！"心中的一丝悲凉让他狭长尖尖的脸颊上，笑容更加诡异，然而一滴明亮的泪珠却在眼眶中，许久打转后悄然低落于飞行器的控制杆上。

"防空部队把所有武器对准这个疯子！长官可以开火了吗？"负责近防武备的恐龙人老将军说的虽然是请示，但语气几乎是在向艾塔下令，艾塔犹豫地转过身，求助似的望向老泪纵横的大智胜者，"到底怎么了，一切都已经疯了吗？"如同一个不知所措的孩子。

"不！"理性的樊笼被冲动的情绪冲破，大智胜者用尽全身的力气嘶吼着，让所有人为之震惊！他颤抖着身体，没人见过他这么激动过。

"喂！你回答我，你在干什么！快走啊，他们真的会把你打下来的，老朋友别闹了，算我求求你好吗！就听我一次好不好！"大智胜者气喘吁吁的语气近乎于哀求。

终于，黑羽学士的语气趋于平静，乃至于亲密，"我的老朋友，都叫你检查检查再检查了，你就是没听我的，现在出现问题了吧，哈哈哈，再给我10秒，好吗？老朋友。"依旧是戏谑的语气，仿佛一切在他眼里都只是个愚蠢的玩笑，但他狂妄的笑容中却浮现了几分难以言明的感伤，然而他依旧是顽固和疯狂的代名词。"但请你不要阻止大家把所有兵器都对准我，不用担心，我有魔法在，这群蠢蛋伤不了我半分的，你们防御系统的响应时间不就是最快15秒吗？放心吧，我是掐准时间来的，8，7，6，5……"

"哦！对了老朋友，这一次，我听你的，'不死即归'！等你退休后，我想找个地方和你开一家果园，养上各种鱼，或许你也该是时候找个老婆了，生很多的孩子，也许其中某个聪明的小子足够幸运，可以成为我的干儿子，哈哈……像以前一样，总之我们一起……"嘭的一声巨响，黑羽学士的声音突兀的中断，归于沉寂，只有电流经过的声音。

从天空正上方，垂直而下的陨石"巧合"般的撞击了黑羽学士的飞行座驾，陨石本身就重达几十吨，它的形状大小，甚至比如同海底巨兽沧龙般的蝎形飞行器本身还要庞大13倍，然而黑羽学士的飞行器上却装满了炸药！至少这点他说的是真的。随即相撞在空中产生了振聋发聩的爆炸，陨石被炸成了几十个较为庞大的成吨碎块！也正是那一刻，地面上数百门火炮完成了校准的程序，向着原本黑羽飞行器所在的空域猛烈发射，陨石的所有碎块被密集而至的火力瞬间消灭得干干净净，一切都刚刚好，没有多一毫秒，亦没有少一毫米！

"好的，'不死即归'，我答应你……"大智胜者哽咽的接过黑羽学士的话，"都快入土的人了，还谈什么找老婆的事情，你到底知不知道我们现在几十岁了……"

黄昏逐渐在天幕中降下，暗红色的天际，一根黑色的残破羽毛，轻盈而悠闲地在末日的孤空中独自飘落，如同他的主人，曾经的孤傲，不羁和癫狂……

除了泣不成声的大智胜者，沉默成了控制室内众恐龙人对黑羽学士唯一的哀悼，然而作为最悲伤的人，片刻之后，大智胜者也不得不迅速的从悲痛中挣脱出来。无论是愤怒，悲伤，任何的情感此刻都是多余的，即使是陨石雨的威胁已经消除，即使地面的火炮一个一个清除了其余从天而降的陨石，甚至很多空军的飞行员选择用黑羽学士的方式，用生命的代价消除发射基地上空的陨石雨危机，但和喜马拉雅山一样庞大的终极死神小行星，仍然高速地在宇宙中朝着地球的地面坠落，威胁着地球上的每一个生命，生死时刻，命运的转折瞬间，在此之前谁都不可以有任何的松懈。

"长官，小行星已经进入地球轨道，目前正处在快速接近我们的射程之中，能量石英晶体注入发射系统成功，等待您的最后命令！"

所有恐龙人的目光都集中在了艾塔身上，艾塔立即试图和议政院联系，等待大统领的决定，但是，此时心灵感受器的神经元网络线路却无论如何都联系不上大统领，甚至任何一个重要的政治家，这些平时活跃的人现在都到哪里去了？该死，需要做出抉择的时刻，这些政治家怎么会平白无故地消失呢？然而机会不会等待，艾塔用求助的目光看了看身边的大智圣者，大智圣者擦干眼角的泪，平稳呼吸，低声说着："我也不知道什么时候，但是机会真的只有一次，现在就看看天空中的神明是不是站在我们这一边了。"

需要作出决定的时刻，这个关系到生死存亡的决定，现在下达命令，是否真的时机合适呢？然而能做的都已经做了，整个恐龙人世界已经倾尽了自己全部的力量，此刻艾塔再也没法奢望从科学计算中找出更多的依据，能够确保选择的时机更加精确，现在剩下的选择只有运气了，想到了运气，此刻他忧虑的眼睛里出现了一丝灵动。

如同是孩子的游戏，艾塔拿出小东的幸运币，朝着天空连扔了3次，这3次碰巧的硬币都在落地时，数字朝上，艾塔想了想又把幸运币连续抛出3次，恰巧，这3次数字都是向下的，艾塔拿起幸运币默默地说：

谢谢你，好朋友，给我的提示……

他询问幸运币的身形被夕阳的余光在控制室苍白的墙壁上，留下了长长的阴影，如同一个巨大的问号，或是感叹号！

最后的时刻！大智圣者的心智被紧张情势逼迫着，神经紧绷得有如悬挂光束炮的钢缆，恐龙人命运的瞬间，疲惫的心跳起伏不定的震颤几度近乎就要让自己晕厥过去，然而恐龙人世界全部的责任都肩负在自己身上，于是他只能选择硬撑着。但是过度焦虑下，大智圣者完全没有耐心去理解艾塔现在看似荒诞的行为，加上艾塔之前对于野生恐龙威胁基地时的犹豫不决，大智胜者心中很是担忧，他此时甚至觉得，艾塔也许太年轻，也许并不适合担当这项攸关地球上所有生命存亡的重大任务，不过事到如今自己实在无能为力……

"天呐，这种时候了，你在做什么！"不理解带来了不理智的情绪，无可奈何，大智圣者气愤的质询，语气中已经充满了公开的不满甚至是咆哮！

"你知道吗？古时候当人类拿不定主意的时刻，就会抛硬币占卜做决定，我前三次抛下来的结果是数字，是正面也是易经中的三数全阳，意为乾，是天的意思，而后面三次抛下来的结果都是反面，三数全阴，意为坤，是地的意思。"艾塔淡然从容地解释，这是自己在人类世界的《易经》中学到的知识，但大智胜者听起来这更像是孩童幼稚，任性而不靠谱把戏！

艾塔脸上的笑容是那样的轻松和天真，只是置身于当下的生死关头，这样淡定的表情倒让所有人都觉得焦虑不安……"是疯了吗？"有些恐龙人在心里这么想，但没人说出来，疯狂的命运带来疯癫的盛行，末日时刻，恐龙人对此早已见怪不怪……直到艾塔脸上闪过一丝不易察觉的诡异笑容，言语中俨然又重新恢复了自信和坚定：

"现在能做的都已经做了，只有碰碰运气了，我就试试看我在人类世界中学的方法灵不灵。碰巧，现在天的卦象被我摇到了，地的卦象也被我摇到了，并且我们全世界的恐龙人或是注视，或是参与这次任务，所有人的希望都汇聚到了我们这里。按照人类的说法，现在已经是天时地利人和了。"

此时，艾塔猛然地脸色一变，刹那间没有了刚才还驻留在脸上的天真，带着威严的让人不容置疑的神情，以及孤注一掷的决心，艾塔用尽全身的力气，嘶吼着激动而颤抖的声音，下令道：

"现在！实弹发射，3，2，1……开始！"

艾塔一声令下，控制室气氛紧张得让人难以呼吸，所有人拼命地忙碌着，只有艾塔一个人悄悄地走下控制室内高起的指挥台中心，没入强光的阴影，最终选择了一个安静的角落，坐在的台阶上，就像是为了刻意躲避着控制室内慌乱的情形，远离忙碌，远离喧嚣，如此这般，就好像疯狂的世界亦会真的远离，在长廊楼梯昏暗的灯光中，在那里他静静的端详着小东临别时赠与的幸运币，再次地，天真的笑着，似乎之后会发生什么已经与自己毫无关联，不管结果怎样，他只是单纯的，甚至有些固执地坚信，小东在临别时赠给自己的幸运币，一定是会给自己带来好运的……

人类纪元　初冬

此时小东的期终考试也进行到了最后的时刻。最后的题目，是一篇英语作文，命题是给自己的好朋友用英文写一封信。

"好朋友"……小东纷乱失焦的眼神长久地注视在这三个字上，就好像自己并不理解这三个字的真正意思似的，但另一方面，"好朋友"……这三个字本身就已经给予了小东足够的答案，但是写什么呢？这本身又成了问题。

"好朋友，好朋友，不是都应该在一起愉快的玩耍的吗？好朋友难道不应该不离不弃吗？就像我的好朋友曾经常常挂在嘴边的'不死即归'，如果艾塔觉得这里是他另一个家的话？也许这家伙会回来的，他也许会像个正常好朋友一样陪着我一起。"也许，当这个词从小东的心里划过，又是一阵痛心的失落，他对这样的也许并没有信心，"'不死即归'，总之，无论如何……他都会回去的……那里才是他的家！他命中注定应该回去的地方……"

视线在远离试卷的笔尖处汇集，然后失焦而变得模糊，小东仿佛看见艾塔坐在了霸王龙的坐骑上，率领一众勇士，走过白垩纪的针叶林，走过火山的阴影，走过恐龙群的草地。他仿佛看见了艾塔走向了伟岸的奇迹，巍峨的横亘在恐龙人世界天地间的奇迹，血红色的天空中，暗红色小行星正从月亮升起的位置逐渐坠落。

"艾塔，不管怎样，你都得要活下去呀，只有'不死'，活下去才有希望。"想到艾塔回归恐龙人世界面临的末日危机，小东扶在试卷上的手，紧紧地握紧，白嫩的手指，如同五只受惊的兔子，缩回了肉肉的手心，试卷却受此牵连，被折叠弄皱，如同小东揪起的内心。

"要是……"没有要是，"如果……"没有如果，任何一种遥远的假设经过小东的脑袋时，都不具有足够的说服力，梦境已经无数次地给他提供了各种美好的假设，然而没有一次可以在小东醒来时延续。现在，他所能清晰看到的是眼前的世界，教室里同学们俯首动笔，老师来回走动，令他清醒的则是窗户缝隙吹来的有一阵冷风，窗外已经是冬天的景致，没有落叶的街景，秋季可能已经远去……

"至于归不归，你会不会重新回到我身边，随便你吧艾塔，至少在我的记忆里，你从未远离……"有这样的想法，难道又是"不完美的诚实"吗？突兀的思绪产生犹疑，然而内心却在瞬间坚定地矢口否定。

仿佛一切都已经豁然开朗，小东将笔尖重新悬置于试卷上时，他近乎偏执地认为艾塔能够看到自己的这份英文信……笔尖沙沙地在考卷上写着写着，小东发现这封信似乎也是同时写给自己的……

Dear Aita:

We haven't met for three months, I hope you are all right, with your help, my study is good now, thank you. Thank you to come with me in past time, that time is so beautiful, even you leave. I always think about you, but I know now I should say goodbye to you, I will be stronger, never lost in our past, I just want you know, that is the most good time in my life, also the most wonderful time, thank you, I wish the lucky coins will bring you the big and good luck.

In the end Thanks the time, you and me get together in this autumn!

Sincerely yours Xiao Dong

亲爱的艾塔：

3个月没见，不知你现在好吗？在你的帮助下，我的学习进步得很快，谢谢你。谢谢你陪我度过的时光，这些时光是那么的美好，以至于你走了以后我一直在想念你，但是我也知道现在应该和你说再见了，我会像你说的那样勇敢，不会再沉迷于我们的过去，只是我想让你知道，那是我人生中最美好，最惊奇的时光，谢谢你的陪伴，愿我送你的纪念币会带给你最大的好运。

最后谢谢时光的机遇，使得你我可以共同走出的这个秋季！

真诚的小东

小东的眼角湿润了，窗外的寒风又一次经过，从窗户的缝隙中，冰冷的略过小东稚嫩的脸庞，顺着风的方向，窗外的阴沉预示着飞雪将不期而至。

"秋季已经过去了吗？"他忽然意识到是时候自己该放下艾塔，放下那有过艾塔的曾经，每日盘踞在脑海中的，那不会停止的思念。"该是走出秋季的时候了！"小东现在明白，带着寒风里冰冷的决心，他心中依旧炽热地怀念似乎更加适合被记忆珍藏，更加适合写在纸上，甚至画在画里，而不是每天过多地想起。

写到最后一个字母时，小东的内心翻涌着酸楚的感受，对往昔感恩的幸福体会，化作眼泪从粉红的脸蛋上夺眶而出，滴落在试卷上，泪水下落的是那么的不合时宜，但回忆依旧温热，泪珠并未在寒冷的空气中冻结成冰。

6500万年前　恐龙纪元　初冬

作为"歼星"总指挥，艾塔在下达最后命令后，知道自己的使命已经完成，作为下令者，自己无法再做更多，剩下的就交给运气吧！

于是他独自走下指挥台，留下一众科学家近乎疯狂的忙碌背影，防火通道的角落，艾塔勉强的微笑着，闲适地坐台阶上，痴痴地端详着手中小东送给自己的幸运币，只是整个身子早已瘫软了，如同是一个气若游丝的将死之人，平静地面对时间的终结。

自己已经尽力了，至于结果，只能看神明的安排，不似控制室的明亮，防火走廊的灯火是暗淡的，某种程度上更加接近于末日天空的昏黄，沉浸在暗淡的光线里，艾塔觉得自己如此渴求希望，勇气或者直接地说只是安慰，于是他更加依赖了小东的幸运币，他一直紧紧地握在手中，如同是紧握着自己的呼吸，艾塔的视线凝视在小东的幸运币上，长久地，期盼地，渴求地，直至眼睛酸楚，而后放眼窗外，他默默地对着空中柔声地说着："谢谢你，小东！"那淡淡哀伤的口吻，仿佛能够静止时间的流动。

作为指挥官，艾塔的自我放逐和控制室内紧张而凝固的气氛，形成了鲜明的对比，然而除了下令，现在他并无法做得更多。也没人去理会发生在艾塔身上这如此不合常理的事情，下令之后，所有人都在忙碌着，不只是科学家，甚至是控制室内的卫队，他们不得不敏捷地闪挪身体，变换位置，以尽可能避免和急急忙忙拼命奔跑的众多科学家相撞。

所有人在大智胜者的接替指挥下，依照科学教会他们的一切，演练过上百遍的程序，焦急而谨慎地执行着实弹发射，机会只有一次，所有人都清晰地明白这一点！希望仅有一次！艾塔依旧背对着这一切令人窒息的紧张，他瘫坐在角落，安静和平地让人有些难以理解。

巨大的电流声从发射基地的下方，逐渐汇集，越来越近，如同是阵阵滚雷，但一次比一次声音更加振聋发聩。大地因此震动，由远及近，恐龙人世界的灯火逐片的熄灭，直至整个地球毫不保留的漆黑一片，除了发射基地之外，全世界的能源被不惜代价的汇入这里，恐龙人文明这次要拼尽全力了！

全部恐龙人世界的电力被转换成电磁能量，汇集在5500米外的巨炮溶金色的炮口，形成了比上次发射更为庞大的椭圆形光球，如同是给气球充气，谁也没有想到同样简单的原理，竟然促生出了如此骇人的光电巨物。随着电磁能量的不断汇集，超聚能电磁粒子光束炮的前端，悬置在离溶金色炮口前方仅10多米的地空域，闪电和浓厚的云层汇集，在此之中，则是电磁能量诞生出的光球，一道又一道的闪电，从火炮顶端的电磁能源输出口，如荆棘一般密布在巍峨炮身凸起的尖刺探针中，为其源源不断的补充能源，它在空中饥渴地啜饮着全世界的能量，体积越来越大，直至超过天上最大云朵，直至覆盖了远方的山峰，最后光球的光亮甚至变得比夕阳中的阳光还要辉煌，如同是恐龙人的人造太阳。

而人造"太阳"同样蕴藏光明的能量！光球的内部是直径超过百米的球体能量场，难以计数的电磁能量在此相互击撞、融合、纠缠，终至于统一。此刻，光球刺眼的明亮冲破包裹在其四周的乌云，直至它的内部，爆裂的霹雳、纵横起数万条闪电，直至超负荷运转的强力电磁场，再也无力控制惊人的能量，狂暴而难以驾驭的力量！与此同时大气受到强磁场的影响，云层聚集在发射基地上方，越积越稠密，发射基地笼罩在一片诡异的阴影中，如同恐龙人世界难以猜测的前程一样。

再一次"啾"的一声断弦般的创世之音，震慑心魄！汇集在超聚能电磁粒子光束炮中的能量接近饱和。橙色光束，恐龙人世界的希望，黎明的曙光——由全世界能量汇聚而成的力量奔涌的冲向天空，这个巨大的光束脱离炮口之后，爆裂的能量使得体积迅速膨胀，直径超过了500米……难以被驾驭的巨大能量甚至使得光束所到之处的光线都变得扭曲和变形，如同是天空变成了大海，而大海又成为了天空。黄昏浓密的云层在惊天动地的轰鸣声中，瞬间被光束刺穿，在厚厚的云层和其后的天际中撕开一个巨大的洞，这一次，恐龙人用尽了世界全部的力量！

宛若一把顶天立地的巨剑，源源不断的能源从超聚能电磁粒子光束炮中毫无保留地延续发射，如同是用光剑的神迹筑起的天地间的脊梁，恐龙人唯一的依靠，悬置在生死之间唯一的支柱，恐龙人希望的最后出口。从炮口至高空，这道超巨型的光束已经有了超过35000米的长度，以足有四个珠穆朗玛峰的距离直插天际，从地面至所有人目光所及的极限高度继续扶摇直上，略带倾斜着，冲出地平线，刺破命运！

气势磅礴的光束在其迅猛上升的过程中，和大气层摩擦，散布出稍小的电磁粒子团，它们的数量多的如同夏夜里的萤火虫，它们也像萤火虫一般聚集在一起。

汇聚在指向天空的巨剑旁，数以亿计的电磁粒子团被相互间的磁力牵引着，顺着开天辟地般光束"巨剑"进击的方向，悬置在空中，集结，环抱。淡蓝色的光晕，清晰地勾勒出光束"巨剑"通过的路径，散布的电子粒子团在空中划出了圆形环绕状的螺旋上升轨道，如同是DNA线粒体的形状，驰骋在天地间，伟大而难以忽视的生命之符号！从而使得超聚能电磁炮牢牢地锁定了小行星。

　　32秒后，这橙色的光束"巨剑"，在大气层的边缘，终于"亲吻"到了小行星的表面。被电磁光束击中的小行星外层开始溶解，岩石成分因光束的焗热，不断地汽化蒸发，小行星的地表，岩石，尘土，沟壑被瓦解分裂后，变为宇宙的尘埃被抛撒向星空，虽然小行星的内部依旧坚硬，然而等待它的将是接近32000米长电磁光束射线的后续，希望的"巨剑"将持续撞击小行星的表面和内核，如同是恐龙人对死神最坚决的回应"不"……

二十七、飞雪·尘埃

初步的胜利，只是让控制室的恐龙人们大大地松了口气，因为他们知道，就像大智圣者时常说的那样"'不死即归'，但如果要是回家的方向都弄错了，给你九十九条命那你也回不来！"

在场的所有人都清楚，地球的轨道插值，小行星的运行轨迹，甚至是云层的厚度，任何一点计算的错误都会带来毁灭性的后果，如果迎击角度都错过了，那么再大的能量都投射不到小行星上……现在控制室内的科学家们终于再也不用担心这个问题，他们离成功又接近了一步，但是正如大智胜者有时也会接下去讲的另一句话，"'不死即归'者最常死在家门口的河沟里，大意会使得并不湍急的小溪比明晃晃的刀枪巨浪还要危险……"任何一点，哪怕最小的失误都会让恐龙人艰难取得的所有机会都化作泡影，只要任意一个微小的错误，一切胜利都只是为失败做背景。

大智圣者垂老的眼睛，以很难说不是骇人的神情，死死盯着天文观测台传回的实时数据，而他的手指全然不似他的实际年纪，依旧灵活的飘动在一个又一个按键上，落下或抬起，犹疑或坚决，如同是指尖的舞步，细致，周密，而又微微颤抖，肩负着如此重大的责任，内心因为极度的紧张产生的焦虑情绪，正侵蚀着自己的理智和冷静，当他实在支撑不住时，只能勉强而僵硬地用双手撑在控制台上，以防止自己承受不住而随时晕厥，然而他衰老的心脏，并无力为他提供更多的帮助，他只能张开色素蜕化的褪白长嘴，大口大口地呼吸空气。

"目标小行星发生地表熔解确认，熔解过程持续进行中……"

"光束能量，消耗10%，已侵入小行星地表内部4.7%。"

"光束能量，消耗44.9%，已侵入小行星地表内部27%。"

工作人员及时更新着数据，数以百计的恐龙人科学家"执着"的核算着各种数据，确保光束炮能够在小行星的地表，砸出一个贯穿小行星内部五分之二深度的隧道，以此让能量石英晶体能在小行星内部爆炸，取得最大限度的爆炸效果。

"超聚能电磁粒子光束炮能量，消耗71.3%，侵入小行星地表内部31%"。

"尽是些不好的消息……"大智圣者紧盯着数据，指尖的颤抖已经蔓延向了全身，呼吸和心跳不再同步，呼吸急促而"贪婪"的呼吸，心跳却是缓慢的，晕厥地麻木感开始从自己衰老的四肢传来，他意识到自己劳累一生的心脏可能随时停止跳动，眼睑逐渐坠下，他依旧紧紧的盯着数据，"在多一秒，哪怕在多一秒，不是现在，请千万不是现在……"大智胜者虚弱而固执的心想，身体却在无力地倾斜，他努力地撑在桌子上，不想让别人因此分心……此刻电磁光束可能遭遇了小行星内难以预测的坚硬岩层，贯穿速度和效率受到了极大的阻碍，这一情况让在场的恐龙人心悬到了头顶，祈祷是他们现在唯一能做的事情。

小行星的内部由不同类型的岩石构成，恐龙人科学家只是经过演算，大致了解了小行星内部的坚硬程度，但事实是否和科学预想的有差距，那么任凭是谁也都无法拍胸脯保证的了，无奈恐龙人又没有先进的航天技术……

"目标达成！目标达成！超聚能电磁粒子光束对目标小行星发射完毕，侵入小行星地表内部43.5%！"控制室内一片沸腾，所有恐龙人都受到了极大的鼓舞，欢腾的气氛点燃了空气中压抑的激情和生命的律动，终于新鲜的空气急促的被吸入肺中，大智胜者的心跳恢复了平稳，谢天谢地，现在他得救了，现在地球又多了一次机会，现在……

现在是时候对该死的小行星做出最后一击了！

万里无云的孤空中，沿着光束"巨剑"发射的轨迹，密集地散布着数以亿计的电磁粒子团，它们被相互间的磁力作用滞留在空中，在空中闪现的淡蓝色的光斑，如同巨龙一冲升天散落于凡间的龙鳞，直指小行星所在的方向，牢牢地锁定着这个进犯地球的死神。

"能量石英晶体发射位置就位，一级火药填充完毕！第一阶段轨道磁动加速器开启"。

"二级火药填充完毕，第二阶段轨道磁动加速器进入发射程序，炮塔角度修正完成！"

"点火系统确认完毕，通信良好，全部三级火药准备就绪！全部轨道磁动加速器准备完毕，一切就绪！"

此刻，恐龙人科学家已经确认好了能量石英晶体发射前的所有准备措施，有了成功贯穿小行星内部的鼓舞，大智圣者此时稍稍松了口气，他站直了虚弱的身体，不再紧张，不再坐立不安，甚至不再喘息，目光重新变得灵动。大智胜者急切的寻找着什么，他走下指挥台，和众多恐龙人科学家们站在一起，他从身后防火通道门中望去，最终眼神凝视向了台阶上的艾塔，艾塔依旧沉默，只是在沉默之后回以一个肯定的眼神，代替了别人眼中此时应是气势磅礴的命令。最后时刻，赌上了全地球恐龙人的生命，得到艾塔的示意，大智圣者深陷的眼窝中瞬间有了凌厉而自信的神采。

"能量石英晶体发射！最后一击开始！"大智圣者一声令下！

一声震天的巨响，能量石英晶体被装置在坚硬的特质弹壳内部，由炮塔底部的巨能火药首先点燃，从5500米炮管底部发射，装置在炮管内部的轨道磁动加速器，利用电磁线圈产生的推动力，一步一步推动能量石英晶体以123倍的音速冲击小行星。

瞬间，紧接着又一声震天的巨响，能量石英晶体冲出炮管的一瞬，震耳欲聋的音爆，顷刻间震碎了整座城市所有的玻璃，一个直径两公里的水蒸气白雾圈，如同天使圣洁的光环，顷刻间在溶金色的巨炮前端升腾而出……

滞空的电磁粒子团成为了希望的通道，淡蓝色的光晕如同是人造的星光轨迹，而它所指的前方却是黎明的所在，未来的所在，能量石英晶体以超越子弹速度123倍的时速，顺着电磁粒子团形成的上升轨道，向着小行星的方向冲击，难以想象的高速，使得能量石英晶体的弹壳经历着剧烈的空气摩擦，高温使得金属表面处于熔化的边缘，燃烧着的外壳如同孤空中巨大的橙色火团，令地上的人们为之沉静，为之祈祷。

注视成为了全世界恐龙人现在唯一能做的事情，末日夕阳下，玄铁一般暗淡的天空，橙色的火光，带着全世界的希望去了远方……艾塔的指尖在此时轻轻地敲动起了台阶上的扶手，于是敲击声很快地在死寂的控制室内传开，随后形成了令人安定的节奏，随后艾塔轻声哼唱……大智胜者给了尖锐的高音，而"噬龙者"大师则沉醉地给了难听的低音，祈祷是唯一可以做的事情了，尽管祈祷的内容可以是成千上万的，但是，谁也无法否定歌声无疑是其中最有感染力的形式，数千恐龙人科学家们加入了合唱，其后是整个发射基地数万士兵，乃至歌声蔓延，直至整个恐龙人世界。

生命之树
一枝一节的触碰着
命运的天空
将幸福的花朵
绽放于明媚的蓝天
将哀伤的果实

下降于希望的大地

永远的屹立

亿万年来的生生不息

尽管落叶纷飞

尽管疾风暴雨

但……

不死即归

不死即归

……

如是

生命之树

滋养万物

滋润了时间

郁郁葱葱的光阴

带走了无数盛夏的花朵

阳光依旧透着盈盈的绿色

轻柔地抚摸着

降于地上的硕果

繁盛与消逝

成熟与青涩

往复循环

怎敢中断

不死即归

不死即归

……

就算是

没有人知道

那是何时

那是何处

只是单调的大地上

生命之树已然不再孤独

晨风带来了远方的希望

夹杂着些许感恩的雨露

有所不甘的思念

注定将退去悲伤的外表

在重生的重生中

承认生命的永恒

成为生命之树

不死即归

生而无畏

　　这橙色的超时空能量，承载着全体恐龙人的希望，承载着艾塔和小东的真挚友谊，飞离地球表面半个顷刻之后，在大气层最边缘的地方，准确地"钻"进了小行星的内部核心……击电奔星的相撞，瞬间在小行星内部产生了天崩地陷的剧烈爆炸，从宇宙的彼端带着毁灭地球生命决心的末日死神，被时空之力炸成了亿万碎石，亿万尘埃。

　　亿万碎石坠落于大气层中，被大气的摩擦激烈地燃烧成橙黄的颜色，整个天空中尽是漫天坠落的火球，此刻无数恐龙人走出室外，欢呼着，兴奋地哭泣着，这晚霞的天空中被无数下落的火球点染出一种莫名的壮丽，仿佛是无比盛大的烟火晚宴，绽放在这一度被认为是末日的傍晚……于是明日，太阳仍然将和暖的照射在这片被神明守护下的大地，而明日的明日，明日的明日的明日，亦将如此！

　　没人知道确切的原因，甚至极不合常理的，大雪在此时纷然而至，在赤道附近的发射基地，从来没有人在这里，真的看过下雪，多么不可思议的事情，伴随着小行星碎石划破大气层，如烟火般点燃漫天苍穹的傍晚，纯白色的雪花优柔而诡异地降下。

　　雪花触及地面的瞬间，发射基地西北郊外的枯寂杏树林，不知何时竟已是满枝金黄的叶片，层层叠叠的金黄叶片，将指控向天际的枯枝埋藏在了雍容华贵的金色之下，杏树林的颜色从黑褐色变成了黄金，似乎是沉寂的生命，雍容而神秘的色泽重现于人间，当风起之时，便会席卷起树梢无数金黄色的叶片，它们跟随着雪花一起，在空中盘旋下落，下落盘旋，直至杏叶轻柔地覆盖在雪地里，密集而厚厚一叠，金黄色的杏叶如同雪地里的黄金王冠，给末日中大地重新加冕希望的权力。

　　紧张的恐惧和令人窒息的折磨让他们经历了太久太久！这一刻谁都有权利毫

无保留地释放情绪，控制室里的恐龙人已经激动到疯狂的程度，很多恐龙人含着泪放声嘶吼着，更多恐龙人则是紧紧地相拥而泣！

艾塔依旧无力而淡然地坐在防火通道的角落里，他没有起身，没有立即加入恐龙人胜利的狂欢，他依旧镇定，从容，轻松乃至于放空。如同是在做一个梦，他悠闲而无力地伸出双手，细致而轻柔地搓动，仿佛一个搓手取暖的孩子，然后指尖轻轻地捏起这方"细小"空气，将无形的"它"置于自己的眉心，而后温柔地凝视着这方"细小"的空气，最后艾塔做出了迎风放飞落叶的动作，他向着雪花降下的远方，深情地吹散去一片没有外形的"红叶"，用想象幻绘而成的五指形的红叶，和小东胖乎乎的小手一样可爱的"红叶"，这用空气和梦境构成的落叶，是悬铃木枯叶的形状，思念的形状……

人类纪元　初冬

当小东走出考场的一瞬间，寒风冷冰冰地划过了他粉嫩而胖嘟嘟的脸颊，于是原本平静而疲倦的内心，咯噔一下，仿佛被什么东西刺痛，失重一般的失落感令小东的双眼失焦，彷徨，喉咙随之抽搐，而眼角却有些温热，不知为何，泪水竟在眼睛里打转，眼前的世界因此模糊，小东倔强地抬头望向了天空，唯有这样，泪水才不至于掉落下来。

临近傍晚的天空开始落雪，雪花下落着令人舒缓而安静的节奏，仿佛一首永恒的歌谣，称颂生命的歌谣。如同只是寒风迷离了双眼，雪花落入了眼睛。依旧是仰面向天的姿势，他用力地擦去眼角残留的泪痕，也不知那是他在写英语作文时遗留下的，还是刚刚莫名感触的"肆意妄为"，寒风吹乱了小东洁白校服衬衣前的红领巾，也吹乱了他的心情，唯一不变的则是小东的任性，或者他脆弱的"自尊心"。他依旧倔强地用衣袖拭过眼角，当视线被隐藏在衣袖，不再可能和众多同学的视线相遇时，他终于可以在心里安慰自己，说出自己现在的心情：

"艾塔，属于我们的秋天已经远去，冬天可能真的来临了，你在那里看见雪了吗？我相信你拯救世界的计划一定能够成功的，你一定是最棒的，'不死即归'，我等待你的归来，哪怕是十天，十个月，十年……或者让我们简单点吧！我会把你和你的一切珍藏在记忆里，好好珍惜。但我不会每天都去想起你，就像你说的一样，我要学会勇敢，勇敢地面对我未来的人生，一切就从明天开始！祝你好运，我永远的好朋友，谢谢你陪我走过的秋季，哦不，下雪了，冬天算是真的来了，那么，谢谢你陪我走出的秋季，谢谢你，艾塔，其实你一直都在！'不死即归'，你归于了我的梦里，我的记忆……"

一阵似曾相识美妙的欢笑声从校门外传来，因此稍稍地转移了小东的思绪……

马路对面的人行道上双胞胎姐妹吴小晴、吴小雨兴奋的踩踏和触碰着天上地下的新雪，她们穿着完全一样的咖色驼绒外套，戴着完全一样的绯红围巾，就连温度留在她们脸上的红润也是如此的相似。

兴奋而幸福只因一场大雪。随着雪花的到来降临在她们的心中，面带着世上最满足的微笑，她们在雪中默契地向彼此伸出双手，然后玩笑似的拉近对方，不需要语言，不需要刻意暗示，仅是四目相对的笑容，如同心灵感应一般的默契，便促使了这一切的发生。

吴小晴、吴小雨欢笑开怀地拉着彼此在雪中旋转，旋转，在旋转的眩晕中她们眯着眼睛好奇地凝望向对方，旋转中的你就是我，而我就是你，童真欢笑声越来越清亮，于是更加兴奋的她们旋转的速度越来越快，那些没戴眼镜而眼神不好的路人实在已经分不清这到底是一人的独舞还是两人齐舞……

"不死即归"，小东默念起，凝视着吴小晴、吴小雨双胞胎姐妹雪中胡闹的圆舞曲，他忽然领悟出点了什么，两个人一个人有多重要呢，然而当两个人成为了一道炫影，当一个人的回忆成为梦境，那么有生之年的时间，一切都得回去，一切都能归复曾经……未来，曾经的距离或许不需要时间机器，或者不需要穿越时空，只要有"不死"的恒心，那么在梦境中一切都可以再起……即使是一个人面对现实，这个世界或许并不完美，人类自己也远非完美，然而再多"不完美的诚实"却无法将这个世界变得完美，除了面对，坦然地面对，安静地面对，淡定地面对，开心地面对，悲伤地面对，哪怕是愤怒地面对，甚至绝望地面对，但我……不能再去选择逃避……将那份天真的完美存留在心底，或许完美的世界也会在梦中降临。

笑容在雪中重新驻留在了小东的脸上，尽管思念的心绪再度占据了他的内心，尽管泪水重新占据了眼眶，他依旧带着笑流泪，流泪中微笑，在欢笑中悲伤，在悲伤中欢笑……

同学们陆续走来，小东不想让自己的同学为自己担心更多，再一次的，小东仰起头朝向天空，努力地让泪水不要流下来，冬日里云层遮挡的夕阳并不算刺眼，和煦地照在小东的脸颊上，小东痴痴地望着天空，静静地看着漫天大雪的飘落，可是不知为何，此时阴霾的云层间，微微露出一条光明的缝隙，一缕阳光不偏不倚地射向了小东的眼睛，小东本能地闭起了双眼。

当小东再次迎着阳光有些吃力地睁开眼睛时，此时一阵东南风吹过，带着不属于这个冬天的暖意，小东顺着暖风的方向抬头望去，他分明看见了一片似乎熟识的秋叶，在天空中盘旋着，盘旋着……